땅콩집
이야기

지은이 **강성률**

 작가 강성률 교수는 전남 영광에서 출생하였으며, 전남대학교 철학과 및 동대학원을 졸업하고 전북대학교 대학원 철학과에서 철학박사 학위를 받았다. 현재 광주교육대학교 윤리교육과 교수로 재직하고 있으며, 민주평화통일자문회의 중앙 상임위원, 한국산업인력공단 옴부즈만 대표 등의 사회활동을 겸하고 있다. 대통령상과 교육과학기술부장관상, 풍향학술상 등을 수상하였으며, 저서로서는 '1996년 인문과학 분야 베스트셀러'에 올랐던 『2500년간의 고독과 자유』, '2009년 문화체육관광부 우수도서'로 선정된 『청소년을 위한 동양철학사』, 2010년 한국 간행물윤리위원회가 '청소년을 위한 좋은 책'으로 선정한 『철학 스캔들』(중국 현지에서 중국어로 출판 중), 『청소년이 꼭 읽어야 할 동양고전』, 『청소년이 꼭 읽어야 할 서양고전』 등 13여 권이 있다. 전남문학신인상, 국제문예 문학신인상, 미주한국 기독문학 신인상 등을 수상하며 소설가로 등단하였고, 현재 한국장로신문 및 영광신문에 '강성률 교수의 철학이야기'를 연재 중에 있다.

땅콩집 이야기

© 강성률, 2014

1판 1쇄 인쇄__2014년 07월 01일
1판 1쇄 발행__2014년 07월 15일

지은이__강성률
펴낸이__양정섭
펴낸곳__작가와비평
    등록__제2010-000013호
    블로그__http://wekorea.tistory.com
    이메일__mykorea01@naver.com

공급처__(주)글로벌콘텐츠출판그룹
    대표__홍정표
    편집__김현열 노경민 김다솜 **디자인**__김미미 **기획·마케팅**__이용기 **경영지원**__안선영
    주소__서울특별시 강동구 천중로 196 정일빌딩 401호
    전화__02-488-3280 **팩스**__02-488-3281
    홈페이지__http://www.gcbook.co.kr

값 13,000원
ISBN 979-11-5592-110-4 03810

땅콩집 이야기

강성률 장편소설

작가와비평

초등학교 미술시간, 선생님은 미술책 교과서 첫 장에 나와 있는 '항구'라는 그림을 그대로 따라 그리라고 하였다. 나는 한 시간 동안 열심히 그렸다. 그러나 우중충한 색깔 대신, 빨강색과 노란색, 녹색 등을 동원하여 밝고 화사하게 색칠을 했다. 그런데 그림을 추켜든 선생님은 알 수 없는 조소를 보내 왔고, 주변에 몰려든 아이들은 박장대소하며 비웃었다. 나는 그 순간, 내 생애에 있어서 다시는 그림을 그리지 않겠노라고 다짐했다.

특별활동 시간. 운동에도, 그림에도, 음악에도 소질이 없었던 나는 도매금으로 문학반에 배치되었다. '어머니'라는 제목을 주며, 선생님은 글을 쓰라 하였다. 나는 한 시간 동안, 별 생각 없이 연습장을 채웠다. 그런데 선생님은 '너 참, 글 쓰는데 소질 있다!'라는 뜻밖의 평을 해 주었다. 나는 그때, 무엄하게도 노벨문학상 수상의 꿈을 꾸었다.

그리고 중고등학교 시절. 문학가가 되겠노라며, 세계문학전집을 읽고 꾸준히 일기도 썼다. 그러나 고교 국어선생님이 어느 날, '문학은 허구이다!'라는 충격적인 말을 하였다. 나는 '허구'라는 말을 거짓이나 위선이라는 뜻으로 받아들였고, 가장 진실하고 정직한 학문으로써의 철학을 선택하기로 맘먹었다. 그러므로 철학과에 진학하는 일은 고등학교 시절에 벌써 결심한 사항이었고, 그 후 철학의 외길을 걸어왔다.

그러나 아이엠에프 시절, 어려운 상황 속에서 지금까지 지내온 내 인생 역정을 글로 남겨야겠다는 생각이 들었다. 거의 10여 년을 꼬박 매달린 끝에, A4 용지 2,200매의 원고를 완성하였다. 그러나 출판해 주는 데가 한 군데도 없었다. 철학 저서의 저자로서는 제법 이름이 알려져(?) 원고 청탁까지 들어왔으나, 소설에 대해서만큼은 빗장을 굳게 걸어 잠근 것이다. 물론 양이 워낙에 방대한 데다, 그 방면에 있어 나의 경력이 일천한 때문이라 이해하고는 있다.

그런데 2009년, 누군가가 한꺼번에 출판할 생각 말고, 조각조각 떼어 작품을 내보라고 충고하였다. 그 결과, 단편소설을 투고하여 전남문학 신인상을 필두로 여기저기 문학상을 수상하며 소설가로 등단하게 된 것이다. 그리고 이 작품, 나의 꿈이자 소원이었던 내 자신의 장편소설을 내기에 이르렀으니, 실로 감격할 일이 아닐 수 없다.

이 작품은 농촌 출신의 베이비부머가 겪었던, 겪지 않을 수 없었던 우리 세대와 나 자신의 자서전적 성장 소설이다. 물론 작품에 등장하는 인물들에게는 가명을 사용했으나, 일부 동네 이름을 빼고는 거의 실제 지명을 채택하였다. 고향을 사랑하는 작가의 마음을 표출시킨 것이라 이해해 주시면 감사하겠고, 다만 스토리 자체는 허구적인 부분을 조금씩 가미하였다. 괄호에 넣어 설명하기도 하였으나 진한 사투리를 많이 사용한 것 역시, 작품성을 높이기 위한 충정이라 이해해 주시면 감사하겠다.

어려운 환경 속에서도 과감하게 출판을 결단해 주신 양정섭 사장님께 깊은 감사를 드리며, 아울러 이 작업에 충실하게 임해 주신 관계자 여러분에게도 심심한 감사의 말씀을 올린다.

2014년
지은이 강성률

차

례

저자의 말＿＿＿4
등장인물＿＿＿8

물 아랫놈 • 9
이상한 나라 • 27
태몽 • 56
가난 • 75
추억, 추억들 • 100
부부싸움 • 119
영(靈)의 세계 • 131
학교 가는 길 • 158
치사량 맥주 세 병 • 191
죄와 벌 • 233
반항기 • 262
첫사랑 • 300
어른이 된다는 것 • 321

이태민: 이 작품의 주인공이자 화자로서, 베이비부머 세대. 서해안 바닷가 마을에서 육 남매의 장남으로 태어나 제법 공부를 한다고 했으나, 중학교 입시에 연거푸 낙방. 재수한 끝에 입학한 중학교에서 다시 또 열심히 노력했으나, 고교 입시에서 또 실패. 두세 차례 자살도 시도하고 비행(非行)도 저지르는 등, 번민과 방황의 사춘기를 보냄.

김씨: 이태민의 모친. 중학교 졸업의 학력을 가진, 지혜롭고 현명한 여인. 매사에 신중한 편이나, 미신을 신봉하는 가운데 세상을 비관적으로 보는 경향이 있음.

이씨(이신만 씨): 이태민의 부친. 대학을 졸업한 후, 고향에서 농민운동을 전개. 정치 및 사회활동을 활발하게 전개하며 고향발전에 이바지함. 미래지향적이고 낙관적인 가치관을 갖고 있으나, 성격이 매우 급하고 공격적인 데다 다혈질적임.

태 국: 태민의 두 살 아래 남동생. 심성이 착하고 정직하여 동네 사람들에게 가게 물건을 마구 퍼다 줌으로써, 김씨의 제1차 감시대상이 되었음.

태 준: 태민에게 매우 다정다감한 사촌 형. 공부와는 거리가 멀되, 새를 잡거나 참외를 서리하는 일 등에 탁월한 능력을 발휘함.

광 호: 태민이 가장 친하다고 여기는 친구. 가난한 집에서 태어났음. 착한 심성과 내성적인 성격의 소유자.

석 형: 태민의 앞집 친구. 부잣집 막둥이 기질을 타고났으나, 늘 태민과 함께 행동하는 편임.

심영진: 태민에게 큰 기대를 걸었던, 초등학교 5학년 담임선생님. 별명은 호랑이.

김진선: 고3 때 만난 여학생.

물 아랫놈

가게 방에 앉아있던 김씨가 이제 막 변소에서 나와 마당을 가로질러가는 태민을 불렀다.

"너도 인자 오 학년이나 되고 또 장남인게, 에미 속도 알아야 쓸 것 아니냐?"

".........."

"우리가 인자 조까 먹고 살 만해졌제, 너 일곱 살 때까지만 해도 단칸방 하나 얽어 갖고, 온 동네를 갈고 댕기다시피 했지야. 얽는 집일수록 아그덜이 많다데이, 문 염병 났다고 고로코 많이 깔 것이냐? 느그 압씨가 생기는 대로 나라고만 헌게..."

태민을 시작으로 하여 두 살 터울로 태어난 아이들. 올해 태어난 남자아이가 육 남매의 마지막을 장식할 것 같긴 한데.

"춥고 배가 고파서 그랬는가 어쨌는가, 아그덜이 하도 빽빽 울어 싼게, 큰방에서 좋아 헐 것이냐? 까탈만 잽히면, 나가락 헌다. 참! 배고픈 설움도 크다고 허제마는, 막상 말로 잘 디가 읋으면 어찔 것이냐? 그지 코딱지만 헌 방구석에 적을 때는 시 명, 많을 때는 다섯 명이서 한테서 자야 헌게, 어찔 때는 궁데이 하나 돌릴 디도 읋단게는..."

어느 겨울날. 한 집 건너의 큰집에서 제사상 차리는 걸 도와주던 김씨는 갑자기 불길한 예감이 들었단다. 울음소리가 나는 것도 같고, 누가 부르는 것도 같았다. 단숨에 달려와 방문을 열어 제치는 순간, 백일도 지나지 않은 딸이 이불을 차 버린 채 웟목까지 올라가 있었다. 벽에 머리를 찧으며 발버둥치는 아이의 입술은 파래지고, 눈동자는 뒤집힌 채로.

"아따! 그때는 아무 정신이 읋드라. 방이 을마나 추왔는고, 웃목에 떠논 쫏빡 물이 다 얼어 버렸은게."

"..........."

"급헌 맘에 애기를 들어, 내 꼴마리 속에 푹 찔러 버렸지야. 그 통에도 '사람 몸뚱이라 따순 기가 남어 있겄다' 싶드라. 지가 살란게, 그랬겄지야이."

얼음덩이가 밀고 들어온 것처럼, 온몸이 시려 왔단다. 몸을 웅크린 채, 한참 동안 감싸고 있자 숨 쉬는 소리가 들렸다.

"인자 살았다 싶은게 또 문 생각이 드냐면, 숨 맥해 죽을지도 모르겠다 싶드라. 그래서 급허게 끄집어 냈지야이. 그래 갖고..."

김씨는 새삼 옷소매를 훔쳤다.

"오메이! 금쪽같은 내 새끼가 부모 잘못 만나 갖고 함바트라먼 죽을 빤 봤구나 싶은게, 억장이 무너짐시로... 나허고 느그 아부지가 고상허는 것이사 막말로 어쩔 것이냐? 근디 새끼들이 문 죄냐?"

"이 집이랑 점빵(가게)은 어쭈코 지섰단가?"

"이 집? 니가 일곱 살인가? 그때 동네 사람들이 울력으로 지서 주었지야. 땅은 큰집 옆집에 사시든 어르신이 거저맥이로 주셨 넌디, 본래는 뽕밭이었지야. 지금은 동네 한가운데가 되아 버렸 제마는..."

방 두 칸에 부엌, 가게가 딸린 열일곱 평짜리 '우리 집'을 짓는 다고, 마음이 들떠 하루에도 몇 번씩 오갔던 일이 떠올랐다.

"근디 우리 한아씨(할아버지)는 어째서 읊단가?"

"읊기는. 느그 아부지 열아홉 살 되던 해에, 쉰일곱으로 돌아가 겠는 갑이드라."

"그러면 어메도 못 봤는가?"

"큰집 가서 사진으로만 봤제, 실물로는 못 봤지야. 키도 크시 고, 몸도 크시고 그러셨닥 허드라."

전주 이씨의 종손인 그는 조상 대대로 내려오는 선산과 전답 을 지키느라 글공부를 많이 하진 못했다. 하지만 세상 돌아가는 이치를 나름대로 터득하여 있었고, 특히 장난기가 많았단다.

"하로는 느그 두째 큰아부지가 지게 지고 들에 나갔다가 맨몸으로 들어온게, 너 지게 어디다 두고 왔냐고 물어봤드란다. 그런디 아무 대답도 옳그든? 그러자 하도 기가 맥해서 허시는 말씀이… 동네 양반들, 누가 우리 두째 등짝에서 지게 뱃개 갔소 허고 돌아댕기시드란다. 흐흐흐…"

"히히히…"

"살기는 잘 사심시로도 무저게 꼼꼼허셨단다. 느그 압씨가 학비 주락 허면 잔돈푼까지 셈시로 따지신게. 그런 양반이 배고픈 사람한테 밥을 줄 때에는, 아깐 줄을 모르셨다여. 그리고 당신의 밥그륵 안에 보리 한 테기만 있어도 난리가 나셨고. 지금도 그러제마는, 그때는 쌀밥이 차말로 귀헐 때였그든."

"우리 아부지가 젤 높은 학교 나왔단가?"

"그것도 참 이상헐 일이여. 아들 다섯에 딸이 둘인디, 느그 큰큰아부지가 시조도 잘 허시고 투전 그림도 잘 그리시고, 승질도 순허고 머리도 영리허셨그든. 그런디 해필 니째 아들을 갈친 것이여."

"아부지가 더 영리했는 갑이네 이?"

태민은 이씨가 법성중학교 입학시험을 치르는 중에 행했던 영웅적인 스토리를 여러 차례 들은 적이 있었다. 연필이 부러져 급한 김에 이로 물어뜯어가며 답안지를 작성했고, 그 덕분에 무사히 합격할 수 있었다고 하는 그 '무용담'을.

"아니란게. 글씨도 못 쓰고, 승미도 오직이나 급허냐? 놈보당 그리 공부도 잘 헌 것 같들 안 해. 그런디 그만헌 곡절이 있어. 사주쟁이가 느그 한아씨한테 그러드란다. 당신은 기사년에 틀림웂이 귀자(貴子)를 얻을 것이오라고.."

"기사년이 뭇이란가?"

"느그 압씨가 생개난 해지야. 그해에 난 아들이 귀허게 된다 그 말이여어. 그 한 마디가 평생을 좌우해 버린 것이지야."

"근디... 아부지는 책을 밸라 안 읽던디?"

"공부를 밸라 안 좋아했단게는. 그러고 그때는 '먹고 대학생' 이란 말이 유행허고 안 그랬냐?"

사주 덕분에 사각모를 써 봤던 이씨. 산 넘고 물 건너 일백 육십 리, 무라리에서 광주까지 걸어 다녀야 했는데, 샘가의 처녀들이 사모하는 눈초리로 쳐다보더라는 말을 역시 이씨 본인으로부터 귀에 못이 박히도록 들었었다. 물론 확인할 길은 없었고.

"어쨌든 다른 아들들한테 못 시킨 높은 공부 시켰다고, 유산은 하나도 읎었어. 느그 한아씨가 한 푼도 안 주셨그든."

"한 테기도라우?"

"포도시 모래땅 서말 가옷 지기 받었다가, 멫 년 안 가서 다 엎어먹고 말았지 않냐?"

대학 졸업 후, 잠깐 연합통신 기자생활을 했고, 그 후 영광읍에서 연탄공장을 차렸다가 폭삭 망했단다.

영광읍에서 서쪽으로 십여 리를 달리면 만곡. 그곳에서 오른쪽으로 꺾어 산천 경계 좋은 곳으로 들어가다 보면, 원불교 성지인 길룡리가 자리 잡고 있다. 대신 만곡에서 곧장 달려가노라면 백수면 소재지가 있고, 이곳을 지나쳐 십여 리를 또 가다 보면 대전리. 여기에서 언덕을 숨 가쁘게 오르노라면 영화 〈서편제〉의 촬영장소가 되기도 하였던 소봉메가 나오는데, 그곳에는 선사시대의 신비를 한 몸에 간직한 고인돌이 하늘을 향해 누워 있다. 그 언덕배기에서 똑바로 서쪽을 응시하노라면, 서해 칠산 바다의 광막한 물 천지가 펼쳐진다.

칠산(七山)의 이름은 바다 위에 점점이 떠있는 일곱 개의 섬에서 유래한다. 사람이 살지 않는 이 섬들은 태민에게 아득한 먼 나라처럼 여겨졌었다. 하지만 일찍부터 철이 들었던 어떤 녀석은 그곳에 들어가 토끼나 염소를 풀어놓자고 했다. 그것들이 저절로 자라 다 클 때쯤이면 조용히 잡아다 백수 5일장에 내다 팔자는 것. 기발한 아이디어를 낸 그 아이가 태민에게는 무척 낯설게 느껴졌다. 비 개인 날 오후면 해수탕으로 유명한 석구미와 하이얀 소금을 가마니로 걷어내는 광백사 염전 사이에 놓인 그 섬들 위로, 일곱 빛깔 무지개가 떠오른다. 그것을 바라보며, 태민은 찬란하고도 아름다운 미래를 꿈꾸었다.

소봉메를 조심스럽게 내려오노라면 터진게. 인공(6·25사변) 때 '터진 게' 사람들이 많이 죽었다고 하여 붙여진 이 수문 다리 아래로, 물이 흐른다. 불갑 저수지에서 흘러나온 한 줄기는 군서,

군남의 전답들 사이로 굽이굽이 돌아 염산 앞 바다로 빠지고 다른 한 줄기는 백수 들녘을 휘감아 칠산 바다로 들어가는데, 터진게는 바로 이 길목에 위치해 있었던 것이다. 그런즉 일제시대에 만들어졌다는 이 다리가 아니라면, 여남은 개의 촌락으로 이루어진 무라리는 영락없는 섬이 되어버린다.

터진게에서 오른쪽으로 꺾어 북쪽으로 바닷길을 따라가다 보면 석구미가 나오는데, 바위 거북이 바다를 향해 들어가는 형상이 도드라져 보이는 이곳으로 태민은 가을 소풍을 여러 차례 왔었다. 그곳에는 하얀 백사장 위에 그림같이 얹어진 초가집과 눈앞에 펼쳐진 푸른 바다가 있었다. 등 뒤로는 파아란 이끼가 덕지덕지 묻은 절벽이 병풍처럼 둘러쳐져 있고, 처녀의 속살처럼 부드러운 모래가 발밑을 간질이곤 했다. 초가집 지붕에는 노랗게 익은 호박이 널려 있었고, 백사장을 마당삼아 한가로이 그물을 깁던 어부들은 아이들의 존재에 대해 도무지 신경을 쓰지 않는 것 같았다. 세상을 초탈한 듯한 그 얼굴에서, 세상과 단절된 것만 같은 그 적막함 앞에서 태민은 기괴한 충격을 받곤 했다.

넓고 넓은 바닷가에 오막살이 집 한 채
앞 못 보는 아버지와 철모르는 딸 있네
나의 사랑 나의 사랑 나의 사랑 클레멘타인
늙은 아비 홀로 두고 영영 어디 갔느냐

노랫말처럼 외롭고 쓸쓸한, 몸서리쳐지도록 고요한 어촌의 풍경이 깨끗한 모래, 해맑은 바다와 함께 오래도록 뇌리에 남았었다. 이 석구미의 산 위쪽 동네가 나중에 영화 〈마파도〉의 무대가 되었던 동백마을. 또한 이곳에서 백수 해안도로를 따라 북쪽으로 한 바퀴 휘도노라면 맞은편 법성 항구와 숲쟁이 공원이 한눈에 들어오고, 조금 더 지나면 창시자 소태산 박중빈의 생가 등 이른바 원불교의 성지(聖地)가 똬리를 틀고 있다.

터진게 다리를 건너 서쪽으로 계속 달리면 오른쪽(북쪽)에 바다를 향한 논들이 전개되고, 왼쪽(남쪽)으로는 밭들이 엎드려져 있다. 밭 사이에 드문드문 솔밭 언덕들이 눈에 띄고, 그 언덕을 바람막이 삼아 여남은 개의 촌락으로 이루어진 무라리가 자리하고 있다. 이 가운데 가장 큰 동네는 동촌, 그 다음은 서촌, 그 다음은 남촌이다. 그 밖에 송정과 염전, 사등, 강동, 백신이 있고, 서울 달동네 사람들의 정착촌이 된 한성과 평산이 있다.

오백 년 전, 전주 이씨의 조상들은 언덕을 바람막이 삼아 모래 위에 집을 짓기 시작하였고, 마침내 일백이십 호에 이르는 서촌을 만들어 냈다. 동편의 대절산 위로 떠오르는 태양과 서해바다로 자지러드는 해를 동시에 볼 수 있는 곳, 북쪽이 툭 터진 바닷가이면서도 제법 널따란 농지를 가지고 있는 곳. 모래밭에는 보리나 고구마, 땅콩을 심고 미국의 원조 밀가루로 개펄을 가로질러 형성된 북쪽의 간척지 논에 모도 심었다. 틈틈이 바다에 나가 새우나 게, 숭어를 잡고 바지락도 캤다.

서촌에서 빤히 바라보이는 칠산 바다는, 이곳 사람들의 삶과 떼려야 뗄 수가 없다. 바닷바람은 아이들의 폐를 키우고 심장을 뛰게 한다. 숭어와 바지락은 아이들의 살이 되고, 게와 새우는 아이들의 뼈를 여물게 한다. 칠산의 짠물은 진상품인 굴비를, 아이들의 피를 만들어낸다. 이씨의 역설.

"느그덜! 굴비가 어쭈코 만들어지는 지, 알기나 허냐? 조구 안 있냐. 고것을 소금으로 염장했다가 햇볕에 몰린 것이 굴빈디, 조구는 옛날부터 기운을 북돋워주는 효험이 있다고 해서 조기(助氣)라고 불렸그든. 대한민국 사람들이 젤로 많이 먹는 어종 가운데 하나 아니냐? 맛도 좋고, 영양도 풍성허고. 근디 이 조구가 어째서 굴비라고 불리게 됐냐 허면, 지금으로부터 솔찬히 오래 안 됐겄냐. 고려 시댄게. 그 인종 땐가... 이자겸이란 사람이 있었넌디, 즈그 외손지가 누구냐먼 바로 인종이었그든. 근디 그 양반한테 딸까지 주어 감시로, 권력을 쥘라고 헌 것 아니겄냐? 근디 하로 아침에 역적으로 몰려 갖고, 이쪽으로 귀양살이를 오고 말았다 이 말이여. 카마이 있어라. 나, 물 한 모금 먹고..."

"........."

"근디... 내가 어디까지 허디야? 옹! 인자 승질이 나도, 꾹꾹 참음시로 하로 하로를 보내고 있넌디... 하로는 아침 밥상에 생전 첨 보는 생선이 올랐드라, 이 말이여. 카마이 본게, 소금에 저렸다가 몰린 조구가 아닌가 말이여. 그때 문 생각이 났냐먼 '요씨이! 바로 요것이다. 이 조구를 갖고, 내 마음을 임금님께 알리자!'

이런 생각이 난 거여. 그래 갖고는 이 조구에다가 '굴비(屈非)'라고 딱 이름을 붙여 갖고, 임금님한테 말허자면 진상을 헌 것이제. 오래도록 안 변허는 굴비의 특성에 빗대어, 어떠한 불의에도 굽히지(屈) 않겄다(非)고 허는 신념을, 은연중에 암시한 것이겄지야. 근디 인자 임금이 맛을 본게, 그 맛이 참 좋그든? 그런 디다가 비록 임금이 내쳤제마는, 자기에 대한 변함읎는 충성과 옳은 뜻을 굽히지 않을란다고 허는 그 결연한 각오에 감동이 돼야 갖고, 결국 임금이 그를 귀양살이에서 풀어주었다 그 말이여. 그래서 굴비가 유명허게 되았다, 그 말이제 시방. 아먼! 남자란 자기 고집이 있어야 써. 이것이 옳다 싶으면 물불 안 가리고 가야제, 이랬다저랬다 했다가는 암 것도 못헌다 그 말이여. 내 말 알아들겄냐?"

"..........?"

듣는 사람의 뜨악한 표정, 감동을 받지 못한 얼굴에 당황한 그.

"응? 아니. 내가 뭇을 알겄냐마는 어디 본게, 고로고 써졌드라. 나이가 든게, 무장 기억력이 깜박깜박헌다. 그런게 느그만 헐 때, 총기(聰氣)있을 때 공부를 해야 허는 것이여어."

바다와 무라리 사이에는 야트막한 언덕이 고작일 뿐, 장애물이라곤 없었다. 때문에 겨울에 몰아치는 북풍으로 말미암아, 몸집이 작은 아이들은 제 몸을 가누지 못할 정도였다. 폭설이 쏟아진 이튿날에는, '학교에 오지 말라'는 암묵적인 휴교령이 내려지기까지 했다. 온 천지가 하얗게 덮여버린 허허벌판에서 거센 바람이라도 만난다면, 자칫 길을 잃고 헤매다가 불의의 사고를 당할지도 모르기 때문이다. 김씨가 방문을 열어젖히며 한 마디 내뱉는다.

"아따! 문 놈오 바람이 요로코 부끄나이. 꼭 미친 년, 머리 풀고 댕기는 것 같다."

"미친년이라고 라우?"

"날 궂을라먼 지 고쟁이 벗어 갖고, 대그빡 우게로 빙빙 돌리고 돌아 댕기는 애팬네, 못 봤냐? 그거이 미친년이제, 뭇이디야? 은젠가는 밴소에 앉었다가 애기를 빠쳐버렸닥 안 허냐?"

"..........?"

"어뜬 속알머리 읎는 놈덜이, 그 불쌍헌 것을 건들어 갖고. 누가 애빈 지도 몰르고, 쯧쯧... 시상에! 암만 그런다고, 지 새끼가 공알에서 나온지 어찐지도 모르끄나? 남시로 똥통에 빠쳐 버린 게, 숨도 못 쉬고 죽어 버렸지야. 아이고, 불쌍헌 것들."

서촌은 다시 세 구역으로 나뉜다. 북풍을 막아주는 언덕배기의 아래, 동네의 아랫목에 해당하는 아내미와 남서쪽의 개정리(개를 잡았던 것에서 유래), 동쪽으로 새로이 뻗어 나간 새태(새터). 이 가운데 이씨 문중의 집들은 대부분 아내미에 몰려 있었다. 이신만 씨의 자부심.

"느그 큰집이 아내미 중에서도 한 중앙 아니디야? 한가운데서 동네를 눌러왔단 소리여어. 아무튼 종손 집안인게, 느그덜은 함부로 행동허먼 안 된단 말이여어. 느그 한아씨가 을마나 돈이 많앴는가 모르지야?"

물론 조상으로부터 대대로 내려온 전답 덕분이었겠지만, 춘궁기에 곡식을 꾸어주고 가을철에 높은 이자를 쳐서 거둬들이는 일종의 돈놀이도 치부(致富)의 한 수단이 되었음을, 태민은 한참 커서야 알았다.

"돈으로 따지먼 우리 집이 젤이었고, 배움 내력으로 말허먼 큰집 옆에 있는 그 집이 첫째고. 그러고 역사 이래로 대학 나온 사람은 내가 첫 번째 아니냐?"

태민네의 집터를 제공한, 큰집의 서쪽으로 난 그 집은 한식 육간 채로써 마당 또한 넓어 아이들이 자주 놀던 곳이었다. 태민은 마당에서 물레 돌리는 노파로부터 번데기를 받아먹으려, 또 풍뎅이 목을 비틀어놓고 '마당을 청소하느라' 빙빙 돌아가는 녀석의 발악하는 모양을 보기 위해 그곳에 갔었다. 그리고 다락 한쪽 벽에 쌓인 책들을 바라보며 경외감에 사로잡히곤 했었다.

"대단히 유명헌 대학자가 살았든 것이제에. 어찌됐건 아내미 사람들이 교육에 있어서나, 재산에 있어서나 동네를 휘어 잡었었다 그 말이여어. 시방도 그러기는 허제마는..."

드문드문 대나무가 서 있는 모래언덕, 큰집의 뒷마당에 봄 햇살이 찾아들 때면 사촌 형제들과 함께 소꿉장난을 하였다. 고요하고 아늑하고 따뜻한 곳. 김씨가 사다 준 검정고무신으로 '자동차'들을 만들어 손으로 밀고 다니다 보면, 해가 지는 줄 몰랐다.

콧물을 닦아내 반질반질해진 소매를 걷어 올릴 겨를도 없이 모래를 떠내어 성(城)과 집, 울타리를 만든다. 평생 살 곳인 양 정성을 들이다가 싫증이 나면 부숴버리고, 또 쌓다가 쓰러뜨렸다. 놀다가 다쳐 피가 나는 곳에는 소독제라도 되는 양 모래를 부어 흘러내리도록 하였다.

그러다가도 귀가 멍해질 만큼 온 동네가 고요 속에 잠길 때면 문득 가슴 한복판에서 그리움이랄까 서러움 같은 것이 꿈틀거렸다. 이 적막 가운데 스스로의 존재가 묻혀버릴 것만 같아 두려웠다. 세상 가운데 나아가지도 못한 채, 한 마리 나방처럼 어둠 속에서 날갯짓만 하다가 사라질 것 같아 몸이 떨렸다. 흔적도 없이, 스스로의 존재가 무화(無化)될 것 같은 공포 앞에서, 태민의 가슴은 막혀 왔다. 정체를 알 수 없는 것, 그것의 실체를 붙잡으려 하면 생채기를 건드리는 것처럼 마음이 아려왔다. 속내를 털어놓을 말도, 표현할 언어도 아지 못했던 농촌 소년의 가슴은 그렇게 타들어가고 있었다. 그게 뭘까? 하루에도 수없이 먹먹해지기만 했던 그 마음속 절규 속에 과연 무엇이 담겨 있었을까?

그래. 어쩌면 무라리의 아픈 이야기들을 어루만져 줄 그 어떤 것, 어머니의 젖가슴이나 누나의 속살을 닮은 것들을 꿈꾸었는지도 모른다. 산처럼 쌓아놓은 큰집 짚가리 사이의 작은 공간, 그 어둡고 아늑한 곳으로 숨어들고 싶었는지도 모른다. 무라리의 가는 모래처럼 고독과 외로움을 달래줄 만병통치약을 절실히 원했는지도 모른다. 소금기를 머금은 구름, 하늘과 맞닿은 바다,

쩍쩍 땅을 갈라지게 만드는 초가을 고구마와 뜨거운 콧김으로 논밭을 갈아대는 누렁이 황소와 더불어, 가는 모래(細砂)는 무라리의 언어였다.

하지만 무라리 사람들을 몸서리치도록 만드는 언어가 있었으니, 그것은 바로 '물 아랫놈'. 터진게를 경계선으로 아래쪽이 무라리이고, 대전리나 백수면 소재지 일대는 위쪽에 해당하기에 그런 이름이 붙은 걸로 이해할 수는 있었다. 그러나 단순히 지리적인 표시 외에 '저급하고 야만적'이라고 하는 고약한 의미가 담겨 있었으니. 한(恨)을 토로하는 이씨.

"나나 느그덜이나 무라리 모래땅에서 태어났지 않냐? 그렇다고 그락저락 살다가 죽으면 뭇 헐 것이냐? 어차피 한 번 주어진 인생인디, 사람같이 살다가 가야제. 암 것도 아닌 것들이 고로코 사람을 무시허게 허먼 못쓴다 그 말이여어."

"⋯⋯⋯⋯"

"그래도 '사람'이 옳던디 어찔 것이여어? 가난 때문에 못 배우고 못 배와서 또 가난해지고, 이것이 악순환 아니냐 그 말이여. 그 고리를 끊어 버리야제에."

"그런게 인자 성님이 그 '사람' 노릇을 해야 안 쓰겄소? 대학까장 나와 갖고, 촌에서 썩기만 헐라우?"

이씨를 향해 일갈(一喝)하는 이신근 씨. 그는 이씨의 세 살 아래 동생으로 백수초등학교 졸업 후, 소년병으로 끌려갔던 군 생활을 제외하곤 무라리를 떠난 일이 없다. 자전거 뒷자리에 오를 때마다 '가랑이를 더 넓게 벌리라!'고 소리쳤던 그를 태민은 다정다감한 '삼촌'으로 기억하고 있다.

"아따! 너는 꼭 돼야지 목 딴 소리를 고로코 해 쌌냐?"

"우리사 그러제마는, '우겟놈'들은 지들 나름대로 일리가 있다고 믿을 것 아니요? 우리를 무식허고 암 것도 모른다, 그래서 문 일만 있으면 심으로 밀어부칠락 허고, 고집만 시다고 생각허그든이라우."

"우리도 문제는 문제여. 대화보다는 힘으로 해결헐락 허고, 이성보다는 감정으로 밀어부칠락 헌게. 은젠가 리 대항 축구시합을 허다가 무라리가 진게, 깽판을 나 버렸담시로? 그때 심판이 함바트라먼 맞어 죽을뻔 봤단디, 우겟놈들이 이쪽 사람들을 안 무서와 허겠냐? 킥킥킥. 좌우간 지고는 못 산게. 하다못해 뚜드러패든지, 패쌈이라도 해야 직성이 풀린게. 아먼! 그것이라도 있어야제이."

물의 위와 아래 사이에 건널 수 없는 간극이 있음을, 태민은 일찌감치 알게 되었다. 아래 사람들은 '위 사람들이 의리보다는 눈앞의 이익을 추구하고, 진실보다는 가식을 일삼으며, 대범하지 못하고 소심하다'고 믿는다. 우직한 황소를 닮아 정직하고 순박한 사람들만 모여 사는 '아래'에 비해, 세상의 온갖 더러운 것들로 혼탁해져 있는 사람들, 영리한 머리로 잔꾀나 생각하고, 배운 지식으로 합법적인 도적질이나 궁리하며, 하늘의 섭리보다는 땅의 논리에 충실하며 살아가는 사람들, 그들이 물 위 사람들이라 여긴다.

반면에 비록 섬처럼 뚝 떨어진 곳에 터를 잡긴 했으나 스스로는 꾸밈없이, 반듯하게 살아간다고 믿는다. 바닷고기도 파닥파닥 뛸 때 된장에 발라먹어야 제 맛이고, 이제 금방 멱을 딴 돼지의 비계와 살점을 백해젓에 찍어먹어야 제격이라고 생각하는 사람들, 체면과 겉치레보다는 진실과 속마음으로 사람을 대해야 한다고 믿는 사람들, 입으로 새어나오는 말보다는 가슴으로 느끼는 정을 더 값지게 여기는 사람들, 그들이 바로 무라리 사람들이라 확신한다.

툭 터진 칠산 바다처럼 막힘이 없는 삶, 그래서 기분이 좋으면 체면 불고하고 박장대소한다. 옷을 훌훌 벗어 던진 채, 손에 손을 맞잡고 덩실덩실 춤도 춘다. 간이라도 빼줄 것처럼, 살이라도 떼어줄 것처럼 살갑게 군다. 그러나 비위에 거슬리면 걸쭉한 욕지거리가 가차 없이 튀어나온다. 멱살잡이와 주먹질은 다반사이고, 낫이나 삽을 추켜들고 죽자 사자 달려들기도 한다. 도대체 두려움이나 공포라곤 모르는 사람들 같다. 싸움질하다가 지서에 끌려간 사람에 대해서는 관대한 반면, 도둑질이나 사기, 거짓말하는 사람에 대해서는 필요 이상으로 비난을 퍼붓는다. 상종(相從)해서는 안 될 사람으로 치부하며, 욕을 퍼붓는다.

땅 끝이라고 하는 지리적 특성이 사람의 기질마저 극단으로 몰아갔을까. 뜨겁지도 차지도 않은 물은 토해내듯, 검지도 희지도 않은 회색분자를 경멸하듯 무라리 사람들은 미적지근함과 두루뭉술함을 싫어한다. 이웃이 아플 때에는 의례적인 병문안 대신 담방약을 달여 가고, 누가 죽기라도 하면 형식에 맞춘 조문 대신 퍼질러 앉아 땅을 치며 통곡부터 한다. 뼈가 부수어져라 일하고 고쟁이가 벗겨지도록 노는 데 집중하는 사람, 술을 마실 때에는 세상만사 잊어버리고 고주망태가 되어버리는 사람, 도박을 할 바에는 마누라만 빼고 논문서와 집문서를 몽땅 걸 줄 아는 사람, 그것이 무라리의 남자이다.

이 거침없는 사람들의 귀에 '물 아랫놈'이라는 욕설이 들려올 때, 놀라운 단결이 일어난다. 땅 한 평을 놓고 주먹다짐을 하고, 쌀 한 되를 갚지 않는다며 욕설을 퍼부으며, 낫을 들고 물싸움을 하다가도 '공동의 적' 앞에서는 굳게 뭉치는 것이다. 서로를 귀하게 여기며, 모두 하나가 된다. 일상에서 모래알처럼 흩어져있던 사람들이 하나로 엮어지는, 희한한 역사가 일어나는 것이다. 어린아이의 발길에도 깊은 상처를 받는 모래가 물(눈물)을 머금게 되면 아무리 밟아도 부서지지 않는다. 아니, 밟으면 밟을수록 더욱 단단해지는, 묘한 성질을 갖고 있다. 연약하면서도 강하고, 부드러우면서도 질긴 성깔, 여성적이면서도 남성적인 그 성질을 무라리 사람들은 벌써 닮아 있었다.

"애기들까지 문 시합을 헐 때마닥, 지역별로 경쟁이 붙는담시로?"

"작년 8·15때 축구시합 결승전에서 무라리가 져 버린게, 심판 뚜드러 패고 우승컵을 갖고와 버렸닥 안 헙디요?"

"그 말이 아니라, 문 가이생을 험시로도 껄막끼리 팬을 나눈담 시로야?"

　나름대로 시야가 넓다고 자부하는 이씨는 간혹 '선구자'적인 발언을 하곤 했었다. 그런데 그것이 무라리를 감싸는 그의 평소 소신과 간혹 어긋장에 놓이는 경우가 있었으니.

"사람이 눈을 크게 뜰 종 알아야 허는 것이여어. 느그덜은 좁은 테두리에서만 본게, 밤나 쌈을 허지 않냐? 그러나 아내미 허고 개정리, 새태가 합심하여 서촌이라는 이름으로 나가야 남촌을 이길 수 있고... 또 동촌, 서촌, 남촌이 무라리로 뭉칠 때, 대전리 허고 중앙교를 이길 수가 있고..."

"........."

"그 담에 또 뭣이냐? 응. 리끼리 협조해서 백수면으로 나갔을 때에, 다른 면들을 이길 수 있는 것 아니냔 말이여어. 또 면끼리 연합해서 영광군으로 나갔을 때, 함평군 장성군을 이길 수가 있고... 각 군들이 합하여 전라남도로 나갈 때, 전라북도를 이길 수가 있는 것이고... 어디 내 말이 틀렸냐?"

"........."

"틀림 읎는 소리여어. 또 호남으로 한 뻔에 나갔을 때, 막말로 영남을 이길 수가 있는 것이고. 또 대한민국으로 나갔을 때, 이북을 이기고. 결국에는 양쪽이 통일이 되아야 헐 것 아니냐? 그래 갖고 문자 그대로 삼천만 동포로 나갔을 때, 쪽발이나 때 놈들, 양놈들한테 안 맥힐 수가 있다... 그 말이여. 시방."

이상한 나라

“근디 어째서 엄니는 중학교 배키 못 나왔는가?”

“움마! 그때는 여자가 중학교 나온 것도 어딘 디야. 느그 외한 아씨(외할아버지)가 칠 남매 가운데 젤 끄트머리로 나를 낳으셨넌 디, 핵교 보내주라고 고로코 졸라도 대답이 읎으시드라. 그래서 솜리, 지금은 이리(익산)라고 허는 디로 도망가다시피 해 갖고 원광중핵교를 댕겼지야. 봉재도 배우고 했넌디, 느그 아부지 만 나갖고 오늘날 무라리 촌구석으로 오고 말았다. 느그 아부지같 이 대학만 나와 갖고 식구들 벌어 맥이도 못허먼 뭣헐 것이냐?”

“..........?”

“아니. 지금이사 느그 육 남매 잘 크고 헌게, 갠찮헌디.”

"아부지는 놀기만 했단가?"

"첨에는 신문 기잔가 뭇인가 했는 갑이드라."

여기서부터는 이씨 자신의 무용담.

"연합통신 기자로 딱 들어갔넌디, 그 자리는 보통 신문사 기자들허고는 차원이 틀리그든. 신문사의 신문사 아니냐? 그런디 하로는 광전대 총장이었든 신학준 박사라고, 그 양반이 나한테 꼬투리를 잽했그든. 기자들은 상대방의 약점 잡어 갖고, 꿈 파는 것이 직업 아니냐? 월급은 거진 읎은게, 고것으로 먹고 사는디."

"·········"

"신문에 터 봤자 피차간에 이익 될 것도 읎다고 그럼시로, 협상을 제의했지야. 보도가 안 나가게 해줄 틴게, 가져오라 그 말이여. 그런디 끝끝내 안 주드란 말이다. 여관에서 사흘을 지달리다가 말아 버렸제에."

"예?"

"한참 시간이 지내 버렸넌디... 새로 신문에 내기를 허겄냐, 안 오는 사람 쫓아가 돈을 뺐겄냐? 웬만헌 사람 같으면 벌벌 떰시로 쫓아오는디, 딸싹도 안 해야. 그러고 보면 그 양반도 베짱이 무던했든 갑이여어. 고냔시 너한테 이런 말 허는 갑이다 요."

자식들에게 늘 '양심'과 '청렴결백'을 강조해 오던 이씨. 엉겁결에 튀어 나간 말에 맘이 걸리는가 보다.

"허기사 너도 알 것은 알아야제이. 그래서 에라이 이 짓도 못해먹겄다 싶어서 무라리로 안 내래 왔냐? 그런디 문 헐 일이 있어야제. 매칠간 아랫목에 누워서 구들장 짊어지고 있은게, 느그 은종이 성한테서 연락이 왔드라. 그때 길룡리에서 고아들을 갈치고 있었그든."

"...성...이라우?"

박은종으로 말하면, 이씨와 중학교 동기동창생인 동시에 김씨의 둘째 언니 남편의 아들이었다. 태민으로 보자면 이모부의 전처(前妻) 아들이었기에, 분명 이종사촌 형님이라 불러 마땅했다. 하지만 이씨와 비슷한 나이인지라, '형님'이란 호칭이 무척 어색하게 느껴졌다.

작년. 큰집의 사촌누나 성혜와 함께 그 고아원에 간 일이 있었다. 영광행 완행버스를 타고 삼십여 리를 달린 끝에, 논산리 들녘이 바라보이는 지점에서 내렸다. 그리고 황토먼지 자욱한 자갈길을 따라 북쪽을 향해 걷기 시작했다. 가도 가도 끝이 없을 것 같던 길. 그러나 저수지를 지나 언덕배기를 숨 가쁘게 넘자 고아원의 우람한 몸집이 손에 잡힐 듯 시야에 들어왔다. 둘은 뜀박질하다시피 하여, 거대한 대문 앞에 섰다.

그곳에는 죄수처럼 머리를 빡빡 밀어 버린, 싸늘한 눈초리의 아이 셋이 버티고 서 있었다. 그들은 도통 말이 없었다. 둘을 바라보는 동안 눈조차 깜박이지 않았다. 그들 뒤, 대문 안쪽의 도로 위로 대여섯 명이 줄지어 지나가며, 이쪽을 힐끗 힐끗 쳐다보았다. 손에는 날 선 낫이 들려 있고, 배꼽 근처에서 멈춰선

누더기 저고리 사이로 때로 뒤덮여 있을 피부가 민낯을 드러냈다. 광대뼈가 튀어나온 누런 얼굴에, 초점을 잃어버린 두 눈이 성가신 듯 박혀 있었다. 겨울밤 서촌 교회의 기와지붕 밑에서 막 끄집어낸 참새의 발을 연상케 하는 두 다리, 그 아래로 고무신도 걸치지 않은 맨발이 달려 있었다. 태민은 그들 눈빛 속에서, 까닭 모를 적개심을 발견하였다. 섬뜩한 느낌. 낫을 추켜들고 금방이라도 달려들 것만 같아 더럭 겁이 났다.

삐죽삐죽 대문을 지나 오른쪽으로 방향을 틀자 꿈결에서처럼 함성 소리가 들려왔다. 소스라치게 놀래어 고개를 들어보니, 널찍한 운동장에 수많은 아이들이 모여 있었다. 한 남자가 고래고래 소리를 지르며 복창(復唱)을 강요하고 있는 사열대 앞에서, 한 아이가 덩치 큰 사내에게 두들겨 맞고 있는 중. 정강이에서는 새빨간 피가 주룩주룩 흐르고 있었다.

"느그 새끼덜! 여그 잘 봐라이. 이 새끼같이 나무 비어오락 헌게, 지 놈 발이나 비어 오고.. 이러먼 쓰겄냐, 못쓰겄냐?"

"못쓰겄습니다!!!"

아하! 비로소 어떤 상황인지 짐작이 갔다. 하지만 아무리 그래도 그렇지. 부상병을 치료해 주지는 못할망정 때리기부터 하다니. 운동장 서편의 솟을 대문은 한없이 높아 보였고, 그 앞에는 자동차 두 대가 나란히 서 있었다. 검정 찝차와 녹색의 하이야 택시. 그 선명한 색깔들이 조금 전 보았던 부상병의 진홍색 피와 묘한 대조를 이루었다. 대문을 넘어서자 또 다른 대문이 나타났고,

그것을 지나자 비로소 남향 한식집이 우아한 자태를 드러냈다.

"웅? 니가 무라리 이숙 아들이냐?"

".........."

잘 닦여 반들거리는 마루 위에 높은 이마와 작은 눈, 기름기가 흐르는 얼굴의 중키가 서 있었다. 말로만 듣던 이종형님, 틀림없이 그 일거라 짐작했다.

"이쪽은 사둔 처년 갑만? 아따! 날씨 무저게 덥구만이. 좌우간 어서 들어 오니라."

얼음이 띄워진 미숫가루 차를 마시라며 숨이 차도록 재촉하던 그가 벌떡 일어나 옆방으로 건너간다. 몽유병자처럼 흐느적거리며 뒤따라간 둘의 눈앞에 '별천지'가 펼쳐져 있었다. 최고급 연필과 지우개, 크레용, 공책 등등. 물을 건너온 미제(美製)란다. 학용품 외에, 보기만 해도 군침이 도는 과자며 사탕이 천장에 닿을 만큼 꽉 채워져 있었다. 어쩌면 동화책에 나오는 '보물창고'가 이런 모습일 거라 생각했다. 꿈인 듯 생시인 듯 정신마저 몽롱해지는데, 물론 몽땅 차지하고 싶은 마음이야 간절했다. 하지만 '탐욕'이 들켜서는 안 될 것 같아 머뭇거리다가 크레용과 연필 한 묶음을 추켜들었다. 그 모양이 답답했던지 '형님'이 손수 '보물'들을 몇 점 더 골라, 둘의 가슴팍에 덥석 안겨 주었다. 하늘을 날 것 같았다. 그리고 바로 그 순간, 운동장에서 맞고 있던 아이 생각이 났다. 맨발의 깡마른 아이들과 보물창고, 까까머리와 솟을대문, 정강이에 흐르는 새빨간 피와 진한 녹색의 택시. 모든 것이 뒤죽박죽이 된 느낌.

"아이, 거그 누구 옰냐?"

"예. 원장님..."

허겁지겁 달려온 까까머리 원생 하나가 마냥 머리를 조아린다.

"이 분들 말이다이. 박 선생한테 모셔다 디래라."

"예. 원장님. 이리..."

걸어가던 중 십자가가 달린 건물 안을 들여다보는데, 난생 처음 보는 악기가 눈에 띄었다. 검정색깔에 '풍금'보다는 큰 것 같은데, 도통 그 이름을 알 수 없었다. 솟을대문을 건너지 않고 왼편으로 꺾어들자, 수많은 방들이 닥지닥지 붙어 있었다. 까까머리가 그 중 하나를 가리켰다. 대낮인데도 안은 어두컴컴했다. 눈이 어둠에 익숙해질 무렵, 여남은 명의 아이들 앞에 검정 치마와 하얀 저고리를 입은 여자 하나가 앉아 있었다. 그녀의 손에는 기다란 매가 들려 있었고, 아이들은 무릎을 꿇은 채 사시나무 떨 듯 하고 있었다. 악녀나 마귀할멈이 있다면, 아마 저런 모습일 것이라 생각했다. 그러나 큰 키를 일으켜 꾸부정한 허리를 돌리는 순간, 소스라치게 놀라고 말았다.

"누나..."

그 '마귀할멈'은 선영 누나였다. 작은 이모가 시집와서 직접 낳은 딸, 박은종과는 이복(異腹) 남매지간이지만, 태민의 입장에서 보면 엄연한 이종사촌이었다.

어린 시절, 태민의 눈에 비친 그녀는 순결하고 아름답고, 우아하고 다정했다. 키는 훤칠하고, 살갗은 백옥같이 희었으며, 호수처럼 크고 맑은 눈에 깎아놓은 듯 오똑한 콧날. 아홉 살 무렵이었던가. 어른들의 노래자랑이 펼쳐지던 가겟방에 멀뚱히 앉아 있다가 이씨로부터 호되게 꾸지람을 듣고 말았다. 아무리 시켜도 끝내 노래를 하지 않는다는 것이 그 이유. 고집을 피운 것이 아니고 다만 숫기가 없어 그랬던 것인데도, 아버지는 아들의 마음을 너무 몰라주었다. 천 길 낭떠러지로 떨어진다고 여겨질 때, 등을 다독이는 손길이 있었으니, 그 손길의 주인공이 바로 선영누나였다. 들썩이는 태민의 어깨를 감싸 안으며, 그녀는 향내 나는 손수건을 꺼내어 눈물을 닦아주었다. 그리고 따뜻한 가슴으로 꼭 안아주었다. 아! 향기가 물씬 풍기는 스물한 살 처녀의 가슴이란. 너무나 짜릿하고 행복했다.

그런데 오늘 그 아름다운 자태는 온데간데없이, 저리도 표독스럽게 변해 있다니. 처음에는 자신의 눈을 의심했었다.

"...너, 왔냐?"

힐끗 돌아보는 그녀의 표정은 시베리아의 얼음처럼 싸늘했고, 목소리는 사하라 사막의 모래처럼 건조했다. 아이들에게 몇 가지 주의사항을 일러준 뒤, 그녀가 일어섰다. 나가자는 말이 너무나 반가웠다. 한시바삐 이 어둡고 음산한 방을 탈출하고 싶었던 것이다. 섬돌 위에 놓인 고무신 속으로 하얀 보선이 쏙 들어간다. 교회 앞을 지나오면서, 태민은 검은 물체를 가리켰다.

"저것이 무이단 가?"

"어디? ......저 피아노 말이냐?"

아! 피아노. 그래. 맞다. 피아노다. 혹시나 했더니 정말 피아노
였구나. 무척이나 멋있게 생긴 피아노까지 내 눈으로 보았으니,
고생고생하며 이곳까지 온 보람을 했구나. 연필, 크레용에 덧붙
여 아이들 앞에서 자랑할 거리가 하나 더 생겼으니 말이다. 조금
전의 음산한 기분이 봄눈 녹듯 사라지고, 갑자기 신바람이 났다.
내친 김에 궁금증을 하나 더 풀기로 맘먹었다.

"쩌어그 아까침에, 방에서 아그덜이 문 잘못을 했단 가?"

"으응. 여그 아그덜은 존 말로 해서는 안 들어야. 지 부모도
윲이 막 큰 아그덜이라, 무시락 헐 때에는 야물딱지게 무시락
해야제, 찌럭찌럭 건들어 노먼 선생이고 무이고, 막 타고 넘을락
헌단게."

"그러먼... 누나가 선생이여?"

"호호호! 그러지야. 이 촌놈아."

자신의 우문(愚問)이 누나의 웃음을 촉발했다는 생각에 태민은
기분이 좋아졌다. 그러면 그렇지, 착한 누나가 괜히 그럴 리가
없지. 하지만 돌발적인 그녀의 웃음소리 앞에서, 새빨간 피에
대한 물음은 끝내 던져지지 않았다. 한참을 걸어 원생들이 줄지
어 서 있는 거대한 식당 앞에 당도했다. 즐거워해야 할 이유도
없고, 슬퍼해야 할 까닭도 없다는 수많은 표정들 속에서 그나마
웃음 하나를 발견한 것은 의외였다.

그는 태민을 정면으로 응시한 채, 웃고 있었다. 잔뜩 흐린 잿빛 하늘처럼 늘 그런 풍경이어야 할 곳에서, 더욱이 원장의 여동생과 동행하는 귀빈(?)에게 감히 그런 웃음을 던지다니. 그 예상치 않은 사태에 태민은 적잖이 충격을 받았다. 물론 외모상으로 그는 다른 아이들과 별반 차이가 없어 보였다. 덕지덕지 때가 눌어붙은 손에는 '스뎅' 밥그릇이 들려 있었고, 검정 윗도리의 왼쪽 호주머니에는 숟가락 하나가 달랑 꽂혀 있었다. 한 끼 식사라고 해 보아야 딱 한 주걱으로 퍼주는 희멀건 밀가루 죽 한 그릇뿐. 김치도 깍두기도 보이지 않았고, 그래서 당연히 젓가락도 없었다.

하지만 그의 웃음은 그러한 환경으로부터 초탈해 있는 것처럼 보였다. 처음에는 정신이 좀 이상한 아이가 아닐까 했었다. 하지만 형형한 눈빛 속에는 당당함을 넘어 도도함마저 느껴졌다. 어쩌면 그가 자신을 향해 도전장을 내밀고 있을지도 모른다는 생각이 들었다. 두려움이 들킬까봐 고개를 돌리고 말았다.

그런데 거짓말처럼 그의 입으로 들어가는 죽이 먹고 싶어졌다. 수제비이건 칼국수이건, 죽이라면 사족을 못 쓸 만큼 좋아했던 터. 날마다 죽이 나온다는 말에 태민은 철부지처럼 조르기 시작했다. 제발 고아원에 올 수 있게 해 달라고.

"여그는 부모 읎는 아그들만 오는 디여. 너같이 아부지 있고, 어무이 있고 허는 아그들은 오고 싶어도 못 온단게."

나중에 들은 바로는, 부모가 있다 해도 집안 형편이 좋지 않은

아이들은 올 수 있었단다. 어떻든 먹여주고 재워주고 학교까지
보내주는 곳이니. 누나의 손에 질질 끌려가면서도 태민의 눈은
연신 뒤로 향했다. 뭔가 끌어당기는 힘이 느껴졌다. 뚫어져라
쳐다보는 원생들의 눈길, 여전히 웃고 있는 그 아이의 얼굴이
그곳에는 있었다.

　선영은 차에 오르는 둘을 향해, 손을 흔들었다. 난생 처음 타보
는 찝차. 뒷좌석에 마주앉은 성혜가 태민을 향해 씩 웃는다. 하지
만 태민의 머릿속은 뒤죽박죽. 피를 흘리며 묵묵히 맞고 있던
아이, 고함을 질러대던 남자, 어둠 속에서 싹싹 빌고 있던 아이들
과 누나의 낯선 얼굴, 숟가락을 입에 물고 줄을 서있던 퀭한 눈동
자들, 희멀건 죽과 보물창고. 그리고 한 아이의 이상야릇한 미소
까지. 백미러로 둘을 살피던 운전수가 씩 웃었다.
　"찝차, 첨 타본가 베?"
　"…………"
　"서울 가먼, 이런 차 억쑤로 많다 아이가."
　억센 경상도 사투리를, 처음에는 잘 알아듣지 못했다. 그 사람
이 누구인지도 알 턱이 없었다. 무라리에 둘을 내려준 찝차가
출발하자마자 김씨에게 물었다. 그리고 매형이 될지도 모른다는
대답에 너무나 속이 상했다. 세상에! 깡마른 사각형의 얼굴, 아래
턱이 밑으로 쭉 빠져 나와 있는 사나이, 원장 형님의 찝차 기사가
감히 선영 누나와 결혼을 한다고?

이 대목에서 이씨가 들려준 결혼 비하인드 스토리가 생각났다.

"좌우간 느그 은종이 성이 나보고 (고아원)선생을 해 보락 해서, 몇 달간 허고 있는 판인디... 마침 은종이가 장개를 가게 되얐그든. 그래서 나는 신랑 쪽 우인대표로 참석허고, 느그 어메는 신부 쪽 들러리로 오고 그랬지야."

"그때 나는 읎었지라우?"

"야가 시방 구신 씻나락 까먹는 소리 허고 있네. 너는 생개나도 안 했지야. 좌우간! 친구들허고 걸상에 앉거 있넌디, 느닷읎이 앞에서 나를 찾드라. 인사말을 허기로 했든 친구가 안 나갈란다고 뺀다는 것이여. 그러니 어쩔 것이냐? 허어이, 원불교 식으로 허는 혼례식 절차라든가, 강당 안에 꽉 들어찬 하객들을 보고 겁이 났든 생이제에. 남자 새끼가 고로코 간뎅이가 적어서 어디다 쓸 것이냐?"

"...헤헤헤. 진짜 웃긴다."

"그런게 사회자가 내 옆에 와서, 마고 보챈다. 한 소리만 해 주라고..."

그러나 억지춘향으로 세워진 대타(代打)가 홈런을 치고 말았으니. 이씨의 바리톤 음성과 유식한 어투, 타고난 입담은 즉석연설을 성공으로 이끌기에 충분했단다. 더욱이 호리호리한 키와 말쑥한 양복, 하얀 얼굴, 젊음의 기개가 넘쳐나는 눈동자 등은 하객들을 매료시키고도 남았다나.

"그때 느그 어메가 정신을 잃어 버렸든 생이제에. 킥킥킥! 솔직히 촌에서 나만헌 남자가 어디 있겠냐?"

아니나 다를까. 이쯤해서 이씨 특유의 자기자랑이 침을 튀겼다. 그러나 김씨가 이씨를 선택할 때의 기준은 외모나 학벌, 말솜씨가 아니었다.

"첫째 술을 마시지 않을 것, 둘째 도박을 허지 말 것, 셋째 여자치기 허고 강짜를 허지 않을 것인디... 왜 그랬는고 허니, 큰오빠는 술로 망쪼가 들어버렸고, 둘째 오빠는 화토로 패가망신을 했고, 시째 오빠만 읍에서 치과 험시로 돈도 많이 벌고 출입도 허고 그러기는 허지야. 그런디 또 시째 언니는 의처증 환자 만나 갖고, 한 많은 세상을 뜨지 안했냐?"

"그러먼.."

"본래 우리 친정집도 부자였씨야. 신하리가 읍에서 가찹지 않냐? 좌우간 전답도 많고, 소도 대여섯 마리씩이나 되고, 상일꾼만 해도 두어 명씩 두고 그랬지야. 그러고 칠 남매 가운데 내가 막두인게 오빠를 싯, 언니를 싯이나 둔 복둥이 아니냐? 그런게 실은 너도 외갓집으로 보면, 귀헌 아들이지야. 왜냐허먼 오빠들한테는 아들들이 있었제마는, 언니들한테는 하나도 옳었그든. 내 우게로 언니 싯이서 시집을 갔제마는 딸만 낳고 그랬넌디, 나는 떡뚜께비 같은 너를 딱 낳아버린게, 느그 외한아씨가 너만 보먼 입이 벌어지시고 그랬제. 이씨 집안에 인물 났다고. 그런디 하로는 시째 언니가 시집을 갔넌디..."

목수였던 남편은 술만 마셨다 하면 아내를 두들겨 팼다. 얌전하게 집에 있노라면 '어떤 놈이 집에 댕개 갔냐?'며 거품을 물었고, 밖에 나가 일을 보고 올라치면 '어뜬 놈 허고 붙어먹었냐?'고 강짜를 했다. 주먹과 발길질은 예사였고, 장도리까지 치켜들어 사정없이 후려쳤다. 심지어 정강이 사이에 각목을 받친 다음, 망치로 무릎을 꽝꽝 쳐대기까지 했다. 마치 나무에 못을 박듯이.

"개우 개우 목숨만 이어가는디, 날마닥 생지옥이 따로 읎지야이. 집에 다른 남자가 오면 강짜를 허고, 여자가 오면 남자가 심바람 보낸 것으로 의심을 헌게. 그 속에서도 내일이면 쪼까 나아질란다냐, 애기들이 크면 쪼까 좋아질란다냐 험시로 살다가..."

결국 양잿물을 마시고 스스로 목숨을 끊고 말았단다.

"차말로 그런 인생도 있드라. 하이고! 그런게 말이 있는 법이다. 의처증 있는 남자허고는 절대 못 산다고."

"우리 아부지는 안 그러는디이?"

"두고 봐야제마는, 느그 아부지한테도 그런 끼가 쪼까 있기는 허지야. 그것은 그러고, 큰오빠는 사람은 나무랄 디가 읎이 좋고 헌디, 고놈오 술 땜에 그랬고. 시상에, 난창에는 밥을 술에다 말아먹어야. 그것이 문 맛이끄냐? 술에 곯아서 폐인 되다시피 해서 환갑도 못 새고 돌아가겠지야. 또 누구냐? 응. 두째 오빠는 그 웬수놈오 화토 땜에 쫄딱 망허고. 오른손 모가지 짤르면 왼손으로 헌닥 안 허디야? 돈 잃고 속 좋은 놈 읎다고, 밤나 술에, 담배에. 하니나! 너는 장난으로라도 화토짝 만지지 말어. 느그 아부지도 생전 화토 같은 것은 몰르고 사셨은게."

서너 가지 금기조항은 벗어났다 판단되는 외에, 이씨의 외모에 반하기도 했을 김씨. 그러나 이씨는 김씨의 외모에 처음부터 실망하고 말았단다.

"느그 어메한테 일곱 가지 숭이 있넌디... 첫째는 목이 짤룹고, 두째는 살이 검고, 시째는 눈 끄턴머리가 우게로 치달아 매고, 니째는 광대뼈가 불거지고..."

그럼에도 결혼이 성사된 데에는 백부님의 공로(?)가 컸단다.

"본래 느그 큰아부지한테 큰어메가 따로 있시야. 시방 큰집에 있는 큰어메 말고, 큰큰어메락 해야 쓰겄다마는. 느그 한아씨가 고르신 양반인디, 키는 짝달막허제마는 본 양심이 착허고 무던허니라. 그런디 느그 큰아부지가 기생년 치매폭에 싸여갖고 정신을 못 차리신게, 하로는 큰큰어메가 방을 걸어 잠그고는 안 열어 주었든 갑이드라. 옛날에는 질투허는 것도 칠거지악(七去之惡)에 들어간다고 했그든. 시상에 문 그런 법이 다 있으끄냐? 느그 할메도 첨에는 큰큰어메 편을 드시다가 언칸 고집이 시고 그런게, 큰아부지가 쫓아 내는대로 냅두고 보셨든 생이여."

그러나 비록 소박을 맞았을지언정 조강지처를 내친 큰 형님의 처사와 형수의 독수공방(獨守空房)이 부당하다고 여겨온 이신만 씨가 어떻게 해서든 그녀를 들여오고자 했단다.

"나는 그런 속도 몰르고 엉겁전에 식을 올렸넌디, 신하리 느그 외갓집으로 와서 첫날밤에 허는 소리가 내가 장개를 온 것은 그쪽이 좋아서가 아니요. 큰성님한테 소박맞고 지금 접방살이허고 있는 성수씨를 모셔올라고 그런 것인게 그리 알고, 내일 무라리 가드라도 나는 성수씨 허고 같이 안 들어가면 집에 안 들어갈 란게 그리 아씨요 그러드란 마다. 나 참, 기가 맥해서..."

"킥킥킥! 되게 웃기네이."

"그때는 웃음도 안 나와야. 차말로 금방 결혼을 파토라도 낼 기세드란게. 그래서 내가 첫날밤에 이 문 꼴이디야 싶어 암 말도 않고 있은게는, 손꾸락 하나 안 대고 잠만 퍼질러 자야. 나 참..."

스물세 살 꽃다운 신부는 잠자는 신랑 옆에 족두리도 벗지 못한 채, 밤새도록 앉아 있었다.

"아닌 밤중에 홍두깨요 자다가 봉창 뚫는다데이, 이 문노모 도깨비 같은 짓인가 싶드라. 결혼이 아그덜 장난인 줄 아는가 싶기도 허고, 생각헐수록 비어(火)도 나고. 첫날밤 신방에서 성수 씨 말이 왜 나오냐?"

이튿날. 무라리 시댁으로 향하는 신부의 가마 앞에는 투기죄(妬忌罪)로 소박맞았던 '큰큰어메'가 서 있었다.

"근디 큰큰어메는 어째 또 나가 버렸단가?"

"느그 큰아부지 맘이 벌써 기생년한테 가 계신 줄 알고 그랬지야. 그런 디다가 또 느그 큰큰어메가 연거푸 아들을 둘이나 낳넌디, 다 죽어버렸그든. 시상에! 고로코도 이쁘고 영리허끄나이. 집안이 안 될라고 그랬는가 느그 큰큰어메 팔자가 사납게 될라고 그랬는가 몰라도, 인자 개우 딸 하나 남었지 않냐. 느그 분희 누나라고..."

"광주 사는...?"

"진작 시집가서 벌써 아그들이 닛이냐 다섯이냐? 큰놈이 우리 태국이 허고 동갑인게, 쭈르르 아들 닛에 젤 끄트머리에 딸 하나 낳았구나. 그 가시네도 즈그 어메 따라 삼시로 고상 많이 했어야 거. 어찌됐건 그 뒤로 혼자 사시게 되고, 대신 처녀로 시집온 느그 큰어메가 태준이 허고 성혜 넌 낳고 시방까장은 잘 살고 있지 않냐."

"그러면 나는 은제 낳았는가?"

"너? 태준이가 너보당 한 살 우게지야? 또 니 우게로 누나가 죽었은게, 그 뒤로 한 일 년, 아니 반년 있었으까? 6·25 끝나고 나서 전쟁 통에 장개 못 갔든 총각들, 시집 못 갔든 처녀들이 한 뻔에 가 버린게, 동네에도 느그 또래가 많지 않냐?"

"맞어. 진짜 많네이. 내 남자 동창만 스무 명이 넘어."

"꼭 모 부어 논 것 같이, 수를 실라먼 한도 끝도 읇지야."

태민이 태어날 무렵. 동족상잔의 비극이 끝난 지 삼 년이 지나 있었다. 전쟁의 포성은 멈추었으나, 아직도 그 상흔(傷痕)은 사람들 뇌리에 깊숙이 박혀 있었다. 낮에는 국군이, 밤에는 인민군이 교대로 무라리 땅을 점령하던 때, 동네 사람들이 남쪽의 봉덕산 꼭대기에 꽂혀있는 깃발의 신호에 따라 움직여야 할 때를 이씨는 이렇게 기억해 냈다.

"모다들 남촌 너머 산꼭대기만 쳐다보고 있다가, 기가 올라가

먼 남녀노소 불문허고 터진게 넘어 대절산 쪽으로 도망을 치는 것이여어. 여그서 한 시오리 될 거이다마는. 산속에 꽉 숨었다가 인민군이 물러갔닥 허먼, 또 동네로 오는 것이고..."

"걸어서...라우?"

"그러면 걸어서 왔다갔다 허제, 그때 문 자전거가 있었냐? 삐쓰가 있었냐? 그것도 큰길로는 못 오고, 석구미쯤에서 터진게 근방까장 바닷길로 오는 것이제에. 근디 하로는 그때가 음력 정월쯤 되얐을 것이다."

살을 에는 듯한 바닷바람이 귓불을 때리는데, 변변치 않은 옷가지와 공포감으로 인하여 사람들은 잔뜩 얼어붙은 채였다. 납북(拉北)된 둘째 백부의 큰아들로서 당시 아홉 살이었던 사촌형 태봉은 여섯 살배기 동생의 손을 잡고, 사람들 틈에 끼여 돌아오던 중이었다. 사르르 얼음이 언 바닷물 아래의 뻘은 마치 철거머리처럼 가녀린 발들을 붙들어 맸다.

"느닷읎이 태성이가 자빠짐시로 백락같이 소리를 치는 것이여어. 느그 둘째 큰아부지 작은 아들이겄지야이."

".........?"

"째깐헌 것이 오메이! 성아야. 내 발이 막 빠진다고, 그랬을 것 아니냐? 그런게 태봉이, 그것도 째깐헌 것이 뭇을 알었냐마는, 젖 먹든 심까지 써 감시로 손을 잡어 댕기는디, 그런다고 따라 오겄냐? 태성이는 아프다고 소리를 치제, 몸은 오무락딸싹도 않제... 사람 상헐 일이지야이."

"으런들은 뭇허고라우?"

"으런들이라고 밸 수 있디야? 다지금 살기도 바쁜 시상인디. 날은 오살나게 춥제, 인민군은 은제 쳐들어올지 모르제. 그런게는 앞만 보고 가지야. 그때는 사람 하나 죽는 것이 암 것도 아니여어. 포리 목숨이란게. 그래도 한 핏줄이라고 느그 시방 작은아부지, 신근이가 같이 잡어 빼다가 도저히 안 되겄은게..."

이 대목에서 이씨는 담배를 빼 물었고, 태민은 침을 꿀꺽 삼켰다. 당시 열아홉 살 총각이었던 숙부의 슬픔어린 독촉.

"폴세 글렀다. 태봉아. 가자. 너라도 살아야제. 글 안 허먼 둘 다 죽는다이."

"안 해라우! 우리 동상인디, 어쭈코 나만 간다우?"

아무리 죽음에 익숙해져 있다 한들, 한 몸에서 나온 피붙이가 두 눈 부릅뜨고 살려 달라 소리치는데 차마 그럴 수는 없었으리라.

"이 자석아! 빨리 가잔 마다."

"안 해라우! 나는 동상이랑 같이 가야 헌단게라우. 삼춘, 우리 동상 조까 살래주씨요."

발을 동동 구르는 태봉을 '삼춘'이 힘껏 잡아끌었다. 그때 태성의 피맺힌 절규가 칠산 바다 위로 메아리쳤다.

"성! 가지 마. 나랑 같이 가잔게. 성!... 성!... 성..."

"태봉아. 뒤돌아보지 말고, 싸게 가자. 산 사람이나 살아야제에."

"안 해라우! 안 헌단게라우..."

마침내 '삼춘'의 손이 그의 뺨을 갈겼다. 거꾸러진 그를 일으켜, 양쪽에서 한 사람씩 가녀린 팔을 동동 들어올렸다. 허공에 허우적거리며 그는 한사코 뒤를 돌아보았고, 태성은 점점 멀어져가는 형과 삼촌, 동네 사람들을 멀거니 바라만 보았다. 소리지를 만한 기력도 사라지고, 양 볼에 흐르던 눈물마저 차디찬 칠산의 해풍에 얼어붙었다. 잔인한 바람은 그렇게 불고 있었다.

"말을 허자먼, 어디 그 뿐이디야? 느그 진수 성은 또 어쨌디야. 뻔히 눈앞에서 즈그 아부지가 총에 맞어 죽는 것을 봤지 않냐?"

"진수 성이라우? 그러면 작숙도 고로코..."

큰 고모의 가족사 역시 한 편의 비극이었음을.

"그러지야. 느그 작숙, 말허자먼 고숙도 고로코 돌아가신 것이여."

역시 대절산으로 피난 갔다 돌아오던 길에, '터진게' 다리 위에서 인민군들에게 사로잡힌 그는 다른 마을 사람들과 함께 즉결 총살을 당했단다.

"너, 인민재판이라고 아냐? 맬급시 사람을 죽인닥 허먼 안 되겄은게, 재판이란 것을 허기는 헌단게. 그런디 그것이 다 요식행위지야. 이 사람 죽이는 디 반대허는 사람 손 들으락 허먼, 누가 들겄냐? 그랬다가는 똑같은 반동분자라고 해서 그 자리서 죽애 버리는디."

"개새끼들이네요이."

"그러고는 그 자리서 빵! 총을 쏘아 버려. 민주국가에서 재판은 최소한 시 번은 허지 않냐? 그런디 딱 한 번으로 끝내 버린단게. 아따! 눈 뜨고는 못 봐야. 창시가 옴막 뀌어져 나왔넌디, 인자 댓 살 먹은 아그가 뭣을 알겄냐? 즈그 아부이 몸뚱아리를 쳐다봄시로, 막 울기만 허는 것이여."

눈앞에서 벌어진 그 일이 무엇을 의미하는지, 또 앞으로 닥칠 자신의 운명이 어떤 것인지도 모른 채. 아! 사람 좋아 보이는 진수 형이 그처럼 피맺힌 과거를 안고 있었다니.

"요새 세상이 좋아져서 그러제, 차말로 인공 때에는 사람 사는 것도 아니었다."

"여그도 공산군이 들어 왔대요?"

"들어왔다 마다. 여그 백수 지역이 전국에서 젤 꼬래비로 수복이 된 디여. 길룡리나 대신리 쪽은 산이 험허고, 또 바다가 툭 터져서 접근허기가 좋그든. 이북에서 배를 띄우고 가만히 놔두면 이리 닿는다고 안 허디야? 조류(潮流)가 고로코 해 준다 그 말이여. 그런게 휴전이 되고나서도 빨치산들 땜에 군인들이 못 들어왔단게. 그래 갖고 머슴이 주인을 죽창으로 찔러 죽이고, 젊은 놈이 낫으로 사람들 목을 쳐 죽이고 그랬제 어쩄디야?"

"어쩌서라우?"

"몇 년 전에 저한테 욕했다고 배때아지 쑤시고, 또 농사 지음시로 밭뙈기 쪼까 먹어 들어왔다고 옆집 한아씨 목을 치고 그랬어. 그도 막 즈그덜이 설움 받고 살았넌디, 인자 못사는 사람들 세상이 왔다고, 세상이 뒤집어졌다고. 그때 애문 사람들 많이 죽었니라."

"차말로 개새끼들이네요이."

"너는 배우는 학생인게, 욕은 허지 말고. 그래도 우리 서촌 같은 디는 양반 동네라 쪼까 덜 했넌디, 다른 동네는 땅 가진 사람들이 많이 죽었지야. 막상 말로, 요즘에도 못사는 사람들은 세상이 뒤집어지기를 은근히 바래는 것 아니냐? 왜냐먼 죽지 못해 사는 목숨일 바에야, 뒤집어져 본들 손해 볼 것이 읎그든. 밑져야 본전이란 말이여어."

"·········"

"내 말을 정리허자먼 에... 첨에는 인민군한테 당허고, 쪼까 더 있다가는 빨치산허고 머슴한테 당허고, 난창에 해방되야 갖고는 서북청년단인가 뭇인가 들어와서 난장판을 치고..."

"그때 아부이는 뭇했넌디요?"

"나? 내가 그때 스물두 살, 대학교 댕길 땐게 군대에 잽혀 가먼 다 죽는디 어쩔 것이냐? 동네서 내 동갑이 열둘인디, 그때 끌려 가 싹 죽어뻔지고 인자 포도시 나 포함해서 둘 살아 있다. 그래서 잠깐 피해 있었지야. 병역기피자라고 어떤 사람은 그러제마는, 박 대통령 나오고 나서 부역으로 다 때았어야. 죄 닦음 했다 그 말이여어. 암튼 그때 느그 큰아부지가 동네 이장을 허셨그든. 근디 인민군들이 들어와서 총구먹 갖다 대고 밥을 해 주락 헌디, 천하장사라도 안 해 주고 전디겄냐? 그랬다고 인자 수복이 되야 갖고는, 또 군인들한테 당헌 것이여어."

"어째서라우?"

"공산당에 협조했다고, 부역인가 뭣인가 했다고 개 패드끼 팼단게. 마당이 피로 낭자 되야 버리고... 아이고! 징헌 노모 세상. 김태식이라고 좌익 운동했든 사람이 하나 있었넌디, 참 재주가 뛰어나고 몸 할라 무저게 날랍고 그랬그든."

"………"

"사람들이 말은 안 했제마는, 모다 좋아했었넌디... 아이! 이 양반이 수복이 되야 갖고 피해 댕기다가 하로는 우리 동네로 들어왔든 생이드라. 친척 집 곳간에 숨어 있넌디, 딱 군인들이 들어 닥친 것이여어. 밀정! 요새 말로 허먼 스파이한테 정보를 얻은 것이제에. 그런게 소막간으로 꺼꾸로 뛰어들어 갖고 그 자리서 죽어 버렸지야."

"죽어 버러라우? 차말로라우?"

"쌀밥 먹고, 내가 뭣 헐라고 너한테 그짓말을 허겄냐? 잽해 갖고 이리 저리 당허고 죽는 것보당 낫다고 생각헌 것이제에. 요새도 밴소에 빠져 죽은 아그덜 간혹 안 나오디야? 그런디 거꾸로 퐁당 빠져 버렸으니... 그 징헌 냄새는 고하간에, 숨 못 쉬먼 죽제 벨 수 있디야? 그런디 군인들이 그 시체를 끄집어내 갖고, 총으로 몇 번을 더 죽이드란다."

"징허네요이."

"그런게 벨 일이 있어도 전쟁은 안 되야. 전쟁은 사람을 짐승으로 만든다고 안 허디야? 생각해 봐라. 머리 우게는 하늘이 있고 발밑에는 땅이 있넌디, 사람이 그래서야 쓸 것이냐? 내 부모 죽인 원수라고 내가 그 사람을 죽이면, 그 사람 아들은 또 나를 원수라고 죽일 것 아니냐? 따지고 보면 우리 모두가 단군의 후손들이고 한 핏줄 한 형젠디, 동족끼리 총부리 겨누고 그랬으니. 세계역사에 이런 일이 옳다고 안 허디야? 그럼에도 그것이 또한 이 땅에서 일어난 엄연헌 현실이었고, 피맺힌 역사였다 그 말이여어."

"아부이가 살아 있은게, 나도 생개나고 그랬제라우 이?"

"그러지야. 내가 죽었어 봐라. 니가 세상에 나오기나 허겄냐? 나보고 기피자라고 허는디, 솔직히 그때 기피 안 허면 살아남기나 했디야? 사람은 무슨 일이 있어도 일단은 살고 봐야 허는 것이여어. 아까도 말했제마는, 잽해 간 사람은 싹 죽었단게. 군인이 아니라, 총받이여 총받이..."

".........."

"그러고 그때 글깨나 배운 인테리치고 좌익에 안 빠진 사람이 몇이나 되간디? 좌냐 우냐 어느 쪽이 옳은가 확신이 안 스는디, 고난시 한쪽에 섰다가 쌩목숨 바치면 쓸 것이냐?"

".........."

"우리 생전에 순사들 허고 서로 좋게 지낼지는 꿈에도 생각을 못했은게..."

"순사라우?"

이 대목에서 이씨는 목소리를 한껏 낮추었다.

"시방은 순경이라고 안 허디야? 막 수복이 되야 갖고 빨갱이

잡으러 댕길 때는, 고것들도 군인들이랑 한 통속이었그든. 그런
게 동네사람들이 철천지원수로 생각했지야. 누가 지 식구들 잡
으러 댕기는 사람을 좋아허겄냐? 서로 숨개 주니라고 바뻤제."

"그러먼 아부지. 어디 쪽이 우리 팬이라우?"

"웅? 그때그때 다르지야. 미국이 우리를 도왔다고 허제마는,
엉뚱헌 사람들도 많이 죽앴그든. 또 인민군이 사람을 많이 죽이
긴 했어도 김일성이가 시키지 안 했을 수도 있고. 야 이 놈들아!
다 죽애버리먼 누구허고 정치허란 소리냐고 막 무시락했다는
말도 있드라. 그래도 애당초 전쟁을 일으킨 쪽은 고놈들인게,
당연히 고놈들이 잘못했지야."

징집되어 가는 즉시 한 줌의 재로 돌아오는 또래들을 바라보
며, 또 어느 쪽이 옳은가에 대한 확신도 서지 않아 병역기피자가
되었다고 하는 이씨의 자기정당화. 태민은 스스로의 몸을 만져
보며 그의 선택이 참으로 현명했다고 생각했다.

"전쟁은 끝났넌디 기피자를 잡으러 댕긴다고 해서, 하로는 느
그 외갓집 동네로 숨어 버렸지야."

"신하리로...라우?"

영광읍에서 서쪽으로 오 리 남짓 떨어진 촌락.

"무라리는 좌익이니 우익이니 해 갖고 서로 고발허고 복잡했
넌디, 그 동네는 기피자가 옳다고 소문이 나 있었그든. 그런게
잡으러 댕기는 사람도 옳겄지 싶드라. 장개 막 가 갖고 을마 안
되았을 땐디, 느그 큰이모네 집으로 안 갔디야. 동네 끄턴머리

젤 높은 디가 있은게, 읍에서 들어오는 껄막이(골목이) 멀찌막히 내래다 보이는 디다가, 아차 허면 나무가 찍찍헌 뒷산으로 도망 치기도 좋고 그래서…"

방 윗목의 아래를 파서 지하방을 만든 다음, 아차하면 그곳으로 피신해 있다가 더 다급해질 경우 굴뚝과 다른 방향으로 난 길로 빠져나가면 바로 뒷산이 나오도록 되어 있었단다.

"따지고 보면, 느그 아부지 땜에 큰 이모 고생도 많이 했어야. 그 공도 모르고, 친정에 조까 갈란닥 허면 소리치고 그러는디…"

"나는 외갓집이 좋드라."

"나사 점빵(가게)허고 농사 땜에 한시도 틈을 못 낸게, 느그덜 이라도 댕개야제 어찔 것이냐? 지척이 천 리락 허데이, 엎어지면 코 닿을 디를 일 년에 한 번도 제대로 못 가니. 나 같은 불효자식 도 읊을 것이다. 살아생전에는 그랬다 헐망정, 느그 외한아씨, 외할매 일 년에 한 번씩 돌아오는 제삿날도 못 가니, 인자 죽어서 저승에 가면 어쭈코 낯바닥을 뵈오끄나?"

친정 말이 나올 때마다, 김씨는 눈물 바람을 했다. 하지만 태민 의 경우, 외가만 생각하면 신이 났다. 외사촌 형들이 끔찍이 아껴 준 데다, 무라리에서는 구경하기 쉽지 않은 참외나 수박을 마음 껏 먹을 수 있었던 까닭. 외가에 가려면, 가게 앞에서 버스를 타고 사십여 리를 달려 읍에 조금 못 미친 언덕에서 내리면 된다. 이곳에서 산길을 따라 걸어가노라면, 길 양편으로 콩과 옥수

수, 수수, 고구마, 참외 잎 등이 무성하게 자라 있었다. 하얀 나비, 노랑나비, 호랑나비가 이 꽃, 저 꽃을 옮겨 다니며 부지런히 꿀을 모으는 장면 앞에서 넋을 잃고 있다가, 벌들이 윙윙거리는 통에 질겁하기도 했었다.

황토밭 가운데의 노란 참외. 맹렬한 기세로 뻗어 나간 넝쿨을 좇다가, 진녹색의 이파리를 살짝 들추어내면 금색의 '보물'이 부끄러운 듯 몸을 숨기고 있었다. 줄무늬가 둘러진 단단한 껍질 속에 불꽃과 같은 정열을 감추고 있는 수박은 태민이 가장 좋아하는 과일 중의 하나. 작열하는 태양 아래, 흙 속의 물기를 흠뻑 빨아 고이고이 간직하였다가 땀 흘린 농부들에게 시원하고 달콤한 음료수를 제공하는 그것이야말로 자연의 최고급 선물, 신의 걸작품이 아니던가.

무라리와 신하리. 태민에게 친가와 외가를 제공한 두 곳의 풍경은 사뭇 달랐다. 논밭이 그런대로 균형을 이루고 있는 무라리에서는 벼나 보리가 주곡이었던 데 반하여, 황토밭이 태반인 신하리에서는 콩이나 옥수수, 고구마, 감자 등이 대종을 이루었다. 무라리 사람들이 '거칠고, 무식한 해변 촌놈'이라 업신여김을 받는다면, 신하리 사람들은 '속이 협량한 산골 무지랭이' 정도로 조롱을 당한다고 말할 수 있다.

서로 닮지 않은 지리 및 지형, 환경은 이씨와 김씨를 서로 '이상한 나라'에서 온 사람쯤으로 여기도록 만들었는데, 아닌 게 아니라 두 사람의 식성, 기질, 성격, 인생관은 너무나 판이했다.

이씨가 돼지나 닭 등의 육식을 즐기는 데 비하여, 김씨는 나물이나 채소, 과일 등 식물성 음식을 선호했다. 똑같은 국이 나와도 이씨가 국물을 좋아하는 반면, 김씨는 건더기를 더 챙겼다. 이씨가 성미 급한 다혈질인 데 반하여, 김씨는 냉철하고 차분한 편이었다. 이씨가 매사에 도전적, 적극적, 공격적인 데 비하여, 김씨는 모든 일에 현실적, 소극적, 방어적이었다. '강한 자만이 살아남는다'고 하는 것이 이씨의 신념이라면, '사람이란 모름지기 분수를 지킬 줄 알아야 한다'고 하는 것이 김씨의 철학이었다. '남의 돈을 꾸어서라도 사업을 확장하고 보자'는 이씨와 '빚 없이 알뜰하게 사업을 꾸려나가자'고 하는 김씨. '돈이란 쓴 만큼 들어오게 되어 있다'고 주장하는 이씨와 '단단한 땅에 물이 괸다'고 믿는 김씨. '내 몸과 내 인생도 충분히 중하다'고 생각하는 이씨와 '나야 어떻든, 자식들이 잘되어야 한다'고 믿는 김씨. '사람이 죽으면 흙으로 돌아갈 뿐'이라고 말하는 이씨와 '죽음 후의 세상은 반드시 있다'고 주장하는 김씨. 이씨가 말하기를 즐기는 편이라면, 김씨는 상대방 말에 귀를 기울일 줄 알았다. 매사를 '남의 탓, 나의 덕'으로 돌리는 이씨와 모든 일을 '나의 탓, 남의 덕'이라 말하는 김씨. 공평과 정의를 부르짖는 이씨와, 사랑과 용서를 강조하는 김씨. 보면 볼수록 둘은 너무나 닮지 않은 부부였다.

"그래도 부부간에는 안 타긴 것이 좋단다. 생각해 봐라. 둘이 다 똑같으면, 어쭈코 살림을 헐 것이냐? 내가 느그 압씨같이 푹푹 쓰기나 좋아허면, 결국에는 모다 쪼빡 찰 것 아니냐?"

"아부이도 어메같이 안 쓰먼, 더 좋제에."

"아니여. 남자는 베포도 있어야 허니라. 그래야 사업을 헐 것 아니냐? 또 예를 들어서, 국 한 그릇을 먹을 때도 그래. 똑같이 국물만 찾는달지, 건데기만 찾으먼 어쭈코 되겄냐?"

생각해 보니 딴은 그랬다. 서로 닮지 않은 두 사람이 만나 한 몸을 이룬 것은, 음과 양의 조화요, 하늘과 땅이 서로 돕는 이치일 터. 살다 보면 적극적으로 사업을 확장해야 할 때도 있고, 내실을 다져야 할 때도 있을 것이다. 돈을 써야 할 때도 있고, 아껴야 할 때도 있을 것이다. 타인을 귀하게 여겨야 하지만 나 자신도 소중한 존재이고, 내세도 좋지만 현세도 등한히 할 수 없는 일이 아닌가. 상대방의 말을 끝까지 들어주되, 내 주장도 할 때는 해야 한다. 억울한 일을 당했을 경우 무작정 화를 내는 것도 곤란하지만, 꿀 먹은 벙어리 마냥 잠자코 있는 일도 바람직하지는 않을 터. 산해진미의 진수성찬을 받아 이씨가 육류를, 김씨가 채소를 취한다면 깨끗하게 상이 비워질 것 아닌가? 국 한 그릇도 이씨는 국물을, 김씨는 건더기를 나눠먹었을 때 낭비가 없을 터. 그렇다면 두 사람이야말로 천생연분이로구나.

"우리 동네 호수가 백이십 호가 넘제마는, 점빵은 우리뿐이지 않냐? 그렇게 장사가 되는 것이제, 예를 들어 이 코딱지만헌 동네에 두 개, 시 개가 생기먼 물건이 팔리겄냐? 동네 사람들도 우리 점빵이 있어서 편리허고, 우리도 동네사람들이 있어서 좋고. 꽁꽁 얼어붙은 시한(겨울)만 있어도 못 살제마는, 이마빡 뱃개

질 것 같이 땡볕 여름만 있어도 징헐 일 아니냐? 세상 모든 이치
가 조환 것이여어."

태몽

"어메 어메. 우리 누나가 이뻤단가?"

"옥란이라고, 이뻤지야. 막 낳아 갖고 친정에를 갔데이, 지내가는 사람마닥 쳐다보고 몬차(만져) 보고. 오직했으면 애기 닳아지겠다는 소리까장 나왔겠냐?"

"헤헤헤... 되게 웃긴다이."

"눈썹허고 눈알은 시컴허고, 낯바닥은 백설같이 히커고 그래논게, 입 달린 사람마닥 오메이, 이것이 사람이디야 인형이디야 험시로 정신이 읎었단게는."

"........."

"이뻐 봤자 뭇헐 것이냐? 메주같이 생겼어도 명이나 질었으면 좋았을 턴디... 아홉 달 만에 죽어 버렸어."

생후 반년이 지난 5월의 어느 날. 아기는 젖을 거부하며 자꾸 고개를 숙였단다. 김씨는 아기를 들쳐 업고 읍내로 달음질쳤다. 의원 앞은 환자들로 북적였다.

"그때는 느그 압씨랑 신하리 있을 땐디, 배까테서 애가 터지게 지달리다가 들어갔데이... 노인네가 암 뭣도 않고, 고개만 찌우뚱 짜우뚱 허고 있다. 아따! 폭폭증 나드라. 그런다고 모감지를 땅에 떨어치고 들어가먼, 느그 압씨가 카마이 있냐? 어째서 병원에 갔다 왔담시로 애기는 안 낫는고 험시로 내일은 다른 디로 한번 가보란 말이여, 소리만 백락같이 치고. 본래 타고난 승질머리에 다가 숨을 구멍만 찾어 댕길 때라 더 승질이 사납고 헐 때그든. 그래서 또 다른 디를 가 봐도 마찬가지이고, 그 다음 날도 차도는 읎고..."

"．．．．．．．．．"

"몸에 병이란 것이 한 군디서 진득허게 치료를 받어야 낫든지 어찌든지 헐 것 아니냐? 그런디 여그 쪼까 댕기다가 쩌그로 가고, 쩌그 갔다가 또 다른 디로 가고. 그러다가 두어 달이 후딱 지내 가드란 마다."

"두 달이나...라우?"

"그때 내 애간장, 다 녹아 버렸다. 하로는 느그 작은 이모가 백수면 사무소가 있는 중앙교에 용허다고 소문난 의원이 있은 게, 한 번 가보라고 그러시드라. 그래서는 들쳐업고 막 쫓아갔지

야. 들어슴시로부텅 체면 불고허고 매달렸어. 내 새끼가 죽어가
는 판에 뭇을 개리고 말고 허겄냐?"

뜨악한 표정의 의원 앞.

"으런 양반! 죽일 때 죽이드래도, 문 병으로 죽는가나 알라고
왔구만이라우. 그래야 덜 억울헐 것 같어서라우."

"젖을 주어도 안 먹는다고라우? 그러면 고개를 앞으로 숙입디
까? 뒤로 젖힙디까?"

"예? ...앞으로 숙이는 것 같던디요? 근디 어째서라우?"

"알겄소. 뒤로 젖힌닥 허면 어쭈고 해 보겄넌디, 앞으로 숙인
닥 허면 폴쎄 틀린 이야기구만이라우. 몸속에 있든 열이 머릿속
으로 파고 들어갔다, 그 말이그등."

".........!"

'애초에는 감기와 같은 가벼운 병이었는데, 너무 오랫동안 방
치한 것이 화근'이라는 의원의 말을 전하자, 이씨는 천장을 쳐다
보며 끔벅끔벅 담배만 피워 댔다.

석 달째 되던 팔월의 어느 비 오는 날 밤. 잠자리에 누우려는
찰나, 문짝 근방이 대낮처럼 환해졌고, 김씨는 질겁하였다.

"오메이! 저것이 무이다요?"

"웅? 뭇이? 문 일이까? 이 밤중에 올 사람도 읊는디..."

이씨가 문을 나가며 동서(同壻) 내외가 잠들어있는 큰방 쪽을
향해 소리를 질렀다.

"성님, 성님. 아까 혹시 후라쉬 비쳤습디요?"

"아니. 나는 배까테 나가도 안 했네마는..."

"거 참. 이상허네요이."

"혹시 애기 혼불이 나간 것 아닐란가 싶네. 죽을라면 미리서 나간다고 허그든."

"성님도 참 벨 소리를. 잠이나 주무이씨요."

아이를 팔베개하고 있던 김씨.

"옥란이 아부지. 암만 해도 내일은 무라리로 내래 가야 쓸란 갑이요. 죽이드라도 고향에서 죽애야 안 쓰겄소?"

"애팬네가. 죽이기는 누구를 죽애?"

무라리로 내려온 지 사나흘이 지난 날 밤. 초저녁부터 아기는 까무러쳤다 깨어났다를 반복했다.

"시(세) 몸뚜이 어디 거천헐 디도 마땅찮고 그래서 큰집 작은 방에서 자고 있는 판인디, 으런들 눈치 볼라, 일은 많은 디다가 몸은 고단허고. 오메이! 사람 상허겄드라. 그런 디다가 가시네는 오살나게 밤만 되먼 더 보채싼다. 저도 아퍼서 그랬겄제마는, 내 몸뚜이가 무쇠로 만들어진 것도 아니고. 포도시 잠이 들었다 허먼, 느그 압씨가 소리를 질러싸코."

"어째서라우?"

"애기가 죽을지 살지 모르는 판에, 에미 넌이 되야 갖고 시방 잠이 오냐고..."

깨어 있으려 애를 썼지만, 몰려오는 잠에는 장사가 없었다.

퍼뜩 정신을 차린 다음, 이씨 앞에서의 변명.

"아이고! 나도 모르게 잠이 들었는 갑이네."

"에미가 그런게, 애기가 안 났제에."

"...뺄 소리를 다 허는 갑이요."

"뭇이 뺄 소리여? 저 노모 애팬네가... 칵 안!"

"인자 나도 모르겠소. 기왕에 죽을라면 싸게 싸게 죽어라. 너도 고상 덜 허고, 나도 발 뻗고 잠 좀 자자. 느그 아부지 땜에 내가 몬차 죽개 생겼다."

"저년이 저절로 터진 입이라고, 암치키나 씨부렁거리고 있네이."

그러나 김씨는 이쯤해서 미련을 버리기로 맘먹었단다.

"말이 씨가 되얐는가 어쨌는가, 그날 저녁 시름시름 앓다가 죽어 버러야."

"죽어 버러라우?"

"응. 몸이 꼭 불때이 같이 펄펄 끓데이 꼴까닥!..."

엉겁결에 튀어나온 자신의 부적절한 표현에 김씨는 잠시 움칫거렸다. 그러나 절명을 확인하는 순간, 슬프다기보다 차라리 후련했단다. 첫 아이가 세상에 나온 지 아홉 달 만에 저 세상으로 갔다는 사실이야 생각할수록 기가 막힐 일이지만, 그 슬픔을 감당할 여유가 그녀에게는 없었던 것이다. 석 달 동안 밀린 잠이 한꺼번에 쏟아졌다. 큰 짐을 부려 놓은 육신은 깊은 잠에 빠져들었다. 잠들어있는 이씨에게는 딸의 죽음을 알리지도 않은 채.

"이런 말은 쪼까 이상허제마는, 잠이 꿀같이 달드라."

팔에 시신을 걸쳐놓은 채 한참을 자다가 누군가의 발길질에 놀라 퍼뜩 일어나 보니, 어느새 봉창이 밝아 있었다.

"어이! 일어나 봐. 애기가 어째 아무 기척이 읎네?"

"애기, 죽었어라우."

"뭇이여? 그러면 새끼 죽애 놓고, 잠을 퍼질러 잤단 말이여 시방?"

"오는 잠을 어째라우? 아이고, 나도 찌긋찌긋허요. 지 팬허고 나 팬허게 잘 죽었제 어째라우?"

"저년 말허는 꼬라지 조까 보소이. 저 노모 애팬네가 시방 정신이 해까닥 갔다냐 어쨌다냐?"

"그래. 해까닥 가 버렸소. 한 번 죽어버린 자식을 난들 어쭈코 허겄소? 그것도 지 운인디 벨 수 읎제라우."

김씨는 어느새 독해져 있었다.

"호래이보다 더 무서운 서방도 그 때는 눈에 안 뵈드라. 내 속으로 난 자식이 죽었넌디, 세상에 뭇이 무섭겄냐? 그짓말 같제마는, 눈물 한 테기 안 나야."

"차말로?"

"차말로!"

이씨는 시신을 거적에 말아 항아리에 집어넣었다. 전갈을 받고 달려온 큰집 머슴은 항아리를 번쩍 들어 지게 위에 올려놓았다.

"본래 부모는 자식 묻는 디까장 따라가먼 안 된다는 말이 있그 든. 근디 느그 압씨는 따라 가드라."

마당을 나서는 두 사람의 뒷모습을 보는 순간, 김씨의 눈에서 비로소 눈물이 쏟아졌다.

"시상에나 만상에나! 불쌍허기도 허다. 내 새끼야. 불쌍헌 내 딸아. 뭣헐라고 나와 갖고 고로코 급허게도 가냐? 저 시상에 가서라도 지발 편히 살어라. 악아, 부모 원망허지 말고 지발 잘 가그라이."

서촌과 남촌 사이에 가로놓인 앞산까지 두 사람은 잰걸음으로 걸었다. 동트기 전이라서 다행히 내왕하는 사람들은 없었다.

"생애(상여)도 안 나가고 그랬단가?"

"생애는 문. 그 때는 애기덜 목숨이 포리 목숨허고 똑같었단게. 돌팔이 의사한테 통허면 사는 것이고, 글 안 허면 가는 것이여어. 오죽했으면 반타작허면 잘했단 말이 나오겄냐?"

"반타작이 뭣이란가?"

"열 명 나갖고 다섯 명 살먼 다행이다, 그 말이여어."

곡하는 사람도 없이, 장례 절차도 없이 항아리는 모래땅에 묻혔다. 물론 봉분이나 비석도 없었다. 그런 까닭에 바람이 불어 모래가 흩날리면 항아리가 통째로 드러나고, 냄새를 맡고 달려든 개들에게 시신이 뜯어 먹히는 일 또한 다반사였단다.

"심지어 똥개 입에 머심애들 불알이 물려있기도 했단다. 그런 땅에다가 딸을 묻어야 허는 에미 심정이 오죽했겄냐?"

"다른 디다 묻제 그랬는가?"

"무라리가 왼통 모래땅인디, 그나마 앞산 아니면 어디 묻을 디나 있간디? 마당에다 묻을 것이냐, 논에다 묻을 것이냐, 사람들이 댕기는 길바닥에다 묻을 것이냐?"

그로부터 사흘째 되는 날 밤. 김씨는 누군가가 목을 누르는 통에 숨을 쉴 수조차 없었다.

"이것이 꿈이려니, 틀림읎이 꿈에 구신이 나왔는 갑이다 싶어 소리를 치는디, 암만해도 주둥이 배까테로 소리가 안 나온다. 그때 큰집 마당에 사람들이 모여 윷을 놓고 있었그든. 속으로 이 구신한테 지면 틀림읎이 내가 죽고 말 것이다. 어찌 됐거나 배까테로 나가야 헌다 싶어서..."

있는 힘을 다해 몸을 일으켰다. 그제야 꽥하는 소리가 목구멍으로 빠져나왔다. 허리를 질질 끌며 방문 앞까지 기어와서는, 손바닥으로 문을 밀쳤다. 그리고는 속옷 차림에 맨발로 뛰쳐나갔다. 이씨와 남정네들이 달려들었다.

"어이, 문 일이여??"

"아짐씨, 어째 그러시오?"

"아이고, 나 조까 살래 주씨요. 뭇이 내 모감지를 꽉 눌러서 도망 나오는 중이어라우."

"쩟쩟, 애기 잃고 진 들캔능 생이요. 다 구신 짓꺼리여라우."

그녀는 속옷 차림인 줄도 모른 채, 식은땀을 줄줄 흘리고 있었다. 첫딸의 죽음은 젊은 어미의 가슴을 예리하게 후벼 파고, 그 혼까지 앗아갔다.

"그러먼 누나가 죽고 나서 을마나 있다가 나를 났단가?"

"한 일 년? 아니. 반년이나 되았으까. 을마 안 되야서 들어스드라. 본래 첫딸이 죽으먼 나중 아그덜이 좋닥 허그든."

"문 그런 법이 있단가?"

"몰라. 좌우간 사주쟁이 하나가 그러드라. 누나가 죽은 것이야그, 너한테는 앨라(도리어) 더 좋다고. 그런디 너를 배고 나서 꿈을 꿨넌디야이..."

옛날이야기 속에서나 나올법한 태몽이었다.

"산신령같이 히컨(하얀) 머리에 히컨 수염, 히컨 옷을 입은 노인네가 느닷읎이 나오드라. 그러데이 나한테 검정 까우(표지)로 싼 큰 책을 한 권 주드란 말이다. 좌우간 앞에서 뒤로 넹기게 되야 있는 책인디, 그것을 받고 난게 그 노인네 허는 말이 '이 책 속에는 이 세상의 모든 진리가 다 들어있느니라' 그러드란마다."

"그러고는 이라우?"

"고것 뿐이여. 이 말만 허고 가 버리드라."

".........?"

"내 생각에는 니가 암만해도 큰 공부를 해 갖고, 문 책 같은 것을 낼란 것이 아닌가 싶다마는. 그런게 부지런히 공부만 허먼 틀림읎이 너는 성공헐 것이다."

"다른 아그덜은?"

"느그 동상네들? 가시네들은 뭇이 뭇인지 모르게 시끌사끌헌

꿈만 꾸었이야. 그런디 아들 싯에 대해서는 모다 태몽다운 꿈을 꾼 것 같고..."

둘째인 태국의 경우, 역시 한 노인이 누런 황소를 끌고 나타나 그녀의 손에 고삐를 쥐어주며 이렇게 말했단다.

"이 소는 느그 집 밭을 몽땅 갈아(耕) 줄 것이다!"

그 때문인지 김씨는 녀석에 대해 별로 걱정을 하지 않는 눈치였다.

"밭을 갈아준다는 것은 살림을 책임진다는 말이 아니겄냐 싶드라. 지 팔자가 고로코 타고났넌디, 억지로 공부시킨다고 될 것이냐? 잔소리 허는 내 입만 아프고, 저도 성가실 일이지야. 내 속으로만 너는 천상(어차피) 농사를 짓든지, 문 장사를 허든지 해서 돈을 벌 팔잔게 허고 있지야. 그렇게 꿈대로 안 되야 가지 않냐? 너는 뿌덕뿌덕(일부러) 허락 안 해도 공부를 허고, 고것은 누가 안 시캐도 죽어라 놀기만 허고. 그러고 공부해 봤자 되도 않을 것이고. 즈그 선생도 일찌감치 포기허는 것이 피차 신상에 좋겠다고 그러드라."

소를 닮아서일까. 그는 우직했다. 세상 물정 또한 어두웠다. 밥이 많으면 많은 대로 적으면 적은 대로, 그릇에 담아주는 양만 먹었다. 그것이 맘에 걸렸든지, 김씨의 하소연.

"어째 저 아그는 더 주란 말도, 많다는 말도 안해야. 생전 배고프단 말도 안 허는디, 또 주먼 준대로 다 먹으니 그 속을 몰르겄단 마다."

둘이만 있을 때, 그가 물어왔다.

"성! 어쭈코 허먼 배가 고프단가?"

"너는 배고픈 줄도 모르냐?"

"몰르겄넌디."

"요로코... 배가 살살 아픈 것도 같고, 뭇이 먹고 싶기도 허고 그런 것이제에. 아이고! 내가 깝깝해서."

"그런단가? 그러고 성! 성은 어쭈코 라디오 속에 든 사람이 여자인지 남자인지 아는가?"

"뭇이라고야? 그러면 너는 지금 말허는 사람이 남잔지 여잔지 몰르겄냐?"

"모르겄넌디."

"아이고! 참말로 너도."

태민이 4학년 되던 해. 본부석 맞은편, 출발선에 서 있는 태국의 모습이 눈에 들어왔다. 운동장 반 바퀴를 돌아 골인하게 되어 있는 달리기 경주. 본부석에는 기성회장인 이씨가 교장과 나란히 앉아 있었다. 신호가 울리기도 전에 자꾸 뛰어나가는 태국으로 말미암아, 애를 먹던 심판이 드디어 총을 쏘았다. 그러나 정작 뛰어야 할 때, 녀석은 우두커니 서 있기만 했다.

심판의 손에 떠밀린 녀석의 몸이 뒤뚱거리기 시작했지만, 순식간에 아이들로부터 멀어진 상태. 그때 무슨 생각이 들었든지, 녀석은 운동장의 한복판을 가로질러 골인지점을 향해 달려가기 시작했다. 당연히 제일착으로 테이프를 끊은 녀석은 시상담당 선생님 앞으로 가 조르기 시작했다. 할 수 없이 그에게 공책이 주어졌고, 소기의 성과를 달성한 녀석은 의기양양해 했다. 상상을 초월한 어이없는 광경에 모두들 박장대소했고, 결국 그날의 '상'은 그의 생애를 통틀어 달리기 대회에서 획득한 유일무이한 것이 되었다.

두 살 아래의 동생이 전개한 기상천외한 사건은 또 있었다. 사방이 고요한 어느 날 오후. 태민은 방 한가운데에 밥상을 펴고 앉아 숙제를 하는 중이었다. 그때 어디선가 '툭탁 툭탁'하는 둔탁한 소리가 들려왔다. 처음에는 대수롭지 않게 여기다가 벌떡 일어선 것은, 어미 닭의 다급한 울부짖음과 병아리들의 비명소리가 고요한 적막을 깨트렸기 때문. 부엌문으로 통하는 작은 문을 벌컥 여는 순간, 어두침침한 바닥에 쪼그리고 앉아있는 녀석의 모습이 눈에 들어왔다. 손에는 커다란 빨래 방망이가 들려있었다. 부엌에서 마당으로 통하는 큰 출입문을 꼭 잠가 놓은 채, 녀석은 이제 갓 깬 병아리들을 때려잡고 있었던 것이다. 벌써 십수 마리의 머리가 깨지고 다리가 부러진 채, 널브러져 있었다.

"야!"

경악과 분노에 찬 고함소리가 튀어 나갔다. 하지만 녀석은 이쪽을 힐끗 한 번 돌아보았을 뿐, 하던 일을 멈추지 않았다. 저게 사람인가 귀신인가? 섬뜩한 살기가 느껴졌다. 감히 다가서지 못한 채, 소리쳐 김씨를 불렀다. 그녀가 얼마나 병아리들을 애지중

지했는지 잘 알고 있었던 까닭이다. 아니나 다를까. 버선발로 달려온 김씨는 어처구니없는 사태 앞에서 까무러치고 말았다.

"오메이! 이 놈오 새끼가 미쳤디야, 어쨌디야? 어째서 내 아까운 삥아리를 다 죽이냐? 응? 아이고! 육실헐 놈, 호레이나 물어갈 놈. 먹은 밥 다 내놓고, 디져라 디져."

녀석과 김씨의 관계는 마치 천적(天敵)처럼 보였다. 김씨가 싫어하는 일들만 골라서 했으니. 당연히 공부는 하지 않았고, 부모 말은 듣지 않았으며, 고집은 세고 행동은 느렸다. 심부름을 보내면 중간에 놀아버리고, 돈 계산을 제대로 못하니 맘 놓고 가게를 맡길 수도 없었다. 무엇보다 손에 잡히는 대로 가게의 물건을 집어다 동네 사람들에게 나누어주는 일은 김씨가 끔찍이도 싫어하는 일이었다. 그럼에도 녀석은 과자가 됐건 딱지가 됐건 가리지 않았으며, 심지어 어른들이 쓰는 품목이라든가 돈까지 챙겨가는 경우도 있었다. 그때의 모습은 기존의 그 이미지를 완전히 깨트리고도 남음이 있었으니. 눈에는 생기가 돌았고, 동작은 민첩했다. 마치 삶의 의미를 발견한 듯, 자기 존재의 가치를 확인한 듯 거들먹거리기까지 했으니. 어찌 보면 몇 달씩 굶주린 병사들에게 푸짐한 음식을 조달해 주고 의기양양해 하는 장군 같기도 했다.

때문에 녀석은 늘 김씨의 '요시찰' 대상이었다. 그의 주접근로는 안마당과 연결된 가게의 뒷문. 이곳을 통해 살금살금 들어오다가 누구와 마주치기라도 하면, 아무 일도 아니라는 듯 슬금슬금 나가 버린다. 대신 가게가 비어 있을 경우에는 고양이처럼 날렵한 동작으로 진열장 선반을 타고 올라가는데, 이때만큼은 과자나 사탕봉지를 높은 곳에 올려놓는 김씨의 수고도 도로(徒勞)에 불과했다. 공중에 매달려 한 손으로 몸을 지탱한 채, 다른 손으로 연신 과자봉지를 바지주머니에 챙겨 넣는 동작은 공중서 커스를 보는 것 같은 착각을 일으키고, 불룩해진 주머니를 두드려 보고 쪼르르 미끄러져 내려와 쏜살같이 사라질 때까지 걸리는 시간은 불과 몇 초에 지나지 않았다.

그러나 녀석의 수완이 아무리 뛰어나다 한들, 잠이 들었다가도 유사시에 퍼뜩 잠을 깨는 김씨의 '촉기'와 온 동네에 거미줄처럼 촘촘히 엮어놓은 정보망, 그리고 탁월한 추리능력을 벗어난다는 것은 애당초 불가능한 일. 며칠 동안 과자가 팔리지 않는 '이상(異常) 현상'에 주목한 그녀는 동네 꼬마들을 상대로 사탕을 이용한 '정보 탐색전'을 벌였고, 그 결과 녀석의 '이적(利敵) 행위'가 들통 나고야 말았던 것이다. 물론 그때도 녀석은 죽지 않을 만큼 두들겨 맞았다.

하루는 태국이 흙을 파먹고 있다는 소리가 들려와 부리나케 뛰어갔다. 녀석은 탱자나무 아래 모래를 파내어 야금야금 먹는 중이었고, 주위를 둘러싼 아이들은 재미있다는 듯 깔깔거리고 있었다. 다짜고짜 뺨을 후려갈겼다. 녀석의 입에서 모래알이 튀어나왔다. 양손에는 모래가 한 움큼씩 들려 있었고, 새카만 겉흙을 걷어낸 곳에는 하얀 모래가 속살을 드러내고 있었다.

"어뜬 새끼들이 시켰냐? 씨벌 놈들..."

철없는 녀석을 사주한 아이들이 죽이고 싶을 만큼 미웠다. 그렇다고 여러 명을 상대로 격투를 벌일 만한 실력은 없었으니. 이래저래 속이 상하여 퍽퍽 울고 말았다. 하기야 바보 같은 동생을 둔 내 탓이지, 늘 무료하고 지루하여 심심풀이를 찾는 촌놈들에게 무슨 죄가 있으랴. 평소 동생들을 구박하고, 욕하고, 때리는 일에 익숙해져 있던 태민이었다. 잠자며 몸에 발을 얹는다고, 밥상에서 김치 국물을 흘린다고 버럭 소리를 지르던 태민이었다. 물론 녀석을 특별히 사랑한다고 여겨본 적도 없었다. 그럼에도 기분이 나빴다. 자신이 놀림을 당한 양 속이 상했다.

또 하루는 온 동네가 떠나갈 듯 시끌벅적했다. 무슨 일인가하여 밖으로 나갔더니, 한 떼의 아이들이 환호성을 지르며 가게 쪽을 향해 다가오고 있었다. 그런데 무리의 한 중앙에 태국이자리해 있지 않은가? 더구나 그의 목에는 산 뱀 두 마리가 치렁치렁 매달려 있었다. 녀석은 좌우로 흔들어 대는 뱀의 대가리를 양손에 하나씩 틀어쥐고, 히죽히죽 웃기까지 했다. 경악과 분노! 뺨이라도 후려갈긴 다음, 뱀을 떼어내고 싶었다. 하지만 너무나 무섭고 징그러워, 가까이 다가갈 수조차 없었다. 녀석과의 거리가 좁혀지는 만큼 뒷걸음질 치다가, 마침내 뒤돌아서 집으로 뛰어갔다. 사태의 전말을 보고받은 김씨는 부리나케 쫓아갔다. 그리고 이날도 녀석은 죽도록 두들겨 맞았다. 김씨의 매타작 장소, 돼지우리 옆의 창이 없는 간이 목욕탕에서 걸어 나오며 김씨가 혀를 찼다.

"아이고, 암만 때래도 잉해 갖고, 통 잘못했단 소리도 않고...
오메이 차말로!"

본래 녀석은 울거나, 비는 법이 없었다. 매를 들려고만 해도
손이 발 되도록 빌어대는 막둥이와는 딴판이었고, 어느 정도까
지는 버티다가 중간에 항복하는 태민과도 달랐다. 끝까지 버티
는 녀석에게 팔이 아파 견디기 힘들던 김씨는 '제발 잘못했다고
빌어라!'고 통사정(?)을 해야 했다. 수시로 욕을 먹고 심심찮게
두들겨 맞아도, 마음의 상처를 받는 기색조차 없었다. 일찌감치
공부와는 담을 쌓았거니와, 말수도 적었고 자기주장을 내세우는
일도 없었다. 이리저리 발에 채는 길가의 돌멩이와 흡사하다고
나 할까. 아무리 보아도 '별종'이었기에 식구들 가운데 그의 행동
을 이해하는 사람은 아무도 없었다. 그런데 딱 한 사람, 예외가
있었다. 이씨.

"인자 두고 봐라. 우리 태국이가 젤 잘 살 것이다. 왜냐허먼
우직허고, 정직헌게. 사람은 모름지기 정직해야 허그든."

김씨와는 달리, 이씨는 육 남매 가운데 그 누구도 편애하지
않았다. 적어도 겉으로는. 태민은 모든 면에서 태국이 자신의
경쟁 상대가 되지 않는다는 사실을 잘 알고 있었다. 그럼에도
이씨가 그를 두둔할 적에는, 속이 편치 않았다. 심지어 묘한 열등
감마저 들었다. 참 이상한 일이었다.

내 마음씨가 착하지 않은 걸까? 아버지는 내가 정직하지 않다

고 여기시는 걸까? 정말 녀석이 나보다 나은 점이 있을까? 맞아. 녀석에게는 분명 내가 갖지 못한 장점들이 있어. 천성이 비단결같이 착해서 절대로 화를 내거나 싸우는 법이 없지. 또 도대체 겁이라곤 없으며 베짱이 유달리 두둑한 점, 인정이 많아 남에게 가져다주기를 좋아하는 것도 장점일 수 있고. 그런데 나는? 나는 성질도 못 되어먹었고, 겁도 많다. 배짱도 없다. 남에게 뭘 가져다주어 본 적도 없다. 그래서 동네 사람들은 나보다 태국을 더 좋아하는 것 같다. 그래서 태국은 집안에서 천덕꾸러기 신세를 면치 못하지만, 밖에서는 인기 만점이다!

"태국이는 그런닥 허고... 태문이는 어쨌는가?"
"태몽 말이냐? 막두이도 꿈은 갠찮했지야. 잘 생각은 안 나는디, 그것도 공부 쪽보당 돈으로 성공헐 것 같어."
"어메 꿈은 잘 맞히는 것 같어이."
"차말로 내 꿈은 영해야."
그 꿈대로 자신은 열심히 공부하고, 태국은 돈을 많이 벌었으면 좋겠다는 생각이 들었다. 김씨의 경우, 꿈뿐만 아니라 온갖 귀신 섬기는 일에도 열심이었다. 명절 때에는 방이나 부엌, 당산나무 앞이나 헛간에까지 상을 차려놓고 새벽부터 일어나 소원을 빌었다.
"조상님들한테도 치성을 디래야 자손들이 복을 받는 것이여어. 그런게 너도 큰집이서 지사 지낼 때, 절 꼬박꼬박 잘 허란

마다. 건성으로 허지 말고 정성을 다해야 혀. 모를 것 같어도, 우게서 다 내래다 보는 법이그든."

종손 집안은 제사도 많았다. 그때마다 제상 앞에 엎드려 절을 하고 음복(飮福)을 한 다음, 자정 무렵에는 온 식구가 둘러앉아 젯밥을 먹곤 했다.

"그러고 내년에 너도 중핵고 시험을 봐야 쓸 턴디, 이참에 내가 광주 조까 댕개와야 쓸란 갑이다."

"뭇헐라고..라우?"

"방림동 가먼 뽕뽕다리 밑에 유방구라고 있넌디, 그 점제이가 참말로 영허닥 안 허야. 갔다 온 사람들이 뜨겁게 맞춘다고 헌게, 댕개 올란다."

"아따! 어메는. 우리 선생이 그런 것은 다 미신이라고, 아무 쓰잘 데기 읎다고 허드만은..."

"어허이! 누가 들으까 무섭다이. 그러먼 그 선생은 지 죽을 날, 안닥 허디야? 너도 절대 그런 말 입에 올리먼 못써."

"..........?"

다정다감하던 얼굴이 어느새 근엄한 표정으로 바뀌어 있었다.

"사람은 누구한테나 각자 타고난 팔자가 있는 뱁이다. 시상 일이 다 사람 뜻대로만 되먼 뭇이 성가시겄냐? 그래서 다 점재이 가 있고, 당골래가 있는 것이제에. 느그 동상 봐라. 누가 공부 허지 마라고 고사를 지냈냐, 어쨌냐? 그러고 내가 너보고 한 번 이라도 공부 허라고 성가시기를 허디야? 그래도 너는 허고, 고것은 안 허지 않냐. 그러고 태문이, 그 째깐헌 것이 꼽꼽헌 것 조까 봐라. 지 돈은 죽어도 안 쓰그든. 누가 시캐서 그러간디? 다 즈그 덜 타고난 팔자여어."

"알았단게."

"요새 핵교에서 과학인가 뭇인가를 배운다고 그래싼디, 은젠가는 다 지 팔자대로 돼야. 아직 때가 안 되야서 그러제."

"아부지가 무시락 안 허든가?"

"점재이 만나 갖고 돈이나 쓰까 봐서 벌벌 헌디, 느그 아부지도 아직 뭇을 모른게 그래야. 높은 공부만 했으면 뭇 헌디야?"

"몰르게 갔다가 뚜드러 맞으면 어찔란가?"

"그런게 내가 읎어지면 거그 간 줄 알고, 너는 모른뜨끼 따까마시(감춤)허란 마다. 하니나! 느그 압씨한테 말허지 말고. 너도 보다시피 이노모 점빵 땜에 오무락딸싹도 못허는 판이제마는, 시방 점빵이 문제냐? 점빵은 금자년한테 맽길란다마는. 그년이 항시 건성이라 그것이 꺽정이란 마다."

가난

금자는 길룡리 고아원에서 데려온 아이이다. 삐쩍 마른 체구에 겁먹은 듯한 커다란 눈망울의 열다섯 살짜리 소녀.

"다른 아그덜은 뭇이 뭇인지도 모른게, 너라도 에미 속을 알아주고 한 팬이 되아야 헐 것 아니냐? 금자년은 호적에도 올려주고 아무리 말로는 내 새끼같이 생각헌닥 해도, 느그덜허고 어디 같겄냐? 이 집의 장남은 넌게, 니가 정신을 채래야 동상들도 뽄을 받을 것 아니냐?"

"아따! 알았단게."

"그러고 너는 다른 사람보당, 문 일이든지 잘 참어야 헌다. 이?"

"어째서?"

"무조건 참어야 헌단게."

"………"

태민은 스스로의 죄가 생각나 입을 다물었다. 이불에 오줌을 쌌다며 태국을 쥐어박은 일, 벽에 붙여놓은 껌을 떼어먹었다며 여동생을 발로 차 울린 일들이 생각났던 것이다. 그러나 김씨의 우려는 다른 데 있었다.

"내가 말 안 헐라다가, 니가 뿌덕뿌덕 물어본게 헌다마는.."

태민이 태어난 시간은 자시(子時), 그러니까 한밤중이었다고 한다.

"너, 감태 어메라고 큰집 뒷쩌너머에 사는 할메 아냐? 누가 애기 난다는 소식만 디키먼, 자다가도 뻘떡 일어나 탐박질해 오그든. 돈을 주는 것도 아닌디, 문 천성인가 몰라야. 너도 그 할메가 받었어."

"………"

"씨잘 데기 읎는 소리제마는, 니 낯바닥에 피가 쪼까 묻어 나왔닥 허그든."

"내가…라우?"

"그래. 그런 사람이 깐딱허다가 큰일을 낼지도 모른닥 헌게, 너는 암만 비어 나드라도 참어라이. 카마이 보먼 너도 보통 때는 순헌 것 같은디, 꼬라지를 내먼 물불을 안 가리지 않냐?"

"내가 은제 그래라우?"

"움마! 너도 느그 앱씨 아들인디, 그 꼰지머리가 어디 가겠냐?

내 말 명심허고, 암만 뿔따구 나드라도 꾹꾹 참으란 마다. 알겠지야?"

학교 선생님이나 친구들은 태민더러 순하다고 말을 한다. 그런데 동생들과 금자에게는 스스로 생각해도 이상하리만치 짜증을 부리곤 했다. 김씨와 자주 부부싸움을 벌이고 그때마다 손찌검을 하는 이씨의 성정을 닮아서일까? 선천적으로 그 피를 물려받았든지 아니면 후천적으로 보고 배운 데서 생긴 못된 버릇인지 그것은 알 수 없었지만, '씨도둑은 못 한다'는 김씨의 말에 수긍이 가기도 했다.

"알았어."

"너, 애랬을 때 눈만 벌어지면 큰집으로 탐박질해 가고 그랬넌디, 생각나냐?"

".........."

"우리는 항시 보리밥인 디다 오살노모 그 뗄나무도 읎은게, 밥이 늦게 되고 설익고 그런게. 큰집은 고실고실헌 쌀밥이 나오그든."

태민이 그곳에 가는 데에는 다 이유가 있었다. 물론 '작은 큰어머니'의 매서운 눈초리도 있긴 했으나, 큰아버지와 할머니의 응원이 큰 힘이 되었던 것. 그러기에 '니가 밥을 먹어버리면, 우리 어메 점심 굶는다'며 두 팔을 끌어 내동댕이치는 성혜와 태준의 핍박에도 태민은 굴하지 않았다.

"차말로 너도 너지야. 기언치(기어이) 아침밥을 얻어먹고 온게."

가난한 집 살림은 땔감부족으로도 드러나기 마련. 어느 날 김씨는 마음씨 착한 큰방의 큰딸과 함께, 서촌과 남촌 사이에 드러누운 앞산에 가서 솔가지를 꺾어오기로 결심했단다. 서슬 퍼렇게 산림녹화를 부르짖던 때.

"쥐도 막다른 껄막(골목)으로 몰리먼, 꾕이한테 달라든다고 안 허디야? 엎어져 죽으나 뒤집어 죽으나 죽기는 매한가지고, 얼어 죽으나 데어 죽으나 쌤쌤인디. 내 팔자에 뭇을 개리고 어찌고 허겄냐? 느그 압씨는 밤나 양심 궂은일은 허지 마라고 허는디, 누구는 양심이 읎어서 그런 디야? 새끼들 낯바닥을 쳐다 보면 당장 얼어 죽고 굶어 죽게 생겼넌디, 양심이 밥 맥애 준디야? 그 전에 말도 안 있디야. 목구멍이 포도청이고, 사흘 굶고 담 넘지 않을 놈 읎다고. 퍼질러 낳아 놓은 새끼들을, 두 눈 번히 뜨고 쌩 목숨 뺏을 것이냐?"

기회를 보던 김씨는, 이씨가 읍내를 나간 때를 포착했단다.

"그때 니가 너댓 살인가 먹었을 땐디, 눈치가 비상해 논게 나한테서 안 떨어질라고 생떼를 쓴게, 고것 땜에 또 고상을 했지야."

"헤헤헤...내가 그랬어라우?"

"큰방 사람들이 눈치를 해서 그랬는지, 같이 놀아줄 사람이 읎어서 그랬는지는 몰라도, 내가 나갈라고만 허면 난리다. 내가 무시락 허까 봐서 난창에는 태국이를 시캐서 울게 만들드라. 니가 알먼 태국이한테 뽀르르 말해 버리고, 앞뒤 분간 못허는 태국이는 백락같이 소리침시로 울고. 그렇게 니 눈까지 둘레먹어야 헐 판인디, 어디 그것이 쉽냐? 근디 하로는... 그날따라 눈할라 허벌나게 오드라. 하늘이 안 뵈는디..."

하늘은 마치 땅의 더러운 것들을 덮고 모자란 곳을 채워주기라도 하려는 듯, 엄청난 양의 선물을 내려 보내는 중. 하지만 땅에서는 쌀도, 밥을 끓일 땔감도 없었다. 김씨는 변소에 간다 둘러대고 잠시 앉아 있는 척 하다가 살금살금 마당을 빠져나가려 했단다.

"그런디 우리 방이 해필 밴소허고 껄막 중간에 있었지 않냐? 니가 봉창에 눈 대고 있다가 막 나갈락 허면 태국이를 쑤석거리는 거여. 그러면 뺵 허고 울고. 오는 눈 다 맞음시로 나무를 허는디, 마음은 콩밭에 가 있을 것 아니냐? 느그 성제를 놔두고 온 것도 그렇고, 또 감시허는 사람도 걱정 되고..."

산림감시원의 눈에 띄지나 않을까 그것이 불안하고, 쥐뿔도 없으면서 '법'이나 '양심'을 들먹이는 그 잘난 남편이 더욱 걱정이었다. 그러나 무릎이 눈 속에 푹푹 빠지고, 눈 녹은 물이 발을 적셔 금방 동상에 걸릴 것 같아도, 또한 솔가지를 맨손으로 꺾다가 피가 묻어 나와도, 하던 일을 멈출 수는 없었다. 나중에는 쿵쿵거리는 심장의 박동 소리, 열에 들뜬 듯 달아오르는 뺨, 후들거리는 다리 때문에 정신마저 혼미해질 지경이었으니. 그러나 '이왕 나온 김에 짊어지고 갈 수 있는 한, 최대한 많이 가져가야 한다!'는 일념으로 부지런히 손을 놀렸다.

동네를 남북으로 관통하는 큰길을 피하여 김씨가 선택한 귀로코스는 동네를 한 바퀴 휘감아 도는 벌판. 쌓인 눈의 깊이를 가늠할 수 없는 울퉁불퉁한 밭길인데다, 또 사람이 다니지 않은 탓에 무릎까지 푹푹 빠졌다. 집에 근접한 고샅에 들어서서는 고개를 숙인 채 종종걸음으로 내달렸다. 비몽사몽간에 목적지에 당도했을지라도 반드시 인기척을 확인해야 한다.

"혹시 느그 압씨가 와 있을지도 모른게, 부석작 대신에, 거그서 쪼까 떨어진 헛간에다가 짐을 부려 놓아야지야. 그래야 느그 압씨 눈에도 안 딜키고, 동네사람들 몰르게 하나씩 끄집어내 쓸 수가 있그든. 그러고 시푸댕댕헌 솔가지가 잘 몰라야(말라야) 탈 것 아니냐?"

"·········"

"그런디 시상에, 문데이 콧구먹에서 마늘씨를 빼 먹든지 그지 똥구먹에서 콩노물을 빼먹든지 헐 일이제, 그 큰방 작은 딸년이 그 낌새를 알고 야금야금 빼다 써야 쓰겄냐?"

"순 날강도 같은 년이구만이라우이."

"너는 그런 소리 말어라. 좌우간! 세상에 독종들이 있기는 있는 생이여야. 같은 뱃속에서 나왔음시로도, 즈그 언니허고는 어째 고로코 안 타겠는가 몰르겄어. 그래도 난창에 생각해 본게, 그날은 운이 갠찮은 날이었는 생이여."

며칠 후, 김씨는 큰방 큰딸과 함께 앞산으로 내달렸다. 이제 어느 정도 담이 커져서 손놀림이 능란해졌다. 이불솜 같은 눈을 털어 내며 솔가지를 꺾고 있는데, 큰방 딸의 외마디 소리가 들렸다.

"태민이 어메, 토끼씨오(도망가시오). 토깨라우!"

산꼭대기에 산림감시원이 나타난 것이다. 잡히는 날이면 형무소를 갈 수도 있고, 벌금을 물 수도 있었다. 그보다 더 두려운 것은 온 동네에 소문이 나는 일. 그랬다가는 성미 고약한 남편의 손에 맞아죽고 말 것이기 때문이다.

솔가지를 내팽개치고 뛰기 시작했다. 낫과 망태기가 거치적거려 그마저 내팽개쳤다. 눈 속을 헤치며, 길인지 밭인지 모를 길을 정신없이 달렸다. 동네 고샅까지 달려온 그녀는 가쁜 숨을 몰아쉬며, 울타리를 붙잡고 스르르 주저앉았다. 가슴을 쓸어내리며 뒤를 돌아보니, 다행히 쫓아오는 사람은 없었다. 두고 온 낫과 망태기를 생각하면 산으로 돌아가야 하는데, 도저히 발이 떨어지지 않았다. 비틀거리며 집에 들어서자, 기다렸다는 듯 작은 딸년이 앙칼지게 소리를 질렀다.

"태민이 어메. 어째 우리 헛간에다가 솔가지를 놔 두요? 우리 까장 잽혀 가면 어쩔라요? 책임질라우?"

순간 화가 머리끝까지 오르더란다.

"내 속으로 '글안해도 미운 짓만 골라서 허는 년이, 빼먹을 것 다 빼먹고 인자 와서 지 삭신 다치까 봐서 되게 지랄헌 갑이네'라는 생각이 들드라. 그래도 어쩔 것이냐? '어저께 밤에 꿈자리가 사납데이, 꿈 땜 헐라고 그러는 생이다' 생각 허고는 참었지야."

"어메는 밤나 꿈 이야기만 헌가?"

태민이 역정을 낸 것은, 단지 꿈 이야기 때문만은 아니었다.

새파란 '가시네'에게 당하고도 말 한 마디 못한 그녀의 신세가 서럽고, 애잔하고, 또 그래서 화가 났던 것이다. 그러나 모든 것을 운명이나 팔자, 꿈 탓으로 돌리는 김씨의 '편리'한 사고가, 모진 세월을 견뎌 온 힘이었음에야.

"좌우간 내가 그랬지야. '아이 애기씨. 징역을 가도 우리가 가제, 죄 읎는 그 집이서 갈랍디요. 어디 앵겨 놓을 디도 읎고 해서 그런 것인디, 어쩔 것이요?' 그랬데이... 이참에는 그 집 큰아들이 나서드라."

"큰아들...이요?"

"응. 지금은 많이 양반 되얐지야. 그때는 우리가 읎이 산다고 그랬는가 어쨌는가, 모두락시럽게도 대허드라. 무시락 허디야? '아짐씨, 우리가 벌금 물먼 어쩔라요?' 그러든고. 나, 차말로..."

산림법이 엄격한 시절이다 보니 솔가지 은닉행위를 보고도 신고를 하지 않는 사람이 있다면, 그에게도 죄를 물었단다. 형무소까지는 아닐지라도 벌금을 물 수도 있는데, 그럴 경우 당신 같은 사람이 변상해낼 수 있겠느냐는 뜻이 그 말 속에 담겨 있었다.

"그래서 무시락 했는가?"

"헐 말도 읎는 디다가, 남정네까지 합세해서 달라드는디 어쩔 것이냐? 그런 디다가 '저것들이 이 앙당 물고 느그 압씨한테라도 일러 버리면, 날배락이 칠 턴디' 싶어서, 헐 수 읎이 말을 들었지야."

결국 김씨는 밤을 이용하여 솔가지들을 먼 친척뻘의 헛간으로 옮겼다.

땔감으로는 솔가지 외에 볏짚이나 겨가 있었다. 하지만 땅뙈기가 없는 집에 볏짚이 있을 리 없었고, 어찌어찌하여 방앗간에서 얻어온 겨는 물기에 젖어 있을 뿐더러 화력(火力)에 있어서 솔가지에 비할 바가 못 되었다.

"느그 큰집 마당에 가 보먼 짚베눌이 산같이 쌓여 있넌디, 느그 큰어메가 짚 한 뭍을 안 주드라."

빈손으로 돌아오기를 거듭하다가 하루는 큰맘을 먹고 갔단다. 그러나 백모는 마당 한가운데 서서 악다구니를 써댔다.

"아이고! 내가 작은집 식구들 땜시 못 살겄네. 누구는 뼈빠지게 농사짓고, 누구는 카마이 안거서 이것 주라 저것 주라 허니 복통 터져 죽겄네."

그냥 돌아가 버릴까 하는 중에 놀랍게도 짚을 빼주더란다.

"그런디 시상에! 짚 한 뭍도 아니고 반 뭍을 빼주는디, 그것도 썩다썩다 망단헌 것을, 맨 밑바닥에 깔려갖고 거진 다 썩다 만 것을 주드란게. 동냥아치한테도 고로코는 못헐 것이다."

입술을 깨물며 허리를 굽히는 김씨에게 그녀는 조금 누그러진 목소리로.

"자! 이거 가지고 가소. 나도 살아야제. 안 그런 가?"

"누가 저 보고 못살게 했겄냐? 그러고 아닌 말로, 지가 뭇을 빼빠지게 농사 지었디야? 다 일꾼들이 했제. 차말로! 기가 맥히드라. 그래도 '고맙소. 성님! 내가 잘 살면, 이 은공 갚으리다' 허고... 왔지야. 그런다고 내 말을 믿겄냐? 니가 은제 잘 살기나 허겄냐 허는 눈으로 쳐다 보드라."

그러나 좋아하기는 일렀단다.

"오메이! 척척헌 놈을 억지로 때 디낀게, 냉갈(연기)이 나는
디... 내가 눈물, 콧물을 을마나 흘려 버렸는고. 그런 디다가 밥은
설익어 갖고 이러도 저러도 못허고 부석작(부엌) 한가운데에 우
두게이 서 있넌디, 느그 압씨가 배락 치드라."

"어째서라우?"

"밥이 늦다고 그러지야. 승질이 급헌 디다가 배고픈 것을 못
참는 양반이라, 백락 같이 소리를 치는디..."

"그래 갖고, 또 맞었는가?"

"밤나 투드러 맞는 꼴이제, 어찐디야. 염병헐 노모 농사할라
안 지슨게, 짚 물이 고로코 아숩드란 마다."

짚이란 뗄감으로만 쓰이는 것이 아니었다. 마람(이엉)을 엮어
초가집 지붕을 덮고, 마당의 가장자리를 따라 울타리를 두르고,
가마니나 덕썩(멍석), 망태기, 소쿠리, 달걀꾸러미 등의 재료로
쓰인다. 새끼줄을 비벼 꼬는데 사용되기도 하고, 겨울철 소의
여물로도 요긴하며, 외양간이나 돼지우리, 닭장의 밑바닥에 깔
았다가 가축의 똥, 오줌과 섞어 훌륭한 거름으로도 활용된다.
콩나물시루 주위에도 둘러쳐지거니와, 짚을 태워 만든 재는 콩
나물의 영양분이 되기도 한다.

"우리 집이사, 다른 어디 쓸 디나 있냐? 접방살이 헌게, 지붕이
나 우타리 칠 일도 읆고, 농사를 안 진게, 가메이(가마니)나 덕썩

같은 것 만들 필요도 읊고. 그런다고 맥일 짐승이 있기를 허냐, 남같이 콩노물 질러먹기를 허냐? 오직 땔나무 헐 것 배키 읊넌디, 그것도 수월찮은 것이여어."

"………"

"느그 큰어메 처지도 이해는 가지야. 먹을 '입'은 많은 디다가, 또 지사(제사) 할라 오직이나 많냐. 느그 큰아부지가 점잖기야 허시제마는, 절대로 논에 들어가는 승질이 아니그든. 그저 시조니, 바둑이니, 기생이니 험시로 노는 디만 정신이 읊으시지 않냐. 본디 한량 기질을 갖고 나신 양반이라, 그것이사 헐 수 읊는 일이고. 그런게 안에서라도 빼빠지게 애깨야제 어찔 것이냐?"

"짚 말고, 다른 것은 읊었단가?"

"맷재라고 있기는 했지야. 방앗간에서 나락을 찧고 나먼 나오는 껍딱(껍질)인디, 고놈이라도 천신(차지)헐라고 그 문지(먼지) 무름쓰고, 몇 시간이나 일허고 그랬지야… 그것도 주인이 다 걷어가고 나먼 맨 밑창에 깔려있는 것을 갖고 오다 본게, 항시 축축헐 것 아니냐. 그래도 그것이 어디냐고 쪼끔이라도 안 흘리게 해 갖고 와서는 아궁이 속에 늧는디, 염병허게 기뚝(굴뚝)할라 안 뚫어 논게, 그 축축헌 맷제가 타겄냐?"

"………"

"어깨가 빠져라고 손풍구를 돌래 갖고 바람을 집어넣어도 바람길이 맥해논게, 냉갈(연기)이 꺼꿀로 새나온다. 그러니 부석작에는 냉갈만 꽉 차버리고 사람 눈에서 눈물만 쏙 빼제, 밥은 안

익는 것이여어. 그런 디다가 손풍구 고무줄은 두어 번 돌릴 때마
닥 뱃개지고, 또 지질이 입해 갖고 서너 번 돌리고 나면 또 뱃개
지고. 비 오는 날, 미친년 치매 뱃개지득끼 오살나게 잘도 뱃개지
니라."

"어째서 기뚝(굴뚝)이 옳단가?"

"놈(남)한테 내줄 작은방이라고, 실럼 실럼 맹글어서 그러지야.
큰방이랑 정지(부엌)할라 같이 쓴게 냉갈이 맵다고, 작은 딸년은
날마닥 꼬라지를 내싸코. 난창에는 우리 집이서 싸게 나가 버리
시오! 요로고 염병허드란게. 아그들도 벨라 더 시끄럽다고."

"개 같은 년이네. 이?"

"나이 할라 째까(조금) 먹은 가시네한테 당허는 일이 분허고
억울허제마는, 내 가진 것이 옳년디 참어야제 어찔 것이냐? 눈
꼴랑지를 치캐 뜸시로 정지문을 차고 나가 버리면, 진짜 속이
뒤집어진다이. 그러면 누구한테 말은 못허고, 혼자서 징징 울제
어찐디야. 그때 내 속으로 '너도 시집 한 번 가봐라. 나도 누구
부럽지 않게 살았든 집안의 막둥이 딸이었다' 그러지야."

"칵! 대갈통을 때래 버리제 그랬는가?"

"어쭈코 그러겄냐? 속으로만 그러제. '내가 요로코 시퍼렇게
두 눈 뜨고 있어도 애린 새끼덜이 설움을 받는디, 나까장 옳어져
버리먼 그 설움을 어쭈코 감당허끄나' 싶어서 꾹꾹 참기로 헌
것이여어."

"..........."

"느그 아부지는 어째서 밥이 되다 말았냐고 무시락 허제마는, 손풍구 돌려 감시로 불을 꼬실라도 늘 그 모양이라 밥이 어설프게 되지야. 너, 생각 나냐? 하로는 냉갈이 꽉 들어찬 정지를 나옴시로, 너한테 솔가지 조까 꺾어 주라고 안 허디야?"

솔가지들은 태민의 키보다 훨씬 더 길었다. 고사리 손으로 힘껏 잡아당기자 '탁! 탁!' 소리를 내며 꺾어지는데, 그 순간 손이 아프도록 얼얼했었다.

"니 우게로 느그 누나가 살아 있었드라면 갠찮했을 턴디, 니가 큰아들이다 본게 어찔 것이냐?"

그 이전의 어느 날.

"꾸끔스럽게 그 방은 밑바닥에 구들장도 읎었다이. 생각해 봐라. 명색이 온돌방임시로 독때이(돌덩이)는 읎고 밑이가 맨땅이다 본게, 부석작에 아무리 불을 때도 따스와지들 않는 것이여어. 근디 참, 조상님이 굽어 살피셨는가 어쨌는가 아이! 아랫목 한가운데에 으런 궁데이 하나 걸칠 만헌 독데이 하나가 들어 있었는갑드라."

"……"

"근디 그 자리를 놓고 너허고 느그 앱씨허고 쌈이 난 것이여어. 그런디 시상에! 자식 해 보는 부모가 어디 있겄냐? 느그 압씨가 항시 너한테 졌지야."

"차말로?"

"그래. 니가 아랫목에 딱 앉아 있다가 내가 불을 때고 나서 손을 호호 붐시로 들어가먼, 느그 압씨가 그러그든. '악아. 느그 어메 쪼까 앉어 보라고, 이쪽으로 조까 비껴 보그라.' 그런디 니가 말을 듣냐? 인자 너댓 살 먹었넌디, 문 눈치코치가 있을 것이냐? 여러 번 재촉허먼, 그때사 포도시 궁데이를 살짝 틀어주고..."

"헤헤헤... 그래도 아부이가 무시락 안 했단가?"

"움마! 느그 아부지가 나한테는 그래도, 느그 새끼들한테는 을마나 잘헌지 아냐?"

열 번 이상 이사를 해야 했던 고통스런 접방살이(셋방살이) 끝에 이씨는 드디어 도약의 발판을 마련했던 바, 동네 한가운데에 있던 뽕밭을 아주 저렴하게, 그것도 벌어서 갚으라고 하는 파격적인 조건으로 제공받은 것이다. 여기에 동네 사람들의 '울력'이 보태졌는데, 그들은 뽕나무를 베어내고 모래를 파낸 다음, 두꺼운 새끼줄로 칭칭 감은 집채만 한 바위를 들었다 놓았다 하면서 바닥을 다졌다. 삥 둘러선 어른들이 새끼줄을 잡아당겼다 놓았다 할 때마다, 작은 가슴이 쿵쿵거렸음을 태민은 뚜렷이 기억하고 있다. 지축을 흔드는 듯한 소리가 상서롭게 느껴졌었다. 승리를 알리는 승전고의 북소리처럼, 작디작은 가슴을 때렸었다. 그렇게 해서 다져진 터 위에, 목수와 토수가 달려들어 열일곱 평짜리 초가집을 지었던 것이다.

그리고 이때부터 김씨는 물건을 팔기 시작했다. 사과 궤짝 위에 연필 한 타스, 공책 다섯 권을 놓고 시작한 장사. 사탕 한

봉지, 과자 두 봉지가 놓이다가 점점 궤짝 수가 늘어났다. 물론 처음에는 이씨의 반대가 극심했다. 해 먹을 짓이 없어 아이들 코 묻은 돈을 빼앗느냐며 궤짝을 뒤집은 일이 한두 번이 아니었다. 하지만 아이들의 '코 묻은 돈'이 모아져 목돈이 만들어지고, 가게의 틀이 잡혀가는 광경 앞에서 이씨 역시 암묵적으로 동의하지 않을 수 없었다.

이 무렵 나라에서는 '경제개발 5개년 계획'을 발표하였고, 세계적으로 유래가 없는 경제성장을 구가하고 있다고 선전했다. 정부에서는 여세를 몰아 한일협정 조인을 밀어붙였고, 맹호부대가 월남에 파송되어 '따이한'의 용맹성을 전 세계에 뽐내고 있었다.

명색이 경제학과를 졸업한 이씨의 조언도 있긴 했으나, 천성이 독하지 못한 김씨는 박리다매(薄利多賣) 작전으로 나갔다.

"생각해 보면 동네사람들도 짠허지 않냐? 그런게 한 번에 이익을 많이 볼라고 허는 것은, 도동놈 심보나 마찬가지지야. 물건 사는 사람한테도 이익을 주고, 나도 이익을 봐야 헐 것 아니냐? 욕심 사납게 비싸게 받는다고, 돈 버는 것도 아니그든."

소문이 나자 남촌, 송정, 평산, 염전 등에서까지 사람들이 몰려왔다. 취급 품목 역시 과자류, 문구류, 일상용품에서부터 삽과 호미, 비료에 이르기까지 다양해졌고, 급기야는 나락 장사, 새우젓 장사까지 겸하게 되었다. 특히 젓 장사를 위해서는 지하 저장고가 만들어졌다. 바닥과 벽이 시멘트로 발라진 그곳이 칠산 바다에서 막 잡아 올려진 새우들로 차곡차곡 포개졌다. 소금을 가마니 채로 뿌린 다음 새우를 넣고, 다시 소금을 뿌린 후에 새우를 채우고 하는 식으로 작업은 이루어졌다.

"뭇 헐라고, 새비(새우)를 땅속에 파묻는 단가?"

"푸욱 익었을 때, 장에 내다 팔라고 그러제 어째야?"

"새비는 어디서 나고라우?"

"동네 사람들이 잡았지야. 그냥 팔먼 을마 못 받을 턴디, 고로코 것을 담어서 팔먼 비싸게 받을 수 있지야. 몇 배를 이익 본다 그 말이여어. 암도 생각 못했든 일을 느그 아부지가 헌 것이여."

부가가치의 극대화. 광호 아버지가 곧이곧대로 뻘 땅을 파서 노임을 받듯이, 대부분의 사람들이 '막고 품는 식'으로 살아가던 시절, 이씨는 특유의 사업적 수완을 발휘하기 시작한 것이다. 상업으로 일구어진 가정경제는 농업으로 확대되었고, 얼마 가지 않아 동네에서도 손꼽힐 만한 대농(大農)이 되었다.

어린 시절의 가난은 기억의 저편으로 사라진 채, 철들 무렵부터 돈에 구애를 받지 않았던 태민은 '풍요'를 당연한 것으로 여겼다. 그도 그럴 것이 학교에서 잡부금 내라면 그 이튿날 갖다 내고, 책이나 옷은 반드시 새것 차지였다. 다른 집 아이들이 병이나 헌 고무신을 들고 가게를 찾을 때, 태민의 경우 손만 뻗으면 과자나 사탕을 맘껏 먹을 수 있었다. 이씨의 큰 소리.

"모름지기 사람은 그래서, 배우란 소리여어. 머릿속에 든 것이 있으면, 은젠가는 풀어 먹그든. 나 봐라. 느그 한아씨한테 모래땅 쪼까 받었제마는, 폴세 떡시리 엎어먹었다고 사람들이 그랬제 어쨌디야. 그러제마는 인자 살림 일어나는 것 조까 봐라 요. 다 사람한테 매였어야. 그런게 느그덜한테 차코 공부허라고 허제 어쩐디야?"

"⋯⋯⋯"

"에... 자고로 못사는 사람들은 둘 중에 하나여. 첫째는 천성이 게으른 사람들. 말허자면 본래 돈도 읎는 디다가 잘살아 볼라고 허는 의욕도 읎는 사람이여. 태생적으로 무능한 사람이라고 봐야 제. 둘째는 부지런헐망정 술이나 윷판, 쪼이로 살림을 말아먹는 종류가 있고. 사람이 성실허게, 내 땀 흘려 벌어먹을라고 맘 먹으면 다 살게 되야 있그든. 그런디 지가 잘못해서 살림 말아먹고는, 고난시 잘 사는 사람 미워허는 경우가 있단 말이여어. 그러면 못쓰는 것이여어. 그러다가 고난시 남의 것 얻어 먹을라고나 허고, 다른 사람을 도와줄 궁리를 해야제, 얻어먹을락 허면 쓸 것이냐?"

명절 전날, 태국과 함께 소주병 및 쌀 포대를 들고 동네를 돌아 다닌 적이 있었다. '동네 분들에게 진 빚을 갚아야 한다!'는 이씨 의 지론에 따라, 형편이 어려운 분들에게 선물을 돌리는 중. 그런 데 무기고를 개조하여 만들어진 방을 열어보다가, 하마터면 소 리를 지를 뻔했다. 송장처럼 퀭한 눈으로 이쪽을 노려보고 있는 노부부.

"에이, 재수 읎이..."

"성, 그 한아씨 허고 할메한테, 한 포대 더 주까?"

"뭇 허게야? 그러면 다른 사람 하나가 못 받지 않냐? 그러고 밤나 놈한테 주기만 좋아허고. 니가 커서 뭇이 될래?"

짐짓 어른의 흉내를 내보며 태민은 이씨의 말을 상기했다.

"부지런허고 양심적으로 살다 보면, 잘살게 돼야 있는 것이여어. 이참에 대통령도 안 그러디야? 허면 된다고. 안 헌게 안 되제, 사람이 해 갖고 안 될 일이 뭇이 있겠냐?"

꼭두새벽부터 '우리도 한번 잘살아보세!' 노래가 온 동네에 울려 퍼졌고, 고샅의 잡초를 제거하여 퇴비를 만든다며 울력이 선포되었다. 이러한 시대적 분위기에서 태민 역시 가난한 사람들을 이해할 수 없었다. 뭐 하러 가난한 집에서 태어나? 설령 그랬더라도 열심히 일을 하면 될 터인데. 그러고 보면 나는 참 운이 좋은가 보다. 김씨가 빚이 많다 '엄살'을 떨 때에도 곧이듣지 않았다. 말로만 그렇지, 땅속 어딘가에 돈 항아리를 묻어놨을 것이다!

'나는 선택받은 아이야. 평생 잘 살 팔자이고...'

그런데 어느 때부터인가 아이들로부터 따돌림 받고 있다는 느낌이 들었다. 그 느낌이 싫어 거짓말처럼 가난을 '동경'하게 되었고, 가난의 대명사 격인 광호가 부러워지고 말았다. 땅뙈기가 전혀 없었던 그의 아버지는 염전에서 하루하루 '평때기'를 하여 식구들을 먹여 살렸다. 초가삼간 오두막집, 콧구멍만 한 방 두 칸에 노모와 부부, 일곱 명의 아이들이 뒤엉켜 살았으며,

세간이라곤 거의 없었다.

그 와중에도 녀석은 마당 초입의 무화과나무에서 잘 익은 열매를 따 태민에게 건네주곤 했다. 아무래도 답례가 있어야 할 것 같아 가게에서 연필과 지우개를 훔쳤다. 호주머니에 담아 녀석의 집으로 달려갔다. 마당에 엄지손톱만 한 구멍 세 개를 파고 그 속에 납 물을 들이붓고 있는 녀석의 등을 바라보다가, 마루 끝에 선물을 놔둔 채 도망치듯 빠져나왔다. 이튿날. 학교에서 녀석의 눈치를 살폈다. 다행히 그는 끝내 말을 하지 않았다. '받는 것보다 주는 것이 훨씬 더 즐겁다'는 사실을 처음 알았다.

태민은 그 앞에서 으스대지 않았다. 도리어 녀석 앞에 서면 열등감이 느껴졌다. 그의 이마에 달린 가난이 '훈장'처럼 보였다. 비록 가난했지만, 그의 집에는 소중한 것들이 널려 있었다. 따스한 햇살을 온전히 받아들이는 초가지붕, 그리 넓지는 않으나 한두 사람 드러눕기에 넉넉한 마루, 멀리 당산나무에서 울어대는 매미소리가 여과 없이 전달되어 오는 고요함, 그 누구의 침범도 허락지 않는 한가로움, 그리고 항상 텅 비어있는 마당 등.

광호는 늘 한가했다. 공부에도 별반 신경을 쓰지 않는 것 같았다. 낚시 추를 만든다며 아궁이에서 녹인 납 물을 황급히 떠다 붓는 그의 거동 속에서, 몇 달씩 기다려 무화과 열매를 따주는 그의 손끝에서 자신과는 너무나 동떨어진 세계에 살고 있는 그를 발견하곤 했었다.

초등학교 4학년 때의 점심시간. 제대로 혼, 분식을 하는지 검사한다며 담임선생님이 도시락을 열라고 했을 때, 광호는 소리 없이 뒷문을 빠져나갔다. 똑같은 일이 며칠 동안 되풀이되다가 녀석은 뒷덜미가 잡혀 끌려왔다. 그는 무 캐 먹다 들킨 것처럼 어찌할 바를 몰라 하다가 닭똥 같은 눈물을 뚝뚝 떨어뜨렸다.

"니가 안 열먼, 내가라도 연다이."

한사코 부여잡는 손이 뿌리쳐지고, 기어이 뚜껑이 열렸다. 그러나 그 안에는 쌀밥은커녕, 보리밥도 들어있지 않았다. 달랑 고구마 세 개. 그에게는 '혼식'이란 말 자체가 사치였던 것이다. 진길중은 말을 잃은 채 창밖을 바라보았고, 녀석은 교실을 뛰쳐나갔다.

학교에서는 결식아동들을 위해 급식소를 운영하고 있었다. 아지랑이 가물거리는 봄날이나 태양이 이글거리는 한 여름철에도, 그 앞은 아이들로 장사진을 이루었다. '버짐'이 구름처럼 뭉게뭉게 피어난, 무표정한 얼굴에는 미래에 대한 꿈도, 도시에 대한 야망도 없었다. 그러나 네모반듯하게 잘려진 노란 옥수수떡을 바라볼 때마다, 태민의 입안에는 침이 괴었다. 대열에 낄 수 없었던 처지인지라, 그것을 받아먹는 아이들의 신세가 부러웠던 것이다.

생각다 못해 어느 날. 낯익은 아이의 양해를 얻어 새치기를 했고, 두근거리는 가슴을 꾹 누르며 차례를 기다렸다. 솔가지가 타면서 내뿜는 메케한 연기로 말미암아 눈물이 찔끔거리고, 등 뒤에서는 주르르 땀이 흘렀다. 늙은 소사는 이리 밀치고 저리

당기며 아우성치는 아이들을 향해, 어색한 손짓과 알아들을 수 없는 옹알거림으로 '군기'를 잡았다.

이 경험을 바탕으로 태민은 두근거리는 모험보다는, '선량한' 아이의 동정심에 호소하는 쪽을 선택하기로 맘먹었다. 떡을 타 온 아이 앞에서 애처로운 표정을 지으며 (도시락과 바꿔주는) 그의 선처를 기다리기로 한 것이다. 어쩌다가 떡이 남아도는, 억세게 운 좋은 날도 있었다. 이런 날. 소사는 '개밥 퍼주듯' 인심을 썼고, 혹시나 하며 줄을 서 있던 '무자격자들'도 히히거리며 양껏 배를 채웠다.

이 강냉이떡과 더불어, 뜨거운 우유가 함께 제공되기도 했었다. 늘 탄 냄새가 나기는 했지만, 후후 불어가며 마실 때의 그 고소한 맛이란. 때로는 분말우유가 나오기도 했다. 도시락 뚜껑에 퍼주는 그 가루를, 입안에 털어 넣다가 캑캑거릴 때도 있었다. 하지만 은은하고도 뽀득거리는 맛을 잊을 수가 없다.

"너사 세 끼 따순(따뜻한) 밥 먹고 댕기는디, 뭇 헐라 급식을 줄 것이냐? 그것들이 모다 미국에서 나오는 것이니라 거."

이씨의 말 속에서 미국은 '우리 편'이고, 소련이나 이북은 '남의 편'이라는 사실도 알았다. 하여 태민은 놀이 중에도 한사코 미국 편이 되려 했고, 소련이나 이북 편으로 조가 짜이면 울상을 지었다.

무라리에서 부족했던 것은 먹거리뿐만이 아니었다. 겨울에 내복이나 장갑은 물론 심지어 양말 없이 다녀야 하는 아이들이 부지기수였고, 오 남매, 육 남매가 한 방에서 자야 하는 경우도 적지 않았다. 목욕을 제때에 하지 못해 온몸에 때가 더덕더덕 끼고, 손에 바를 '동동 구루무'가 없어 새까만 손등은 가뭄 든 논바닥처럼 쩍쩍 갈라져 피가 삐쭉거렸다.

변소는 늘 구더기로 우글거렸고, 비 오는 날의 마당은 아이들이 싸 놓은 똥과 개똥, 쇠똥이 서로 엉켜 뒤죽박죽이었다. 밥상에는 파리가 단골손님으로 날아들었고, 여름밤에는 수많은 모기들에게 혈액을 제공해야 했다. 쥐들은 마당, 헛간, 부엌, 안방 할 것 없이 아예 사람들과 동고동락하였거니와, 사람의 거처와 동물의 서식지가 구별되지 않는 공간 속에서 이와 벼룩, 빈대 등과 더불어 살아야 했다. '위생'이라는 말은 교과서에서나 나옴직한 낯선 단어에 불과했고, 밖에서 들어올 때마다 손을 씻는다거나 식사 후에 양치질한다는 것은 먼 나라 이야기쯤으로 받아들였다.

몽당연필 모으기는 모두의 습관이었고, 지우개나 연필깎이 칼은 돌아가면서 사용했으며, 마분지를 연습장으로 쓰는 일도 다반사였다. 만화 한 권이 있으면 온 동네 아이들이 죄다 돌려보았고, 이웃동네에서 원정을 오기도 했다. 문화 활동 공간이라야 일 년에 한두 번 세워지는 가설극장뿐이었고, 버스는 하루에 서너 차례만 운행되었다. 무라리에서 사람과 동물 외에 스스로 소리를 내는 물건이라곤 라디오뿐이었는데, 사람들은 마을에 한두 개 있는 이 물건을 통하여 그나마 세상 소식을 접할 수 있었다.

광호네의 고즈넉한 오두막집과 달리, 늘 돈이 오가는 가게가
태민은 싫었다. 이익을 남기기 위해 물건을 팔고, 밤이 되면 그날
들어온 현찰을 세어 대는 집안 분위기가 싫었다. 동네아이들이
맘껏 뛰어놀 그때에 가게를 지켜야 하는 일, 친구들에게 돈을
받고 물건을 팔아야 하는 일 등은 죽기보다 싫었다. 선생님이
나눠준 신상카드의 부모 직업란에 '상업'이라고 써야 하는 것
역시 맘에 들지 않았다.

오는 손님들이 얄미웠다. 싫었다. 그때마다 심부름하고 계산
해야 하는 것이 귀찮고, 창피했다. 또래 아이들이 와서 '이것 달
라 저것 주라' 할 때에는, 세상 살고 싶은 생각이 싹 달아났다.
다리에 힘이 빠지고, 창자가 뒤틀리는 기분. 그래서 얼굴은 늘
부어 있었고, 태도는 거칠었으며 말씨 역시 퉁명스러웠다. 가격
을 물어보아도 대답해 주지 않은 적이 많았다.

사람들 만나는 일이 싫어졌다. 말수가 줄어드는 대신, 신경질
은 늘어났다. 피해의식과 소외감이 보태져 본래 숫기가 없는 성
격은 더욱 내성적으로 변해갔다. 경계하고 증오하는 습관이 생
기고, 급기야 스스로의 존재에 대한 회의감마저 일었다.

'나는 점빵이나 봐야 하는, 쓰레기 같은 인간이다!'

광호 녀석의 야윈 몸매 앞에 선 자신의 두루뭉술한 몸뚱이도
부끄러웠다. 그 아비의 창백한 얼굴에 개기름이 잘잘 흐르는 이

씨의 눈동자가 겹쳐지는 것 역시 몸서리쳐지게 싫었다. 더 이상 빼앗길 것이 없는 사람들의 여유와 끊임없이 베풀어야 하는 사람들의 조급함이라고나 할까. 많이 벌어 많이 쓰는 것보다 적게 벌어 적게 쓰는 편이 더 낫지 않을까? 이를 의식이라도 한 듯, 이씨는 입버릇처럼 말했다.

"돈이란 본래 천허고 더러운 것이여. 이 사람, 저 사람 손에 돌아 댕기니 을마나 드럽냐? 공수래 공수거라. 빈손으로 왔다가 빈손으로 가는 것이 인생인게, 쌩똥 싸 감시로 돈 벌라고 헐 것 읎어야."

"..........?"

"그러고 벌었으먼 쓸 줄도 알아야제, 오그라쥐먼 쓸 것이냐? 근디 느그 어메는 돈 배키 몰라. 무식해 눈게 눈에 뵈는 돈만 안다, 그 말이여. 자고로 '사농공상(士農工商)'이라는 말이 있그든. 글 읽는 선비 허고, 농사짓는 일이 고상허다 그 말이여어. 지금은 헐 수 읎이 장사를 허고 있다마는..."

그래. 난 절대로 장사는 안 한다. 굶어 죽어도! 큰집 옆집의 그 어른처럼 위대한 학자가 되는 거야. 어머니 태몽도 있거니와, 그것이 나에게 주어진 운명일지도 몰라.

그 와중에서도 가게는 점점 번창하였고, 나중에는 큰길에 접해 있던 나락창고를 아예 터 버린 다음, 제법 번듯하고 널찍한 공간을 마련하기에 이르렀다. 이제는 신발과 장갑, 낫과 쇠스랑, 술과 담배에 이르기까지 모두 진열하는, 그야말로 만물 잡화상이 되었다. 진열장이 모자라 벽에까지 선반을 달아내어 물건들을 진열했고, 소주나 과일 같은 경우 마당 쪽에 따로 헛간을 마련하여 궤짝들을 잔뜩 쌓아 두었다.

추억, 추억들

　무덥고 지루한 여름방학. 낯선 아이들의 발걸음에 달걀을 낳던 어미 닭이 홰를 치자, 누워있던 돼지가 벌떡 일어나 꿀꿀거리기 시작했다. 태민은 기중과 함께 텅 비어있는 태진이네 집 마당을 가로질러 가는 중. 울타리 밑 그늘에 자리를 잡은 다음, '대통령 고누'를 두기 시작했다. 대통령을 위시로 하여 장관급에 해당하는 말들을 각자의 진영에 포진시킨 다음, 바둑판 모양으로 크게 그려진 줄 위로 한 칸씩 전진하여 상대편 말을 쳐부수고 마침내 고지를 점령함으로써 승부를 결정짓는 게임.

　그러나 내리 세 판을 지고나자 은근히 부아가 났다. 돌멩이를 추켜드는 팔목에 점점 힘이 가해졌다. 어른 주먹만 한 돌덩이를 두 손으로 움켜쥔 채, 쪼그린 자세로 땅만 보고 전진해 나갔다. 기중 역시 코를 씩씩 불며, 금 반대편의 애꿎은 마당만 찍어댔다. 포사격이라도 하듯 '쿵쿵' 하는 소리가 고즈넉한 농촌마을의 초가집 기둥을 울리고, 그 위 지붕에 널려져 있는 호박넝쿨마저 파르르 떨게 했다. 잠잠하던 암탉이 다시 울어대고, 암퇘지가 꿀꿀거리기 시작했다. 그리고 갑자기 짧고도 날카로운 비명이 고막을 찢었다.

"아악!..."

힘껏 찍어 내린 돌에, 녀석의 손등이 화를 입었다. 붉게 물든 손톱 하나가 눈 깜짝할 사이에 까맣게 변해 갔다. 녀석은 소리를 지르지도, 화를 내지도 않았다. 하지만 묵묵히 앉아 있기만 하는 녀석의 모습이 도리어 묘한 공포감을 자아냈다. 도망쳐야 한다. 이곳을 빠져나가야 한다! 줄행랑을 치기 시작했다. 하지만 악몽에서처럼, 아무리 내달려도 발이 땅에서 떼어지지 않는 느낌. 달려도, 달려도 제자리걸음하는 기분이었고, 누군가가 뒷덜미를 잡아당기는 것만 같았다. 숫제 눈을 감은 채, 집 쪽을 향해 내달았다. 신발을 벗는 둥 마는 둥, 방으로 뛰어들었다. 그리고 앞문과 부엌문의 돌쩌귀부터 걸어 잠갔다. 이불을 뒤집어썼다. 그럼에도 몸은 사시나무 떨듯 했다. 그 진동으로 말미암아 방바닥마저 흔들리는 것처럼 느껴졌다. 문 앞에 신발을 벗어 놓은 채 들어온 것이 내내 마음에 걸렸다.

'흔적을 없애야 하는데...'

나가자니 누군가에게 들킬 것 같고, 그냥 내버려두자니 불안했다. 슬며시 문을 열어보았다. 사위(四圍)가 고요했다. 개구리가 파리를 낚아채듯, 신발을 건져내어 잽싸게 방문을 걸었다. 아! 내 작은 존재의 흔적을 지울 수만 있다면. 옷도, 신발도, 이 몸뚱이마저 사람들의 눈에 띄지 않게 할 수만 있다면. 만화 속의 투명인간이 되고 싶었다.

정말 두려운 것은 기중이가 아니라, 그의 형이었다. 싸움 잘하기로 소문나 있었던 데다, 동생들이 맞고 오는 날이면 상대가 누구든 요절을 내고 만다는 그가 바로 공포의 대상이었다.

"맴맴...맴맴맴..."

마당 입구 쪽에 서 있는 당산나무(탱자나무) 위에서 매미들은 철없이 울어댔다. 평소 은은한 자장가로 들렸던 그 소리가 오늘은 탱크 지나가는 소리처럼 우렁차게 들렸다. 그 소리가 잦아들 무렵, 이번에는 쥐 죽은 듯한 고요가 '죄인'을 못 견디게 했다. 폭풍전야의 고요라고나 할까, 사형집행 날짜를 기다리는 죄수의 새벽이라고나 할까. 그 적막이 목을 옥죄어 왔다. 맞아. 녀석이 형한테 벌써 일러바쳤을지도 모른다!

그 잔인한 '집행관'이 입에 거품을 문 채, 이쪽을 향해 달려오고 있는 장면이라니. 재차 문고리를 확인해 보았다. 분명히 걸어져 있긴 하나 밖에서 세차게 잡아당길 경우, 뿌리 채 뽑힐지도 모른다. 부엌문 언저리에 놓여있는 밥상이 어슴푸레하게 눈에 들어왔다. 몸은 그대로인 채, 손을 뻗었다. 돌덩이처럼 굳어진 어깨가 꼼짝도 하지 않았다. 이번에는 방바닥을 살살 기어보았다. 누우면 코가 닿을 거리임에도 이역만리처럼 느껴졌다. 힘겹게 수저 하나를 집어 들고 무릎으로 기어 돌쩌귀 홈에 꽂았다. 그리고 부엌문에도. 조금은 안심이 되었다.

그러나 몸은 여전히 진동 중. 누군가가 가까운 데서 자신의 일거수일투족을 살피고 있는 것만 같고, 고함소리와 함께 일시에 달려들 것만 같았다. 녀석의 형뿐만이 아니라, 다른 식구들과 동네 사람들까지 총동원하여 잡으러 올지도 모른다는 생각이 들었다. 아니, 벌써 이 방안 어디엔가 들어와 있을지도 모른다! 천장과 벽, 문들을 유심히 살펴보았다. 갑자기 위에서 떨어지거나, 바닥에서 솟을지도 모른다. 벽 속에서 튀어나올 수도 있다!

밤이 찾아왔다. 낮의 피로를 풀고, 지친 몸과 영혼을 쉬게 하기 위한 밤. 그 밤이 오늘은 어둠만큼이나 검고, 칙칙한 모습으로 다가와 있었다. 낮에는 빛 가운데에 자신의 몸뚱이가 드러날까 두려웠는데, 이제는 어둠 속에서 누군가가 덮쳐올 것만 같아 겁이 났다. 그날 밤. 태민은 꿈을 꾸었다.

녀석의 형이 쫓아오고 있었다. '잡히면 끝장'이라는 생각에 죽을힘을 다하여 뛰었다. 그러나 아무리 뛰어도, 늘 제자리걸음. 잡힐 듯 말 듯, 아슬아슬한 간격을 유지하며 얼마나 달렸을까. 그의 손이 뒷덜미를 낚아채려는 순간, 비명을 지르고 말았다. 스스로의 목소리에 놀라 잠을 깼다. 등에 식은땀이 흘렀다. 셀

수 없을 만치 많은 뱀들이 똬리를 틀고 있는 장면, 똥이 잔뜩 널려있는 마당을 맨발로 지나가는 악몽보다도 더 몸서리가 쳐졌다. 뜬눈으로 밤을 보냈다. 점점 밝아지는 방이 두려워, 이불을 머리끝까지 끌어 올렸다.

개학하는 날이 다가왔건만, 머릿속은 뒤죽박죽, 발걸음은 천근만근이었다. 고샅의 모퉁이나 길목 어딘가에, 아니 어쩌면 밭의 한구석에 숨어 있다가 불쑥 나타날지도 모른다. 동네를 벗어나 훤히 뚫린 길에 들어서면, 멀리서 보고 있던 그가 달려올 것만 같았다. 고개를 숙인 채, 발걸음을 재촉했다. 교문을 들어서며 안도한 것도 잠시. 교실 뒷문을 여는 손이 부르르 떨렸다. 녀석은 오늘따라 일찌감치 와 있었다. 녀석과 짝꿍인 것이 불운이다 싶었다. 옆자리에 살그머니 앉았다. 책상 옆구리에 나와 있는 못에 신발주머니를 건 다음, 천천히 책보를 풀었다. 어깨가 흔들렸다. 연필을 깎기 위해 칼을 집어든 순간.

"너!..."

".........."

소스라치게 놀라 연필까지 놓치고 말았다.

"어째서 혼자 가 버렸냐? 태진이네 아부이한테 허벌나게 지천 들었씨야. 마당 파 났다고, 독때이 주서다가 암치키나 내 뻐렸다고. 나 혼자 고놈 다 치우니라고, 무가서 혼났다!"

눈앞에 펼쳐진 파란 잔디. 세상은 너무나 아름다웠다. 황홀해진 눈이 녀석의 얼굴로, 그리고 손톱 쪽으로 향했다. 색깔은 더욱

진해져 있었다.

"갠찮해야. 인자 하나도 안 아퍼. 봐 볼래?"

동시에 손톱은 천천히 들어 올려졌다. 매미가 허물을 벗는 것처럼, 어느새 손톱은 벗겨져 나가 있었다. 태민은 기겁을 했다.

"안 아프냐?"

"하나도 안 아퍼."

"그러다가 손톱이 안 나버리면 어찔라고?"

"요 밑에 나냐. 요."

그가 가리키는 곳, 이제 막 벗겨낸 손톱 아래에서는 벌써 어린 순이 빨갛게 자리를 잡아가고 있었다. 저 손톱이 완전히 자라날 때쯤... 그때쯤 나의 검붉은 죄도 덮어질까?

큰집 옆, 대학자가 살았다는 그 집 마당에서 아이들은 차례를 돌아가며 번데기를 받아먹고 있었다. 그때 누군가 '풍뎅이'를 잡아 태민에게 건넸다. 녀석의 모가지를 반쯤 비틀어 손바닥에 올려놓자 요란하게 날갯짓을 해댔다. 그 바람을 쐬기 위해 귓불에 갖다 댔다가, 마당에 내려놓았다. 빙글빙글 돌며 먼지를 쓸어냈다. 그 모습에 신바람이 나, 노래를 불렀다.

"핀둥아! 핀둥아! 돈 주께 마당 쓸어...라."

자선공연에 나선 무명배우처럼, 녀석은 온몸으로 서러운 연기를 이어갔다. 한참을 돌다가 지쳐 누워있으면, 아이들은 꽁무니를 집적거리며 주문처럼 그 노래를 불러댔다.

"핀둥아! 핀둥아! 돈 주께 마당 쓸어...라."

자신의 고통을 부둥켜안은 채, 녀석은 돌고 또 돌았다. 돌지 않고는 견딜 수 없는 세상, 미치지 않고 제 정신으로 살아가기에는 너무나 버거운 세상이었을까? 녀석의 처절한 몸짓에 박수를 보냈던 아이들은 마침내 살아있는 '장난감'의 몸뚱이를 발로 으깨어 버린다. 더 이상 돌지 않는다고, 말을 듣지 않는다고, 더 이상 재미가 없다고 투덜대며. 태민은 납작해진 녀석의 시체를 바라보며, '만일 저것이 나의 몸이었다면 어땠을까?' 상상하며, 몸서리를 치곤했다.

서촌의 여름밤은 '모기와의 전쟁'이라 해도 과언이 아니었다. 집집마다 돼지나 소를 기르는 데다 여기저기 우거진 풀밭이 많고, 괴어있는 시궁창 또한 한둘이 아니었다. 울력으로 풀을 베기도 하고 시궁창을 덮어보기도 하지만, 극성스런 모기떼는 사라지지 않았다. 집안 구석구석에 농약을 살포해 보아도, 그때뿐이었다.

어둠 속을 달리며 허공에 팔을 뻗으면, 모기와 '깔따구'가 한 움큼씩 잡혔다. 군대를 다녀온 육촌형의 말에 의하면, '모포 다섯 장에 워커 두 장을 뚫는' 31사단 모기보다 더했으면 더했지, 못하지는 않을 거라는 것. 한 번 물렸다 하면 눈 깜짝할 새 퉁퉁 붓고, 정신없이 긁다 보면 밤을 새기 일쑤였다. 물론 깊숙이 파인 그 부위에서는 핏물이 돋았다가 진물로 변하여 끝내 흔적으로 남기

도 했다. 간혹 모기장을 치는 집도 있지만, 드리웠다가 다시 걷어
내는 번잡함, 통풍이 잘 되지 않는 데다 수시로 들락거리는 아이
들로 인해 별무신통인 경우가 많았다. 결국 온종일 뙤약볕 아래
에서 땀 흘린 무라리 사람들은 '따뜻'한 모깃불 옆에서 눈물을
철철 흘리든지, 문을 꼭꼭 걸어 닫은 채 후끈한 방안에 들어가
진땀을 빼든지, 둘 중에 하나를 선택해야 했다.

밤이 '모기와의 전쟁'이라면, 낮은 '파리와의 싸움'이었다. 밤
새워 더위와 모기에 시달린 농부들에게 낮잠은 수면보충을 위해
서도 꼭 필요한 법. 그러나 이 달콤하고도 유익한 시간을 악용하
는 존재가 있었으니, 그것이 바로 파리였다. 꿈나라의 초입에
당도할 무렵, '웨~에엥!' 소리와 함께 콧잔등이나 눈가에 내려앉
는가 하면, 김치냄새가 채 가시지 않은 입 언저리를 빨아대노라
면 천하장사라도 해 볼 재간이 없었다.

처마 끝에 대롱대롱 달려있는 소쿠리는 녀석들의 제1타깃. 삶
아놓은 보리를 목표로 구멍이 숭숭 뚫린 대발 사이사이로 탐욕
스런 주둥이를 꽂아 넣은 채, 까맣게 엉켜 있는 녀석들의 모습은
보기만 해도 소름이 끼쳤다. 어른들의 흉내를 내어 열심히 손을
내저어보지만, 그때뿐. 김씨의 푸념.

"시상에! 저것들은 무두러 세상에 나와 갖고, 사람까지 못살게
허끄나이."

맞아. 조물주는 꼭 필요한 것들만 만들었어야 하는데, 왜 그랬
을까? 어느 날 똥통 밖으로까지 기어 나오는 하얀 구더기 떼를

발견하고, 질겁했었다. 변소 앞에 멍하니 서서 한참을 망설이다가 눈 딱 감고 들어갔었다. 하지만 똥이 낙하하는 지점에 벌떼처럼 몰려있는 구더기들을 발견하고는 항문이 근질근질해 견딜 수 없었다. '그것들이 자라 파리가 된다'는 김씨의 말을 듣고 나서부터 파리가 앉은 밥은 더 이상 먹지 못했었다.

다만 언젠가 밥상 위에 사뿐히 내려앉는 자태가 무척이나 아름답다고 느낀 적이 있긴 했다. 기하학적 모양으로 조각난 둥글넓적한 눈도 신기했고, 잠자리의 그것보다 더 섬세하고 앙증맞은 날개의 무늬 또한 경이로웠다. 앞다리를 열심히 비벼대는 모습은 겸손의 극치로, 위험이 닥쳤을 때 눈 깜짝할 새에 날아가는 민첩함은 삶의 지혜로, 헬리콥터처럼 수직으로 이·착륙하는 능력은 조물주의 위대한 섭리로 간주되었다. 한번은 휙 낚아챘다가 손이 더러워질까봐 선선히 '방면'해 준 적이 있었다. 생환(生還)의 기적 앞에서 잠시 어리둥절해 있다가 포르르 날아가는 장면을 보고는 웃음이 나왔다. 그러나 파리도 예쁠 때가 있다는 태민의 말에 김씨는 정색을 했다.

"아무리 이뻐 봤자, 천성이 더러운 것 아니냐. 똥통에서 나갖고 똥만 먹고 커 논게, 밤나 똥통만 찾어 댕기지 않나. 사람도 마찬가지여어. 타고난 천성이 깨끗해야 깨끗헌 것을 생각허고, 깨끗허게 행동허고. 겉모양은 아무 쓰잘 데기 읎는 법이다. 너도 이 담에 크먼, 하나니! 질이 안 좋은 여자들은 쳐다보지도 말고, 만나지도 말그라이. 단물만 쏙 빨아먹으먼 어쩔 것이냐? 이쁜

것들은 꼭 얼굴값을 헌단 마다."

"어메 같은 여자면 좋겄네 이?"

"히히! 허기사 나 같은 여자만 만나도 갠찮허제 어째야. 이쁘디는 읎어도 이날 이때까장 누구 둘레 먹은 적 읎고, 도독질 헌 적 읎고, 서방질 헌 적도 읎고. 사람은 겉보당 속이 차 있어야 헌다, 그 말이여."

1년 중 추석과 더불어 가장 기다려지는 때는 설날. 하지만 그전에 반드시 거쳐야 할 통과의례가 있었으니, 그것은 작은 이모에 의한 강제 목욕.

"아이고! 이 노모 새끼야. 카마이 조까 있어야. 시상에, 까마구가 성님, 성님 허겄다."

조금이라도 몸을 움직일라치면 '찰싹'소리와 함께 여지없이 등에 불이 붙었다.

"오메이! 씨이..."

"씨이라니? 요노모 새끼가 이모한테, 씨이가 무이냐? 씨이가..."

다시 찰싹! 그녀의 손맛은 청양고추보다 더 매웠다. 가게 때문에 눈코 뜰 새 없는 김씨를 위하여, 그녀는 명절 때마다 목욕을 위한 '특별원정'을 감행했다. 역사적 사명을 띠고 내려온 듯, 그녀는 다섯 개의 손가락이 선명하게 찍힐 만큼 사정없이 등을 후려갈겼다. 십오 년이나 손아래인 막내 동생이 농촌 구석에 박혀 고생하는 여러 요인 중에, 태민 형제도 한몫을 담당하고 있다

여기는 듯 보였고, 그 이글거리는 복수심을 한껏 모아 손끝에 작열시키는 것이었으니. 그러기에 식구들 옷이 가득 담긴 보따리를 풀어놓을 때에도, 태민은 전혀 반갑지 않았다. 반갑기는커녕 어떻게 해야 공포의 순간을 피할 수 있을까 궁리하며, 살살 눈치를 보는 형편이었다.

목욕은 주로 부엌이나 외양간에서 이루어졌다. 눈보라가 치던 어느 겨울밤에는, 외양간 창살 틈으로 들어오는 세찬 바람에 온몸이 노출되어 오랫동안 떨어야 할 때도 있었다. 가마솥에 물을 펄펄 끓여 플라스틱 '다라'에 퍼낸 다음, 찬물을 섞어 적당히 온도를 맞추면 대강 준비가 끝난다. 보통은 태민을 먼저 불러 그 안에 들어가게 한 다음, 미처 때가 불기도 전에 빡빡 문질러 댄다. 이때 불평을 하거나 몸을 뒤틀기라도 하면, 그녀의 손은 여지없이 작동을 한다. 그래도 허벅지를 꼬집히는 것에 비하면, 등을 두들겨 맞는 것이 훨씬 더 나았다.

고진감래(苦盡甘來)라고 했던가? 한결 가벼워진 몸에 때때옷을 걸쳐보는 것이야말로, 가슴 설레는 일이 아닐 수 없었다. '설날까지는 절대로 입지 말라!'는 김씨의 엄명(嚴命)에도 불구하고, 장롱 속에 숨겨놓은 새 옷을 꺼내 입어본 적이 한두 번이 아니었다. 물론 그때마다 구김을 펴서 조심스럽게 집어넣긴 했으되, 김씨의 눈을 속일 수는 없었다.

태민에게 설날은 때때옷 차림으로 세배를 하고, 떡과 음식을 배불리 먹으며, 곶감과 대추, 밤이 푸짐하게 주어지는 날로 각인

되어 있다. 그러나 김씨는 '새로이 한 해를 시작하는 날'이라는 데에 지나치리만치 큰 의미를 두며, 어느 때보다 '경건'을 강조했다. 온 식구가 잠들어있는 꼭두새벽부터 방과 부엌, 가게, 헛간, 당산나무 밑과 외양간 등, 집안 곳곳에 상을 차리느라 동분서주했다. 교회는 물론 성당이나 절에도 나가지 않는 김씨였지만, 무릎 꿇고 두 손을 싹싹 빌며 기도하는 모습은 감히 범접하기조차 어려웠다.

그 바쁜 중에도 짬을 내어 광주에까지 점이나 사주를 보러 다니는 정성 또한 비범(非凡)하였거니와, 꿈을 꾸고 나면 반드시 그날의 운수를 가늠해 보는 버릇 또한 유별났다. 이처럼 종교심이 뛰어난 김씨였기에 한 해를 시작하는 첫날, 화를 내거나 궂은 일이 생기면 일 년 내내 불길하다고 믿는 눈치가 역력했다.

때문에 이날만큼은 고운 한복을 차려 입고 만면에 웃음을 지으며 일 년 내내 들어보지 못한 덕담을 건네는가 하면, 아무리 큰 실수를 저질러도 화내는 법이 없었다. 이 옷을 달라, 저 옷을 달라 보채거나 음식을 먹다가 서로 싸워도 목소리를 높이지 않았다. 하찮은 일에도 벌컥벌컥 화를 내는 이씨 역시, 이날 아침만큼은 이상하리만치 관대했다. 물론 타고난 성벽(性癖) 때문에 한나절을 못 넘기기 일쑤이지만.

아침밥은 반드시 큰집에서 먹도록 되어 있었다. 그래서 대개는 눈곱을 떼는 둥 마는 둥, 실밥이 두터운 '고리땡' 바지에 울긋불긋한 무늬의 스웨터를 입고 아내미 길로 내달아야 했다. 대청에 차려진 차례 상에 건성으로 절을 한 다음, 집안 어른들에게 세배를 하는 것으로 명절의 하루는 시작되었다. 하지만 세뱃돈 대신 곶감이나 밤, 대추를 받는 것이 고작이었고. 그나마 곶감은 종손인 태준의 몫으로 돌려지는 때가 많았다. 그 다음 서열인 태민이 밤을 받았고, 그 나머지 동생들은 구분 없이 무조건 대추.

세배를 갔을 경우, 집집마다 꼬마손님들을 대하는 모양새가 달랐다. 다짜고짜 상을 차려 내놓는 집이 있는가 하면, 따뜻하고 찰 진 쑥떡을 조청(造淸, 물엿)에 찍어먹게 하는 집도 있었다. 불문 곡직하고 귀하디귀한 동전을 하나씩 집어주는 집이 인기순위 1위였던 반면, 이도저도 없이 멀뚱하게 쳐다보는 집은 맨 꼴찌 순위. 그런 집은 간혹 빠뜨리되, '한 집도 빼먹지 말라!'는 이씨의 명령에는 입을 맞추는 공동전선으로 대응했다.

모두들 맘껏 먹고, 신나게 노는 날. 하지만 김씨는 이날도 가게 문을 닫지 않았다. 차례와 세배 등 중요한 절차가 끝나기 무섭게 평상복으로 갈아입은 다음, 굳건하게 자리를 지켰다. 단 하루라도 맘 편하게 쉬는 모습을 보고 싶었다. 그러나 보채는 태민을 그녀는 이렇게 달랬다.

"우리가 문을 닫쳐 버리먼, 사람덜이 을마나 성가시겄냐? 그러고 모처럼 절값도 받었넌디 아그덜부터 까먹을락 헐 것이고, 으런덜한테도 쏘주라든가 댐배, 식용유나 밀가리 같은 것들이 다른 날보당 앨라 더 필요허고. 화토치고 윷노는 디서도 잔돈이 필요헌게, 그것도 바까 주어야 헐 것 아니냐?"

"··········"

"그러고 외지(外地)서 모처럼 고향에 와 기마이 낼라고, 돈을 쓰는 사람덜이 있그든. 그런게 보통 때보당 매상이 헐썩 많애야. 누구한테 말은 허지 마라마는."

그토록 악착같이 벌면서도, 정작 자신을 위해 돈을 쓴 적은 없었다. 사치나 낭비, 오락 등은 애당초 그녀와 거리가 멀었다. 번듯한 옷 한 벌 해 입는 것도, 맘 편하게 고기 한 점 집어먹는 것도 태민은 본 적이 없었다. 당산나무 아래에서 쉼 없이 중얼거리는 그 기도문 가운데 김씨 자신을 위한 말은 단 한마디도 들어 있지 않았음을, 태민은 직감적으로 알고 있었다.

섣달 그믐날 일 년분 새경을 받아 간 머슴들은 늘어지도록 쉬다가 대보름날이 지나서야 출근(?)을 한다. 따라서 연말연시 장기휴가임과 동시에 '연봉' 재협상 기간이기도 한 이때에 그는 기존의 주인과 재계약을 하든지, 대우가 더 좋은 집으로 옮겨가든지, 아니면 '종살이'를 벗어나 스스로 소작이라도 짓든지 그것은 각자의 의사와 능력에 따라 결정될 일이었다.

그런데 태민이 육 학년 되던 해. 놀랍게도 '땅콩집'의 길선이 머슴으로 들어오게 되었다. 갈수록 땅은 늘어나는데 집안에 일할 사람은 없고, 더욱이 송정동네 아래 모래땅을 개간해야 할 형편이어서 그렇게 되었다는 김씨의 설명. 과연 길선이가 누구인가? 땅콩을 재배하는 만주 사람들의 충실한 종, 땅콩서리를 한 아이들 가운데 한 아이만 지정하여 끝까지 추적하는 잔인한 근성의 사나이, 그가 바로 길선이었다. 태민의 마음속에는 두려움과 함께 '이제 우리도 머슴을 부리게 되었다'는 뿌듯함이 교차했다.

"근디 을마씩 주기로 했단가?"

"새경 말이냐? 길서이, 아니 느그 아제는 상머슴인게, 쌀 스무 섬에서 서른 섬 이짝저짝 주고, 내년부터 들일 새끼머슴한테는 댓 섬 주먼 될 거이다."

"와! 되게 많네이."

"많기는. 허기사 맥애주고 입해 주고 간혹 용돈도 주어야 허고 그런게, 모트는 사람은 제법 모트기도 허지야. 그래봤자 여태껏 머슴살이해 갖고 돈 벌었다는 소식, 들어 보들 안 했다. 시상에! 일 년 내내 **빼빠지게** 번 새경 갖고, 화토가 치고 싶으끄나?"

"누가?"

"누구긴 누구여야? 방앗간에 머슴 살았든 사람이제."

동네 방앗간에서 삼 년, 알부자라고 소문난 필수네 집에서 삼 년을 일했는데, 손에 한 푼도 쥐지 못했다는 것. 이유인즉 본인이 술을 너무 좋아한 데다 도박에 중독되었기 때문인 바, 일 년 새경을 하룻밤에 다 날린 적도 있단다. 주인이 그를 놓치지 않기 위해 일부러 읍내로 데리고 나가 밤새워 술을 먹인 다음, 화투를 치게 하여 새경을 다 날려버리게 한다는 소문까지 돌았다.

"저는 그 옆에서 고리짝이나 뜯고. 시상에, 그것이 사람이끄나? 우리 같으면 찐꼴나게 부래 먹었은게, 그 돈 갖고 가서 밭뙈기나 사서 벌어먹고 살으락 해야 쓸 것 아니냐?"

오갈 데 없는 그가 다시 머슴 일을 시작하고, 연말에는 또 다시 없애버리고. 이런 일을 되풀이하다 보니, 가는 세월에 늙어가는 육체는 견뎌내지 못할 수밖에.

"일 년 열두 달 죽어라 일만 허는 디다가 안주도 읎이 술을 양씬 먹고, 저녁에는 잠도 못 자고 화토만 쳐대니, 그 몸이 바와 낼 것이냐? 쇠 뎡어리라도 못 바우제. 그런게 대개는 일찍 병에 걸려 죽든지, 몸이 바근바근해져 갖고 난창에는 일도 못헌다고 주인한테 쫓개나고 그러지야. 느그덜 끔(껌) 먹드끼 단물만 빨아 먹고 발로 톡 차버리니, 기가 맥힐 일 아니냐?"

결국 농약을 마시고 자살했다는 소식이 들려왔다.

"니아까에 태와 갖고 백수 의원한테 갔넌디, 살충제를 먹어버렸는 갑이여어. 염병헐 노모 인간이, 뭇헐라고 새경을 미리서 받었을 것이냐? 작년 것 엎어먹고, 올해치까장 미리 땅거서 옴막 말아먹었으니, 문 낙으로 살 것이냐? 필수네 아부지도 아부지여. 일이 고로코 생겼으면 안 주어야제, 뭇헐라 뿌덕뿌덕 돈을 대줄 것이냐?"

"⋯⋯⋯⋯"

"하나나, 너는 화토짝 갖고 놀지 말어라이. 자고로 도박허는 사람치고 패가망신 안 헌 사람이 읎단다. 고것이 한번 맛 디리면, 손목때기 짤라도 못 끊는다는 것이그등."

이 대목에서 김씨는 도박 때문에 패가망신한 둘째 오빠를 생각하고 있음이 틀림없다. 어떻든 보름까지는 푹 쉬는 것이 관례였다. 하지만 충직한 머슴들은 소에게 여물을 주거나 마당을 쓸기 위해 수시로 들렀다. 한동네에 사는 경우에는 평상시와 다름없이 출근하여 새끼를 꼬거나 멍석, 가마니를 짜기도 한다.

대보름날, 빼놓을 수 없는 것이 농악놀이. 동네 사람들 사이의 친목을 도모하는 축제이자 올 농사의 풍년을 신령님께 기원하는 제례. 신나는 가락에 맞추어 더덩실 춤을 추다 보면, 겨우내 움츠러들었던 몸과 마음도 활짝 펴지게 마련일 터. 농악대는 집집을 돌며, 가내만복(家內萬福)을 기원했다. '도둑'처럼 그들이 들어오면, 주인은 서둘러 떡과 술을 내와야 한다. 신명나는 '한마당'을 벌여준 답례로, 돼지고기 안주에 막걸리로 목을 축이게 하는 경우가 대부분이었다. 하지만 개중에는 쌀가마니나 제법 큰돈을 희사하기도 한다. 물론 태민네의 경우, 작은집과 더불어 동네에서 가장 많은 '찬조금'을 내는 집 가운데 하나였다.
그러던 어느 해. 마당에서 재주까지 부리며 장구(장고)를 치는 이씨의 모습에 신선한 충격을 받은 적이 있었다. 거의 수직으로 세워진 장고를 두드리며 옆으로 쓰러질 듯 말 듯 몸을 돌리는 모습이 어느 풍물패 장구잽이와 견주어도 손색이 없었다. 일제시대 때에 학교를 다닌 덕분에 그런 놀이까지 배울 수 있었다나.
"요새 아그덜은 지질이 갈쳐놔도 못도 하나 못 박고, 악기 하나 못 다루고 그러지 않냐? 지게 질 줄을 아냐, 모 심을 줄을 아냐? 깝깝헐 일이지야."

하지만 조선 사람에게 실기실습 위주의 교육을 시킬지언정, 철학이나 역사, 정치학 등 인문학 분야는 고의적으로 가르치지 않은 그들의 속셈을 나중에야 들어 알았다. 민족의식이나 독립 정신이 싹트는 것을 원초적으로 막으려 했던, 저열한 그 속뜻을.

평상시 무서운 독재자로만 인상지어진 이씨. 하지만 '장고 사건'에서처럼, 간혹 태민의 선입견을 깨버리는 파격이 몇 번 있었다. 심사위원장을 맡은 동네 콩쿠르에서 마지막으로 등장하여 멋들어지게 노래를 부를 때, 그리고 어느 날 밤, 술에 잔뜩 취하여 마당에서 혼자 울고 있을 때. 이때마다 이씨의 얼굴은 무척이나 고독해 보였다. 장고를 세워 신들린 듯 손을 놀려댈 때, 두 눈을 지그시 감고 '남...남쪽 섬의 나...라...'를 부를 때, 그리고 술에 취한 채 '성혜야! 성혜야!' 하며 사촌누나의 이름을 부르며 목 놓아 울 때, 그 얼굴에서 사무치는 외로움을 발견했다. 늘 자신만만해 하고 큰소리만 치던 그였기에, 그런 일탈된 모습은 태민을 무척이나 당황하게, 그리고 슬프게 만들었다.

아닌 게 아니라 그를 판단하는 데 있어서, 태민은 늘 혼선을 빚곤 했다. 무쇠처럼 강한 듯 보이다가 갈대와 같이 약해 보이기도 하고, 장수(將帥)처럼 대범하다 싶으면 소녀처럼 여린 구석도 발견되었다. '악착같이 돈을 벌어야 한다'며 꼼꼼하게 계산하다가도, '세상에 돈처럼 더러운 것이 없다'며 허망하게 써 버리기도

했다. 불을 향해 달려드는 부나비처럼 명예와 권력을 추구하다
가도, 어느 순간 '다 쓰잘데기 읎는 짓이다'라며 도인(道人) 같은
말을 내뱉기도 했다.

부부싸움

지긋지긋한 가난을 벗고자, 육 남매의 생존과 교육을 위해 발악하듯 시작된 사업은 날로 번창하였다. 전답 역시 해마다 늘어갔다. 경제적인 기반이 어느 정도 잡히자, 이씨는 기다렸다는 듯 사회 활동에 뛰어들었다. 명분은 '못 배우고 가난한 지역주민'을 위한다는 것이었다.

당시 무라리 사람들은 수확한 벼, 보리를 내다팔기 위해 이십여 리나 떨어진 백수 단위농협을 이용해야 했고, 그러다 보니 시간과 비용이 많이 소요되었다. 이에 이씨는 친구들 몇 명과 더불어, 백수농협 무라리 지소를 백수남초등학교 정문 근처, 한성부락 초입에 개설했다. 농산물을 공판하거나 농자금을 대출받는 등의 웬만한 업무를 다 처리할 수 있었기 때문에, 주민들은 쌍수를 들어 환영했다. 이에 힘을 얻은 이씨는 이른바 농민운동에 박차를 가했고, 결국 몇 년 후 정식으로 독립한 백수농협 무라리 지소의 소장이 되었다.

다음으로, 이씨가 착수한 사업은 경지정리. 서촌과 초등학교 사이에 넓게 펼쳐진 밭들 사이, 꾸불꾸불한 길을 지나다닐 때, 아이들은 가뭄과 홍수를 수없이 경험해야 했다. 모를 심어놓은 밭의 바닥이 쩍쩍 갈라지는가 하면, 어느 때는 앞을 가로막은 강 때문에 옷을 동동 걷어 올린 채 건너기도 했다. 가뭄이 들면 농작물이 타버리고 비가 조금만 내려도 홍수가 지는 이 '물둠벙' 벌판을 평평하게 고르는 작업이 시작된 것이다. 이 일에 추진위원장을 맡은 이씨는 우선 자신의 명의로 군 소유의 국유지를 불하받았는데, 이때에도 물론 '내 땅이 먹어들어 간다'며 결사적으로 반대하는 사람들이 있었다. 터무니없는 오해와 비난, 욕설을 무릅쓰고 이씨는 뚝심으로 밀어붙였다. 결국 천신만고 끝에 경지정리가 마무리되고 전국 최초로 땅속 수백 미터로부터 지하수를 끌어올리는 이백여 개의 관정(管井)이 곳곳에 설치되자 '물둠벙'은 전천후농업이 가능한 문전옥답으로 거듭났다. 일이 그렇게 되자 오해도 풀리고 여론 또한 일시에 바뀌어 이씨의 노고를 칭송하는 소리가 들려왔다. 하지만 김씨는 '왜 당신은 내 돈 들여 욕을 먹어가며 동네일만 하느냐?'고 불평을 늘어놓곤 했다. 이 밖에도 버스 노선을 확장하는 일이나 전기 및 전화선을 끌어오는 일, 동네 수도를 놓는 일 등에도 이씨의 손이 미치지 않는 곳은 없었다. 동네에서 일어나는 대소사, 예컨대 쌈박질을 하여 지서에 끌려간 사람 빼오는 일이나 젊은이들을 취직시켜 주는 일 등에도 이씨는 나름대로 열과 성을 다했다. 그의 무용담 하나.

"나 차말로 기가 맥해서. 요 앞집 느그 당숙 있지 않냐? 승미가 급허다 본게, 술 먹고 누구를 한 대 때래 버렀넌디, 그 일로 목포 형무소에 갇혀 버렀제이. 면회를 가서 오늘 하로만 자고 나면, 내일 아침 빼 줄란닥 했데이, 마고 보챈다."

"..........?"

"오늘 당장 안 빼 주면, 깜빵 배람박에 대가리 쳐 받고 죽어 버릴란다고. 종일 햇빛 받은 배람박에서 열은 푹푹 찌제, 생전 보도 않은 낯바닥들 땜에 하룻밤도 더 못 자겄다여. 그래서 어찔 것이냐? 그날 빼 주었제에."

이 대목에서는 태민 또한 감탄을 금치 못했다. 야! 우리 아버지 빽이 크긴 큰가 보다. 그 자세한 내막, 로비의 메커니즘을 자세히 알 수는 없었지만(아니 바로 그 때문에) 무라리 사람들은 점점 이씨를 존경의 눈초리로 바라보는 것 같았다. 그러나 역시 태민으로서는 그 사실이 선뜻 믿어지지 않았다. 왜냐하면, 집안에서 그는 잔인 포악한 폭군으로 군림하였기 때문이다. 절대군주 앞에서 그 누구도 감히 반대하는 목소리나 항거하는 몸짓 한 번 내지 못했다. 그 무엇보다도 태민을 몸서리쳐지게 하는 대목이 바로 부부싸움.

초등학교 5학년 무렵, 막 잠자리에 들려는 찰나. 부엌을 사이에 둔 가겟방 쪽에서 티격태격하는 소리가 들려왔다. 숨을 죽인 채, 귀를 기울였다. 뭔가에 대해 꼬치꼬치 따져 묻는 이씨와 진땀 빼 듯 해명하는 김씨의 목소리가 교차했다. 혹시 만에 하나, 이곳까지 불똥이 튈지도 모른다는 두려움에 태민은 호롱불을 끈 다음, 잽싸게 이불 속으로 들어갔다.

이씨는 대개 '가게의 매상이 계산에 맞지 않는다'거나 '창고에 보관했던 나락 가마니 수가 틀리다'거나 '모내기를 해야 하는데, 일꾼을 왜 그리 적게 불렀냐?'며, 김씨를 닦달하는 경우가 많았다. 그런데 오늘의 설전(舌戰) 내용은 여느 때와 좀 달랐다.

"어째서 열한 시 차를 못 탔냐고?"

"누가 타기 싫어서 안 탔소? 물건 가짓수가 많은 디다가, 언고 상회에 물건이 떨어져 갖고 다른 디서 받아 오다 본게, 그랬단게는. 어째서 그래싸요?"

"그런다고 아홉 시 차로 기어나가 갖고, 그 차를 못 타?"

"가는 디 한 시간 걸리고, 당신 같으면 어쭈코 한 시간 안에 물건을 다 치겠소? 그런 디다가 오늘싸 말고 해필 영광 장날이어 갖고, 사람들 할라 오살나게 많은디… 나보고 어찌라고라우?"

"한 시간이나 비는디, 그 도막에 문 일이 있었는지 누가 알 것이여어?"

"오메이! 태민이 아부지. 동네 사람들 들으까 무섭소 예. 문 일은 문 일이 있다우?"

이씨가 한사코 강조하듯이, 김씨는 결코 미인이 아니었다. 남자와 놀아날 만한 그런 여자는 더욱이 아니었다. 적어도 태민이 보기에는. 그런데도 이씨는 아내의 '부정'(不貞)을 감시하는 일에 온 정열을 다 쏟았다. 그 와중에 일단 꼬투리가 잡혀 시비가 붙으면 한 번도 무사히 넘어간 적이 없었고, 그럴 때마다 태민은 몇 번씩이나 전쟁터로 달려가야 했다. 자리에 누워 수없이 뒤척이다가 겨우 잠이 들어도 악몽에 시달리기 일쑤였고, 이튿날 깨어 보면 몸은 잔뜩 웅크린 채였다.

그런 날은 얼굴이 퉁퉁 부어오른 김씨의 신세타령으로 하루가 시작되기 마련. 아랫목에 드러누운 채, 그녀는 장남 앞에서 넋두리를 늘어놓곤 했다.

"아이고! 이 년의 팔자가 어찌먼 요로코도 사나운고. 너는 장개 가서 느그 마누라한테 지발 애문 소리 조까 허지 말어라. 한이불 속에 자는 사람끼리 속을 고로코 몰라주면 누가 알아줄 것이며, 지 마누래를 못 믿으면 세상에서 누구를 믿을 것이냐? 그러고 쌈을 허드라도 말로 헐 것이로되, 지발 손찌검허지 말고. 여자도 다지금 집에서는 귀헌 딸이다. 또 지발 반찬까탈 부리지 말고. 남자가 먹는 것 갖고 까탈 부리면, 큰일을 못 허는 법이여어. 그래서 내가 역불러 짐치(김치) 한 가지만 느그덜한테 준다. 애래서부터 버릇 잡을라고. 시상에, 내가 느그 새끼덜만 아니면,

차말로 너 아니었으먼 진작 나가 버렸다. 진작 나가 버렸어. 어디 가서 식모살이를 헌들, 내 한입 거친(거두지) 못허겄냐?"

"………."

"그런디 내가 집 나가 버리먼, 느그덜… 젤로 니 팔자가 뭇이 되겄냐? 느그 아부지사 새 애팬네 얻어 갖고 잘 먹고 잘 살란가 몰라도, 내 속으로 난 내 새끼들이 불쌍해서…"

이 대목쯤 도달하면, 더 이상 말을 잇지 못하게 되어 있다. 무릎을 꿇고 앉아 있던 태민의 눈에서도 닭똥 같은 눈물이 줄줄 흐른다.

"내가 너 아니면 문 낙으로 살겄냐? 새끼들이 많이 있다고 허제마는, 다 니가 잘될 탓이다. 니가 잘 되면 모다들 씌어 가는 것이고, 니가 못 되면 즈그덜 신세도 벨 수 읎제 어찌겄냐? 어찌 갔거나, 부지런히 공부해서 남보다 잘 되야야 헌다. 하루에도 열두 번씩 죽어 버리까 생각이 들다가도, 니가 새 어매 밑에서 설움 받으까 봐서 그러도 못헌다."

김씨의 감동어린 사랑의 고백은 항상 결연한 각오를 이끌어 내곤 했다.

'내가 크면, 무엇보다 효도를 해야겠다. 이렇게 불쌍한 어머니를, 기어이 행복하게 해 드려야 해.'

김씨에게 효도하는 일이 지상목표인 반면, 이씨에 대해서는 끓어오르는 분노와 적개심을 억누를 길이 없었다. 까닭 없이 어머니를 때리는 아버지. 허구헌 날 반찬까탈이나 부리고, 식구들 앞에서 폭군처럼 구는 아버지. 자기 가족 하나 행복하게 해 주지 못하는 주제에, 동네일 한다고, 주민들 위한다고 큰소리치는 그가 죽이고 싶도록 미웠다.

동네에 하나뿐인 가게인지라 일 년 삼백육십오 일, 쉬는 날이 없었던 김씨에게 이 날이 바로 유일한 휴일이 된다는 점은 아이러니가 아닐 수 없었다. 이씨도 이날만큼은 대단히 너그러워 오뉴월 삼베 바지에 보리방귀 새 듯 동네 마실 가기에 바빴고, 김씨 역시 배짱을 부리듯 당당하게 누워 있곤 했다. 대신 물건을 파느라 태민의 몸만 바빴다.

그런데 희한한 일은 맘속으로 이씨에 대한 복수를 다짐하는 태민 앞에서 절대로 이씨의 흉을 보지 않는 김씨의 처신이었다. 장남이 그에 대한 불만을 은근히 드러낼라치면, 도리어 나무라기만 했으니.

"하나, 아부지한테 그런 말 허면 못쓴다. 나사 내일이라도 돌아스먼 남남이제마는, 너는 죽으나 사나 천상 느그 아부지 아니냐? 하늘 아래 땅 우게, 느그 아부지는 하나뿐이고, 부부간에 결혼은 인륜이제마는 부모 자식 간은 천륜이란 말이여 천륜. 어찌먼 조상들이 고로코나 촌수를 잘 만들어 놓았는지 몰르겄어야. 나허고 느그 아부지는 무촌이락 해서 같이 살 때는 촌수가 읎을만치 가깝제마는, 헤어지고 나면 아무 사이도 아니고. 너허고 아부지는 젤 가차운 1촌 아니냐? 2촌인 형제는 그 담이고.

그러고 잘허나 못허나, 잘나나 못나나 아부지는 아부진게, 하니나 어디 가서 그런 소리 말어라. 방바닥에 누워서 침 뱉긴게, 그 승(흥)이 어디로 가겄냐? 결국에는 다 너한테 돌아오는 것이여어. 부자간에 사이가 좋아야 집안이 늘손(늘어날 징조) 있다고 안 허디야?"

"그래도 차코 어메를 때래 싼게, 그러제에."

"부부간에 쌈허다 보면 그럴 수도 있고, 저럴 수도 있제 어찐디야. 나도 말대답 않고 참어 버리먼 될 턴디 고난시 달랑달랑헌게, 느그 아부지 입장에서는 승질도 나겄지야."

"………"

"그래도 느그 아부지 같은 양반도 옰어야. 무라리 모래땅에서 났제마는, 그만헌 인물이 어디 있냐?"

이야기가 이쯤 이르노라면 이씨에 대한 김씨와의 공동전선(共同戰線)의 꿈은 와르르 무너지고, 꼭 쥐었던 주먹도 스르르 풀리는데. 달걀로 눈덩이를 문지르면서도 그녀는 이씨를 두둔하기에 바빴다.

"느그 아부지가 승질이 조까 급해서 그러제, 문 흠이 있냐? 놈보다 배우기를 못했냐, 인물이 못나기를 했냐? 놈만큼 잘살기를 못허냐, 놈보당 말을 못허냐? 아닌 말로… 노래도 잘허고, 장구도 잘 치고. 그러고 양심 좋고, 깨끗허다고 이 일대에서 소문이 났지 않냐? 효자라 소문날 만치 느그 할메한테도 잘허고… 하다! 나는 내 속으로 난 니가 느그 아부지 절반만 따라가도 좋겄다."

큰집 작은방에 십 년 넘도록 누워있는 할머니. 이란성 남매 쌍둥이 중 하나로 태어난 자신 때문에 몸져누운 모친을 위해 이씨는 온갖 정성을 다하는 것 같았다. 그건 그렇다 치고, 또 그 지긋지긋한 '절반'이란 소리. 별로 닮고 싶지도 않은 사람을, 그것도 절반만 따라가라니. 아무렴 내가 그만 못할까. 은근히 부아가 났다. 끓어오르는 분노가 전달되었는지, 그녀는 신속히 말머리를 돌린다.

"허기사, 너도 어디 하나 빠지는 디는 읎지야. 인물 그만허면 되았고, 공부 잘허겄다, 부모 말 잘 듣고, 맘씨 착허겄다. 그러고 집안도 좋게 타고 났제 어째야? 외갓집은 빼따구 있는 집안인게 말헐 것 읎고, 느그 친가 쪽도 그런대로 갠찮허지야."

할아버지는 대대로 내려온 종손이셨고, 제일 맏이 백부는 양반 중의 양반으로, 태민을 끔찍이도 예뻐했었다. 둘째 백부는 6·25 때 총 맞아 사망했으며, 셋째 백부는 사변 통에 북쪽으로 끌려갔다가 행방불명이 되었단다. 그리고 넷째가 이씨이고, 다섯째가 이신근 숙부. 이신만 씨 위로 누나(태민으로서는 고모) 두 분이 있는데, 역시 6·25때 남편들이 사망. 그러나 큰고모가 수절한 데 비해, 작은 고모는 팔자를 고쳤다 하여 이씨는 바로 손위 누나를 은근히 미워해왔다.

물론 한 시대를 풍미한 영웅호걸이나 위인, 학자가 난 명문세가도 아니고, 그렇다고 하여 천석꾼 만석꾼을 배출한 재력 집안도 아니었다. 다만 면면히 종손 집안의 혈통을 이어오는 동안

굶지 않을 만큼 먹고 살았으며, 역사에 기록될 만한 친일파나 망나니 같은 인간을 내지 않았다는 데에서 위안을 찾아야 할런지. 그렇게 보면 이씨의 허풍스런 집안자랑은 후손들에게 긍지와 자존감을 심어주기 위한 충정으로 받아들이는 것이 무방할 것 같다.

그보다 김씨의 속내를 도통 알 수가 없으니. 도대체 저 질기고도 질긴 끈의 유래는 어디인가? 밤새워 얻어터지고 나서도 입에 침을 튀겨가며 지아비를 감싸는 저 붉은 마음(丹心)의 원천은 어디인가? 태민이 무엇보다 이해할 수 없는 일은 어떤 경우에도 반드시 베개를 나란히 하고 잠을 잔다는 사실. 실컷 싸우고 나서 비록 등을 돌릴지언정, 한 이불을 덮고 잔다는 점에는 변화가 없었다. 그 점에 태민은 더욱 화가 났고, 고독했다.

언젠가 외가 쪽 결혼식이 있어서 서울에 갔을 때의 일이다. 친척들이 모여 밤늦도록 놀다가 함께 잠자리에 들게 되었다. 그러나 서너 개 밖에 되지 않는 방에서 여러 사람이 자려다 보니, 남자는 남자끼리, 여자는 여자끼리 묶어져야 할 상황. 그러나 두 사람은 함께 자야 한다며 기어이 고집을 피웠다. 이종사촌 누나 선영의 비아냥.

"아이고! 다 늙어 갖고 문 주책바가진가 몰르겄어 갱. 평생을 같이 잤으먼, 하룻밤 조까 떨어져 잔다고 어디가 덧나요? 누가 금실 좋다고 안 허까 봐서 그런가 어쩐가, 벨라 티를 내고 그랬싼단게. 나 같으먼 영감태이 냄새 난다고, 쩌 만치 발로 차 버리겄네.”

“히히히! 저년, 입주데이 조까 보소 저. 어디를 발로 차 버려야? 느그 이숙이 문 꽁이냐?”

모친의 핀잔에는 아랑곳하지 않은 채, 그녀의 걸쭉한 입담은 계속 이어졌다.

“못 찰 것은 또 뭇이여? 꼬라지 할라 되게 사납담시로, 촌구석에서 저런 양반 뜻을 어쭈코 받들고 사냐고? 하도 고약해서 동네에서는 꼬치가리(고추가루)라고 소문났담시로? 이모도 속 조까 채리란게. 세상에 쌔고 쌘 것이 남자여. 한 살이나 젊었을 때 골라 잡어야제. 늙발에 땅바닥 침시로, 신세한탄 허지 말고...”

“아이고, 저 썩을 년, 말허는 것 좀 보소. 히히히...”

태민에게 늘 다정하게 대해 주던 누나, 평소에는 이숙인 이씨를 잘 따르던 그녀도 이씨의 폭군 기질에는 진저리를 치고 있음에 틀림없었다. 어떻든 사소한 일로 항상 티격태격하는 데다 사흘이 멀다 대판 싸우면서도, 두 사람은 남들이 알 수 없는 끈끈한 정으로 이어져있는 듯 보였다. 이씨의 경우, 김씨가 없으면 단 한 시간도 못 견뎌 했고, 김씨는 자나 깨나 이씨에 대한 염려뿐이었다. 자라나온 환경이 다른 데다 학벌에 차이가 나고 생김새도 별반 닮지 않았는데, 평상시 두 사람의 말은 마치 한입에서 나오는 것처럼 닮아 있었다.

“그짓말 안 허고, 남의 것 도독질 안 허고, 남한테 못헐 일 안 시키고, 양심껏, 부지런히 살다 보먼 은젠가 복을 받게 되야 있어. 천도(天道)가 있는 세상이라 내 대에서 아니먼 자식 대에서, 자식 대가 아니먼 손자 대에 가서라도 기언치 복을 받게 되어 있단 말이여어. 그것이 세상 이치 아니냐?"

"느그 아부지 말씀이 다 옳다. 내 한 몸 바르게 살고, 놈한테 피해 안 주고 부지런히 노력 허먼 은젠가는 성공허제, 못허겄냐? 아무리 읎어도 놈의 것 욕심내지 말고, 굶어죽어도 도독질헐 생각 같은 것은 애초부텅 허지 말고 살먼 되야야. 설마 산 입에 거무줄 칠라디야?"

부창부수(夫唱婦隨)요, 천생연분(天生緣分)이요, 천정배필(天定配匹)이었다. 혹시 먼저 죽은 이씨의 쌍둥이 여동생이 김씨로 환생(還生)한 건 아닐까?

영(靈)의 세계

●●●

"시상에나 만상에나. 이것이 문 일이단가? 느그 큰 아부지가 돌아 가겠닥 안 허냐? 이 일을 어찌끄나이. 싸게 펑바탕(동네입구 근처의 교회와 동네 한복판의 가게 사이에 위치한, 비교적 높고 넓은 지역)으로 나가 보그라. 광주에서 시방 택시로 오시는 갑이다."

언젠가 큰집 안방에 반듯이 누워 있는 그를 본 적이 있었다. 백모는 연신 아궁이에 솔가지를 꺾어 넣는 중이었고, 방바닥에는 쇠똥이 어지럽게 널려 있었다. 큰아버지가 쇠똥 위에 누워 있다니. 세월이 흐른 다음 나온 김씨의 설명은 이랬다.

"고것이 다 사변 끝나고 얻어맞은 '얼'을 빼실라고 그러셨단다. 징헌 놈들. 시상에! 사람을 고로코 개 패득끼 패야 쓰끄나?"

"누가라우?"

"그... 서북청년단이라디야 뭇이라디야? 인민군들이 물러가고 나서 그 깡패 같은 놈들이 들어 왔넌디, 느그 큰아부지가 이북 군인들한테 밥을 해 주었다고 그 지경으로 만들었단게. 그때 동네 이장으로 계실 때라 이마빡에다 총부리 대고 밥 내놓으락 헌디, 누가 안 해 주고 배기겠냐? 그때 본 사람들 말로 허먼, 큰집 마당이 피로 흥건했단다. 느그 큰아부지 말고도, 죽어 나자빠진 사람이 한둘이 아니었다여. 전쟁 통에도 개우개우 살아남은 목숨들이 그 통에 다 가 버렸닥 헌게."

태민 보다 한 살 위인 태준은 시신을 부둥켜안은 채, 꺼이꺼이 울어댔다. 입관할 무렵.

"큰 아부지 마지막 가시는 길인게, 너도 인사나 해라."

"..........?"

적군을 위해 부역을 했다는 죄목(?)으로 몰매를 맞았고, 결국 그 후유증을 극복하지 못한 채 숨을 거두고 만 사연은 한참 후에 들었다. 그렇기에 열한 살 소년의 가슴속에 분노 같은 것은 없었다. 큰집에 가면 누구보다 먼저 찾는 백부였다. 하지만 오늘은 영 내키지 않았다. 그럼에도 여러 개의 눈동자에 이끌려 앞으로 나아갔다. 그리고 난생 처음, 죽은 사람의 얼굴을 보았다. 자신을 끔찍이도 아껴주었던 고인(故人)은 세상에서 가장 평화로운 얼굴로 반듯하게 누워 있었다. 산 자와 죽은 자 사이에 아무런 차이도 없어 보였다. 금방이라도 벌떡 일어나 함박웃음을 지으며 덥석 안아줄 것만 같았다. 떨리는 손이 얼굴에 닿으려는 순간.

"악아! 못쓴다. 손 대면 못써."

".........?"

소스라치게 놀라 무심코 내민 손을 거둬들이고 말았다. 왜 안 된다는 걸까? 내 몸통을 베개 삼아 누우시던 분, 내 허벅지를 엄지발가락과 검지발가락으로 꽉 물어 꼼짝 못하게 하시던 분인데... 왜? 순간 머리가 어지러웠다.

그는 태민이 큰집에 드나들 수 있도록 한 원동력이었다. 작은 방에 누워 있던 할머니와 더불어 힘의 원천이었다. 그녀는 벌써 십여 년 넘게 누워있는 중인데, 태민의 부친인 넷째 아들 이씨를 낳은 후 산후조리를 잘하지 못한 때문이라고 했다. 그래서 그런지 이씨는 효자로 소문이 날 만큼 극진한 정성으로 노모를 보살폈다. 여름에는 나무로 짠 평상을 사 드리고, 누워있는 자세로 대소변 받아내기가 불편하다 하여 광주에 나가 최신식 좌변기를 사 오기도 했다.

어떤 이유에서였는지는 몰라도 태민은 자주 그 방엘 갔다. 그리고 그곳에서 매번 '신걸이'를 만났다. 동네에서는 '팔푼이'로 손가락질 받으면서도 할머니에게는 충견(忠犬)처럼 정성을 다해 수발을 들었던 그.

"긴 병에 효자 읎다드니, 느그 큰어메는 똥 침시로 구시렁구시렁 허고 난리여야. 근디 그 신걸이가 물건이단 마다. 시키먼 시키는 대로, 죽자 사자 헌게."

"어메. 그 사람 옆에 가면, 구렁내 을마나 많이 나는지 아는가?"

"그런 소리 허지 말어라. 그 사람 옳으면, 누가 그 똥을 받어 낼 것이냐? 니가 헐래? 내가 허끄나?"

동네 가가호호의 제삿날을 죄다 기억하고 사람들 이름을 줄줄이 외던 분, 장난기가 발동한 손주들이 살금살금 걸어가 방문 앞에 섰을 때에도 정확하게 그 이름을 알아맞히던 노인, 여태껏 한 번도 태민을 나무란 적이 없는 맘씨 좋은 할머니. 하지만 장남의 죽음을 전해들은 다음부터는 '내가 먼저 죽어야 허는디...'라는 말을 연신 내뱉으며 서럽게 울어댔다. 태민 역시 다정다감했던 백부를 위해 뭔가 해야 할 것만 같았다. 열심히 울어 드리는 것이 최선이다 여겨져 용을 써 보았다. 하지만 이상스럽게 눈물이 나지 않았다. 남모르게 침이라도 찍어 바를까 하다가 혹시 들킬까 봐 그마저 포기했다.

몸을 뚫고나온 구멍마다 꽉꽉 솜이 채워지고 두 손과 두 발이 꽁꽁 묶인 다음, 시신은 목관 속에 넣어졌다. 그날 밤. 상여 옆에는 장작불이 타오르고, 상복을 걸쳐 입은 사촌형 태준은 '칼싸움' 한다며 막대기를 들고 싸돌아다녔다.

사흘째 되는 날. 처량한 노래 소리와 함께 상여는 느릿느릿 골목을 빠져나가기 시작했다. 발걸음을 옮기기 싫어하는 망자(亡子)의 한(恨)인 양 상여는 늘 제자리걸음이었고, 건을 쓴 사람들이 차례로 올라 새끼줄에 '노잣돈'을 찔러주었다. 앞산에 도착한 상여의 지붕은 불태워 졌고, 목관은 가파른 언덕을 급하게 오르기 시작했다. 사람들은 시신 위에 휘장을 덮은 다음, 다시 뚜껑을 닫았다. 그리고는 위쪽과 아래쪽에 대못 하나씩을 쾅쾅 박아댔다. 그 음향은 '절대로 나와서는 안 된다!'는 엄포소리가 되어 대대로 내려온 선산의 골짜기를 울렸다.

'큰아버지는 지금 얼마나 답답하실까?'

겨울밤, 서촌 아이들끼리 두 편으로 나누어 동네 전체를 무대로 삼아 숨바꼭질할 때가 있었다. 돼지우리의 지붕 밑, 닭들의 침소로 올라간 적도 있고, 어느 비어있는 머슴방 부엌 가마솥 속의 삶아놓은 고구마로 실컷 배를 불린 일도 있었다. 그리고 어느 날 밤, 무라리 모래땅 밭들과 드넓은 무논 평야를 양분(兩分)하는 신작로, 그 밑을 횡단하는 배수관 속에 여러 명이 한꺼번에 들어간 적이 있었다. 그것은 악몽, 그야말로 악몽이었다. 어두컴컴하고 비좁은 데다, 앞은 막히고 뒤에서는 밀어 대고. 더욱이 태민의 바로 앞 녀석은 그 통에 방귀까지 꿔 댔으니, 숨이 딱 막혔다. 지옥이 있다면 바로 이런 곳이 아닐까? 그 배수관이 오늘 눈앞에 어른거렸다.

사촌형이 제일 먼저 삽을 들었다. 한 줌도 안 되는 흙이 관 위에 뿌려졌다. 그것을 신호로 어른들이 재빨리 손을 놀렸다. 작업은 순식간에 마무리되었고, 사람들은 돼지고기를 안주 삼아 막걸리를 마셨다. 참 비위도 좋은 어른들. 불룩해진 배를 내밀며, 일당을 받은 노무자마냥 포만해진 얼굴로 그들은 산을 내려갔다. 망설임. 손을 잡아끄는 성화에도 불구하고, 태민의 눈은 자꾸 뒤로 향했다. 자리에 누웠지만 낮의 일들이 뇌리에서 떠나지 않았다.

'나는 지금 따뜻한 방에서 잠을 자려 한다. 그런데 차디찬 땅속에서 주무시는 큰아버지는? 춥지는 않으실까? 밤중에 깨어나시지는 않을까? 답답하여 소리를 지른다 해도 아무 소용이 없을 텐데…'

깨어나 깜짝 놀라실 것을 상상하니 소름이 끼쳤다. 그럴 바에는 차라리 세상모른 채 주무시는 것이 더 낫겠다. 아! 산 자와 죽은 자의 간극이 이렇게도 큰 걸까? 과연 큰아버지는 어디로 가셨기에, 우리와 이렇게도 다른 세상을 사시는 걸까? 화를 내거나 욕하는 법이 없으신 분, 말소리조차 크지 않으셨던 분, 조카를 친자식 이상으로 사랑하고, 맛있는 것도 곧잘 챙겨주셨던 분. 그러기에 만약 살기 좋은 곳, 행복한 곳이 있다면 틀림없이 그리 가셨을 거다. 아니, 꼭 그리 가실 것으로 믿는다.

세월이 흘러 다시 앞산으로 향했다. 흙을 걷어내고 널을 꺼내어 녹슨 못을 빼내는 순간, 아! 그곳에는 큰아버지 대신 백골이 누워 있었다. 낯설기 짝이 없는 앙상한 뼈. 태민은 놀래어 입을 다물지 못했다. 그러나 어른들은 태평했다.

"아따! 아조 푹 잘 썩었네이."

"확실히 여그가 명당은 명당인 갑이여어."

"작년에 누구네 일을 허다 본게 썽썽해 갖고 그대로 누워 있넌디, 아따! 사람 상허겄대. 날은 더웁제, 살 썩는 냄새는 콧구멍으로 진동을 허제. 썩다 만 살점들이 붙어 있어 갖고, 고놈을 칼로 일일이 긁어내는디... 아따! 내가 매칠간 밥을 못 먹었네."

"그러고 보면 사람이 살아있을 때 양반 정승이제, 죽어 버리면 그런 흉물이 읎어이."

"그래도 이 양반은 오뉴월 거름 썩뜨끼 잘 삭았네야. 암만해도 끌텅이 있고 **빼따구**가 있는 집안이라, 후손들이 다 좋을라고 그러는 것이제에."

큰아버지의 흔적, 그 백골을 수습하여 새로운 묘로 옮겨놓으면 어떻게 될까? 언젠가 썩어 한 줌의 흙이 되겠지. 아! 그래. 사람이 죽으면 땅속에 묻히고, 언젠가 썩어 한 줌의 흙으로 돌아가는구나. 그렇다면 모든 것이 끝나는 걸까? 우리의 영혼도 육체와 함께 없어지는 걸까?

바로 그 무렵. 서촌에 기적처럼 교회가 세워졌다. 무라리 일대에서는 처음 있는 일. 교인이라고 해 보아야 스무 명 남짓에 불과했지만, 이씨는 이마저 탐탁지 않게 여겼다.

"교회 댕기는 것들은 순 그짓말만 해야. 어쭈코 사람이 물 위를 걸어댕길 것이며, 죽었든 사람을 살래낼 것이냐? 그러고 거그서는 아부지가 따로 있담시로야? 그러면 아부지가 둘이란 소린디, 너! 세상에서 젤 큰 욕이 뭇인지 아냐? 이부지자(二父之子) 아니냐?"

"………"

"예를 들어, 나 말고 느그 아부지가 또 있단 소린디, 그것이 말이 될 소리냐? 나나 느그 어메 읎으먼, 니가 어디서 생개 났겄냐? 또 우리는 조상님들한테서 났고, 커서 부모한테 효도허고, 조상님 잘 모시라고 가르치고 그러는 것이여. 그런디 조상들한테 절도 허지 마라고 허니, 그런 호로 자식들이 어디가 있냔 말이여?"

"………"

"더욱이 우리 집안은 종손 아니냐? 그런게 하나, 너는 그런 디 물들먼 못쓴다. 눈에는 안 뵈도 조상들이 다 굽어보고 계시는 것이여. 즈그 아부지가 읎으먼 어디서 생개 났을 것이며, 또 그 아부지는 그 한아씨, 그 한아씨의 한아씨... 요로코 쪼르르 올라 가는 것이여."

"그러면 젤 꼭대기에는 누가 있간디라우?"

"젤 꼭대기? 시조 한아씨가 있제, 누가 있어야?"

"그 시조 한아씨는 누가 났간디요?"

"누가 낳기는. 아따! 너는 쩨깐헌 것이 문 말이 고로코 많냐? 우리 족보에 쭈르르 나와 있는 것, 너 안 봤냐? 좌우간 조상님의 음덕을 잊으먼 안 된단 소리여. 그런디 절도 허지 말어라, 지사도 지내지 말어라 허니. 그러고... 그것들은 밤낮 돈만 갖고 오라고 헌단다."

"광호가 그런디요. 있으먼 내고, 읎으먼 마락 헌닥 허던디요?"

"요로코 포리채를 만들어 갖고는 사람 코앞에다 내미는디, 누가 안 내고 전디겄냐?"

".........."

"그러고 술 먹지 말고 담배 피지 마락 헌디, 사람이 술 먹을 자리에서는 술도 먹는 것이고, 피우라고 만들어 논 담밴게 한 대씩 허는 것이제... 먹는 음식을 갖고 째째허게 그래싸먼 쓸 것이냐? 그러고 술, 담배 안 허먼 우리 점빵은 어쭈코 돌아갈 것이냐? 물론 내가 점빵에서 이역을 볼라고 허는 소리는 아니제마는..."

"광호가요. 복 받을라먼 교회 댕기라고 허드라고요."

"쓰잘데기 읎는 소리는. 지금까정 교회 안 댕겼어도 밥 굶은 일 읎고, 느그덜 육 남매, 삼남 삼녀 아무 탈 읎이 다 잘 컸다. 느그 큰집도 남매 낳아 잘 크고, 느그 작은집도 벌써 삼남 이녀 아니냐? 그러고 느그 고무네 아그들도 모다 잘 크고. 즈그 아부지들이 쪼까 일찍 죽긴 했어도. 좌우간 우리 집안같이 우애하고 사는 디가 어디 있는 줄 아냐? 일 년이먼 서너 번씩 돼야지 잡어다 나놔먹고, 명절 때먼 산소에 가서 모다들 절허고, 지사도 정성껏 모시고. 을마나 좋냐? 고난시 교회 댕기락 헐라고, 고것들이 꼬시는 소리란게."

".........."

하기야 태민 아래 두 살 터울로 태국, 그 밑으로 줄줄이 여동생 셋이 태어나더니 마지막 끝막이로 막둥이 태문이 태어났으니, 남부러울 것 없기도 할 만.

"생각해 봐라. 하나라도 더 와야 교회도 먹고 살 것 아니냐?"

"그러다가 죽으면 지옥에 간단디요?"

"아따! 너는 너를 낳아준 아부이 말을 믿을래, 생전 상판때기도 못 봤든 전도산가, 목산가 그 사람 말을 믿을래? 그것들이 사람이 죽으면 천당에 간다고 헌담시로? 누가 천당에 가 본 사람 있디야? 사람이 죽으면 땅속으로 가제, 문 천당으로 가? 너, 느그 큰아부지 돌아가실 때, 안 가봤냐? 순 그짓말만 헌단게. 너도 카마이 봐 바라이. 교회 댕기는 사람 치고, 사기성 읊는 사람 있는가..."

"광호는 무저게 착실헌디라우?"

"그 아그는 타고난 천성이 그렇게 그런다 치고, 다른 것들은 그런 척 허는 것이란게. 속이 좋아야제, 껍딱으로 말만 좋으면 뭇 헌디야?"

대여섯 살 무렵. 셋방살이하던 단칸방 벽에 그려져 있던 빨간 십자가를, 태민은 선명하게 기억하고 있다. 이씨는 그것을 볼 때마다 역정을 내곤 했었다.

"빨리 쪼까 뱃개 버려야. 에이! 재수 읊이. 새끼들이 이사를 갈라면, 이런 것이라도 띠어내고 가야 쓸 것 아니냐? 야수쟁이들 허는 짓 꺼리라고는..."

그것을 벗겨내기 위해 태민은 무던 애를 썼다. 물을 찍어 바른 다음 빡빡 문지르기도 하고, 침을 묻혀 살살 떼어내기도 했다. 그러나 워낙 단단히 붙여놓은 때문인지 쉬이 지워지지 않았다.

교회는 신작로에서 서촌동네 첫들머리로 꺾어드는 지점과 큰 당산나무 사이에 서 있었다. 정월 대보름. 앞장선 농악대를 따라온 동네를 휘감고 다녔던 커다란 짚 동아리 줄이 당산나무에 칭칭 감겼지만, 며칠도 지나지 않아 아이들은 그것들을 벗겨내 불을 질렀다. 여름철 당산나무에 올라 그 몸통에 이름 석 자를 파고 놀면서도, 태민은 코앞에 보이는 교회에는 결코 들어가지 않았다. 맘씨 착한 광호가 가뭄에 콩 나듯 어쩌다 한 번씩 조르긴 했으되, 강권(强勸)하진 않았다. 동네의 분위기나 이씨의 성미를 잘 아는 데다, 또 어쩐지 자신과는 거리가 멀어 보인 때문이기도 했다. 혹시 잘못 들어갔다가 자칫 붙잡히지 않을까 하는 두려움에 멀찍이 떨어져 바라보기만 했다. 동네 한복판, 가게 앞에서 출발한 버스의 뒤꽁무니를 부여잡은 채 '향기로운' 배기가스를 음미하며 가다가도, 당산나무 앞에 당도할 때쯤이면 손을 놓아버렸다. 거기서부터 버스가 속력을 내기 시작한 때문이기도 한데, 어떻든 교회건물 앞 20여 미터 전방은 태민이 넘어서는 안될, 일종의 경계선이었던 셈이다.

그러나 적어도 일 년에 한 번씩, 성탄절 전야에는 교회엘 갔다. 교회에서 요란한 볼거리와 먹거리를 선사했기 때문. 노래가 곁들여진 율동을 선보였고, 관중들에게는 떡과 '오다마' 사탕이 무상으로 제공되었다. 썰렁하던 곳이 사람들로 북새통을 이루곤 하였으니, 여기에는 동지섣달 기나긴 밤에 딱히 할 일이 없는 농촌의 실정도 한 몫 거들었다.

"어메는 교회 안 간가?"

"점빵은 누가 보라고 내가 가겄냐? 하다! 오늘 같은 날은 손님
도 벨라 읎을 턴디, 굿이나 보고 떡이나 얻어 먹었으먼 나도 을마
나 좋았냐 마는..."

그렇다고 대신 가게를 봐 주고 싶은 생각은 추호도 없었다.
다른 날 같으면 몰라도. 저녁밥을 먹는 둥 마는 둥 내달렸다.
무대에는 강대상이 덩그렁 하나 놓여 있을 뿐, 특별한 집기도
없었다. 멀뚱하게 시멘트 외벽만 갖춘 교회는 의자가 없기는 물
론, 바닥조차 콘크리트가 안 되어 있어서 아이들은 그냥 맨땅에
짚을 깔고 앉았다. 하지만 문 근처의 사람들이 밀치고 당기느라
법석을 떨 만큼 교회 안은 입추의 여지가 없었다. 두 개의 양초로
인해 눈이 부시도록 밝은 무대와 반짝 종이를 오려 붙인 '기쁘다
구주 오셨네'라는 글자, 하얀 옷차림으로 찬송가를 부르는 어린
천사들. 그 중에서도 단연 눈에 띄는 아이는 춘옥이었다.

평소 말이 없었고 공부 역시 썩 잘하는 편이 아닌 그녀가 이
날만큼은 말도 청산유수로 잘하고, 노래도 구성지게 불렀으며,
춤 또한 우아한 동작으로 관중들을 사로잡았다. 그녀의 파격적인
'변신'에 적지 않은 충격을 받은 것은 그렇다고 할 것이로되, 왠지
스스로가 초라해지는 것 같아 마음마저 찜찜해지는 것이었다.

'오늘 나는 떡만 먹고 가면 된다!'

굳이 하지 않아도 될 자기방어의 논리, 자존심. 하지만 그 목표
를 달성하는 데에도 많은 장애물을 넘어야 했다. 찬송가를 배우

는 일 역시 그 가운데 하나. '고요한 밤 거룩한 밤'과 '기쁘다 구주 오셨네' 등이 애타는 심정으로, 떡과 사탕을 향한 목마른 입술로 불려졌다.

어느 순간, 엉덩이가 질퍽거려 이리저리 비틀다가 하는 수 없이 일어나 이곳저곳 자리까지 옮겨 보았지만 별 무소용. 인파(人波)의 훈김과 아이들의 달구어진 몸뚱이로 말미암아 땅이 녹기 시작했던 것이다. 대변보는 자세로 엉거주춤 버티다 보니 다리가 저려 왔다. 장난이라도 걸어 볼까 옆을 살피는데, 오늘따라 광호 녀석의 얼굴은 근엄 모드. 이래저래 짜증이 났다.

'내가 미쳤지 미쳤어. 그까짓 사탕발림에 눈이 멀다니.'

사실 과자나 사탕은 가게에 산처럼 쌓여있었다. 손만 뻗으면 얼마든지 먹을 수 있는 처지인데, 내가 왜 그랬을까? 떡은 본래 좋아하는 음식도 아니었다. 맞아. 분위기에 휩쓸린 거야. 친구들, 동네 사람들 몰려오니 엉겁결에 따라온 거야. 그게 실수였어.

지루한 찬송가 배우기, 영원처럼 길게만 느껴지는 기도가 끝나자 드디어 연극 차례. 무슨 내용인지 알 수는 없었지만, 왔다 갔다 하면서 요란을 피우니 그런대로 볼만했다. 그리고는 느닷없이 몸집이 뚱뚱한 한 사나이가 무대에 등장했다. 스스로를 '전도사'라 부른 그 사내는 물고기가 때를 만난 듯, 장사꾼이 대목장을 만난 것처럼 정열적으로 '말씀'을 선포하기 시작했다. 때로는 웃고, 때로는 눈물을 흘리며(물론 본인 혼자서) 온갖 제스처를 다 동원했다. 기대 밖의 성황에 감격해서였을까? 자신의 설교에 은

혜 받았다고 착각을 한 걸까?

견디기 힘든 시간들... 온몸이 근질근질하고 졸음이 몰려오는데, 이때에 비하면 그래도 앞선 프로그램들은 괜찮은 편에 속했다. 비교적 짧게 짧게라도 끝났으니. 한도 끝도 없이 늘어지는 설교에는 해 볼 재간이 없었다. 무엇보다 앞자리에 앉은 것을 엄청 후회했다. 이 고통스런 자리를 피할 방도가 없었다. 사람들의 따가운 시선도 시선이려니와, 전도사의 커다란 손이 뒷덜미를 낚아챌 것만 같아 감히 일어서 나갈 엄두조차 내지 못했다. 그의 억양은 점점 높아졌고, 설교는 밤샘이라도 할 태세로 끝없이 이어졌다. 눈까풀 위에 성냥개비가 얹힌 듯 잠기는 눈 속에 그의 커다란 얼굴이 들어왔다.

"모두들 회개해야 합니다. 회개하고 예수님 믿으면 천당에 가고, 믿지 않으면 지옥에 떨어집니다. 여러분! 지옥에는 얼마나 무서운 방들이 많이 있는 줄 아십니까? 첫째 방에 들어가면요. 시뻘겋게 불에 단 인두로 배를 막 지져대는데, 지지직! 지지직! 소리가 나고요, 두 번째 방에는 널빤지 같은 디다 수많은 못들을 거꾸로 박아 엎어 놓고는 맨발로 지나가라고 헙니다. 피가 찍찍 나겄지요. 또 세 번째 방에 들어가면, 큰 쇠몽둥이를 든 거인... 놀부가 박을 탔을 때 나온 깡패 같은 사람 생각나지요? 이런 인간이 나와 갖고 하루 종일 두들겨 팹니다. 넷째 방에는 에... 말허자면 큰 불못이 있어 갖고 사람이 그 속에 떨어지면 마치 불에 소금이 튀기듯 허지요. 연탄불에 소금 튀는 것 보셨지요?

그런 모양으로 타는데, 문제는 한 번 빠지면 나오지도 못허고, 죽지도 않고 평생, 아니 영원히 벌을 받는다는 겁니다. 이런 지옥에 떨어지지 않기 위해서라도 교회에 나오셔야 헌다 그 말입니다."

"·········."

순 그짓말. 이씨 앞에서는 교회를 변호하는 쪽이었다. 하지만 들으면 들을수록 거짓말에 가깝다는 생각이 들었다. 맞아. 아버지 말씀대로, 사람들을 꼬실라고 사기치고 있을지도 모른다! 태민으로서는 무엇보다 그 지긋지긋한 지옥을 인정하고 싶지 않았다. 아예 없다면 갈 까닭도 없을 테니. 하지만 사자후를 토해내는 전도사의 태도로 미루어, 어쩌면 사실일지도 모른다는 '불길한' 예감이 들었다. 마음이 불편해졌다. 에이! 오늘은 이래저래 재수 없는 날이로구만. 차라리 이런 말은 듣지 않는 편이 더 나았을 터인데. 그나저나 천당에 가지 않는 거야 상관없지만, 지옥에는 떨어지지 않아야 할 텐데.

그러려면 교회도 열심히 나오고 착하게 살아야 한다는데, 그 두 부분에서 모두 자신이 없었다. 광호나 춘옥이처럼 두 가지를 다 할 수는 없을 것 같았다. 물론 거짓말이나 도적질을 많이 한 편은 아니었다. 하지만 전혀 하지 않은 것도 아니었으니. 광호에게 학용품을 가져다주느라 가게에서 김씨 몰래 도둑질을 한 적도 있고, 동네의 한 형이 꼬드기는 바람에 가게를 뒤져 돈을 상납한 일도 있었다. 또 그 사실을 숨기다가 김씨에게 들키기도 했다.

교인들을 괴롭히는 일에 적극 가담한 적도 있었다. 송정과 염전 사람들이 교회를 가기 위해서는, 반드시 서촌의 한복판을 통과해야만 했다. 이 약점을 노린 동네 조무래기들은 큰길 양쪽에 서 있는 두 개의 나무를 골라 한쪽 기둥에 새끼줄을 묶고, 반대편에까지 줄을 늘어뜨린 다음 그 끄트머리를 태민의 손에 쥐어주었다. 태민은 그걸 붙잡은 채 나무 뒤에 몸을 숨겼다. 서쪽의 동네입구에 서 있다가 성경을 팔에 끼고 오는 처녀들과 여자들을 몰아대는 역할은, 달리기에 능한 태준이 맡았다. 마침내 그의 고함소리가 가까이 들려옴에 따라 골목에 숨어있던 아이들까지 가세하여 온갖 괴성들을 질러댔다. 여자들은 혼비백산하여 달리기 시작했고 그들이 사정거리 안에 들어왔을 때, 태민은 늘어뜨려 놓았던 새끼줄을 높이 추켜올렸다. 흥화진(평북 의주군) 앞의 내를 소가죽으로 꿰어 막았던 강감찬 장군. 거란군이 건너기를 기다렸다가 일시에 물을 터트려 흘려보내면서, 기병 1만 2천의 복병으로 하여금 적군을 공격하게 하여 대승을 거두었던 영웅. 어디 그 뿐인가? 울돌목의 빠른 조류를 이용하여 일본 수군을 대파한 성웅 이순신 장군도 있었다.

"오메야, 아부지!"

"아이고 메이..."

와르르 넘어진 그들 위로 물총 세례가 퍼부어졌다. 심지어 교회 입구까지 뒤를 쫓으며, 아이들은 물을 뿌려대거나 모래를 끼얹었다. 이 놀이에 맛을 들인 악동들은 '탄환'의 질을 더욱 업그

레이드하여 물 대신 '구정물'이나 잉크를 장전하기도 했다. 그 살맛나는 놀이는 여자들이 북쪽으로 난 신작로를 타고 피해 다 닐 때까지 이어졌다.

'죄를 회개하면 용서받을 수 있다'고 하는데, 과연 그걸 믿을 수 있을까? 이씨의 경우만 봐도 그래. 화가 났다 하면, 며칠 전의 시시콜콜한 실수까지 들춰내지 않던가? 더욱이 기억력이 몇 배 나 더 좋으실 하나님이야 먼 옛날의 사소한 죄까지 모조리 기억 하고 계실 터인데. 전도사가 사람들을 꼬드기는 것처럼, 어쩌면 하나님도 '천국'이라는 사탕발림으로 목사나 전도사를 위시로 한 모든 사람들을 속이고 있는지도 모른다. 일단 교회에 나오게 한 다음, 받아먹을 것 다 받아먹고 나중에 나 몰라라 하거나 본인 들이 기억하지도 못하는 작은 죄를 꼬투리 잡아 지옥으로 보낼 지도 모른다. 그렇게 되면 결국 실컷 이용만 당하고 신으로부터 배신당하는 꼴이니, 종국에는 악마의 손에 붙잡혀 지옥으로 끌 려가고야 말 것이다. 열심히 교회 나가 회개했음에도 불구하고 그 끔찍한 형벌을 다 받는다면, 참으로 분하고 억울할 일이 아닌 가? 어차피 결말이 그렇게 될 바에야 살아있는 동안에나 맘 편하 게, 즐겁게 사는 것이 현명하지 않을까? 아무리 용을 써 본들 말짱 도루묵일 바에야, 구태여 애쓸 필요가 없지 않은가 말이다. 한참 동안 공상 속을 헤매고 있는데, 벽락 같은 소리가 들렸다.
"여러분! 천국이나 지옥이나 똑같이 밥을 줍니다. 그러나 천국에서는 모두 밥을 배불리 먹는데, 지옥에서는 깡그리 굶습니다. 왜 그러느냐?"

"..........?"

"그 곳에서는 수저나 젓가락이 너무 너무 깁답니다. 그런데 이기적인 지옥 사람들은 자기 입으로만 밥을 떠 넣으려고 허다 보니, 한 숟가락도 못 먹고 모두 쏟아버립니다. 그러나 착한 사람들이 모인 천국에서는 앞쪽에 앉아 있는 사람에게 먼저 떠 먹여 줍니다. 그러면 상대방 역시 나에게 밥을 떠 주었지요. 이렇게 하여 모두가 배불리 식사를 하게 된다는 것이지요. 나보다 남을 먼저 섬겨주면 그곳이 바로 천국이고, 남보다 나를 먼저 챙긴다면 그곳이야말로 지옥이 되는 것입니다. 이 땅도 마찬가지입니다. 우리가 서로를 사랑하면 이곳이 천국이 되는 것이고, 서로를 미워하면 이 땅이 바로 지옥이 되는 것입니다."

이 땅에서도 착하게 살아야 한다는 말은 알아듣겠는데, 그러면 과연 천국이 하늘에 있다는 거야 땅에 있다는 거야? 그건 그렇고.

'큰아버지는 어디로 가셨을까? 맘씨도 좋고 나에게도 잘하셨으니, 틀림없이 천국에 가셨을 것이다. 그런데 만약 천국이 하늘에 있다면 온몸이 꽁꽁 묶인 채 땅속에 들어간 분이 어떻게 그곳까지 가실 수 있을까? 날아가시나? 비행기라도 타고 가시나? 교회에서는 사람이 죽어 육체가 썩더라도 영혼만큼은 살아남는다고 하는데, 정말 그럴까? 눈에 보이지 않는 큰아버지의 영혼이

하늘로 올라갔나? 그래. 그러셨다면 참 좋은 일이야.'

　그럼에도 자꾸 썩어문드러진 시신이 눈앞에 어른거렸다. 그때 어른들 말로는, 그렇게나 잘 썩었다는데, 어떻게? 교회에서 하는 말과 직접 눈으로 확인한 사실이 마음속에 충돌을 가져왔다. 이 모든 것들에 대해 어른들에게 물어보고 싶었다. 하지만 또 엉뚱한 소리 한다고 나무랄까 봐 입을 다물고 말았다. 만일 그런 질문을 학교선생님에게 한다면, 귀싸대기를 한 대 얻어맞을지도 모른다.

　연중행사, 하룻밤의 볼거리를 즐긴 다음, 사람들은 썰물처럼 빠져나가 일상으로 돌아가곤 했다. 태민 역시 이듬해 성탄 전야까지 교회에는 발길을 끊었다. 그런데 성탄 2주 전부터 나간 적이 있었다. 일 년 내내 코빼기도 보이지 않다가 당일에야 얼굴을 내미는 행위가 너무나 몰염치한 짓으로 느껴졌던 데다, 한창 연습 중인 '천사들'을 구경할 수 있고 간혹 사탕을 얻어먹는 재미도 쏠쏠했던 까닭이다. 그리고 성탄절을 보내고 나서는 어김없이 교회를 잊었다. 그러던 어느 날. 광호 녀석이 혼잣말처럼 중얼거렸다.

　"선생님이 니 이름을 부름시로 기도했었넌디…"

　"……?"

　"반사 선생님이 태민이 니 이름을 막 부름시로, 기도했었단게."

　"…차말로야?"

"내가 뭇 헐라고, 너한테 그짓말허겄냐?"

"...무이라고 허디야?"

"니가 교회 나오게 해 주라고..."

그것은 뜻밖에도 신선한 충격이었다. 이 세상에서 나를 위해 기도해 주는 사람이 있다니? 이씨는 물론 나를 위해서라면 목숨까지도 바칠 각오가 되어 있어 보이는 김씨 역시, '하나님' 앞에서 내 이름을 부르며 기도하지는 않았다. 그런데 나하고 피 한 방울도 섞이지 않은 사람이 나를 위해 기도를 했다고? 물론 아이들 듣는 데서 자신의 이름이 불리어졌다는 사실에 조금 창피하긴 했다. 하지만 알 수 없는 기쁨이 저 깊은 마음속으로부터 올라왔다.

'하얀 얼굴에, 늘 잔잔한 미소를 머금고 있던 그 선생님이 나의 이름을...'

속으로만 은근히 좋아했던 처녀 선생님이 나의 존재를 확인하고, 더불어 그 아름다운 입술로 내 이름까지 불렀다니... 아! 이 얼마나 가슴 벅찰 일인가? 과연 내가 그녀에게, 그처럼 소중한 존재였단 말인가? 아니, 나라는 존재가 그녀의 맘속에 조금치라도 자리하고 있었단 말인가? 보고 싶었다. 나를 향한 그 분의 마음을 확인하고 싶었다. 마음 같아서는 금방이라도 교회로 달려가고 싶었다. 하지만 밖으로 튀어나온 말은 전혀 딴판.

"나, 가기 싫은디...?"

"어째서야?"

"그냥..."

아이들이 흉을 볼까봐, 광호 녀석의 시선이 속마음을 알아챌까봐 두려웠다. 눈치를 살피던 녀석이 슬그머니 사라졌다. 에라이, 바보 같은 놈.

일요일 아침, 태민은 교회바닥에 앉아 있었다. 특별한 일도 없이 녀석의 집에 드나들었고, 그 사이 녀석으로부터 두세 차례 권유를 받은 뒤였다.

"어머나! 세상에나, 세상에나. 우리 태민이가 드디어 왔구나. 하나님! 감사합니다. 감사합니다."

까만 머리칼이 엉덩이까지 흘러내리는 그녀는 꼭 실성한 사람처럼 들떠 있었다. 머쓱해진 태민은 고개를 푹 숙인 채, 입을 다물었다. 본래 숫기가 없기도 했지만, 교회에 가면 왠지 더 쑥스러웠다.

"자, 자. 여러분. 우리 모두 손을 잡고 기도해요."

맨바닥에 삥 둘러앉은 예닐곱 명의 아이들이 무릎을 꿇었다. 태민 역시 황급히 무릎을 꿇었고, 아이들의 하는 모양을 따라 두 손을 모아 가슴팍에까지 치켜 올렸다.

"하나님, 참으로 감사합니다... (···중략···) 태민이가 다시 교회에 나올 수 있도록 해 주신 주님의 은혜에 감사드립니다. 이제 길을 잃고 방황하던 주님의 어린양이 돌아왔습니다. 그리하여..."

"........."

밖의 사정이 못 견디도록 궁금하여 한쪽 눈을 떴다가 감고. 다시 떴다가 감기를 되풀이하던 중.

"...착하고 영리한 우리 태민이가 빠짐없이 교회에 나올 수 있도록 인도해 주세요. 이 모든 말씀 예수님 이름으로 기도 드렸습니다."

"......아멘!"

들릴락 말락 '아멘' 소리를 내보았다. 몸은 마구 떨리고, 어느새 이마에는 송알송알 땀이 맺혀 있었다.

"태민아..."

그녀는 태민의 두 손을 꼭 잡은 채, 활짝 웃어 보였다. 그러나 두 뺨에는 눈물자국이 남아 있었다. 순간, 숨이 막힐 것 같았다.

'이 담부터 교회는 절대로 안 나온다!'

감격적인 그 순간에 왜 하필 그런 생각이 들었는지 알 수 없었다.

태민은 그날 이후. 고집스럽게 교회에 나가지 않았다. 어쩌다 궁금한 생각이 들 때에는 움칫 놀라 도리질을 쳤다. 그런데 어느 여름날. 교회 건물과 거의 맞닿아 있는 당산나무에 올라갔다가 불현듯 반사 선생님이 그리워지고 말았다. 가슴이 찡해 왔다.

'나 때문에 속이 상했을까? 지금쯤 어디서 무얼 하고 계실까? 그 뒤로도 나를 위해 기도를 하셨을까?'

그동안 쭉 잊고 있었던 것 같은데, 거짓말처럼 눈물이 났다. 그러고 보니 광호 녀석 역시 교회 말을 하지 않았다. 태민 또한 물어보지 않았다. 간혹 그 반사 선생님이 생각이 났지만, 이상하게 그녀의 행방을 찾는다거나 교회에 나갈 생각은 하지 못했다. 하루는 김씨가 시큰둥하게 말했다.

"느그 교회 선생이라든가, 문 큰애기가 점빵에 왔었넌디. 너, 봤었냐?"

"진짜로? 은제?"

"어저껜가 그저껜가?"

"아따! 어메는. 어째서 인자사 그 말을 헌가?"

"똥 누러 갈 틈도 읎이 하도 바쁘게 산게 그러제, 어째야?"

"무시락 했넌디?"

"너만 찾다가 동네 모실에 나갔닥 헌게, 그냥 가드라. 문 시집을 가는가 어찌는가, 인자 자조 못 보겠다고 그러는 것 같던디. 그 큰애기가 동춘 사냐? 몇 번 본 것 같기도 허고..."

"낯바닥이 벨라 더 히커제. 이?"

"어디 이쁜 구석은 읎넌디, 참허게는 생겼드라."

그것 뿐. 오직 그뿐이었다. 그 후로 그녀에 대한 소식을 들은 적이 없었다.

어느 날. 과외공부를 마치고, 김봉식 선생님과 함께 송정 동네에 들렀다. 마침 그곳에서 하숙을 하고 있던 심영진 선생님을 방문하기 위해서였다. 5학년 때 담임교사로서 비록 성미는 급하고 괴팍하였지만, 태민에게 장래의 큰 포부를 갖게 한 '은사'였다. 밤이 이슥하도록 이야기를 나누다가 자리에서 일어서려는데, '호랑이'가 물었다.

"태민이 너, 열심히 허고 있지야? 내 기대에 어긋나면 안 된다이. 알았지야?"

".........예."

사실 그의 유별난 관심은 태민을 무척이나 불편하게 만들곤 했었다. 억지로 원고를 외우게 하여 학예회 무대에 웅변하도록 한 일이나 점심시간에 구령에 맞추어 재건체조를 한 다음, 전교생이 지켜보는 가운데 흑백사진을 함께 찍은 일, 수업시간마다 불러내어 유행가를 시킨 일 등등. 모든 것이 태민에게는 귀찮고, 쑥스럽고, 창피하고, 속상한 일이었다.

"어째서 대답이 시언찮허냐? 그러면 김 선생, 살펴 가입시다이. 태민이, 너도 잘 가고... 아부지한테 안부 전허그라이."

그의 배웅을 받으며 어두운 골목을 벗어났다. 그리고 동쪽에 자리한 서촌을 향해 부지런히 걸었다. 그런데 길의 중간쯤 당도했을 때, 갑자기 앞이 깜깜해지고 말았다. 당황한 태민은 환히 밝혀진 남쪽을 바라보았다. 분명 밭이었던 곳에 하얀 길이 뻗어 있지 않은가? 등골이 서늘해졌다. 귀신한테 홀린 것만 같아 더럭 겁이 났다. 선생님의 손을 꼭 쥐었다.

"선생니임..."

"......카마이 있자. 이상허다이. 여그가 문 길이 있었다냐?"

귀신 자체보다도 선생님마저 귀신에 홀렸을지도 모른다는 생각에 더 겁이 났다. 잡았던 손을 슬그머니 놓았다. 어쩌면 그가 억지로 자신을 끌고 갈지도 모른다는 생각이 들어서였다.

그보다 앞길이 어두워진 것까지는 그렇다 할망정, 옆길이 밝아지는 것은 또 무슨 조화인가? 결국 귀신이 우리 둘을 그쪽으로 유인하고 있다는 증거가 아닌가 말이다. 다시 한 번 정신을 가다듬었다.

'이 곳은 내가 수십 번 오간 길인데, 갑자기 우리 동네가 다른 데로 이사라도 했단 말인가? 말도 안 되는 소리! 이건 틀림없이 귀신의 장난이야. 선생님과 나를 엉뚱한 곳으로 끌어내어 잡아먹으려는 속셈이라고...'

"태민아! 저쪽이 밝지 않냐? 쩌어기 무슨 불빛도 보이고..."

그의 목소리는 반쯤 얼이 나가 있는 듯 느껴졌고, 잡은 그의 손에는 힘이 빠져있었다.

"선생님, 여러 번 내가 이 길을 댕겼단게요. 저쪽이 우리 동네여요."

버럭 소리를 지르고 만 스스로에 대해 놀랬다. 그렇게 하지 않으면 은근슬쩍 끌려가고 말 것 같아 과잉반응이 일어났는지도 모른다. 따라가고 싶은 충동을 누르며 그의 손을 힘껏 잡아당겼다.

그와 마주잡은 손에는 어느새 땀이 흥건히 배여 있었다. 꿈쩍도 하지 않던 선생님, 마침내 그가 끌려오기 시작했다. 눈을 딱 감고 걸었다. 눈을 떠 본들 아무런 소용이 없기도 했지만, 혹시 시커먼 괴물이라도 마주칠까봐 겁이 났다. 왼쪽 가슴팍의 심장이 지축을 흔들 듯 쿵쿵거렸다.

숨 막히는 시간 속을 얼마나 걸었을까. 어슴푸레 동네의 윤곽이 나타났다. 고즈넉하게 잠들어있는 서촌, 태어나 한 번도 떠난 적 없는 고향동네가 그토록 아름다워 보인 적은 일찍이 없었다. 입구에 우뚝 서 있는 전주 이씨 종친회 비석을 확인하고서야 비로소 안도의 한숨이 나왔다. 문이 닫힌 가게 앞에 당도하여 멈칫거릴 때, 그가 말했다.

"태민아, 오늘은 나랑 같이 자자."

"..........!"

염화시중의 미소요, 이심전심(以心傳心)이었다. 그가 사는 곳은 작은집 나락창고 옆에 딸린 작은 방. 이씨는 태민과 중학교 입시에 낙방한 사촌형 태준을 한데 묶어 6학년 담임교사인 그로부터 과외공부 지도를 받도록 했다. 저녁마다 앉은뱅이 책상에 앉아 태민과 담임교사가 문제를 풀어나가는 동안, 맞은편에 앉은 태준은 꼿꼿이 세운 책의 한가운데 만화를 끼워 침을 흘리며 탐독하곤 했다. 물론 사람 좋은 김봉식 선생님은 끝내 모른 체 해주었고. 날이 밝기가 무섭게 김씨에게로 달려갔다.

"어메! 나..."

"어디 갔다 인자 오냐? 느그 선생이란 어디 갔었냐?"

"송정에. 너무 늦었다고 선생님이랑 작은집 방에서 잤고라우. 나, 어저께 구신 만났넌디..."

"식전(食前)부터 벨 소리를 다 헌 갑이다. 싸게 가서 밥이나 먹어라."

"차말로 만났단게!"

"구신은 있는 법이여어. 알았은게, 밥이나 먹으란 마다."

학교 가는 길

●●●

금자는 학교에 가지 않았다. 꼭두새벽부터 눈 비비고 일어나 밥 짓고, 도시락 싸고, 낮에는 빨래를 하는 것으로 하루해를 보냈다. 그러면서도 김씨로부터 퉁 맞기 일쑤였다.

"오메이! 저년이 문 늦잠을 저로코 자 갖고는, 애기들 학교도 못 보내고 저 개병을 허까이. 끈떡허먼 밥이나 꼬실르고, 꾸정물 찍찍 흐르는 빨래 덜퍼덕 갖다가 널기나 허고. 내가 못 산단게. 내가 살아도, 못 살아!"

아무리 꾸중을 해도, 그녀는 울지 않았다. 잠자코 있다가 제 할 일만 계속했다. 그러는 그녀가 얄미웠든지, 김씨는 또 한마디 덧붙였다.

"저년이 저로코 잉해 갖고, 어디다 쓰까이. 으런이 문 말을 허먼, 가타부타 대답을 해야 허는디… 코 팍 숙이고 나 잡어 먹어라 허고 엎졌단게. 하이고! 굼베이를 타겄는가 어쨌는가, 느릿느릿 기어댕기는 것 보먼, 복통이 터질락 헌단게."

번창하는 가게와 늘어나는 전답에 사람의 손이 더 필요했고, 그리하여 머슴 둘과 식모 겸 심부름하는 여자아이 하나를 들여왔는데, 그 여자아이가 바로 금자이다. 태민은 아침밥이 늦어질라치면 그녀에게 성화를 부리곤 했다. '누나'라고 부르라는 김씨의 말에도 불구하고, 태민은 그녀를 꼭 '금자'라고 불렀다.

금자를 여러 번 재촉한 끝에, 겨우 아침을 얻어먹고 책보를 허리에 둘러맸다. 마루에 선 채로 검정 통고무신을 발에 끼워 넣은 다음, 뛰어내린 탄력을 이용하여 단숨에 대문을 벗어났다. 그러나 몇 걸음 가지 못해, 신발 뒤꿈치가 벗겨져 덜렁대기 일쑤. 되도록 오래 신어야 한다며 이번에도 김씨는 너무 큰 문수를 골랐던 것이다. 신발을 고쳐 신는 동안, '내일은 새끼줄로 칭칭 감아야겠다'고 다짐했다. 다시 뛰기 시작했다. 이번에는 등 뒤에서 '쩔그럭 쩔그럭' 소리가 났다. 필통 속에 들어있는 연필들끼리 서로 부딪치는 소리. 그보다 더 신경이 쓰이는 것은 '벤또' 속에 들어있는 김치. 밥과 한데 섞여 비빔밥을 만들고, 그 김치 국물이 흘러넘친다면? 그리하여 책과 공책, 책보까지 적신다면? 그래서 항상 천천히 걸을 것인가 계속 뛸 것인가 하는 갈등이 발걸음을 엉거주춤하게 만들곤 했다.

서촌에서 학교로 향한 길은 밭들 가운데로 뚫려 있었다. 꾸불꾸불한 길 양편에는 사래 긴 밭, 암퇘지 다리처럼 짧은 밭, 노처녀 엉덩이처럼 넓적한 밭, 갓난아기 손바닥만큼 좁다란 밭 등여러 가지 모양들로 엎드려 있었고. 그 안에서는 보리, 밀, 콩,고구마, 땅콩 등 철따라 갖가지 작물들이 자라고 있었다.

학교 가는 길에는 파릇파릇한 새싹들 위로 아지랑이 가물거리고 머리 위로 종달새 우짖는 상큼한 봄의 얼굴이 있고, 보리를구워 먹다가 깜부기로 그려진 콧수염을 가리키며 깔깔대던 초여름의 얼굴이 있고, 남의 고구마 밭에 들어가 대충 흙만 턴 채,생고구마를 우적우적 씹어 먹던 가을의 풍성한 얼굴이 있었다.그리고 칠산 바다 쪽에서 불어오는 북풍에 맞서기 위해 털모자를 눌러쓰고 귀마개와 벙어리장갑을 끼고 힘껏 달려야 했던 험상궂은 한 겨울의 얼굴도 있었다.

봄이 끝나갈 무렵, 아이들은 부드러운 보리 순을 뜯어 피리를만드는 일에 열중했다. 중간에 막힌 부분 근처를 잘라내고, 터진입구 쪽을 살짝 찢어 입에 대고 부노라면 근사한 피리소리가흘러나왔다. 그러나 태민의 경우, 아무리 용을 써 봐도 소리가나지 않았다. 아이들이 여러 번 가르쳐 주었음에도, 결국 그 '제작 비밀'을 배우지는 못했다.

대개 한 살 많은 동창 녀석들로부터 무시를 당하면서도 기를쓰고 함께 다니고자 했던 까닭은, 혼자 밀밭 옆을 지나기가 무척이나 두려웠던 까닭이다. 장대처럼 길쭉하게 자란 밀의 키는 족히 사람의 두 배는 넘을 것 같았다.

'저 속에 무서운 사람이 숨어 있다가, 아그덜 배를 갈르고 간을 빼 먹는단디...'

심심찮게 동네에 나타나 일그러진 코와 움푹 파인 눈, 긴 옷소매에 가려진 손, 그 아래 손가락 대신 뾰족하게 길어난 쇠갈고리를 내보이는 사람들. 어쩔 수 없이 혼자일 때는 가급적 무서운 상상을 하지 않으려고 애를 썼다. 하지만 가슴이 두근거리고, 다리에 힘이 빠지면서 오금이 저려오는 것은 어쩔 수 없었다.

책보를 허리에 질끈 동여맨 다음, 고무신을 양손에 거머쥔 채 허리를 잔뜩 구부렸다. 마음속으로 '하나, 둘, 셋!' 하는 동시에 앞으로 뛰어나가기로 한 것. 그러나 눈을 감고 한참을 달리다보면, 자칫 밀밭 속으로 돌진하는 불상사가 일어나기 때문에 살짝살짝 실눈을 떠보아야 했다. 겨우 악마의 소굴을 빠져나오면 안도의 한숨을 내쉬며 길을 뒤돌아보다가 다시 겁이 나 냅다 뛰기 시작하곤 했었다.

홍수라도 지는 때면, 허리께까지 차오른 물길을 헤치며 '물둠벙'을 건너는 일 또한 만만치 않았다. 헤엄을 칠 줄 모르는 태민의 경우, 지레 겁부터 났다. 간혹 업어서 건네주는 아이들도 있었지만, 고학년이 되자 그것 또한 자존심이 상했다. 고무신을 벗어 건너편 쪽으로 힘껏 던진 다음, 바지를 무릎까지 걷어 올리고 책보를 높이 치켜든 채로 건넜다. 재수 없이 돌멩이를 밟아 휘청거리기도 했지만, 그때에도 책보만큼은 적시지 않으려 애를 썼다. 물론 애초의 기대와는 달리, 온몸이 적셔지고 나서야 도강(渡江)에 성공하기 일쑤였지만. 그럼에도 비가 내리는 날은 신이 났다.

"빨간 우산, 노란 우산, 찢어진 우산..."

아이들은 목청 높여 노래를 불렀다. 하지만 이 가운데 '빨간 우산'이나 '노란 우산'은 없었다. '찢어진 우산'만 수두룩했다. 사실 비닐우산이 찢어지는 것은 시간문제, 아이들 또한 그 일에 개의치 않았다. 교과서 그림에 등장하는 우의(雨衣)는 도시 아이들이 입는다는 소문만 들었을 뿐, 구경조차 해 본 적이 없었다.

태민의 경우, 일부러 비를 맞고 다닌 적도 있었다. 후줄근하게 젖은 몸으로 들어오는 날이면, 옷을 벗기고 깨끗이 몸을 씻긴 다음, 촉감이 꺼칠꺼칠한 새 옷으로 갈아입혀 주는 김씨의 숨결이 그리워서였을까. 새 옷만큼이나 신선하고 상큼한 어머니의 '사랑'이 겹나는 세상을 살 맛 나게 만들었기 때문일까. 언젠가는 태국과 함께 옷에 잔뜩 비누칠을 한 다음, 마당 한복판에 서 있기도 했다. 목욕과 빨래를 동시에 한다며.

학교 가는 길은 벼의 고개가 숙여지고 고구마에 밑이 들며, 땅콩이 여물어가는 가을철에 더욱 풍성해지기 마련. 벼이삭을 꺾어 앞니로 한 톨씩 껍질을 벗긴 다음 입안에 차곡차곡 쌓아놓았을 때, 거기에서 흘러나오는 그 달착지근한 뜨물 맛이란. 그 가운데서도 땅이 쩍쩍 갈라진 고구마 밭이야말로, 모두가 군침을 홀리는 일급 사냥터. 귀한 옥동자를 더 이상 품고 있을 수 없다는 듯, 스스로 배를 가르고 붉으죽죽한 햇고구마를 밖으로 토해내는 대지(大地)의 섭리 앞에서 악동들은 넋을 잃을 지경이었다.

고구마 서리는 대개 비 오는 날로 정해졌다. 보는 사람들의 눈이 적고, 빗줄기에 시야가 가려질 뿐만 아니라, 빗물에 발자국이 씻겨 내려감으로써 '증거'를 인멸할 수 있기 때문. 마치 보물을 캐듯 탐욕을 부리는 '도굴꾼'들의 손에 이끌려 고구마와 함께 세상 밖으로 나온 순들은 밭 가운데로 다시 던져지고, 도랑물에 대강 씻긴 '알토란'을 바지에 쓱싹 문지른 다음, 한입 와삭 베어 물 때의 그 진하고 진한 감동이란. 녹말이 혀끝을 간지럽히고, 꺼칠꺼칠한 알맹이들이 목 줄기를 타고 내려갈 때의, 그 감촉이란.

그런데 언제부터인가 고구마를 젖히고, 인기 순위 1위로 뛰어오른 작물이 바로 땅콩이었다. 무라리 일대에 땅콩이 재배되기 시작한 것은, 순전히 '호인(胡人)' 덕택이었다. 만주 사람들 서너 명이서 인근의 밭을 몽땅 사들이더니, 삼백여 마지기에 이르는 대규모 농장을 경영하기 시작했던 것이다. 스스로에 대해 늘 유식하다고 자부하는 이씨.

"느그덜, 땅콩이 어째서 땅콩인지 아냐?"

".........."

"봄이 되면 땅에 씨를 숨글 것 아니냐? 그러면 그 씨 자체를 양분 삼어 갖고, 싹이 올라 오디야 안. 그래 갖고 노오런 꽃이 피고, 이 꽃이 시듦시로 끄텅머리가 침같이 뾰쪽해지그든. 그러고 그것이 모감지를 팍 숙임시로 땅을 파고 들어가서는, 바로 그 자리서 땅콩이 생긴단 말이여. 그래서 땅에서 나는 콩이락 해서, '땅콩'이란 이름이 생긴 것이여어."

"아!⋯⋯"

"세상의 모든 콩이 배까테서 열리는디, 오직 땅콩만 땅속에서 생긴다 그 말이그든. 그러고 땅콩이란 말을 한자로 쓰면, '낙화생 (落花生)'이라고 허는디. 떨어질 낙 자에 꽃 화 자... 그래서 '꽃이 떨어져 갖고, 그 자리서 생개났다'라는 뜻인게, 참 과학적인 말인 셈이지야. 그래서 꽃이 을마나 피었는가를 보면, 장차 수확이 을마나 될지를 미리 아는 것이여어."

그러나 아이들의 관심은 그런 데에 있지 않았다. 예전에 경험하지 못했던 맛을 본 뒤로, 아이들은 그 강렬한 유혹에 흐느적거렸다. 그리하여 만주 사람들과 아이들 사이에는 늘 긴장 관계가 조성되었던 바, 이에 대해 김씨는 혀를 끌끌 찼다.

"아이고, 속아지 읎는 놈들. 남의 것 돌라 먹으면 배가 불르기를 허냐, 살로 가기를 허냐? 가슴이 통게통게 해 갖고, 앨라 먹다가 찌로 가기나 허겄다. 실큰 먹어봤자, 몇 개 주서 먹다가 말람시로, 뭇헐라 다른 사람 일 년 농사를 망치끄나이. 하나나, 너는 그러지 말어라. 정 먹고 싶으면, 조심조심 들어가서 한두 뿌리 캐다가 먹으면 될 것을, 온 밭을 쓸고 댕긴게 주인이 을마나 속이 상허겄냐? 썩을 놈들, 다리 몽데이를 뿐질러 놓든지 해야제에..."

"어메. 석형이랑, 영구랑, 기중이랑은 은젠가 딜캐 갖고, 쇠똥이한테 허벌나게 맞었다네. 군밤을 을마나 맞었든고, 대갈통에 남북이 나 갖고 요로코 부섰단게는..."

"썩을 놈들. 설쳤다 설쳤어. 그만헌게 다행이제, 즈그 놈덜, 그러다가 형무소라도 가먼 어쩔라고 그러끄나이."

"...그런게."

김씨의 '공갈 협박'과 스스로의 유약(柔弱)한 성품으로 말미암아, 태민은 '공격조'의 대열에 끼지 못했다. 그나마 딱 한 번, 서리에 동참할 수 있었던 것 역시 수많은 망설임과 아이들의 부단한 부추김이 있고 난 후였으니.

학교에서 돌아오는 길. 쏟아지는 비로 인하여 사방은 새벽처럼 어슴푸레했고, 빗방울을 맞을 때마다 팔에 소름이 돋을 만큼 기온은 뚝 떨어져 있었다. 앞집 막둥이인 석형, 염전 인부의 아들 광호, 그리고 쇠꼴을 놓고 벌이는 낫치기에서 발군(拔群)의 실력을 발휘하는 기중이와 태민, 이렇게 모두 넷이었다. 빗줄기 사이로 땅콩집이 희끄무레하게 바라보이는 지점에서, 기중이 침묵을 깼다.

"야! 느그덜 땅콩 안 먹을래?"

".........???"

나머지 셋은 서로의 얼굴을 쳐다보았다. 한껏 구미가 당겼지만, 늘 길선이라고 하는 '독종'이 문제였다. 발이 빠르기로 소문난 사내. 그는 여럿이서 땅콩을 캐 먹다가 각각 다른 방향으로 달아나더라도, 한 아이만 지정하여 끝까지 추적하는 잔인한 근성을 지니고 있었다. 일단 생포된 '도둑'은 죽지 않을 만큼 두들겨 맞은 다음, 커다란 창고에 감금되었다. 몇날 며칠 갇혀있다 보면 동네와 학교에까지 소문이 나기 마련이고, 풀려나는 일 또한 만만치 않았다. 피도, 눈물도, 인정도 기대할 수 없는 그에 대해 아이들은 '지옥에서 온 사자'나, '머리에 뿔이 열두 개쯤 달린 도깨비' 이상의 존재로 상상했다. 때문에 나머지 셋은 여전히 망설였고, 기중은 속이 타는 눈치였다. 마침내 그는 '비장의 카드'를 꺼내들었다.

"느그 씨벌 놈들, 나한테 땅콩 주락 허먼, 귓방매이를 부쳐 버린다이."

최후통첩을 고한 그는 야트막한 탱자 가시덤불을 훌쩍 뛰어넘었다. 밭 가운데로 성큼성큼 걸어가더니 쇠스랑으로 캐내어 햇볕에 말리기 위해 널어놓은 넝쿨들에서 부리나케 땅콩을 따기 시작했으니. 시범을 보이는 듯한 그의 현란한 손놀림, 가을비에 씻겨 하얀색으로 분칠한 알맹이들은 아이들에게 자신감과 욕망을 동시에 불어넣었다. 마침내 견디지 못한 두 녀석이 뛰어들었다. 이제 남은 사람은 하나뿐.

"야, 이태민. 너 혼자 뭇허고 자빠졌냐? 빨리 들어와야."

녀석들의 재촉이 못내 부담스러웠지만 차마 용기가 나지 않았다. 어정쩡하게 서 있는 동안, 기중은 전리품을 가득 안은 채 무사히 귀환하고 말았다. 불룩해진 바지 호주머니와 주렁주렁

두 손에 들린 소담스런 열매들을 보는 순간, 눈알이 뒤집혔다. 아! 악행(惡行)도 얼마든지 성공하는구나. 이판사판의 심정으로, 눈을 딱 감은 채 뛰어들었다. 먹고 싶은 욕망이라기보다는 '소심한 아이'로 낙인찍히지 않기 위한, 일종의 몸부림이었다.

성취감과 불안이 교차하며 온몸의 진동이 손으로 전달되어왔다. 그 떨림을 감추고자 바지런히 손을 놀렸다. 일찍이 경험하지 못한 무아지경, 자신의 존재가 사라진 그 자리에 타인이 들어선 것 같은 감정의 소용돌이 속에서 얼마나 꿈틀거렸을까. 흐느적거리는 그 시간이 영겁의 세월처럼 느껴졌다. 숨 막히는 시간의 흐름을 끊고자 허리를 펴는 찰나, 꿈결에서처럼 고함소리가 들렸다.

"야, 길서이다. 아그덜아! 내빼야. 내빼..."

아! 이 무슨 날벼락인가? 정신이 아득해지며, 다리에 힘이 쭉 빠졌다. 작년 겨울. 전국순회공연을 한다는 풍물패가 서촌의 한 공터에 차일을 치고, 입장료를 받은 적이 있었다. 개구쟁이들은 으슥한 지점의 차일을 골라 개구멍을 만들었고, 그곳으로 한 사람씩 뛰어들기 시작했다. 역시 마지막 남은 주자 태민은 한참을 망설이다가 두 눈 딱 감고 뛰어들었다. 아니나 다를까. 영락없이 뒷덜미를 잡히고 말았다. 그런데 왜 이 순간, 그 장면이 떠오르는 걸까. 아! 난 역시 재수가 없어.

기중은 칠산 바다 쪽으로, 석형과 광호는 학교 쪽, 즉 서촌의 반대방향을 향해 줄행랑을 놓기 시작했다. 하지만 태민은 제 자리에 얼어붙은 듯, 꼼짝도 하지 못했다. 발이 떼어지질 않았다. 절망과 분노의 심정으로 호주머니에 들어있던 땅콩을 몽땅 꺼내 땅바닥에 내팽개쳤다. 그리고는 비몽사몽간에 두어 걸음 옮기다가, 탱자나무에 걸려 엎어지고 말았다. 정신이 아득한 중에 공중 위에는 환상인 양, 길선의 얼굴이 두둥실 떠올라 있었다.

"너 임마! 누가 남의 땅콩, 캐 먹으라고 했어?"

"………"

거짓말처럼 눈물이 쏟아졌다. 의리를 내팽개치고 삼십육계 줄행랑을 친 녀석들이 얄미워서였는지, 재수에 옴 붙은 자신의 운명이 야속해서였는지 그것은 알 수 없었다. 하지만 누가 시킨 것도 아닌데, 절대로 공범을 발설하지는 않겠다고 속으로 다짐했다. 정수리를 때리는 빗줄기에 섞여 눈물은 희석되었으나, 그에게 맞아죽을지도 모른다는 생각이 들었다. 순간.

"너, 이회장님 아들이지?"

"………"

기성회장의 아들이 땅콩서리에 가담하면 되겠느냐는, 실로 준열한 심판이었다. 하지만 태민의 귀에는 그것이 구원의 음성으로 들렸다. 자신의 정체가 탄로 난 데 대한 불편한 심기도 있었지만, 어쩌면 그 때문에 무사히 넘어갈지도 모른다는 기대감이 일었던 것이다.

"앞으로 그러지 말어라이."

세상에서 가장 듣기 아름다운 말, 용서의 언어가 귓전을 때렸다. 세월이 흘러 길선이가 머슴으로 들어 왔을 때, 바로 이때의 인연이 늘 가슴에 남아있었는지도 모른다.

땅콩집은 서촌과 학교의 중간쯤에 자리하고 있었다. 넓은 뜰 한복판에 지어진 독립가옥은 망망대해에 떠 있는 외로운 섬 같아 보였다. 헐값에 사들인 모래땅에 땅콩을 재배하기 시작한 만주 사람들은 무라리 사람들이 모르는 신(新) 기술로 적잖은 소득을 올리다가, 어느새 막강한 돈의 위력을 과시하게 되었다. 봄에는 씨를 뿌린다며 시끌벅적대다가, 가을철이 되면 땅콩 껍질을 까야 한다며 동네 처녀와 아낙네들을 '싹쓸이'로 불러들였다. 커다란 대문을 들락거리는 수십 명의 여인들을 바라보며, 태민은 일제 때에 공출되어 갔다는 처녀들을 떠올렸다. 작업장은 아이들에게 늘 공포의 대상이었던 창고. 땅콩을 캐 먹다가 들킨 아이들이 실컷 두들겨 맞은 다음, 밤새워 갇혀있는 곳. 언젠가 기중은 그 안에서 보낸 밤에 대해 진저리를 친 적이 있었다.

"씨벌! 거그 들어가면, 꼭 형무소에 온 것 같어야. 오살나게 캄캄허기는 헌디, 좆나게 추와 갖고는 이빨이 우아래로 딱딱 부닥친단게. 그러고 쪼까 있은게, 쥐새끼들이 막 돌아 댕기는디, 진짜 미치고 뽈딱 뛰겄드라. 밥도 안 준게, 쫄딱 굶고..."

"땅콩이라도 맘대로 먹제, 그랬냐?"

"너도 느자구 읎는 소리 허고 있다이. 암 것도 안 보이는 디다가, 누가 알 땅콩을 거그다 놔 두간디? 씨벌! 손때 할라 매운 쇠똥이 새끼한테 허벌 창나게 맞어버렸다. 여그 청개나고 남북 나고..."

말은 그렇게 하지만, 꾀 많은 녀석이 그 속에서 실컷 땅콩을 먹었을지도 모른다, 그래서 혼자만 그 맛을 즐기기 위해 우리에게 비밀로 하고 있을지도 모른다는 의심이 들었다. 어떻든 그 집이 무섭고도 음침한 곳으로 각인된 까닭은, 그 안에 살고 있는 사람들의 품성 때문이기도 했다. 길선 외에도, 별 희한한 족속이 다 운집해 있었던 바, 쇠똥이 역시 그 명물 중 하나.

혹시 아프리카에서 건너온 것이 아닐까 의심될 만큼, 그의 몸은 검었다. 유난히 하얀 이를 빼 놓고는, 얼굴이며 손발 등 몸 전체가 먹물을 끼얹어놓은 것 같았다. 그러나 크고 투박한 얼굴에는 몸집 큰 사람들에게서 흔히 볼 수 있는 단순함이 배어 있었고, 우락부락한 외모와는 달리 행동거지에는 어수룩한 구석이 있었다.

어느 봄날 오후. 이부수업이 들어 있어 느릿느릿 걸어가던 태민은 윗통을 벗어젖힌 채 거의 벌거벗은 모습으로 밭 가운데에 누워있는 그를 발견했다. 그 옆에는 풍만한 육체의 모래덩이 '미녀'가 나란히 누워 있었다. 그는 실제 크기와 똑같은 여자의 몸을 만지작거리며, 아이들을 향해 히죽히죽 웃어댔다. 여자아이들이 동그래진 눈으로 쳐다보면 힘껏 껴안는 시늉을 했고, 심지어 배 위에 올라가서 '그 짓'을 흉내 내 보이기도 했다. 코밑에 수염이 듬성듬성 자라나기 시작한 그는, 용솟음치는 봄날의 정욕, 춘정

(春情)을 이기지 못해 몸부림치고 있었던 것이다.

어른들은 혀를 차며 지나가거나, 아예 고개를 돌린 채 걸음을 재촉했다. 감히 나무라는 사람도 없었다. 태민이 호기심 반, 두려움 반으로 그와 모래덩이를 번갈아 쳐다보자 그는 하얀 이를 드러내며 웃었다.

'개새끼같이. 씨벌 놈.'

까닭 모를 욕설이 저절로 튀어나왔다. 머리가 아프고 뱃속이 메스꺼웠다. 절망감이 엄습해 오면서 화가 났다.

작년 여름이었던가. 한밤중 인기척에 잠을 깬 적이 있었다. 우두커니 앉아있는데 바로 앞, 어둠 속에 사람의 기운이 느껴졌다. 엄마? 엄마! 그러나 손에 잡힌 건 뜻밖에도 건장한 남자의 가슴. '그'는 갑자기 오강에 걸터앉아 오줌을 누기 시작했다. 그 소리는 여름 소나기처럼, 계곡의 폭포수처럼 요란했다. 여자의 흉내를 내보려다가 실패한 그는 문을 박차고 줄행랑을 놓기 시작했다.

"엄마!"

가겟방에서 이씨가 뛰어나갔지만, 그의 흔적은 사라진 뒤. 이튿날 김씨는 다짜고짜 금자를 쥐어박았다.

"아이고! 인자 애리디애린 년이 남자를 불러 들애야? 에라이! 이 년아. 디져라 디져."

그는 도둑놈이 아니라 금자의 애인이었던 것이다!

'아! 성(性)이란 그토록 끈적끈적하고, 지저분하고, 냄새나고

더러운 거로구나.'

마음속을 가득 채운 갈등으로 며칠을 끙끙 앓다가, 결국 김씨 앞에서 말을 끄집어냈다.

"쇠똥이가 문 여자를 만들어 갖고는, 그 새끼가..."

"...! 나도 다 들었다. 막돼먹은 놈인게, 하나 그쪽은 쳐다보지도 말어라. 글 안 해도, 으런들이 입맛을 다셔 쌌드라. 하이고! 어찔라고 그런 종자들이 여그까지 들어와 갖고는..."

그 집의 마지막 '괴짜'는 '보미로'라 불리는 주인이었다. 키가 큰 데다 몸집 역시 비대한 그는, 일명 '털보'로 불릴 만큼 온몸에 털이 돋아 있었다. 구레나룻은 그렇다 치더라도 손등에까지 수북하게 자라난 털을 보고 있노라면, 뽕잎 위로 스멀스멀 기어다니는 누에가 연상되었다. 한국말을 몰라서 그런지 사람들과 별반 접촉이 없었던 그에 대해, 기중은 충격적인 소식을 전해 주었다.

"야! 태민아. 너 보미로라고 알지? 그 새끼가 작은 방에 사는 석영이 엄마허고, 대낮에 그 짓을 허다가..."

"...그 짓?"

"아따! 새끼야. 뻥꼬 몰르냐, 뻥코? 그런디 느닷읎이 들어온 어뜬 사람한테 딜캐 버렸넌디, 을마나 놀래 버렀는고, 그것이 안 빠지드란다."

"...뭇이 안 빠져야?"

"아따! 미련헌 놈. 거시기가 안 빠지제, 뭇이 안 빠져야?"

"…"

"둘이가 한참 그 짓거리를 했을 것 아니냐? 그런디 사람이 들어와 버린게, 을마나 놀랬겄냐? 그래 갖고 인자 니아까에 둘이를 같이 실어 갖고, 읍에까정 나갔넌디… 그 뒤로는 어쭈코 되얐는가, 나도 잘 모르겄다."

"……….?"

태민의 미심쩍어하는 얼굴에 대고 그가 한마디 더 보탰다.

"으런들이 고로코 말허드란게. 진짜여 임마. 내가 그짓말허먼 니 새끼다. 근디 니아까에 실래 가는디, 둘이 막 머리끄덩을 잡어 댕김시로 쌈 허드란다."

"쌈을 해야?"

"그 새끼허고 그년이 첨에는 좋아 갖고 그 짓꺼리 해놓고는 빠지든 않고 언칸 아픈게, 서로 낯바닥 쳐다봄시로 욕을 허드란다. 그래데이 손톱으로 낯바닥을 끄서 버리고, 그랬단다."

비 오는 날, 돼지우리 앞에 엎질러져 있던 밥알이 생각났다. 역시 주룩주룩 비가 내리는 날, 큰집 마당을 맨발로 가로질러 가다가 아이가 퍼질러 싸 놓은 노란 똥을 밟은 적이 있었다. 발가락 사이, 사이로 비집어 나오는 그 노란 똥, 똥들. 제 자리를 벗어난 것들의 더러움이란. 하지만 뱃속을 매스껍게 하는 그 이야기 속에는 사람을 흥분시키는 묘한 구석이 들어있었다.

똥과 오줌, 진흙으로 질펀해진 돼지우리의 바닥처럼, '쇠똥이'

와 '보미로'는 한없이 지저분한 이미지로 다가왔다. 팔위에 느닷없이 떨어진 쐐기처럼 소름을 돋게 하는 보미로의 수북한 종아리 털, 그 막되어먹은 인간성보다는 차라리 공포감을 자아내는 '길선' 쪽이 더 나을지도 모른다!

지저분한 사건은 또 있었다. 어느 날 방과 후, 홍식은 학교 안을 어슬렁거리고 있었다. 자신의 발자국 소리 외에는 모든 것이 숨을 죽이는 시간. 교무실에서 가장 멀리 떨어진 서쪽의 교실 문 앞을 스쳐 지나다가, 안에서부터 흘러나오는 가느다란 신음 소리를 들었다. 녀석은 무심코 유리창에 눈을 갖다 댔다. 네모난 나무틀과 창호지 사이의 벌어진 틈 사이로 드러난 교실 안의 풍경은 충격, 그 자체였다. 여러 개의 책상을 끌어 모아 급조된 '간이침대' 위에, 담임 진길중과 여선생이 뒤엉켜 있었던 것이다. 아랫도리를 벗어젖힌 그들은 마치 밀폐된 공간에라도 들어있다 여기는 듯, 거리낌 없이 '그 짓'을 해대고 있었다. 녀석은 눈도 깜박이지 않은 채, 그 장면들을 감상했다. 정신이 몽롱했다.

그러나 하얗게 드러난 여체를 탐하며 무아지경을 헤매던 그가 느닷없이 고개를 들어, 창 쪽을 바라보았다. 순간, 거짓말처럼 딱 눈이 마주치고 말았다. 그의 시선이 비수처럼 날아와 눈에 박혔다. 평소 온화하기만 하던 그의 얼굴에 당혹스러움과 증오 감이 스쳐갔다. 그리고 분노와 경멸, 뻔뻔스러움이 겹치는가 싶더니 급기야 인간이 지을 수 있는 한, 가장 무서운 표정으로 변하고 말았다.

"너, 이 새끼. 꼼짝 말고, 거그 깍 서 있어."

그 와중에도 위엄을 잃지 않으려는 바리톤 음성이 녀석의 몸을 얼어붙게 만들었다. 엄포를 놓은 다음에도, 그는 계속 그 짓을 해댔다. 아래에 깔린 남영순 역시 '어린 아이' 하나 정도는 안중에 없다는 듯, 몸을 뒤틀며 괴성을 질러댔다. 얼마나 지났을까. 평소 '춘향이' 별명이 붙을 만큼 조신(操身)하다고 소문난 여선생님이 눈을 내리깐 채, 주섬주섬 옷을 꿰기 시작했다. 새까만 머리카락 아래에 하얗게 드러난 어깨와 등을 보는 순간, 느닷없이 욕정이 일었다. 녀석은 자기도 모르게 침을 꼴깍 삼켰다.

느긋하게 일을 마친 진길중이 책상까지 가지런히 정돈하고 바지를 들어 올리는 순간, 녀석은 비로소 화들짝 놀래어 도망쳐야겠다는 생각을 했다. 하지만 몸이 말을 듣지 않았다. '벼락'을 맞은 후부터 제자리에 붙박이가 되어버린 녀석의 귓전에, '드르륵' 소리가 들렸다. 이어서 발자국 소리. 고개를 들 수조차 없었다. 열에 들뜬 듯 흔들리는 그의 시선 가운데에, 바지의 마지막 단추를 꿰는 담임선생님의 손이 들어왔다. 그 손가락들은 가볍게 떨고 있었다.

"너, 이런 상렬어 새끼가..."

사시나무 떨 듯 하는 홍식의 멱살을 틀어쥔 다음, 그는 교실 안으로 힘껏 밀쳐 넣었다. '춘향이'는 고개를 한쪽으로 돌린 채, 말없이 앉아 있었다. 오늘 오전까지만 해도 김소월의 시를 낭송

해 주고, 산수 문제를 풀어주던 선생님. 그러나 이 순간, 그는 양의 탈을 벗어던진 늑대에 불과했다. 날카로운 이빨이 살 속 깊숙이 와 박혔다. 다짜고짜 주먹이 날아오고, 발길질이 난무하기 시작했던 것이다.

"이 노모 새끼가 선생님을 엿보고 있어야? 누가 너보고 그러라고 가르치디야? 엉? 아나! 이 노모 새끼야. 또 엿볼래? 또 엿봐?"

"...아니여라우. 그것이 아니고라우..."

"아니기는 뭇이 아니여? 이 새끼야!"

여자의 몸에 뱉어내지 못한 정액이 지금도 남아있는가? 그는 에너지가 철철 넘쳐났고, 아이는 도통 정신을 차릴 수가 없었다. 아! 어떻게 이런 일이 나에게. 혹시 내가 대낮 도깨비를 만났을까? 아니면 악몽을 꾸고 있을까? 꿈인지 생시인지, 살아있는지 죽었는지조차 판단이 서질 않았다. 얼마나 지났을까? 두들겨 맞는 샌드백보다 때리는 몸이 더 지친 듯, 그는 가쁜 숨을 몰아쉬었다.

"너, 이 새끼. 헉헉... 내가 환장허겠구만이. 만약에 오늘 일을... 헉헉... 다른 사람들한테 말했다가는, 그날로 너는 죽을 줄 알아. 그날이 헉헉... 바로 니 제삿날이라고 임마! 내 말 알아 들었냐?"

".........예..."

"너, 분명히 나 허고 약속했다이. 만약에 이 선생님 말을 어겼다가는... 너, 알지?"

".........예."

"짜식이 학교 파했으면, 싸게 집에나 기어가서 부모님 일이나 도와주든지 헉헉... 숙제를 허든지 해야제. 엉뚱헌 짓만 허고 자빠졌어. 아무튼 내가 한 번 더 강조하는데, 니 친구들이나 동네 사람들, 또 식구들한테도 절대 말허먼 안 돼야. 만약 그랬다가는, 이 선생님이 너를 절대로 가만히 안 둔다. 알겄냐? 특히 느그 부모님한테는 절대로 말허지 말어. 말이 나올락 허먼, 입을 꽉 깨물르란 마다. 피가 나도 갠찮은게. 그러고 내일, 학교 꼭 나오고. 알겄냐?"

"...예..."

문을 닫고 나오는 녀석의 두 다리는 완전히 풀려 있었다. 머릿속이 텅 빈 듯, 어지러웠다. 휑하니 비어있는 운동장을 멍청하게 바라보다가, 솔밭 사이로 난 길을 가로질러 서촌동네로 향했다. 길에서 누구를 만났는지, 무슨 말을 했는지 기억에도 없었다. 방문을 걸어 잠그고, 이불을 뒤집어썼다. 그제야 참았던 눈물이 쏟아졌다. 세상에! 이렇게도 재수 없는 날이 어디 있단 말인가? 생각할수록 분하고 억울했다. 그러나 그보다도 내일 학교에 가서 '그'와 마주칠 일이 더욱 꿈만 같았다.

그 후로도 며칠 동안 홍역을 앓아야 했던 녀석은, 눈에 띄게 달라져 갔다. 말이 부쩍 줄어든 데다, 사람들 만나기를 꺼려했다. 꿈을 꾸다가 깜짝깜짝 놀라 깨어났고, 그때마다 온몸은 땀으로 흥건히 젖곤 했다. 그리고 한 달여가 지난 어느 날. 마침내 그는 발작을 일으키고야 말았다. 갑자기 땅바닥에 꼬꾸라져 거품을 문 채, 온몸을 사시나무 떨 듯 흔들어 댔다. 집에서는 '당골래'를 불러 굿을 한다며, 난리법석을 피웠다. 하지만 그 이상한 증세는 쉬이 없어지지 않았다.

그 무렵. 태민은 우연히 작은방 앞을 지나다가, 이씨 부부의 대화를 엿듣게 되었다.

"태민이 아부지. 그 홍식인가 누군가 허는 애기, 소식 들었습디요?"

"굿도 허고, 벨 짓을 다 해도 안 낫는답시로? 어뜬 사람은 '귀신들렸다'고도 허고, 또 어뜬 사람은 '몸이 허해져서 그런다'고도 허는디, 째깐헌 것이 어째서 그럴까?"

"그런게 말이요. 그러고 요새 소문이 이상허게 납디다마는..."

"..........?"

"그 백여시 같은 여선생허고, 진길중 선생 허고 눈이 맞었담시로라우?"

"애팬네가 쓰잘데기 읎는 소리는. 누가 그런 소리를 해? 즈그덜이 두 눈으로 봤간디? 그러고 또 막상 말로 그랬닥 허먼 어쩔 것이여? 한창 젊은 나이에 촌구석에 몇 년씩 쳐백해 있다 보먼, 치마만 둘러도 이쁘게 보일 턴디 오직허겄냐고? 그러고 막상 말로 둘이다 총각, 처녀 아니여? 유부남, 유부녀도 아니고."

"아따! 당신은. 꼭 당신 같은 소리만 허고 있소이. 그러면 그것이 시방 잘했단 말이요?"

서른 명도 넘는 교사들 가운데, 그녀는 유일한 '홍일점'이었다.

까만 머리채를 궁둥이까지 늘어뜨리고 다니는 폼이나 하얀 얼굴, 조심조심 걷는 걸음걸이가 무척이나 기품 있어 보였다. 때문에 남자 선생님들은 물론, 고학년 사내아이들까지 그녀 앞에서는 괜스레 생글거렸다.

어느 날 오후 수업을 받던 중, 태민은 갑자기 배탈이 나고 말았다. 초여름의 햇살이 내리쬐는 재래식 변소의 주위는 모든 것이 정지된 듯, 고즈넉하기만 했다. 옆에 딸린 손바닥만 한 밭뙈기에서는 주렁주렁 매달린 가지가 까맣게 익어가고 있었다. 하지만 사정이 급한 태민의 눈에는 아무 것도 보이지 않았다. 엉거주춤한 자세로 사력을 다한 끝에 겨우 목적지에 당도한 후, 무심코 첫 번째 문을 열었다. 그러나 그 안에는 '춘향이'가 앉아 있었다. 문고리를 잡지도 않은 채 용변을 보다가 순식간에 들키고 만 그녀는, 멍한 눈길로 이쪽을 쳐다보았다.

"..........?"

"..........?"

태민 역시 진한 그늘 속에 드러난 하얀 엉덩이만 언뜻 보았을 뿐, 더 이상 기억에도 없다. 한동안 넋을 잃은 채 서 있다가 화들짝 놀래어 돌아섰고, 등 뒤에서 '꽝'하고 문이 닫히는 소리를 들어야 했다. 용변이 마려운 것도 잊은 채 그 자리에 서 있다가, 엉덩이까지 내려온 검은 머리카락이 황급히 사라지는 것을 바라보았다.

그제야 태민은 놀라움의 실체를 알아차렸다. 그것은 노크도 없이 선생님의 전용칸을 열어 젖혔다는 무례함이 아니라, 그토록 청순하고 고고하게만 보였던 '춘향이'가 아이들과 똑같이 변소에 드나들어야 하는 존재라고 하는 사실, 그 확인에서 오는 충격이었다. 정숙한 이미지로만 각인된 홍일점은, 당연히 더러운 것과는 거리가 멀어야 했다.

"어메. 나 오늘... 밴소에서 남영순 선생 봤다. 근디 여선생도 밴소에를 댕긴 단가?"

"너도 속창아리 되게 읎다이. 여선생은 안 먹어도 산다고 누가 그러디야? 먹었은게, 쌌을 것 아니냐? 하다! 안 먹어도 살 것 같으면, 사람이 아니제에."

그러나 그날의 충격은 쉬이 가시지 않았다. 눈으로 본 사실이 믿어지지 않아, 애를 먹었었다. 그런데 또 엎친 데 덮친 격으로 이씨 부부의 '이상한' 대화까지 듣고 나니 머릿속은 뒤죽박죽. 이듬해 '춘향이'가 학교를 떠났고, 그 반년 후에 그 '늑대'마저 어디론가 전근해 갔다. 언젠가 미술 시간에 진길중 선생은 그랬었다.

"에. 아름다운 수채화 속에는, 밝고 환한 색깔만 있는 것이 아닙니다. 그래서도 안 되고요. 에... 어둡고 칙칙한 색깔도 섞여 있어야 한다는 거지요."

그런데 왜 무라리의 사랑에는 어둡고 칙칙한 색깔만 있을까? 왜 이곳의 성(性)에는 밝고 환한 색깔이 없을까?

태민의 경우, 3학년까지는 건성으로 학교를 다녔다. 공부에는 당연히 취미가 없었고, 담임선생님 이름조차 제대로 알지 못했다. 그런데 4학년 때에 이씨가 기성회장을 맡게 되자 담임교사의 관심이 부쩍 높아졌고, 그에 따라 공부에 흥미가 붙기 시작했다. 그리고 올해 초, '호랑이' 선생님이 부임해 오면서 성적은 급상승했고, 마침내 학년 전체에서 선두를 내달리는 중이었다.

하지만 동급생들보다 한 살 어린 데다 세상물정에도 어두웠던 태민은 말수 또한 적었다. 숫기도 모자라 책을 읽어보라거나 산수 문제를 풀라고 하면 얼굴이 금세 홍당무로 변했다. 리더십이니 통솔력 같은 것은 엄두조차 내지 못했고, 눈치나 요령도 없었다. 키나 몸집이 크지 않은 데다 겁이 많아 복도에서 덩치 큰 여학생과 마주칠 때면 한쪽으로 비켜서 걸었다. 여자아이들이 놀릴라치면 울상이 되어 눈물까지 삐쭉거렸고, 그 덕분에 학교에서 누구와 다투거나 싸워본 일이 없었다. 반장으로부터 적어도 맞을 염려는 없을 것이라는 여학생들의 믿음 때문인지 선거 때마다 몰표가 쏟아졌고, 그 때문에 늘 반장 후보 순위에는 1위로 올랐었다. 그리고 실제로 당선되기도 했었다. 하지만 한 번도 임명을 받아본 적은 없었다. '차렷 경례' 구령조차 하지 못하는 자에게 중책을 맡길 수 없는 것이 담임의 입장이었을 터, 여러 정황을 감안한 사려 깊은 배려를 내심 고마워하기까지 했었다.

그러던 중, 올봄 5학년 초에 들어서자마자 갑자기 담임선생님이 사라져 버렸다. 온다간다 말도 없이. 나중에 들은 바로는 광주로 전근을 갔다나 어쨌다나. 마침 교실도 부족하여 2부 수업을 하는 중이었는데, 어찌 된 영문인지 오후반 아이들까지 도시락을 싸들고 학교에 나와 있는 경우가 많았다. 언제 갑자기 수업이 시작될지 알 수 없었던 데다, 동네에서 딱히 즐길 만한 놀이도 없었던 까닭이 아닌가 싶다.

부반장의 직책을 맡고 있던 태민은 그날도 학급 간부들과 함께 뒷동산에 올랐다. 열아홉 살 처녀의 허벅지처럼 하얗고 부드러운 모래를 머금은 언덕에는 드문드문 '뗏장'이 덮여 있었고, 그 위에 칠산의 바닷바람을 온몸으로 막아서는 소나무들이 듬성듬성 꽂혀 있었다. 때 이른 점심을 먹고 엉덩이를 털며 일어서려는데, 종소리가 들렸다. 늙은 소사가 치는 종은 듣는 사람을 늘 헷갈리게 했다. '땡땡' 두 번이 시작종인가, 끝날 종인가. 변소로 향하는 반장의 등에서 시선을 거두어 건물 모퉁이를 막 돌아서는 순간, 철봉대 아래에서 손짓하는 아이들의 모습이 눈에 들어왔다. 포플러 나무의 그림자가 짙게 드리워진 맨땅에 풀죽은 아이들이 앉아 있고, 그 앞에는 누런 외투를 걸친 낯선 사내가 서 있었다. 널따란 이마는 햇빛에 번쩍거렸고, 위로 치켜 올려진 눈은 폐부를 찌르는 듯 날카로웠다. 오만하게 벌려진 두 다리 위에, 그리 길지 않은 몸뚱이와 다부진 어깨가 얹혀 있었다.

"에!... 내가 오늘부터 여러분을 맡게 된 담임선생님이다. 앞으로 똑바로 하지 않으면, 용서하지 않겠다."

바람처럼 사라진 선생님, 폭풍처럼 들이닥친 이상한 사내. 대타(代打)치고는 최악의 선수를 만난 것 같다는, 불길한 예감이 머리를 스쳤다. 그리고 그 예감은 비수처럼 적중했다.

교실에 들어서자마자 그는 책상의 앞줄은 물론 옆줄, 대각선까지 정확하게 맞추도록 훈련을 시켰다. 정면에서 바라보던 그가 옆으로 비켜 서 실눈을 뜰 때, 아이들은 줄을 맞추느라, 아니 그의 비위를 맞추느라 진땀을 뺐다. 꾸부정하게 앉는 자세 또한 용납되지 않았다. 허리를 곧게 펴고 눈은 정면을 응시하되, 고개는 반듯이 들고 턱은 뒤로 바짝 잡아당기도록 강요받았다. 글씨를 쓸 때에 연필의 각도는 항상 90도 직각을 유지하되, 그때 몸이 틀어져서도 안 되었다. 물론 잡담은 일체 금지되었고, 고개를 돌린다거나 심지어 눈을 깜박이는 것조차 허용되지 않았다. 그가 칠판에 글씨를 쓰기 위해 몸을 돌렸을 때에도, 아이들은 긴장의 끈을 놓을 수 없었다. 재빨리 몸을 뒤집는 그의 시선에 흐트러진 자세가 포착되어서는 안 되었기 때문이다. 기침이나 재채기, 딸꾹질, 방귀 등의 생리적인 현상도 전심전력, 젖 먹던 힘까지 다해 방지되어야 했다.

그는 장군이나 제왕처럼 군림하였고, 아이들은 그 앞에서 사열 받는 병사인 양, 어전회의에 참석한 신하들인 양 부동자세와 절대복종을 강요받았다. 자유롭고 평화로웠던 교실은 삽시간에 '창살 없는 감옥'으로 둔갑했고, 학교에 머무는 시간들은 온통 회색빛으로 채색되었다. '황야의 무법자'를 맞이한 아이들은 미처 총을 뺄 겨를도 없이, '벌집'이 된 몸을 부여잡고 비틀거려야 했다.

　그렇다고 해서 그가 무지막지하게 두들겨 패거나, 매를 때린 것은 아니었다. 아니, 구태여 그럴 필요조차 없었다. 천부적으로 타고난 것 같은 고약한 인상에 심장을 꿰뚫는 눈빛, 작은 마음의 움직임까지 포착할 줄 아는 영악함, 어쩌다 한 번씩 질러대는 고함만으로도 '촌닭'들을 요리하기에는 충분했던 것이다.

　그의 교육목표는 학습의 수월성(秀越性) 제고라든가, 인격도야, 덕성함양과는 전혀 무관한 것 같았다. 발등에 떨어진 불, 중학교 입시와도 한참이나 동떨어져 보였다. 명령 한 마디에 척척 움직이는 정예병으로, 군주에게 목숨 바쳐 충성을 다하는 신하로 아이들을 육성하는 것이 유일한 목표인 것처럼 여겨졌다. 교육현장의 주인공은 아이들이 아니라 그 자신이라 믿는 것이 틀림없었다. 병정놀이의 리더로서 유감없이 카리스마를 발휘하는 그를 바라보며, 어쩌면 아이들을 화풀이의 대상, 대리만족의 소모품으로 간주하고 있는 것은 아닐까 하는 생각이 들었다. 입가에 감도는 야릇한 미소를 응시하며, 태민은 틀림없이 그가 아이들의 고통을 즐기고 있다는 엉뚱한(?) 확신을 품었다.

　영원히 이어질 것만 같던 하루가 앞만 보고 달려가는 우직한 태양으로 말미암아 간신히 마감되고 나면, 고통과 공포의 시간을 버텨낸 아이들은 자유의 소중함을 새삼 실감하며 귀가를 서둘렀다. 그러나 얼굴에는 수심(愁心)이 가득한 채, 발걸음은 무겁기만 했다. 악몽은 오늘로써 끝나지 않는다는 사실, 내일의 태양이 또다시 떠오른다는 엄연한 현실이 끔찍했다. 잠자리에 누워서도 통 잠이 오지 않았다. 삶에 대한 회의감이 밀려왔다. 어떻게 해야만 이 비극에서 벗어날 수 있을까? 아무리 궁리해도, 탈출구는 보이지 않았다. 그의 이마가 눈앞에 어른거리는 순간, 가위눌렸을 때처럼 목이 답답했다. 결석은 상상할 수 없는 일이었고, 혹시 지각하는 불상사가 발생할까 봐, 자다가도 몇 번 씩 깨야 했다. 악몽에 시달리다가 화들짝 깨어 보면 오밤중, 선잠이 들었다가 다시 일어나 보면 여전히 밖은 어두운 채였다.

금자를 졸라 아침을 먹는 둥 마는 둥, 수저를 내팽개치고 집을 나섰다. 전쟁이 터지든지, 지진이 일어나든지, 아니면 비가 억수같이 쏟아져 길이 막히든지 간에 어떻게든 학교에 가지 않을 수만 있다면 좋을 텐데. 그러나 현실은 엄혹했다. 연필과 공책, 색종이를 사기 위해 가게 앞에 몰려서 있는 조무래기들, 여전히 눈코 뜰 새 없이 바쁘기만 한 어머니 김씨, 소를 앞세우고 쟁기를 등에 업은 채 들로 향하는 동네아저씨, 소쿠리를 머리에 이고 호미를 든 채 그 뒤를 부리나케 좇아가는 아낙네 등, 모든 것이 이상무, 정상이었다.

아이들은 그에게 '호랑이'라는 별명을 붙여주었다. 그는 '맹수의 제왕'처럼, '정글의 폭군'처럼 마음 내키는 대로 행동했다. 기분이 좋을 때에는 수업 중에도 엉뚱하게 노래를 시켰고, 화가 났다 하면 느닷없이 운동장으로 불러내 몇 바퀴씩 뛰게 했다.

그나마 마음을 놓을 수 있었던 것은, 한 시간 내내 신빙성이 떨어지는 자신의 무용담을 늘어놓을 때. 중학교 시절 밴드부장으로서 고적대의 최선두에 서서 광주 시내를 행진했다느니, 축구부 주장으로서 센터포드를 맡았는데 공을 잡으면 빼앗을 사람이 없었다느니, 어린 시절 고향집의 전답(田畓)이 삼백 마지기가 넘었고 아버지가 국회의원 선거에 두 번이나 출마하여 떨어졌다느니. 별 흥미도 없고 알아듣기도 어려운 이야기들을 침을 튀기며 늘어놓을 때, 아이들은 잠시 행복할 수 있었다.

태민은 전임(前任) 담임선생님처럼 그 역시 바람처럼 사라지는 일은 없을까 공상해 보았다. 맞아. 그런 일이 일어난다면 우리 모두가 행복할 텐데. 하지만 그런 일은 결코 일어나지 않았다. 대신 5학년도 다 끝나갈 무렵, 그가 태민을 불렀다. 두근거리는 가슴으로 그 앞에 섰을 때.

"이태민! 너는 나의 첫 제자고 또 수제자다. 내가 비록 촌구석에서 선생질을 시작했다마는, 너를 보고 장래성이 있는 놈으로 판단했다. 회장님 교육열도 그렇고, 가정형편도 그만허면 뒷바라지허는 디 지장 읎을 것 같고. 다만 사내자식이 숫기가 없는 것이 흠 아니냐 싶어서... 에! 너를 훈련시킬라고 웅변이랑 이것저것 시키고 그랬제에. 내가 6학년까지 너를 데꼬 올라가면 좋겠제마는 그럴 형편이 못 된게, 내가 담임한테 미리 말해놓았다. 아무쪼록 열심히 해서 일류 중학교 들어 가그라. 넓은 세상 나가서 큰 인물 되아야 헐 것 아니냐? 내 말 알아 들겄냐?"

법대를 나와 7년 동안 사법고시에 도전했다가 실패하고, 임시로 설치된 광주 교원양성소에서 3개월 교육을 받아 초등학교 교사가 된 사람, 풍금도 못 치고 구구법도 서툰 데다 모음조화나 두음법칙에 대해서도 잘 알지 못하는 분. 그 분이 나를 수제자로 여겼다니. 김씨의 말마따나 그는 태민에게 이상하리만치 관심을 집중했었다.

"혹시 느그 담임선생이 무시락 않디야? 느그 아부지가 그 전에 진 선생이랑 젊은 선생들을 좋아했넌디, 이참에 심 선생한테도 너를 계속 맡어주라고 했는 갑이여. 그런디 문 속인고, 거절허드라고 허드라."

".........."

"그래도 니가 그 심 선생 만나 갖고 이만이라도 허제, 안 그러냐?"

기어이 웅변연습을 시켜 학예회 때 내보내지를 않나, 거의 매일처럼 아이들 앞에 나와 노래를 부르도록 하지를 않나. 그런데 그의 특징 가운데 하나는 이른바 건전가요나 동요를 아주 싫어한다는 사실, 반드시 유행가만 '정식' 음악으로 쳐주었고, 특히 태민에게는 '고향무정'이란 노래를 불렀을 때에만 제자리에 가 앉도록 허락했다.

언젠가 그가 장래 포부를 물었을 때, 처음에는 '초등학교만 나와 농사를 짓겠다!'고 장난삼아 말했었다. 하지만 그의 일그러진 표정을 발견하고 곧바로 '미국유학을 다녀와 박사가 되겠노라'고 정정했었다. 미국유학을 학벌 중 최고로, 박사를 자신이

가질 수 있는 최고의 '직업'으로 생각한 것인데, 허무맹랑하게까지 들렸을 법한 이 말에 뜻밖에도 그는 흡족한 미소를 지었었다. 네 명이 달리기 시합을 하면 태민이 1등 할 때까지 계속 반복하도록 했고, 시험문제 가운데 하나라도 틀리는 날이면 절대로 그냥 넘어가지 않았다. 물론 태민은 자신에게 집중하는 그가 싫었다. 귀찮았고 미웠다. 마냥 벗어나고 싶었던 존재, 그가 여러 아이들 가운데 나를 가장 아끼고 사랑했다니. 그 사연이 궁금했다. 발령을 받자마자 교장이 그를 불렀단다.

"심 선생! 5학년 1반에는 기성회장 아들도 있고, 자모회장 딸도 있소. 말허자면 무라리의 유지들 자식들이 다 몰려있단 말이요. 지금까지 여러 선생들이 달려 들었제마는, 다 떨어져나갔소. 어째 당신이 맡어서 한번 해 볼라요? 자신 읎으면 일찌감치 포기허든지…"

호랑이는 무조건 맡겨달라고 했단다. 내가 그 놈들 버르장머리를 고쳐놓겠다고. 제대로 한 번 가르쳐보겠노라고. 그래서 오자마자 기합을 주고 닦달을 해대고 했단다. 6학년까지 데리고 올라가려 했단다. 보란 듯이 일류 중학교에 합격시키고 싶었단다. 하지만 포기했단다. 중학교 입시가 치열한 마당에 정식으로 교육대학을 나오지 못한 자기 자신의 한계를 인정했단다. 차마 6학년 담임을 맡겠다고 나서지 못했단다.

겨울철 내내 그 길은 하얀색이었다. 눈보라가 심하게 몰아치던 밤이 지나고 아침 햇살이 돋아날 때면, 대기는 코끝에 상큼하게 와 닿았다. 이런 날, 무릎까지 올라오는 눈길을 먼저 지나가려고 기를 쓰는 아이가 있는가 하면, 앞사람 발자국만 밟고 졸졸 따라가는 아이도 있었다. 태민에게 눈길을 걷는 것보다 더 신나는 일은 없었다. 한 발 뗄 때마다, 아래쪽에서 들려오는 '뽀드득' 소리가 너무나 상쾌하고 또 재미있었다.

한참을 가다가 제자리에 멈춰 선 채 '쉬이'를 하면, 오줌발은 용감무쌍하게 눈 속을 뚫고 들어가 맨땅까지 헤집어놓았다. 흙이 튀어 바지에 박히는 일이 께름칙하여 어떤 아이의 흉내를 내며 고추를 좌우로 돌려대며 걷기도 하고, 미술시간에 배운 꽃 모양이나 집 모양을 그려 보기도 했다. 눈이 시리도록 하얀 눈밭 위에 뿌려진 노란색 물감은 도화지 위에 칠해진 색보다 더 선명했다. 그림을 미처 완성하기도 전에 오줌발이 그칠 것 같아 끝까지 용을 써 보지만, 대개 미완성의 작품으로 남기 마련.

칠산 쪽에서 세찬 바람이 불어올 때면, 일부러 정면을 향해 돌진해 보곤 했었다. 북풍은 사정없이 귓불을 때리고 숨은 막혀오는데, 힘껏 달리면 달릴수록 도리어 몸뚱이는 뒤로 물러났다. 하지만 포기하지 않았다. 심영진 선생님을 만난 때부터 '강해져야 한다. 스스로를 단련시켜야 한다!'는 생각이 들었던 때문이다.

귀밑까지 내려오는 모자를 푹 눌러 쓰고 턱에 끈을 맨 다음, 벙어리장갑을 낀 후로는 달리는 일이 한결 수월해졌다. 이제 바람도 문제없다. 칠산 바다에서 불어오는 바람이 세차고 매서울수록,

그것을 극복한 다음의 희열 역시 더 크다는 사실도 알았음에야.

'신발이 헐떡거려도 허리를 굽히지 말자. 등 뒤에 맨 책보 속에서 밥과 김치가 뒤엉켜 덜거덕거려도 뒤돌아보지 말자. 밭 가운데의 땅콩이 나를 유혹해도, 쇠똥이가 개지랄을 해도 옆을 힐끔거리지 말자. 물둠벙은 용감히 건너고, 하늘에서 내리는 눈발은 온몸으로 받아들이자. 앞만 보고 달리자. 피 맺힌 무라리의 한을 안고, 칠산의 해풍을 들이마시며 나는 달려야 한다. 강해져야 한다. 스스로를 극복해야 한다. 나에게 닥칠 운명, 다가올 세파(世波)가 아무리 거세어도 반드시 이겨내야 한다. 가난하고 어둡고 칙칙한 무라리를 벗어나야 한다. 넓은 세상으로 나가야 한다!'

그리고 백마를 타고 알프스 산을 넘는 나폴레옹처럼, 장원급제하고 암행어사로 내려오는 이몽룡처럼, 큰 바위 얼굴의 주인공처럼 나는 그렇게 무라리로 다시 와야 한다!

치사량 맥주 세 병

"...자냐?"

"...아니...요!"

초저녁부터 잠자리에 누웠건만, 도통 잠이 오지 않았다. 옆에
나란히 누운 이씨 역시 몸을 뒤척이다가 어둠 속을 응시하고
있는 태민의 낌새를 알아차린 모양이다. 월산동의 언덕배기에
자리한 사촌누나의 집에는 멀리 시내에서 뿜어져 나오는 네온사
인 불빛이 창문에 어른거리고, 온갖 소음이 여과 없이 들려오고
있었다.

아침 일찍 무라리에서 광주행 완행버스에 실은 몸이 네 시간
동안 시달린 데다 오후에는 수험표를 받아 오느라 마음마저 부

산했던 까닭에 세상모른 채 곯아떨어질 만도 했다. 그러나 깜박 졸았다가 깨고 난 뒤로 잠은 삼천리나 달아나 있었고, 이상스럽게 정신은 더욱 초롱초롱해지는 것이었다.

작년. 개교 이래 처음으로 일류 중학교에 합격하는 경사가 났었다. 그러나 그 사건이 태민을 한층 초조하게 만들고 말았으니. 선두를 달린다는 점에서 그 선배와 태민은 닮아 있었던 것이다. '사람들은 나에게도 기대를 걸 것이다.'

합격 여부에 인생의 승부를 건 사람은 이씨뿐만이 아니었다. 김씨도 그 가운데에 있었고, 6학년 담임선생님과 심영진 선생님도 빼놓을 수 없다. 그리고 정작 본인인 태민 자신. 친구들과 무라리 사람들의 눈은 매섭기만 한데, 그럼에도 불구하고 행운은 늘 겹치지 않을 것이라는 예감 때문에 가슴이 답답했다.

4학년 담임 진길중이 일으켜 세워 칭찬하고 아이들의 박수를 유도할 때부터 일이 꼬인 것 같다. 그해 학년 말에 난생 처음 우등상을 받았고, 5학년 '호랑이' 심영진을 만나면서부터 더욱 고독한 길로 빠져들었다. 특별히 남보다 열심히 한 것 같지도 않고, 스스로 머리 좋다고 여겨본 적도 없었다. 때문에 이씨가 기성회장이 되어 학교 출입이 잦아지고 담임선생이 특별히 챙긴 덕분이라 아이들이 수군대어도 그러려니 했다. 아니, 어쩌면 그 말이 맞을지도 모른다 생각하고 있었다. 어떻든 억세게 운이 좋은 그 선배가 싫었다. 진퇴양난의 갈등과 가슴 뛰는 고통을 안겨준 그가 미웠다.

차라리 영화 한 편 보고 나면 잠이 잘 올지도 모른다는 이씨의 제안으로 택시를 탔다. 임동의 문화극장. 푹신푹신한 의자와 선명한 화면이 무라리의 밭 가운데 설치된 가설극장과는 비교가 되지 않았다. 영화에 몰입해 있는 동안 너무나 행복했다.

'아! 영원히 끝나지 않는 그런 영화가 있다면...'

그러나 하얀색 자막이 드러났을 때, 세상은 요지부동인 채였다. 한 편의 영화가 세상을 바꾸어놓지는 못했다. 두 사람은 조금 전에 기어 나왔던 이부자리 속으로 다시 들어갔다. 그러나 영화 속의 스토리가 머릿속을 꽉 채우는 순간, 몸에는 활력이 넘쳐났다. 가슴 떨리는 시험을 앞두고 불편하기 짝이 없는 이씨와 나란히 누워있는 장면이라니. 잠자리가 바뀔 때마다 신경이 곤두서는 체질과 다른 때보다 더 잘 자야 한다는 조급증이 가세하면서 불면의 밤은 끝없이 이어졌다.

시끌벅적한 소리에 눈을 떴다. 뒤척거리다가 엉겁결에 잠이 들었던가 보다. 자리에 누운 채 두뇌를 점검해 볼 겸, '태정태세문단세..., 구일은 구, 구이는 십팔...'을 뇌까려 보았다. 이상무. 근처 중학교 운동장의 아침 공기는 상쾌했다. 새 운동화를 신고 팔짝팔짝 뛰어 보았다. 철봉에 매달려 보기도 하고, 백 미터 스타트 연습도 해 보았다. '빤히 나와 있는 문제를 틀려서는 안 된다'는 교장의 설득력 있는 훈시에 해가 질 때까지 체력장 연습을 했었다.

입시장 근처. 택시에서 내리자마자 사방으로 포위되고 말았다. 사람, 사람들. 출전을 앞둔 병사처럼 단호한 얼굴, 결의를 다지듯 굳게 다문 입술, 맹수처럼 날카롭게 쏘아보는 눈. 그것들이 태민의 왜소해진 몸을 더욱 움츠러들게 만들었다. '대목'을 만난 엿장수들이 버럭버럭 고함을 질러댔다.

"아이! 너도 엿 하나 먹고 가그라."

".....먹기 싫은디라우."

"그런 소리 허지 말고, 하나만 먹으란 마다. 그래 갖고 엿같이 찰싹 붙어 버러야제에."

"본인이 먹기 싫닥 허면, 냅두시오. 그러다가 배탈이라도 나 버리면 어찔라고 그러요? 그것이 다 미신이제, 문 씨알디 있다요?"

사촌매형 주봉달의 참견에 이씨의 얼굴이 붉으락푸르락. 큰 큰어머니의 유일무이한 사위. 금쪽같은 아들 둘을 날려 버리고 소박을 맞은 그녀에게 딸 하나가 남았는데, 그 딸이 결혼 전에 연애를 했단다. 양가(兩家)의 극심한 반대를 무릅쓰고 결혼에까지 골인하게 되자, '신식 연애결혼'의 선구자적 기질을 발휘하여 일찌감치 도시로 올라붙었던 것. 두 사람 사이에서 일촉즉발의 위기를 감지한 태민은 재빨리 엿을 추켜들었다.

"옳제! 하나라도 먹어야 쓰는 것이여어. 암만 미신이라도 안 먹는 것 보당 낫제 어째야? 사람이 기분 문젠 것이여."

오늘따라 유난히 살갑게 구는 이씨가 낯설게 느껴졌다. 태민에게 아버지는 늘 공포의 대상이었다. 지금의 집으로 이사 오기 전, 셋방살이 하던 때이니 아마 대여섯 살쯤 되지 않았을까 싶다.

마당에 강한 햇볕이 내리쬐던 어느 여름날, 이씨는 큰방 마루에 앉아 점심을 먹는 중이었다. 무슨 연유에서인지 태민은 통을 파고 있었고, 김씨는 성미 급한 이씨의 눈치를 살피며 달래는 중. 그때 이씨의 고함소리가 귓전을 때렸다.

"너! 차말로 밥 안 먹을래? 엉?"

어린 장남의 마음을 헤아리기는커녕 역정부터 내는 그가 미웠다. 하지만 끝내 거역하면 맞아 죽을지도 모른다는 두려움에 눈물로 밥을 말아 꿀꺽꿀꺽 삼켰었다. 이때의 참담한 기억이 김씨를 개 패듯 두들겨 팰 때의 장면과 어미돼지가 제 우리에 들어가지 않는다며 쇠스랑을 들어 찍으려 달려가는 이씨의 뒷모습과 겹치어 그 앞에만 서면 몸이 떨려오곤 했었다.

물론 상큼한 기억이 없었던 건 아니다. 광주를 다녀오는 길에 '빨강머리 앤'이라는 동화책을 사 건네주기도 하고, 함께 손을 잡고 가설극장에 가서 영화를 보여 주기도 했다. 이보다 더 극적인 장면은 남촌 아이들로부터 몰매를 맞은 때에 일어났다. 태민은 무슨 영문인지도 모른 채 변소 뒤로 끌려가 집단 구타를 당했다. 기성회장 아들이라 하여 담임교사가 챙겨 주고, 그래서 공부도 '부당하게' 잘하고, 그 때문에 건방지게 군다는 것이 이유가 아닐까 싶었다. 태민의 입장에서는 분하고 억울했다. 하지만 아침 밥상머리에서 끝내 그들의 이름을 '고발'하지 않았다. 끈질기게 묻던 이씨는 한달음에 학교로 내달았고, 학교는 그야말로 난리가 났다. 줄지어 선 젊은 교사들은 죄다 뺨을 얻어맞았고, 교장이 싹싹 비는 가운데 대대적인 범인 색출작업이 시작되었다. 주동자와 범행에 가담한 아이는 물론이고, 주변에서 구경한 아이들까지 죽지 않을 만큼 두들겨 맞았다. 하얀 와이셔츠와 넥타이를 맨 이씨가 교무실과 교장실, 교실을 헤집고 다니면서 호통치는 장면을 태민은 똑똑히 기억하고 있다. 불안하고 초조하면서도, 한편으로 불감청고소원(不敢請 固所願 - 감히 청하지는 못하나 간절히 원하는 바)이라고 해야 할까. 그날의 혼란 속에서 경험한 짜릿한 감격은 그야말로 아름다운 부성(父性)의 확인으로 태민의 뇌리에 깊이 박혀 있다.

하지만 엿은 달다 못해 씁쓰레했다. '이앙이면 양씬 먹어 뻔지라!'는 이씨의 탐욕 앞에서 이가 흔들리고, 머리가 지끈거렸다. 뱃속이 달아서 더 이상 들어가질 않았다. 정문의 양쪽 기둥에도 엿들이 덕지덕지 붙어 있었다.

고사장에 들어서는 순간, 아이들의 모아진 시선이 얼굴에 와 박혔다. 물론 아는 얼굴은 하나도 없었다. 뻥 뚫린 가슴속으로 바람이 스쳐 지나갔다. 그림 한 장 없이 썰렁한 벽면들과 삐걱거리는 마루, 닳을 대로 닳아진 책상, 그 위에 붙어있는 수험번호 4번. 아이들은 끼리끼리 어울려 잘도 떠들어 댔다. 자신의 존재는 철저히 무시당하고 있었다. 모두 한 패거리. 나만 빼고 모두가 한 패로구나. 벌써 합격증을 받아든 양 기고만장한 그들을 바라보노라니, 샅바싸움에서부터 지고 들어가는 기분. 시선을 둘 데 없어 멍하니 창밖만 바라보았다. 잿빛 하늘과 앙상한 플라타너스 나무 가지들.

'빨리 시험이나 시작되었으면...'

그러나 시험지를 받아든 순간, 머릿속이 텅 비고 말았다. 난생 처음 만져보는 고급 종이와 그 위의 가지런한 인쇄체 활자들이 무척 낯설었다. 한 번도 풀어보지 못한 문제들이 '촌놈'을 놀리고 있었다.

'날 잡아봐라. 이 맹추야!'

맞아. 난 숨바꼭질이나 '찾기 살이'※에서 늘 꼴찌였지. 오후에 는 난데없이 졸음이 왔다. 이 판국에 웬 잠이냐 싶어 화들짝 깨어 나기를 수십 번. 비몽사몽간에 필답고사 시간들이 지나갔다. 체 력장 시험을 위해 철봉대 앞으로 나갔고, 차례가 되어 무심코 윗도리를 벗었다. 순간 한 아이가 태민의 가슴팍을 가리키며 괴 성을 질러댔고, 아이들은 와르르 웃음을 터뜨렸다. 깜짝 놀라 내려다보니, 왼편 가슴에 하얀 천 조각이 붙어 있었다. 어제 아침 출발하기 직전, 김씨가 급하게 달아준 부적. 아마 이번에도 방림 동 뽕뽕다리 아래에 사는 점쟁이 유방구로부터 불길한 점괘를 받았고, 액운을 떨쳐낸다는 명분으로 거금을 주고 산 것이 틀림 없다. 유방구가 아니라면 평산 동네의 당골래를 만났든지. 미신 이라 생각하면서도 마냥 무시하기도 꺼림칙하고, 또 옷의 안쪽

※ 여러 아이들이 양편으로 나뉘어 동네 전체를 무대로 하여 숨바꼭질하는 놀이. 한 편이 숨으면 다른 편이 술래가 되어 찾아내고, 들킨 편은 다시 술래가 되는 게임.

에 있어 남의 눈에 띌 염려도 없겠다 싶어 떼어내지 않았던 것인데, 시험에 혼을 빼앗기는 통에 깜박 잊고 있었던 것이다. 아! 내 불찰. 나의 실수. 하지만 애당초 그것을 달아준 김씨가 원망스러웠다. 에이씨! 창피하게. 벌겋게 달아오른 손으로 무지막지하게 잡아 뜯어 꼬깃꼬깃 구긴 다음, 땅바닥에 내동댕이쳤다. 그래도 분이 풀리지 않아 지근지근 밟아 버렸다. 마치 자신을 놀리는 도시 아이들에게 앙갚음하듯, 촌놈을 조롱하는 시험지에게 복수하듯.

턱걸이만은 평소부터 자신 있어 하던 종목이었다. 그런데 젖먹던 힘까지 다해 보아도 천근만근 늘어진 몸뚱이는 도통 올라가지 않았다. 연습 때의 절반에도 미치지 못하는 회수. 눈앞이 아득하고 억장이 무너져 철봉대에 매달린 채 잠자코 있었다.

"야이 놈아! 다 했으면 빨랑 내래 오제. 뭇허냐?"

"……"

스르르 팔을 놓았다. 교수형(絞首刑)을 당하는 사형수의 심정이 이런 걸까. 발이 땅에 닿는 순간, 마음마저 와르르 무너졌다. 깊이를 알 수 없는 심연. 아! 나는 몸에 맞지 않은 옷을 걸치고 허우적거리고 있구나. 세상과 버성겨진 내 육체는 지금 이 순간, 깊은 수렁 속으로 빠져든다. 가라앉고 있다. 침잠하고 있다.

작년 가을. 운동회는 끝났는데 추적추적 비가 내리고 있었다. 태민은 철봉대 근처의 버드나무 아래에 앉아 교무실 쪽을 바라보고 있었다. 마침내 두 사람이 운동장을 가로질러 다가왔다. '호랑이'는 학교 앞 가게에 선 채 하염없이 소주를 들이켰고, 몸을 가누지도 못하는 주제에 미끄럼판이 되어버린 뻘 땅을 걸어 기어이 백신동네로 향하였다. 한성에서 동남쪽으로 오 리 남짓 떨어져 있는, 반 여자아이들이 대여섯 명 몰려 사는 동네. 뻘로 범벅이 되어버린 태민의 몸뚱이를 씻는다며 여자아이 둘이서 시시닥거리며 등짝을 후려 부치더니, 문옥이 헐렁한 제 아버지 옷을 내준다. 늦은 저녁을 먹고 아랫목에 앉아 있는데, 경숙이와 주희, 문옥이가 캉캉 춤과 트위스트 맘보춤을 선보였다. 그러나 태민은 몰려오는 졸음을 참지 못해 깜박 잠이 들고 말았다. 어슴푸레 소리가 들려오는 것 같아 눈을 떠 보았으나, 아직도 캄캄한 밤중. 조금 이상하다 싶어 팔을 휘휘 내저어 보니 문옥이의 검정 치마 속에 몸뚱이가 파묻혀 있지 않은가. 아랫목에는 호랑이 선생님이 큰 대(大)자로 누워 있고, 대여섯 명의 가시네들은 이리저리 엉켜 꿈나라를 헤매고 있었다.

"내가 어저께 교장허고 한바탕 해 버렸다. 죽어라 고상헌 선생들한테 내일 출근허라고 허지 않겠냐? 다른 사람들 암 말도 못허고, 고개만 푹 숙이고 있드라. 그래서 내가 출석부를 들어 책상을 꽝 내려치면서 일어섰지야. 내 좆도! 나는 내일 못 나온다고 소리를 질렀더니, 교감이 뛰어와서는 그러면 심 선생만 쉬라고 그러드라. 그래서 이 쥐새끼 같은 놈이 어디서 아부허고 자빠졌냐고 벼락같이 소리쳤더니... 그래서 오늘 모두 쉬기로 헌 것이여. 니들도 학교 갈 필요 읎고."

".........."

"이태민! 너는 크게 되아야 써. 임마! 니 아부지가 이 지역에서 존경받는 어르신 아니냐? 우리 젊은 선생들한테도 참 잘 허시고. 아먼! 역시 배우신 분이라 뭇이 틀려도 틀려."

억수같이 쏟아지는 빗속을, 칠흑 같은 어둠을 뚫고 오직 수제자 하나를 대동하고 백신동네까지 쳐들어간 호랑이의 파격적 행동에는 그런 배경이 있었던 것이다. 젊은 교사들로부터 원성(怨聲)이 자자했다는 교장 선생님. 그 여파 탓인지 아이들 사이에서도 그의 한쪽 다리가 고무로 되어 있다는 소문이 돌았었다. 하지만 그 역시 중학교 입시에 만큼은 열과 성을 다했다. 체력장 연습장에도 꼬박꼬박 둘러보며 '뻔히 아는 문제도 점수를 못 따면 안 되지야'라고 충고했던 분. 그런데 이 맹추는 아는 문제마저 맞추지 못했으니. 온몸에 힘이 빠졌다.

일주일쯤 후. 불길한 예감은 적중했다. 합격자 명단에 이름이 없다는 것이다. 에이씨발! 수험번호가 4번일 때부터 알아봤어야 하는 건데. 하필이면 죽을 '사'(死)자가 무어냐?※

기실 공부 외에 어떤 일도 잘한 것이 없었다. 놀이나 운동, 싸움질은 물론이고, 낚시질이나 꿩 몰이, 토끼몰이에도 소질이 없었으며, 라디오를 고친다거나 농사일을 거드는 일에도 늘 서

※ 물론 죽을 사(死)자와 넉 사(四)자는 한글 발음만 동일할 뿐, 그 뜻은 전혀 다르다.

틀렸다. 축구를 하는데 무조건 골대 안에 집어넣기만 하면 된다고 하여 손으로 공을 잡아 밀어 넣었다가 군밤만 무수히 맞았다. 스스로 진단해 보건대, 성격이나 마음씨가 좋은 것 같지도 않았다. 그러기에 태민에게 있어서 타의 추종을 불허하는 시험성적이야말로 존재의 근거이자 '전가의 보도'였다. 그러나 바로 오늘, 그 칼날은 무디어졌고, 그 뿌리는 통째로 뽑혀 나갔다. 무심결에 터져 나오는 이씨의 한숨 소리와 멍하니 넋을 놓고 있는 김씨의 표정이 더욱 절망을 몰아왔다. 차라리 매를 때리든지, 야단이라도 쳐주면 좋으련만.

'나는 불효자이다. 나는 한갓 비계덩이에 불과하다. 나는 인간쓰레기이다!'

스스로를 용서할 수 없었다. 죽고 싶다는 생각이 들었다. 하지만 그 뿐, 실제로 어떻게 해야 할지 가늠이 되지 않았다. 추풍낙엽처럼 후기에서도 낙방했다. 그러나 이번에는 충격도 덜하고, 속도 덜 상했다. 김씨의 체념 섞인 질책은 차라리 위로였다.

"아이고! 다 팔자 속이여야. 세상일이 내 맘대로 되디야? 그런 게 뭇 헐라 부적을 땡개 버렸냐?"

"⋯⋯⋯"

지근지근 밟아 버렸다는 말은 차마 하지 못했다.

"다 팔자여야. 꿈자리 할라 오살나게 사납데이, 유방구도 그러드라. 올해는 어렵겠다고. 진작 나는 알고 있었씨야."

"⋯그러면 어째 말 안 했는가?"

"어쭈코 너한테 그 말을 허겼냐? 그래도 혹시나 허고 부적을 달아주었든 것이제에. 좌우간 인자 잊어 버려."

하지만 그것이 잊고 싶다 하여 잊어지는 일은 아니었다. 나름대로 부지런히 변명거리를 찾아보았다. 변변한 참고서 한 권 없이 달랑 교과서 하나만 들이팠고, 잉크자국이 덕지덕지 묻어나는 등사지 하며, 공부방도 따로 없이 밥상 위의 침침한 호롱불이라니. 더욱이 연초에는 개간지 땅에 펄을 집어넣는 작업에 따라나섰다가 소달구지에 발이 깔려 한 달 동안 고생한 일까지 있었으니. 담임선생을 모셔다가 자정까지 책상머리에 앉아있었다 한들, 다람쥐 쳇바퀴 돌 듯하는 무미건조한 공부방식이 화려한 참고서와 아이템플 학습지로 무장한 도시 아이들을 상대할 수는 없었을 거라는 점.

졸업식. 이미 재수하기로 되어 있는 터에, 그 장면은 차라리 비극이었다. 하지만 교육감상 수상과 졸업생을 대표하는 답사(答辭) 때문에라도 불참할 수는 없었다. 세상에! 수석 졸업했다는 작자가 '낙동강 오리알' 신세가 되었으니. 엇박자 인생, 뒤틀린 삶이었다.

아픈 만큼 성숙한 세월, 굳이 이름붙이자면 그랬다. '시냇물이 바다에서 다시 만나듯, 이다음에 우리도 큰 세상에서 또 만나자!' 며 울먹이는 목소리로 원고를 낭독하던 선배가 후배들과 한 교실에서 공부하게 되었으니, 그 고통의 무게를 감내하기가 결코 만만치 않았다. 짝꿍은 한성동네의 박숙희. 서울에서 태어났으나 정착민 부모를 따라 무라리에 내려온 아이. 칠산 바다를 파 들어간 드넓은 간척지를 경작할 노동력과 서울의 달동네 해소라고 하는 두 가지 문제를 동시에 해결하기 위해 박정희 대통령은 무라리 일대에 정착촌을 건설하였고, 여기에서 생겨난 동네가 한성과 평산이었다. 어떻든 1학년에서 5학년까지 1등을 한 번도 놓치지 않았다는 그 아이와 맨 앞줄, 한 중앙에 앉았다. 그러나 끊임없이 들락거리는 그녀의 희멀건 콧물과 쉼 없이 연필에 침을 묻혀 대는 버릇 때문에 그러잖아도 피곤한 인생에 아예 살맛마저 달아났다.

연필로 책상 한가운데에 삼팔선을 그었다가 나중에는 그곳을 칼로 파내어 깊은 홈을 만들고, 색연필이 다 닳아지도록 색칠까지 했었다. 그리고 뾰족하게 연필을 깎아 서로를 향해 겨냥하고 있다가 조금이라도 경계선을 넘는 날이면 사정없이 찔러 댔다. 그럼에도 그녀를 향한 미움과 증오는 쉬이 가시지 않았다.

증오의 원인은 복합적이었던 것 같다. 예쁘지도 않은 주제에 도통 꾸밀 줄도 몰랐으니, 머리칼은 항상 너풀너풀했고 눈곱은 늘 떼어지지 않은 채였다. 여기에 더해 콧물에, 침에. 마음씨라도 착하다면 또 모를까. 놀부 같은 욕심에 시기 질투도 강하여 태민을 향해 불 일 듯하는 승부근성을 드러내곤 했으니. '호랑이 없는 산골에 토끼가 왕 노릇 한다'는 말처럼, 1등이야 제 또래에서는 가능했을지 몰라도 내 앞에서는 어림없는 일. 감히 제 까짓 게 수석 졸업한 선배를 향해 도전장을 띄우다니. 제 딴에 서울에서 왔다고 누구를 촌놈으로 보는가라는 생각도 들었다. 한 치도 물러서지 않으려는 그녀의 도전적인 자세에 보태어 태민의 속을 긁는 일 중의 하나는 은근히 그녀를 응원하는 듯한 교장의 눈초리.

젊은 교사의 리더 격인 심영진은 교장에게 늘 눈엣가시였던 것 같다. 그런데 그 심 선생이 태민을 유난히 챙겼던 데다 또한 기성회장인 이씨와 친하다는 역학관계로 인하여 불똥이 자신에게까지 튄 것이 아닐까 싶었다. 일류 중학교 입시에 낙방함으로써 기대를 저버린 데 대한 분노도 작용했을 것이로되, 이씨와 불편한 사이가 되었던 교장은 태민을 볼 때마다 '소가 닭 보듯' 수준을 넘어 '개 닭 보듯'(단순한 무관심이 아닌, 미움과 경계의 단계로) 눈망울만 끔벅거리곤 했었다.

재수생으로서 서러웠던 경험은 또 있었다. 해 질 녘 동네에서 우연히 마주친 '호랑이'가 다짜고짜 쥐어 패기 시작했던 것. 술 냄새를 푹푹 풍기며, 그는 마치 미친 사람처럼 자신의 수제자를 두들겨 팼다. 이에 대해 못난 제자는 조금도 저항하지 않았다. 완전히 몸을 내맡기면서도 도리어 통쾌한 기분이 들었던 것은 입시실패에 따른 자책감과 그에 대한 송구스러움을 조금이나마 떨쳐버릴 수 있다고 여겼기 때문이었는지도 모른다. 하지만 땅바닥에 쓰러져 정신마저 혼미한 상태에서도 그의 입에서 나온 언어들은 낙방생의 폐부를 찌르고도 남았다.

"이태민! 너는 나의 기대를 배신한 놈이야. 나쁜 놈. 내가 너를 얼마나 믿었는데, 그까짓 중학교도 못 들어가 빌빌 싸고..."

아! 어렴풋이 짐작은 해 왔으나 이제야 실체가 드러나는구나. 이상스럽게 아무 말이 없다 했더니, 결국 배신감과 서운함을 속으로 삭히고 있었구나. 그러다가 오늘 드디어 기회를 잡은 거로구나. 술을 빙자하여 실컷 분풀이할 수 있는 그 기회를.

그래. 당신 마음이 그렇게 해서 후련해진다면, 내 몸이 가루가 되는 한이 있더라도 맞아드려야지요. 맘껏 때리십시오. 그러한 폭력 역시 나에 대한 믿음과 사랑의 다른 표현이라 믿기에, 저는 원망하지 않겠습니다. 차라리 저도 속이 편합니다. 콧속으로 스며드는 이 흙냄새가 참 좋네요. 나도 한 줌의 흙이 되어 이 세상에서 사라질 수 있으면 좋겠습니다. 땅속에 묻혀 푹 썩을 수 있다면, 맘이 편하겠습니다. 그리고 부활의 아침에 새롭게 태어난다면, 그것도 참 좋겠습니다.

몸서리쳐지게 듣기 싫은 말, 재수생. 그 레테르(꼬리표)를 뒤통수에 단 채 겨우 삼류 중학교에 들어갈 수 있었다. 그나마 전기 시험에 낙방한 뒤, 후기로. 앞으로는 절대 재수는 하지 않겠다는 다짐과 함께.

그리고 2학년 때의 늦가을. 촌닭이 도시와 겨우 호흡을 맞추는가 했더니 웬걸. 고교 입시가 내년으로 다가와 있었다. 아! 끊임없이 이어지는 입시 지옥. 세상살이가 버거웠다. 소심한 성격을 개조한답시고 태권도도 배우고, 싸움질도 하며 악다구니를 써 봤다. 하지만 입시만 생각하면 가슴이 두근거리고, 숨이 막혔다. 열심히 공부를 해도, 아무리 실력을 쌓아도 그걸 제대로 발휘하지 못하는 자신이 미웠다.

'왜 나는 본 게임에 약한 걸까? 나는 연습용에 불과한 사람인가? 어차피 나는 안 되는 놈인가?'

무라리를 떠난 도시생활은 쉽사리 몸에 익지 않았었다. 피가 터지도록 애를 써도 여전히 낯설었다. 야무지고 야발진 도시아이들 앞에 서면, 자신의 존재가 점점 축소되었다. 작고 왜소하게만 느껴졌다. 거울 앞에 설 때마다 절망감이 엄습했다.

'세 번의 입시 실패로 머리가 좋지 않음은 만천하에 증명되었거니와, 생긴 건 또 왜 이럴까? 거무잡잡한 피부, 옆으로 짝 째어진 눈, 두툼한 입술, 한가운데가 도드라져 보이는 두상, 그리고 불거져 나온 엉덩이와 짧은 다리. 아!...'

어렸을 적에는 제법 잘생겼다는 말을 들었었다. 아이들에 비해 하얀 얼굴, 곱슬곱슬한 머리칼, 오뚝한 콧날 등. 동네에서 부자 소리를 들었고, 학교에 가면 우등생으로, 기성회장 아들로 대우도 받았다. 하지만 거대한 도시에서 알아주는 사람은 아무도 없었다. 이층 양옥집을 올려다볼 때마다, 그 안에 자기 방을 갖고 있는 친구를 볼 때마다 부러운 한편, 주눅이 들었다. 아! 우리 집은 '새 발의 피'로구나. 아버지가 이 세상에서 젤 잘난 줄 알았는데, 그보다 잘난 아버지들도 많구나. 성적으로 나를 따라올 아이가 없었는데, 여기에서는 선두 그룹과 한참 떨어져 있으니. 그래. 고향을 떠나오면서 모든 것이 달라진 거야.

'멀리 떨어져있는 고향, 늘 배가 고픈 하숙집 밥, 지루하고 재미없는 수업, 가까이 다가가기엔 너무 먼 아이들, 몸을 나른하게 하는 여름날의 오후 햇살... 이 모든 것들이 나를 못 견디게 한다!'

거대한 도시 속에서 차지하는, 그 존재의 가벼움이란. 살아있음을 확인하기 위한 몸부림이었을까. 부쩍 커진 몸으로 태민은 싸움질하기에 바빴다. 교실에서, 운동장에서 아무하고나 쌈박질을 했다. 초등학교 때에는 상상할 수 없었던 일. 물론 결과는 얻어터지기 일쑤. 그래서 순전히 '싸움 기술'을 배우기 위해 태권도 도장에 등록을 했었다. 하지만 지루하게 반복되는 '기마 중단 지르기' 동작과 거의 지린내 수준인 땀 냄새에 질려 2주일 만에 포기하고 말았다. 아! 아무리 발악을 해도 소용이 없구나. 쓸데없는 짓이로구나. 모든 것이 덧없구나. 이럴 바에는 차라리 내가 없어지자.

'내가 사라진다면 이 세상이 어떻게 될까? 달라지는 게 뭐 있기나 할까? 부모님이야 당분간 슬퍼하시겠지. 그러나 그것도 시간과 함께 잊어질 것이다. 아무 일도 없었다는 듯, 이 거대한 우주는 그 운행을 계속할 거고. 그래. 모든 인간은 우연이고, 기껏해야 잉여물에 불과하지. 우리 모두는 뒤에 오는 낯선 사람들을 위해 자리를 내주어야 하고, 이 지구를 더 비옥하게 만들기 위해 한 줌의 흙으로 돌아가야만 한다. 육체를 썩혀. 모두가 자기 인생의 의미를 찾고 사랑과 낭만을 노래해도, 심오한 철학을 논하고 거룩한 종교를 들먹여도, 원대한 이상을 품고 우주 정복을 꿈꾸어도, 우리는 결국 한 그루 나무의 한 끼 식량에 불과한 것을!'

죽음을 꿈꾸는 심경과 달리, 집안 경제는 성장 가도에 들어서 있었다. 이씨는 가게와 나락 장사를 통하여 축적된 자금으로 솔밭을 사들였고, 그곳의 소나무들과 잡목들을 제거하여 땅콩 밭을 일구었다. 땅콩은 무른 땅에 배수가 잘되는 토양에 적합한 작물이어서, 무라리 모래땅과 궁합이 잘 맞았다. 들어간 비용에 비해 높은 가치를 내는, 이른바 투자비용 대비 고소득 작물이었다. 헐값에 사들인 황무지를 옥토로 바꾸고, 다시 그 땅을 높은 가격에 되파는 식으로 이씨는 살림을 불려나갔다. 김씨가 운영하는 가게로부터는 막강한 화력(현금)이 지원되었고.

경제적 자립의 기운이 완연해지자 이씨는 농민운동 외에 교육 및 사회 활동에도 열심을 내기 시작했다. 초등학교, 중학교 기성 회장을 역임하였고, 백수면 번영회장, 원불교 백수교당 신도 회장, 영광군 종친회 회장 등 김씨의 표현대로 '돈이 되지 않는' 자리라면 빠짐없이 감투를 썼다. 명망이 높아지자 본격적으로 정치에 뛰어들었고, 40대 초반에 민주 공화당 영광, 장성, 함평 지구당 수석 부위원장 자리를 꿰찼다. 술에 취해 밤늦게 들어오는 날이면 "군수도, 경찰서장도 내 앞에서는 쩔쩔 맨다!"며 호기를 부렸다. '나는 새도 떨어뜨리는' 집권 여당의 지구당 수석 부위원장인데 누가 함부로 무시할 수 있겠느냐며, 입에 침을 튀겼다.

지역유지인 만큼 생활하는 공간 역시 격에 맞아야 한다며, 집 짓는 일에 열을 냈다. 발복(發福)의 근원을 없애면 안 된다 하여 가게가 딸린 원채는 그대로 살려두되, 마당 남쪽을 둘러싼 뽕밭을 깎아내어 평평한 마당을 만들었다. 그리고 그 위에 사랑방 격인 큰 방 하나와 작은 방 하나, 외양간을 겸한 부엌과 창고 두 칸을 겸하여 일자로 지어놓고 보니, 제법 번듯한 새 건물이 마당 서쪽에 세워지게 되었다. 한 달에 한 번 꼴로 고향을 찾는 태민의 입장에서는 독방을 차지할 수 있어 좋았다. 하지만 가세(家勢)가 팽창하면 할수록, 그에 부응하지 못하는 자신의 처지는 더욱 초라하게 느껴졌다.

충장로를 걷다가 약국 문을 밀치고 들어갔다. 약사가 빤히 쳐다본다.

"쩌어기요. 수면...제 있어요?"

"수면제? 무슨 일로?"

"예?"

"어째서 수면제를 찾냐고?"

"아니요. 그게 아니라, 공부하다가 잠이 잘 안 와서요."

"몇 알이나?"

"예?"

"차말로 깝깝허네이. 몇 알이나 주끄나고?"

"스무 개요!"

순간 그의 표정이 일그러졌다.

"한꺼번에 고로코 많이는 안 팔아. 원래 다섯 알 이상 못 팔게 되야 있그든."

그런 법이 어디 있냐고 소리치고 싶었지만, 목소리는 도리어 깊이 잠기고 말았다. 허둥지둥 도망쳐 나와 궁리하기 시작했다. 다섯 알 갖고는 약발이 안 먹힐 텐데. 싸이나(꿩을 잡는데 사용하는 독약)나 농약을 들이켜고, 리어카로 읍에까지 실려 갔다가 다시 살아난 사람의 이야기를 들은 적이 있었다. 식도(食道)가 다 타버렸다거나 내장이 다 고장 나 버렸다고 했었다. 엄청난 고통을 당했다는 말에 소름이 끼쳤다.

그래. 절대 그런 일이 있어서는 안 되지. 이 일에서 만큼은 반드시 성공해야 해. 그렇다면? 아! 맞다. 조금씩 여러 군데서 사 모으는 거야. 다섯 알씩, 네 곳만 돌아도. 히히. 회심의 미소. 낙방에 이골이 난 둔재가 '죽을 꾀'를 내는 데에는 가히 천재로구나. 잘 숙달된 사람처럼, 약국 네 군데를 돌았다.

도청 앞 정류장에서 출발하는 9번 시내버스. 금남로와 광천동을 지나 극락강 둑길에 올라선 고물차는 곧 스러질 육신을 싣고 살맛 나게 달렸다. 둑길이 거의 끝나는 지점. 버스 종점 근처에 원숭이 이마만 한 가게 하나가 하오의 햇빛을 받아 졸고 있었다. 둑 아래에는 서너 명의 강태공들이 낚싯줄을 드리우고, 강 건너편에는 거름더미들이 드문드문 서 있었다. 극락강이라. 여기에 빠져 죽으면 극락에라도 간다는 말일까?

가게를 지키던 아낙네가 희멀건 시선으로 태민의 행색을 살피다가 이내 심드렁한 표정으로 돌아간다. 사이다 한 병을 부여잡고, 강둑길을 걸었다. 돌을 밟았다. 자칫 넘어질 뻔. 그 통에도 화가 났다. 축구공을 차는 폼으로 힘껏 날려 보냈다. 발이 아프다. 통증 가운데 꿈속에서처럼 김씨 얼굴이 떠올랐다.

'나를 위해서라면 살이라도 깎아 먹이실 분... 그런 어머니를 뒤로 한 채, 내가 먼저 세상을 떠난다?'

가슴팍에서 울컥한 것이 올라 왔다. 이번에는 심영진 선생님.

'나에게 큰 포부를 심어주고자 안달이 나신 분, 백수남초등학교에 와서 이태민, 너 하나를 남겼다고 입버릇처럼 말하는 사람, 내 죽음을 전해 들었을 때 어떤 반응을 보이실까? 사람을 잘못 봤다고 가슴을 칠까. 수제자라 믿었더니 세상에서 제일 못난 놈이었다 욕을 하실까. 어떻든 못난 제자를 원망하시겠지. 몇 날 며칠 술을 마시며, 눈이 퉁퉁 붓도록 우실지도 몰라.'

그래도 소용없어. 어차피 나는 나의 길을 가야 하니까. 하지만 그렇게 생각해 보니, 내 옆에도 사람이 있었구나. 외톨이인 줄 알았더니, 그게 아니로구나. 세상 사람들 모두 등을 돌린 줄 알았는데, 그렇지만도 않구나. 회한(悔恨)인지 감격인지 모를 눈물, 닭똥 같은 눈물이 양 볼을 타고 흘러 내렸다.

'하기야, 그까짓 일류 학교가 무슨 대수인가? 운이 없었던 것 뿐이라고 생각하면 되는 것을. 그리고 난 충분히 해낼 수 있어. 앞으로 기회도 있잖아. 맞아. 얼마 남지 않은 고입(高入)에서는

기필코...'

알 수 없는 힘이 어깨를 타고 올라왔다. 병을 높이 쳐들었다. 이미 비어버린 그것을, 강을 향해 힘껏 던졌다.

"첨벙!..."

경쾌한 음향이 울려 퍼지는 가운데, 속이 빈 병과 함께 지지리도 못난 생각마저 극락강에 빠져 버리기를. 깊숙이 가라앉기를. 맞아. 제발 그런 치졸한 생각일랑 하지 말자. 이제 기백 있게 좀 살아 보자. 별 것도 아닌 일에 사내자식이 눈물이나 질질 짜고, 아직 살아 보기도 전에 죽을 궁리부터 하다니. 내 삶이 박숙희의 허연 콧물을 닮아서는 안 된다. 텁텁하고 끈적거리도록 내버려 두어서는 안 된다. 밝고 보송보송하게, 그렇게 내 인생은 바뀌어야 한다. 내성적인 성격도 바뀌어야 하고, 겁이 많아 좁아진 가슴도 넓게 펴도록 만들어야 한다.

네 명이서 달리는 백 미터 경주에서 호랑이는 '반드시 1등을 해야 한다!'며 태민을 닦달했었다. 처음에는 불가능한 것처럼 보였다. 하지만 이를 악물고 젖 먹던 힘까지 내 보니, 가능했다. 노력하다 보니, 옆에서도 도와주는 사람이 생겼다. 함께 달리는 아이들이 일부러 속도를 늦추어 주었던 것이다. 그래야만 계속해서 달리는 일이 없을 테니. 상호 윈윈(win win)하는 상생(相生)의 원리, 이 세상을 그렇게 살아가는 거다.

비로소 남들이 하는 일은 나도 할 수 있다는 생각이 들었다. 그래서 축구도 해 보고, 배구도 해 보았다. 마침내 제법 잘한다는 평가를 넘어, 주장 자리까지 넘보게 되었으니. 맞아. 그러고 보면 세상도 별 것 아니로구나. 용기 있는 자를 향해 세상은 두 팔을 벌리고 있구나. 도전하는 자에게 가슴을 여는구나. 보아라! 나를 백안시하던 아이들이 어느새 봄날의 햇볕처럼, 따스히 나를 맞아들이는 모습을.

"이태민! 제광고에, 원서 한 번 내 봐."
".........."
호남 제일의 명문고. 워낙에 시험 운이 없어 한 등급을 낮추어 지원할까도 생각했었다. 하지만 담임으로부터 '공인'을 받고 보니, 자신감이 생겼다. 합격 후에 펼쳐질 축하 퍼레이드. 상상만 해도 가슴이 뛰었다. 지난날의 실패는 보다 옹골진 성공으로, 과거의 좌절은 더욱 찬란한 영광으로 다가올 것이다. 삼류 중학교 졸업은 차라리 인간승리로 기록될 것이다!
시험장에 들어섰다. 지금까지 어떠한 불길한 징후도 발견하지 못했다. 경쟁률은 낮았고, 수험번호 역시 4번이 아니었다. 번호의 숫자들을 모두 합쳐 보았을 때, 한 끗 따라지나 '망통'이 나오는 것도 아니었다. 김씨가 부적을 달아주는 일도 없었고, 이씨가 바짝 붙어 심리적 압박감을 주지도 않았으며, 억지로 엿을 먹이지도 않았다. 잠도 비교적 잘 잔 것 같았다. 복도를 걸어갈 때 삐걱거리는 소리가 들리고, 책상과 의자가 모두 낡긴 했다. 하지만 오랫동안 몸에 걸친 옷처럼, 오히려 그것이 마음을 편안하게 해 주었다.

교실 안에서 떠들거나 까불어대는 아이도 없었고, 스스로 따돌림을 받는 기분도 아니었다. 낯익은 얼굴이 드문드문 눈에 띄는 덕분에 그다지 긴장하지도 않았다. 열에 들뜬 것처럼, 머리가 지끈거리지도 않았다. 시험 문제 역시 생소하게 느껴지지 않았고, 도리어 너무 쉽게 출제된 것 같아 어리둥절할 지경.

'일류 고등학교 시험 문제가 뭐 이래? 이러다가 혹시 장학생으로 선발되는 거 아니야?'

장학생까진 아니라도 최소한 합격만큼은 움직일 수 없는 사실로 믿어졌다. 2학년이 방황의 세월이었다면, 3학년은 학업에 정진했던 시기였다. 초저녁에 일찍 자고 자정 무렵 깨어나 새벽까지 공부하는 방식으로, 그동안의 공백을 메워 나갔다. 덕분에 일천 명이 넘는 동급생 가운데 10등 안에 들 수 있었고, 따라서 아무리 일류 고등학교일망정 합격은 따 놓은 당상이라 여겨졌다. 고사장을 빠져 나올 때, 육체는 가볍고 마음은 홀가분했다.

그러나 발표일이 다가오는 동안, 이상하게 초조감이 밀려 왔다. 아니야, 아니야. 그럴 리 없어. 난 분명 합격했을 거야. 드디어 발표일 아침의 밥상머리. 고모부가 말했다.

"내가 댕개 오마. 뭣헐라 추운디, 식구대로 고상을 해야?"

"………"

"그래라. 한 사람이 보나 두 사람이 보나 마찬가질 턴디, 차비 들고 둘이나 텀벙대고 댕길 필요가 옰제에."

"그것은 느그 고무 말이 옳다. 막상 말로 그만치 열심히 했넌디, 안 되았을라디야?"

사실 중학교 입시발표 때, 직접 눈으로 보지 못했던 것이 내내 마음에 걸렸었다. 그래서 이번에는 기어이 두 눈으로 확인하고 싶었는데.

여기저기 하숙집을 전전하다가 고모네 집으로 들어온 지 1년. 조카 하나를 명문고에 입학시키기 위해 무던히도 애쓰던 분들. 합격을 바라는 마음은 수험생 본인이나 진배없을 터. 더욱이 이번에는 보나마나 합격했을 텐데, 굳이 따라나설 필요까진 없다 여겨졌다. 또한 만에 하나 불합격했을 경우, 그 뒷감당을 할 자신도 없었다.

'째깍 째깍' 초침이 움직일 때마다 심장이 콩콩거렸다. 숨죽이며 기다리던 전화는 오지 않았고, 어느새 오전이 훌쩍 지나 있었다. 해 질 무렵. 바람처럼 고모부가 나타났다. 대문을 밀치고 들어오는 그의 눈은 충혈되어 있었고, 입에서는 술 냄새가 진동했다. 순간, 가슴이 덜컹 내려앉았다.

"까짓 것! 후기에도 조은 디 많고, 정 서운허먼 한 일 년 더 공부해 갖고, 들어가는 수도 있는게. 너머 꺽정헐 것은 읇넌디..."

머릿속이 텅 비어오는데, 더 이상 아무 소리도 들리지 않았다. 잠이 온다며 둘러댄 다음, 이불을 뒤집어썼다. 인정할 수 없었다. 이 사태를 도저히 액면 그대로 받아들일 수 없었다. 아니, 이건 뭔가 잘못된 거야. 학교에서 채점을 잘못했든지, 고모부가 내 이름을 발견하지 못했든지 둘 중의 하나야. 혹시 장학생 명단에 들어가는 바람에 보통 합격자들 명단에는 빠졌을지도 몰라. 늙은 고모부 대신, 내가 직접 갔어야 하는데. 그렇다고 이제 와서 다시 확인하러 가겠다는 말을 할 수도 없었다. 이불 속에서 한참 동안 몸부림치는데, 갑자기 눈물이 솟구쳤다. 인정하기 싫음에도 인정해야 한다는 소리가 안으로부터 들려왔다.

'그래. 인정하자. 나의 패배를 받아들이자. 그런데 왜? 몸에 맞지 않는 옷처럼, 세상은 늘 나에게 어색한 걸까?'

서로를 받아들이는 일에 있어서, 세상이나 자신이나 무척 힘겨워하고 있다는 생각이 들었다.

"너는 참 이상허다이. 너보당 헐썩 못헌 아그덜도 다 들어갔넌디, 어째서 너만 떨어졌냐?"

".........."

"우리 학교서 제광고에 오십 명인가 몇 명인가 지원했넌디, 거진 다 들어 갔다여어. 근디 너만..."

"알았어. 그만해!"

"..........?"

경철이 입을 다문다. 중학교 동창들을 통틀어 가장 친했던 녀석. 2학년 때, 수학 여행비를 타다가 몽땅 써 버린 다음, 여행이 시작되는 바로 그 전날 무리리로 함께 내려갔었다. 신나게 놀던 중, 담임선생님의 '급상광 요망'이라는 전보를 받았고, 셋은 올라

오는 즉시 죽지 않을 만큼 두들겨 맞았다. 미리 엉덩이 부분에 걸레를 받쳐 입고 나온 용문이는 그것이 툭 떨어지는 바람에 '정량' 외에 보너스까지 덤으로 받았고. 사건은 수학여행 날짜가 갑자기 미루어진 데서 비롯되었다. 담임이 '니들 세 놈은 어떤 일이 있어도 데리고 간다'고 엄포를 놓는 바람에, 여행비를 한 번씩 더 타내야 했었다.

뱃속에 70명씩 집어넣은 채 덜컹거리는 비포장도로를 달리는 30인승 완행버스, 소금국이나 다름없는 해운대의 콩나물국, 코딱지만 한 방에 20명씩 몰아넣고 '수학여행 와서 잠은 무슨 잠이냐?'며 도리어 잠을 깨우고 다니는 선생님들. 교장과 교사들이 '뒷돈'을 받는다는 소문이 들려 왔지만, 그런 일은 관심 밖이었다.

어쨌든 둘은 아니, 적어도 태민 쪽에서는 함께 축구도 하고 배구도 하면서 남녀 사이의 로맨스 못지않은 끈적끈적한 정을 느끼고 있던 터였다. 그런데 그 녀석의 입에서 저런 말이 나오다니. 혹시 저 놈마저 내심으로 나의 패배를 즐기고 있는 것 아닐까. 이래저래 속이 상했다.

담임 역시 태민의 불합격을 최대의 이변(異變)으로 규정했다. 그만 못한 아이들의 경우, 애초부터 랭킹 2위의 고등학교에 지망하여 다수 합격했단다. 물론 그 소식 역시 낙방생에게는 비보(悲報)나 마찬가지였지만.

'나를 분노케 하는 것은 낙방 그 자체가 아니다. 왜 하필 나만 패배의 쓴잔을 마셔야 하는가? 왜 나만? 운명의 여신이 왜 나만

겨냥하여 화살을 쏘아대는가 말이다. 바로 이것이 나를 못 견디게 만든다!'

오르지 못할 나무라면 애초부터 쳐다보지나 말 걸, 랭킹 2위를 맘 편하게 진학할 수 있었더라면. 항상 어정쩡한 실력이 문제였다. 여름날 오후, 뜨거운 햇빛 속에 무라리 모래땅을 걸어가는 기분. 봉덕산※ 칡넝쿨에 칭칭 얽혀있는 느낌. 가도 가도 끝이 없는 길에서 언제 나는 벗어날 것이며, 질기고도 질긴 이 운명의 밧줄로부터 언제쯤 나는 풀려날 것인가?

생뚱맞게 B고등학교에 합격한 아이들이 부러웠다. 내가 교만했을까? 아니다. 그때에는 그럴 수밖에 없었어. 내 실력, 내 자존심으로 처음부터 2위를 선택할 수는 없었던 거야. 그렇다면? 불운이나 나의 소심함을 탓할 수밖에. 자괴감이 엄습해 왔다. 예선전에서 비실비실 하다가 본선 무대에서 펄펄 나는 아이들처럼, 나도 그렇게 살아갈 수는 없을까. 평소에는 제법 성적을 내다가 입시 때마다 우박 맞은 배추 포기처럼, 그렇게 오그라드는 스스로를 용서할 수 없었다.

승자에게는 성공의 무용담이 있고, 패자에게는 실패에 대한 변호가 있게 마련인데, 나는 언제까지나 변명만을 되풀이해야 하는가? 과연 나는 언제쯤 성공 스토리를 쓸 수 있을까? 나의

※ 봉덕산(鳳德山): 전라남도 영광군의 남쪽에 위치하고, 염산면의 평야부 중앙에 북서, 남동으로 길게 뻗은 산지. 고도는 296m. 염산면의 여러 물줄기가 발원하는 수원지. 태민은 이곳으로 늘 봄 소풍을 갔었다.

몸속에 과연 심 선생님의 꿈, 그의 염원이 흔적으로라도 남아 있을까? 이 치욕 속에서 과연 나는 영광의 월계관을 향해 다시 뛰어야 하는가? 이 절망 가운데에서 나는 또다시 희망의 노래를 불러야 하는가?

'고향'을 대하기가 겁났다. 실망한 얼굴, 분노한 표정, 비웃는 미소. 상상만 해도 등골이 서늘해졌다. 140여 명의 졸업생 가운데 광주에 '유학' 온 경우는 서너 명에 불과했고, 서촌에서는 태민이 유일무이했다. 비록 삼류였음에도 교복과 교모로 무장하여 고향에 내려가면 모두가 부러워하곤 했었다. 더욱이 전교에서 1, 2등을 다툴 때도 있었으니, 그때쯤 이씨의 자랑이 오죽했을까. 그렇다면 이건 아니다. 이런 몰골로 '팬'들을 실망시킬 수는 없어. 더 이상 돌아다닐 무라리 땅도, 나다니고 싶은 서촌 동네 골목도 없어 마냥 죽치고 누워 있었다.

그러나 계속 걸려오는 전화, 빗발치는 이씨의 독촉을 견뎌내기란 불가능했다. 결국 사흘도 못 되어 무라리행 버스에 몸을 실었다. 청운의 꿈을 안고 오갔던 이 길을, 패배자의 모습으로 돌아가야 하다니. 포부도 컸다. 꿈도 야무졌다. 하지만.

'나는 장원급제하여 금의환향하는 이몽룡이 아니다. 백마를 타고 알프스를 넘는 나폴레옹도 아니다. 큰 바위 얼굴*은 더더

※ 큰 바위 얼굴: 미국의 소설가 나다니엘 호손(1804년~1864년)의 작품. 위대한 인간의 가치는 돈이나 명예나 권력 등의 세속적인 것에 있는 것이 아니라, 끊임없는 자기 탐구를 거쳐 얻어진

욱 아니다. 나는 그저 패배자일 뿐이다!'

어디에선가 심영진 선생님의 눈초리가 지켜보고 있을지도 모른다는 생각에 몸은 더욱 움츠러들었다. 운명을 받아들이는 데에 있어서 가히 금메달감인 김씨마저 이번 사태에는 납득이 가지 않는가 보았다.

"이참에는 점도 밸라 안 보고 그랬다마는... 니 올해 사주가 그리 사납든 않다고 했그든?"

"여러 소리 헐 것 읎이, 니가 나를 타겠씨야. 내가 실은 미런허그든. 그러고 우리 집안 식구들이 모다 다 미런허다. 필체 존 사람도 읎고..."

"........."

자학성(自虐性) 발언을 쏟아내던 이씨는 자신의 발언이 좀 거칠다 느꼈든지, 바로 말머리를 돌린다.

"근디 사람이 너머 영리허먼 못쓰는 법이다. 밤나 다른 사람 둘레 먹을 궁리만 허고 그러먼 쓰겄냐? 몸 건강허고, 성실허게, 우직허게 살먼 다 살아지는 것이여어."

하지만 아무리 위장을 해도 본심이 감추어지진 않았다. 당신 본인과 집안 내력까지 들먹여야 하는 상황 자체가 벌써 책망이 아니던가? 위로가 되었건 책망이 되었건, 두 사람의 말에 일일이 대꾸할 기분은 아니었다.

말과 사상과 생활의 일치에 있다는 것을 보여준 작품.

'죄송해요. 미안해요. 모든 것이 제 잘못이어요.'

마음속으로는 끊임없이 이 말이 되뇌어지는데, 입 밖으로 튀어나가진 않았다. 본래 속내를 표현하는 일에 서툰 태민이 잘못했다고 빌거나 용서를 구하는 일은 애당초 불가능한 일이었다. 그렇다면 과연 어떻게 해야 하는가? 이 대목에서 태민은 죽음을 떠올렸다.

기실 작년의 자살 시도에는 동기가 애매했었어. 우발적이고 즉흥적인 면도 있었고. 하지만 이번에는 달라. 죽어야 할 분명한 이유가 있고, 충분한 시간도 있거든.

'오늘날 왜 네가 죽어야 하는지 알아? 넌 버러지 같은 인간이기 때문이야. 끙끙거리며 닭을 잡아주던 아버지, 하숙비와 교통비 외에 오백 원짜리를 허리춤에 급히 찔러주던 어머니, 밤잠을 못 자고 라면을 끓여주던 고모, 떠드는 아이들을 닦달하던 고모부... 그들의 피와 같은 정성을 빨아먹고도 뱉어낼 줄 몰라 퉁퉁 부어 버린, 한 마리 벌레이기 때문이야. 동생들과 친구들, 선생님과 부모님, 동네 사람들의 기대를 저버린 채, 제 몸뚱이 하나에만 집중하는 천하고도 천한 버러지란 말이야!'

재래식 변소의 똥 무덤들 위를 스멀스멀 기어 다니는 구더기와, 사각사각 뽕잎을 갉아먹는 누에가 떠올랐다. 밥상 위 여기저기를 옮겨 다니는 파리와, 뗑구르르 몸을 마는 굼벵이의 모습도 그려졌다. 사람들에게 참을 수 없는 혐오감을 안겨 주면서도 오직 자신의 생명만을 연장하려는 그들의 몸짓이 가증스러워 보였다.

휘청거리며 가게로 들어갔다. 일이 손에 잡히지 않는 듯, 우두커니 앉아 있던 김씨가 억지웃음을 지어 보인다.

"친구들이 왔넌디, 나! 맥주 한번 먹어 볼라고..."

"오메이! 이것이 문 소리단가? 문 학생이 술을 다 먹어야?"

"쪼끔 맛만 본단게는..."

".........."

"진짜여."

"정 그러먼... 이참 딱 한 번 만이다이."

김씨와 태민, 모자(母子) 사이에 보통 때 같으면 어림없는 이야기였다. 하지만 때가 때인 만큼, 자칫 생길지도 모를 보다 큰 비극을 작은 일탈(逸脫)로 막을 수 있다면 그 편이 더 낫다고 김씨는 판단했던 것 같다. 맥주 세 병을 들고, 황급히 사랑채의 새 방으로 달려왔다.

이씨가 축음기를 틀어놓고 양춤을 추던 곳. 태민은 빙글빙글 돌아가는 남녀 커플들을 창문을 통해 바라보며 히히거렸었다. 문득 김씨의 반응이 궁금하고 불안해질 무렵, 커피를 받쳐 들고 등장한 김씨는 매우 우아하고도 친절한 몸짓으로 화장을 짙게 한 여자들을 접대했다. 그 장면 앞에서 잠시 멀미를 하던 태민은 문 앞을 돌아나와 실컷 욕을 퍼붓는 김씨의 민낯을 보고서야 비로소 안도할 수 있었다. 일종의 카타르시스라고나 할까. 맞아. 잠시 잠깐 부정(不正)에 동조하던 사람들도 진정한 정의(正義)와

맞닥뜨리면 환호하는 법이로구나.

들어서는 즉시 방문부터 걸어 잠갔다. 방 한가운데 앉아 술을 따르기 시작했다. 농약을 마신다거나 식칼로 배를 찌른다거나 하는 방법은 너무 잔인하여 엄두가 나지 않았다. 그러나 술에 곯아떨어진 채 고통 없이 세상을 떠날 수 있다면, 괜찮지 않을까? 목숨을 끊는 방법 가운데 최선이 아닐까? 아니, 어쩌다 이렇게 좋은 아이디어가 내 머릿속에 떠올랐지? 아마도 맥주 세 병 정도면 치사량(致死量)으로 충분할 것 같고.

한 잔을 들이켰다. 예상과는 달리 쓴맛. 그러고 보면 어른들은 참 이상해. 이렇게 쓴 맛을 두고 '달다'고 표현하니. '시원하다'는 말이 틀린 것은 아니지만, 이건 시원하다 못해 너무 차갑지 않은가? 한 잔, 두 잔, 세 잔... 차디찬 액체가 목줄을 타고 내려가는 동안 그 근방이 얼얼했다. 통증마저 느껴졌다. 그러나 '대사(大事)를 위한 일이라 여기서 포기할 수 없다'며, 스스로를 다잡으며 인내했다. 인내(忍耐)라? '인내는 쓰다, 그러나 그 열매는 달다?'

재수하던 때, 라이벌(?) 박숙희의 집을 방문한 적이 있었다. 그리고 그 아이의 책상 앞에 붙여진 이 글귀를 보며, 속으로 다짐했었다. 그래. 참자. 참으며 노력하자. 그러다 보면 좋은 일이 생기겠지. 열매가 맺히겠지. 하지만 오늘 나에게 그 열매란 게 뭘까? 아무리 많은 노력을 경주해도 사람은 결국 죽음에 다다르지 않는가? 그렇다면 죽음이 열매란 말인가? 맘이 심란해지면서 머릿속은 뒤죽박죽이 되어갔다.

어떻든 이왕 내친걸음, 연거푸 마셔 댔다. 될수록 그침 없이. 급히 마시는 편이 효과에 좋을 거라 생각했다. 두 병째를 비우고 나자 속이 매스껍고, 얼굴이 화끈거리며 머릿속이 몽롱해졌다. 숨을 크게 들이마셔 보았다. 컵을 부여잡은 손, 그 감각이 무디어지기 시작했다. 세 병째 잔을 따르는 순간, 거품이 참 아름답다 느껴졌다. 그리고 까닭 없이 눈물이 났다. 약해지려는 마음을 다잡고, 또 한 잔을 들이켰다. 이제 남은 술은 딱 한 잔. 이 잔만 들이키면 나는 이 세상 사람이 아닐 것이다. 탈도 많은 이 세상과 영원히 하직할 것이다.

돌아보니 나도 참 별난 인생을 다 살았구나. 죽어라 공부해도 낙방만 거듭하는 별종, 누구와도 닮지 않은 희한한 족속, 돌연변이. 그 주제에 신체 구조만은 보통의 인간들과 다를 바가 없으니, 알코올의 효능이 유감없이 발휘되는 이 육체가 신기하지 않은가. 평범한 몸뚱이를 경험하고 나니 더욱 분하고 억울했다.

'왜 남들과 똑같은 몸을 갖고, 남에게 일어나지 않는 일들을 경험해야 하는가? 친구들과 동일한 체질을 갖고 왜 별난 꼴을 당해야 하는가? 혹시 조물주가 나를 갖고 장난을 치는 건 아닐까? 그렇다면 왜? 그 많은 사람들 중에 왜 하필 나를 선택했을까?'

마당 쪽에서 발자국 소리가 들리더니 문고리가 덜컹거렸다.

"누구...야?"

"큰 성, 난디, 문 조까 열어 보란게."

막둥이.

"뭇... 헐라고야?"

"딱지 찾으러 왔단게!..."

피식 웃음이 나왔다. 때와 장소에 어울리지 않는, 참으로 돌발적인 이 사태란 또 무어란 말인가? 위로 두 형제를 낳은 다음, 딸만 내리 셋을 본 이씨 부부에게 기적처럼 나타난 그 아이. 그는 형제자매 가운데 그 누구와도 닮지 않았다. 그래서 더욱 귀했다. 이목구비가 뚜렷한 얼굴에 영특했고, 무엇보다 활달했다. 도통 거침이 없는 녀석은 무섭게 성장하는 가세(家勢)의 상징이었는지도 모른다. 물론 태민 역시 누구보다 그를 사랑하고 아꼈다. 하지만 오늘은 그런 것 저런 것 따질 계제가 아니었다.

"쩌리 가그라이."

"안 해이. 내 딱지 내가야 헌단게는..."

"큰 성이 지금 몸이 안 존게, 동네 나가서 놀아야!"

큰일을 성취하기 위해 사사로운 정 따위는 무시해야 한다. 이윽고 녀석의 달음박질 소리. 마지막 잔을 축배로 들었다. 그래. 한 번도 내 맘대로 살아 보지 못한 세상, 나의 자유의지로 이승의 삶을 마감하는 이 순간이 얼마나 아름답고 귀한가. 그때, 부리나케 신발 끄는 소리가 문 앞에 당도했다. 이번에는 목소리의 주인공이 바뀌어 있었다.

"아이! 태민아. 싸게 문 쪼까 열어라. 너, 안에서 시방 못허고 있냐?"

"·········"

"지발 문 조까 열어봐야. 시험이 다디야? 더 큰 일을 당허고도 산단다. 후기도 있고, 이담에 대학교도 있지 않냐?"

"어머니! 미안해요. 나는 죽어야 해요. 나는 살 필요가 읎는 놈이란게요."

"시상에! 내가 시방 누구 땜시 사는디, 그런 소리를 허냐? 아무리 속아지가 읎다고, 부모 앞에서 죽는다는 소리가 어쭈코 입에서 나온 디야? 차말로 이 에미 속 터져 죽는 꼴, 볼라고 그러냐? 느그 아부지 곧 들어올 때 되얐는디, 혹시나 알먼 어찔라고 그러냐?"

아! 아버지요? 아버지라. 오, 자다가도 질겁하여 벌떡 일어날, 아버지라는 이름이여!

어느 때부터인지 몰라도 마음속에 이씨에 대한 불만과 공포가 똬리를 틀고 있었던 것 같다. 밥을 먹지 않는다며 호통 치던 아버지, 어미돼지가 제 집에 들어가지 않는다고 쇠스랑을 치켜든 채 달려가던 아버지, 어머니 김씨를 작신작신 두들겨 패던 아버지. 이씨에 대한 불만은 김씨에 대한 투정으로 바뀌었다.

어머니. 왜 우리는 그의 압제에 굴종해야 하나요? 왜 우리는 그의 군림에 항거하지 못하는 거예요? 따지고 보면 당신에게도 잘못이 있습니다. 당신의 겸손이 남편을 교만에 빠뜨리고, 당신의 관용이 그를 반성하지 않는 인간으로 만들고, 당신의 인내가 그의 폭력을 불러들였습니다. 당신의 애정이 그를 아전인수 식의 고집불통으로, 그를 향한 존경심이 그로 하여금 자기 독선에 빠지도록 했는지도 모릅니다. 당신의 노예근성이 오늘날 그를 오만방자한 군주로 키웠던 거지요. 당신의 삶을 고달프게 만든 것은 일도, 육 남매의 뒷바라지도 아니었습니다. 당신이 그토록 위해 주었던 남편, 바로 그였습니다.

어머니!

이제 저와 함께 반역의 길에 동참하십시다. 우리는 무조건 명령에 따라야 할 노예가 아니고, 먹여 주고 입혀 준다고 해서 흡족해 할 짐승도 아님을 선언하십시다. 우리 역시 그와 똑같은 하나의 인격체임을 선포하십시다. 이제 저 역시 효를 강조하는 도덕에, 부모에게 거역해서는 안 된다고 하는 이데올로기에 지쳤습니다. 그러므로 당신도 부덕(婦德)을 강조하는 윤리에, 남편에게 순종해야 한다는 그 억지 도덕에 반기를 들어야 합니다. 도대체 언제까지 그 잔인하고 표독스러운 주먹세례를 받아 가며, 냄새나는 그의 발을 씻겨 드릴건가요? 언제까지 그의 발아래 엎드려 자비를 구할 건가요?

어머니.

기억하세요. 독재자는 절대 스스로 물러서지 않습니다. 그것이 동서고금, 만고의 진리입니다. 이제 그의 폭력을 두려워하지 마세요. 앞으로는 그의 은총을 기대하지 마세요. 그보다는 차라리 그 채찍을 두 동강 내버리십시오! 그리고 우리 함께 독립을 선언하십시다. 자유란 오직 스스로의 자각에 의해서, 처절한 저

항에 의해서만 쟁취될 수 있음을 몸으로 증명하십시다.

맥주병은 모두 비워져 있었다. 하지만 머리가 조금 멍할 뿐, 몸에는 어떤 징후도 나타나지 않았다. 문이 흔들렸다.

"어이! 태민이, 문 조까 열어 보소."

처음 듣는 목소리.

".........."

"어이! 날세, 나. 경진이 형일세. 문 조까 열어 볼란가?"

경진이? 송정 동네에 사는 1년 선배, 그와 친할 까닭이 없었다. 더구나 그의 형이라면, 얼굴조차 잘 모르는데. 나중에 들은 바로는, 광주에서 내려오는 길에 가게에 잠깐 들렸고, 넋을 놓고 있는 김씨를 발견했단다.

"내가 꼭 헐 말이 있은게, 문을 열어보란 말이시이. 착실히 공부 잘허고 순허다고 소문난 자네가 이 무슨 짓인가? 고까짓 것 시험 한 번 떨어진 것 갖고, 고로코 해서 쓸 일인가?"

소문? 내 소문이 났다고? 그리고 고까짓 것이라니? 그래. 당신에겐 고까짓 것이지? 하지만 나에겐 삶의 전부였어. 뒤틀린 심사라서 그런지, 상대의 말끝마다 비위가 상했다.

"저리 가쇼. 다 가 버려!"

"자네보고, 죽지 말라는 말이 아니라, 그 전에 내 말 한 마디만 들어보란 말이세. 실은 나도 여러 번 죽을라고 했든 사람이네."

죽으려 했다는 말에 귀가 뜨였다. 끈질기게 물고 늘어지는 폼이 쉬이 물러갈 것 같지도 않았다. 몸을 일으키는 순간, 다리가 휘청거리는가 싶더니 픽 쓰러지고 말았다. 한동안 누워 있다가 다시 일어나 문짝 맨 위쪽에 달려있는 문고리를 끌렀다. 순간 문이 활짝 열리며 들어서는 얼굴, 얼굴들. 그의 등 뒤로 눈물로 범벅이 된 김씨의 얼굴이 나타났다.

"아이고, 내 새끼야."

우두커니 서 있는 큰아들을 붙든 채, 그녀는 기어이 울음을 터뜨렸다.

한참만에야 경진이 형은 돌아갔다. 넋두리를 쏟아내던 김씨 역시 태민의 시큰둥한 반응에 슬그머니 자리를 떴다. 앉은 채로 뒤로 벌렁 드러누웠다. 온몸이 탈진된 듯, 꼼짝도 할 수 없었다. 그러나 거짓말처럼 마음은 평온했다.

'아! 내가 살아났구나.'

삶의 기쁨, 환희가 밀려왔다. 그러나 그것도 잠시. 내심 죽음을 원치 않았다는 사실을 확인하고 나니, 새삼 속이 상했다.

'결국 또 한 번의 해프닝으로 끝나고 말았구나. 왜 내 인생은 늘 이 모양일까? 왜 나란 놈은 죽는 데에도 늘 실패하는 걸까? 더욱이 그 실패를 기뻐하다니. 시간이 갈수록 내 목에는 훈장처럼, 패배의 기록들이 주렁주렁 매달리겠지. 아! 이 치욕의 역사를 안고 또 얼마의 세월을 버텨야 하는가? 이 세상 속에서 더부살이하기 위해, 또 얼마나 나는 몸부림쳐야 하는가?'

드러누운 채 천장을 응시했다. 동서남북으로 반듯반듯하게 연결된 사각 무늬를 살펴보는 일은, 평상시 태민의 습관이자 취미였다. 가로와 세로, 그리고 대각선으로 연결된 사각형의 수가 꼭 들어맞는지 꼼꼼히 살펴보는 것이다. 그런데 암만 봐도 감탄할 만한 도배기술이 아닐 수 없었으니. 다만 '옥의 티'처럼 구석쪽 끄트머리 근처에 비틀어진 무늬 하나가 눈에 띄었다.

'어쩌면 네 신세가 나와 꼭 닮았는지도 모른다. 삐뚤어지고 튀어 나오고 불거짐으로 말미암아 이웃들에게 늘 불편을 끼치는, 그런 모양 말이다. 하지만 그것이 어디 네 죄겠느냐?'

그렇지. 그 무늬에는 죄가 없다. 아니, 그것은 꼭 필요한 장소에 꼭 필요한 모양대로 있을 뿐이다. 반으로 잘리고 삐뚤어지게 자리를 잡은 까닭 역시 전체를 위함일진대. 왜 그를 못생겼다고 말하느냐?

보름이나 흘렀을까. 달빛마저 차가운 밤, 태민은 아이들과 함께 신작로를 걷고 있었다. 그때 어디선가 여자의 비명소리가 들려 왔다. 주위를 둘러보다가 밭의 한가운데 진흙탕에서 뒹구는 두 사람을 발견했다. 호기심이 발동한 아이들이 꾸역꾸역 다가 갔고, 남자는 발악을 하듯 고래고래 소리를 질러 댔다. 발정 난 수캐처럼, 이번에도 사촌형 태준이 혼자 나섰다. 그런데 남자를 확인한 그가 돌아서며 말했다.

"아이! 모른뜨끼 허고 가자."

"...어째...서?"

"..........."

"어째 그러냐고 응?"

한참 후 모기소리만 하게.

"...경진이 성이야."

".....뭇이라고?"

"..........."

"시방... 누구라고 했는가?"

"아따! 새끼는. 경진이 성이란게는. 몇 번 말해야 알겄냐?"

벌어진 입이 다물어지지 않았다. 그라면... 내 생명의 은인. 성
인군자처럼 고상하던 그 형이? 그 지적(知的)인 언어와 도덕적인
교설로 나를 감동시켰던 엘리트가 지금 저 진흙밭에서, 여자와
뒹굴고 있단 말인가? 지푸라기를 잡는 심정으로 한 번 더 물었다.

"형! 혹시 사람 잘못 본 거 아니까?"

"내가 경진이 성을 모르겄냐? 날마닥 그 집 가서 놀다시피
허는디?"

그래. 그렇구나. 모두가 그렇구나. 이 세상은 그렇게 되어 먹었
구나. 경철의 얼굴이 떠올랐다. 작년이었던가. 녀석이 그랬었다.

"너나 나나 촌놈이라 똥통학교에 들어온 거여어. 촌에서 날고
기어봤자 밸 수 있간디? 여그 광주 아그덜은 날마닥 즈그 학교에
서 풀었던 문제들이 중학교 입학시험에 다 나왔드란다. 왜냐면
즈그를 갈챴던 선생들이 시험문제를 냈은게. 그러고 뒷구먹으로

들어간 아그들이 쌔고 쌨어야. 학무국장인가 교장인가... 좌우간 방구만 끼어도 일류 학교에 다 집어늫는 다여. 그런게 헛발질 그만허고, 헛물 그만 키란게. 뛰어봤자 배룩이고, 날라봤자 똥파리여, 임마! 히히..."

개새끼, 씨벌 놈들. 좆같은 세상.

죄와 벌

후기 고등학교는 서울로 가야겠다. 나에게 늘 절망을 안겨주는 곳, 나 이태민을 패배자로 기억하는 곳, 일류고의 배지를 단친구들과 마주치기 십상인 광주를 떠나야겠다. 이렇게 맘먹고 시흥동 언덕배기의 작은 이모집에 들렀다. 하지만 '눈뜬 사람 코 베어 간다'는 사람들이 무서워, 새벽부터 내딛는 발걸음 소리가 겁이 나, 아니 '이태민'이라는 존재 자체를 깡그리 무시하는 그 눈초리들이 싫어 포기하였다.

수험표 배부 전날 초저녁, 목포행 호남선 야간열차를 타고 내려오다가 송정리를 그냥 지나쳐 영산포까지 떠밀려 갔다. 그리고 아침 완행버스로 광주로 올라왔다. 물론 고숙이 미리 접수해

놓은 덕분에 수험표는 받을 수 있었다. 그리고 대강대강 입학시험을 치러 합격통지서를 받아 냈다. 얼마 후, '우수반에 편성되었다'는 소식이 날아들었다. 우수반이라? 쓴웃음이 났다. 광주 후기 고등학교 가운데에서는 가장 우수한 학생들이 몰린다는 곳, 그 학교에서 우수반이라면? '용의 꼬리가 되기보다 닭의 머리가 되라!'는 뜻인가? 아니, 닭 머리도 아니고, 닭의 목 부근쯤 되겠는데. 이것으로 지난 3년의 노력이 보상받을 수 있을까? 이것으로 만족하란 말인가?

숨을 헐떡거리며 고등학교에 진학하였건만, 전기고 낙방에 따른 좌절과 열등감으로 말미암아 학교생활은 출발부터 삐걱거렸다. 여기에는 방학 동안 무라리에서 벌어진 패싸움이 한 몫 거들었다.

정월 보름밤의 칠산바람이 세차게 몰아치고 있었다. 백부의 제일(祭日). 하지만 제주(祭主)인 사촌형 태준은 그날의 의미를 아는지 모르는지, 다른 데에 정신이 팔려 있는 듯 보였다. 태민 역시 부침개와 떡으로 대충 저녁을 때운 다음, 그와 함께 막 '꿩바탕'으로 나온 참이었다. 떡시루의 밑동을 닮은, 둥그런 달이 떠올랐다. 그리고 바람처럼 광호와 석형, 용철이 나타났다. 백신을 가기로 약조가 되어 있었음을 다섯 모두 잊지 않았던 것이다. 초등학교 시절, 심영진 선생님을 따라가 하룻밤을 멋들어지게 보내고 온 추억의 동네. 과연 그때의 여자 동창생들은 어떻게 변해 있을까?

　스파이크 끈을 질끈 동여매고, 바람을 가르며 달리기 시작했다. 초등학교 앞 한성부락에서 동남쪽으로 곧게 뻗은 길을 따라가다 보면 벌판 한가운데 납작 엎드려 있는 마을, 옛 모습 그대로 달빛 속의 동네는 평화롭기만 했다. 입구에 자리한 경숙이네 집부터 들르기로 했다. 벌써 4, 5년쯤 흘렀나. 그때에 하룻밤(?) 자고 갔던 곳이라, 그리 낯설지 않았다. 마당에 들어서자 인기척에 놀란 개들이 컹컹 짖어댔다. 그러나 여전히 방안 쪽에서 들려오는, 자지러지는 웃음소리. 다섯 명의 '장정'들이 문 앞까지 다가가 경숙의 이름을 불렀을 때, 비로소 웃음이 그쳤다. 낯익은 얼굴들. 주희와 문옥. 그러잖아도 좁은 방이 사춘기 머슴애들의 우람한 몸집들로 인해 더욱 협소해지고 말았다. 경숙이 누비이불 속으로 손을 집어넣으며 이죽거린다.

　"오메이! 석형이가 요로코 컸디야요?"

　"니가 많이 컸다. 가시네야!"

　예상치 못했을 반격임에도 그에 아랑곳하지 않은 채, 이번에는 태민 쪽을 돌아본다.

　"너도 진짜 많이 컸다이."

　"가시네들이 으런들을 데리고 노네?"

　"아이고. 웃기지도 않는다 야. 국민학교 때 째깐해 갖고 그러데이, 호호호 웃겨서..."

　"웃긴다고...야?"

자신에 대한 경숙의 호감을 감지하면서도 이상스럽게 입에서 나가는 말은 거칠었다. 초등학교 시절, 늘 여자아이들로부터 놀림을 받았던 처지인지라 이제 그 편견을 바로잡아 주어야 한다는 생각 때문인지도 몰랐다. 맞아. 어떻든 몸가짐이나 말씨를 '중량감 있게' 가져가야 한다! 똑같은 생각이었을까. 야윈 체격의 석형 역시, 그리 넓지 않은 어깨를 으쓱 펴 보인다. 그때 아랫목에 앉아 한껏 무게를 잡던 용철이 불쑥 한마디 던지는 것이었으니.

"어이! 후배들. 손님이 왔으면, 뭇인가 대접을 해야제?"

두어 살이 더 많은 그. 가무잡잡한 얼굴과 떡 벌어진 어깨는 완연한 장정이었다. 경숙이 화들짝 놀라 일어선다.

"참! 내 정신 조까 봐라이. 근디 뭇이 줄 것이 있어야제. 혹시 술 먹을 줄 알란가?"

"허허이! 아직도 우리를 깐난 애기로 보는 갑네이."

"하이고! 알았어. 알았은게, 쪼끔만 지달리드라고이."

반쯤 남은 한 되짜리 소주병과 김치가 들어왔다. 술병을 잡은 용철이 한 잔씩 돌렸다. 두어 순배 돌고 나자, 제법 취기가 올라왔다. 게슴츠레해진 눈을 크게 뜨고 주희를 바라보았다. 완연한 처녀티. 한 살 위인 그녀를, 여태껏 '여자'로 생각해 본 적은 없었다. 하지만 취기 탓이었을까. 오늘따라 시선은 자꾸 불룩한 가슴께로 향했다. 자신보다 작아 보이는 몸집 역시, 생뚱맞게 욕정을 자극했다.

"태민이 너, 신흥고등학교 들어 갔담서야?"

뜨거운 눈길을 피하려는 듯, 그녀가 말을 걸어왔다. 그러나 너무나 당연한 질문이었음에도, 태민은 한참 동안이나 허둥댔다.

"웅? 그냥 그렇게 됐어. 근데 여기서 왜 학교 이야기가 나오냐?"

"머심애는. 내가 신흥여고 다니는 줄 몰랐냐? 나는 니가 제광고 들어갈 줄 알았지야."

푹 내려앉는 느낌. 그랬구나. 같은 재단 소속의 학교에 다니게 되어 반갑다는 의미와 함께 나의 실력을 인정하고 있다는 뜻이로구나. 맞아. 주희는 이제 2학년 올라가겠구나. 하지만 어떻든 짜증이 났다. 요즈음 아이들과 어울려 다니면서도, '고등학교' 말만 나오면 신경이 날카로워지곤 했었다. 하지만 초등학교만 졸업한 친구들이 즐비한 상황에서 '누구 기죽일 일 있냐?' 할까 봐 내색을 하지 않던 참이었는데, 이 대목에서 암초를 만나다니. 두 사람의 대화가 막 달아오르는 분위기에 찬물을 끼얹은 듯, 방 안에는 잠시 어색한 침묵이 흘렀다. 이윽고 다시 왁자지껄.

밤이 이슥하여 마지막으로 건배를 하려는 순간. 문 밖에서 기침소리가 들리는가 싶더니 문이 벌컥 열렸다. 거대한 체구 뒤편 어둠 속에서 노려보는 눈초리, 눈초리들. 호스트 격인 경숙이 호들갑을 떨었다.

"오메! 진성이. 자네가 어쩐 일인가?"

"어째? 우리가 못 올 디 왔는가?"

앞 중앙에 서 있던 '진성'이 야릇한 미소를 머금고 방안으로 들어선다. 큰 키와 당당한 체구, 그리고 자신만만한 표정이 '보스'임을 웅변해 주고 있었다. 뒤이어 배지도, 이름표도 달리지 않은 검정교복을 걸친 채, '똘만이' 하나가 들어왔고. 그는 상의 왼쪽 호주머니에서 숟가락을 꺼내어 자신의 손바닥 위에 '탁탁' 내려치기 시작했다. 분명 그것은 조소와 협박의 제스처일 터, 뱃속에서 역한 것이 올라왔다.

"어이! 경숙이. 자네들... 그럴 줄 몰랐네."

"오메이! 우리가 어쨌다고 그래? 이 사람들, 우리 국민학교 동창들이여어. 오랜만에 멀리서 왔넌디, 자네들 같으면 그냥 보내겠는가?"

여자아이들과 안면이 있다는 것은 '무지막지한 괴한들'이 아니라는 점에서 안도할 일이긴 했다. 하지만 서로 말을 트고 지내는 것은 그만큼 왕래가 잦았다는 뜻이고, 이 정도의 접대(?)에 시비를 걸 정도라면 그만큼 가까운 사이임을 나타내는 것 아닌가. 묘한 질투심이랄까, 배반감 같은 것이 올라왔다. 동시에 여자아이들이 낯설게 느껴졌다. 이쪽의 불편한 심사를 눈치 챘을 뿐더러 그것을 아예 짓뭉개기라도 하려는 듯, '보스'가 본론을 꺼냈다.

"형씨들. 우리가 지끔 술을 한잔 허고 싶은디, 돈이 읎단 말이시. 이것을 어쭈코 해야 쓰까 이?"

".........아! 그러면 여그..."

보스의 말이 떨어지기가 무섭게 용철이 지폐 몇 장을 꺼내 놓는다. 아니, 이럴 수가. 마음 같아서는 그 뻔뻔스러움을 주먹한 방에 날려 버리고 싶었다. 하지만 끓어오르는 분노는 지폐가 방바닥에 내려지는 장면 앞에서 사그라지고 말았다.

야! 이건 칼만 안 들었지, 강도나 마찬가지 아닌가? 왜 우리가 지들 술값을 내야 해? 그리고 용감하다고 믿어 왔던 용철의 행태는 또 뭐고? 타 동네까지 와서, 더욱이 여자아이들 앞에서 이 무슨 꼴인가 말이다. 그렇다고 불쾌한 기색을 드러내서는 안 된다. 왜냐하면 우린 독 안에 든 쥐처럼, 완전히 포위되어 있을지도 모르니까. 술잔이 오가는 동안, 제법 화해무드가 조성되기 시작했다. 얼마쯤 흘렀을까. 줄곧 말이 없던 태준이 벌떡 일어섰다.

"나, 오늘이 아부이 지삿날이라, 가 봐야 쓰겄넌디. 그러먼 더 놀다 오소이."

"..........?"

누구에게랄 것도 없었다. 한마디 말을 남긴 채, 그는 번개처럼 사라졌다. 분위기가 다소 어수선해지고 말았다. 그때 보스의 제안에 따라 통성명이 이루어졌다. 그러고 보니 서로 이름도 모른 채, 술잔을 기울이고 있었던 것이다. 하지만 여전히 눅눅한 시간, 시간들. 연신 시계를 훔쳐보던 광호가 용철에게 귓속말을 건넸고, 고개를 끄덕인 그가 마침내 자리를 털고 일어섰다.

배웅해 주겠다며, 여자아이들이 따라 나섰다. 소매를 잡은 채 나란히 걷는, 주희의 키가 어깨 근처에 머물렀다. 그 차이를 더욱 벌리기 위해, 발끝을 곧추세워 걸었다.

"아따. 국민학교 때는 째깐허데이, 너도 솔차히 컸다이."

"어른한테 허는, 말버릇 조까 봐라."

"아이고. 니가 어른이라고야? 지내가는 소가 웃겄다. 그나저나 그 그지 같은 놈들 땜에..."

"뭐하는 놈들인데?"

"우리 허고는 다리 하나 두고 사는 염신이란 동네가 있는데, 면(面)이 서로 다른게 학교는 우리허고 다르지야. 그런게 느그덜은 모르고, 우리허고는 옆에 있은게 자조로 만나고 그랬지야."

들고 보니, 별 사이도 아니로구만. 더욱이 그녀의 과장된 '분노'가 그동안의 수모와 불쾌함에 대해 조금은 보상을 해주는 듯했다.

"근데 제일 먼저 방에 들어왔던 애... 얼굴도 그런 대로 괜찮은 것 같고, 키도 크고 헌 놈 말이야. 그 애가 누구냐?"

"지서장인가 차석인가 허는 사람 아들인디, 광주서 고등학교 댕기다가 짤라졌는 갑이드라. 겉보기는 말짱헌디, 싸가지가 읎어야. 지 아부지도 개 땜에 골치깨나 아픈 갑이드라."

"중학생복 걸치고 뽄때 없이 노는, 그 놈은?"

"윗동네 염신 사는 애긴디, 밸 볼일 읎어. 겉멋만 들어 갖고, 아조 밸 것이여."

"그럼 지금 학교도 안 댕긴단 말이여?"

"학교는 문. 포도시 국민학교만 나와 갖고 놀면서도, 징그럽게 학생복만 입고 댕긴단게."

도란거리다 보니, 제법 많이 걸어온 것 같았다.

"인제 그만 들어 가그라. 바람도 찬 데."

"알았어. 맘 같아서는 서촌까지 가고 싶다마는... 호호호."

황량한 논두렁 위에 선 채, 오래도록 손을 흔들어 주는 그들로 말미암아 마음은 많이 녹아있었다. 그러나 돌아서 걷는 동안, 잊었던 '수모'가 되살아났다. 야! 야밤중에 이 먼 곳까지 와서, 술을 사 주고 가다니. 그리고 지금의 이 꼬락서니도 실상 쫓겨 도망가는 패잔병이나 마찬가지 아닌가? 부푼 가슴을 안고 한걸음에 내달았던 초저녁의 신작로 대신, 좁다란 농로를 따라 걷는 바로 이 모습이 지금 우리들의 현주소를 말해 주고 있구나. 좁고 헝클어진 이 길이야말로, 우리 마음을 닮아 있고.

가슴 저미도록 눈부신 보름달이 꽁꽁 얼어붙은 논두렁 위를, 대낮처럼 비추고 있었다. 그 빛마저 사치스럽게 느껴졌다. 요절한 가수의 노래를 누군가가 선창(先唱)했다.

"네온 불이 쓸쓸하게..."
꺼져 가는 삼거어...어리...
이별 앞에 너와 나는 한어어...없...이 울었다아..."

기다리기라도 했다는 듯, 모두들 큰소리로 따라 불렀다. 중간 대목에서는 반항하듯, 고래고래 악다구니를 썼다. 기분이 한결 나아지고, 다리에 힘이 솟았다. 누군가가 뛰기 시작했다. 그 뒤를 따라, 아이들은 바람 속을 힘차게 내달았다.

　백신과 한성 동네의 중간쯤에 해당하는 수문(水門). 기적처럼 나타난 한 떼의 아이들이 앞을 가로막았다. 선봉장은 태준.

　"어째 인자 오냐?"

　"잠자는 놈들 투드러 깨니라고 그랬지야아. 시방 그 새끼들, 다 가 버렸으끄나?"

　용철과 태준의 대화에 태민은 어안이 벙벙해졌고, 둥그레진 눈으로 양쪽을 번갈아 쳐다보았다. 둘 사이에 그런 일이 있었구나. 태준의 뒤로 작대기와 곡괭이, 낫과 삽, 군대용 대검으로 무장한 용사들이 포진해 있었다. 쇠붙이들이 달빛에 번뜩였다. 성미 급한 철중이 으르렁거렸다.

　"그 새끼들, 시방 어디 있냐? 느그덜이 다 맞어 죽는닥 해서, 자다가 눈꼽도 안 띠고 쫓아왔넌디, 시방 어디 있냐고? 이 씨벌 놈들을, 아조 자근자근 볾아 버릴란게."

　"글 안해도 요새 주먹이 근질근질 허데이, 아조 잘 되아 버렸어. 씨벌! 오래간만에 몸 조까 풀어야제."

　분기탱천한 아이들을 바라보는 순간, 유치하게도 찔끔 눈물이 났다. 공산치하의 서울에서 숨죽이며 살던 시민이 인천상륙작전에 성공하여 입성하는 유엔군을 만나는 기분이 이런 걸까? 패색이 짙은 전장(戰場)에서 지원부대를 맞이하는 느낌이 이런 것일까? 기중은 하늘 높이 곡괭이를 들어 올렸고, 홍식은 달빛을 향해 낫을 치켜세운다.

"씨벌 놈들, 요놈 갖고 모가지를 비어 버려야제."

"즈그 새끼덜은 뱃가죽에 철판 깔았디야? 씨벌! 요놈 갖고 쑤새 버리먼, 톱니가 꺼꾸로 되야 있어서 잘 빠지도 안 해야."

군대용 대검을 쓰다듬으며, 종국이 씩 웃었다. 그 미소를 보는 순간, 소름이 돋았다. 눈에 쌍심지를 켠 그들의 몸에서 물씬 피 냄새가 풍겼다. 혹시 이러다가 나마저 살인자의 대열에 끼는 것은 아닐까? 그러면 고등학교 입학은 어떻게 되고? 내 인생은? 아이들의 앞을 가로막았다. 제발 낫이나 칼, 쇠붙이로 된 것들만이라도 이 수문 밑에 두고 가자!

스무 명 남짓의 '보복 원정대'가 논두렁을 따라, 진격을 개시했다. 등 뒤에서 불어오는 바람은 구보속도를 높여 주는데, 새삼스런 분노가 가슴께로 밀고 올라왔다. 물론 이 무지막지한 녀석들이 생각하는 '정의'라는 개념의 실체가 애매모호하고, 그 분노역시 적정수준을 한참 넘어서긴 했다. 하지만 적어도 그들에게는 '우정'을 위해서 모든 것을 바칠 수 있는 순수함과 열정이 있었다.

'가자! 이 힘과 에너지를 모아, 저 오만한 무리들을 소탕하러. 선을 수호하고 악을 응징하기 위해 앞으로 나아가자. 정의의 깃발을 높이 들고 적진을 향해 공격 앞으로!'

힘이 솟고 에너지가 용솟음쳐 오는 느낌. 땅속 깊은 곳에서 용트림을 시작한 화산이 그 불꽃을 산꼭대기 위로 뿜어내고, 진득진득한 마그마를 계곡으로, 골짜기 아래로 콸콸 쏟아 내고 있었다.

'그래. 내 인생이라고 하여 내 뜻대로만 살 수는 없는 법, 오늘 나에게 주어진 이 상황에 내 몸을 맡기자.'

예전에 경험하지 못했던 강렬한 전의(戰意)가 온몸을 조여 왔다. 부르르 떨려오는 육신을 불끈 쥔 두 주먹으로 진정시켜 보려 했다. 하지만 소용없었다. 머릿속에는 머지않아 전개될 소탕작전이 선명하게 그려졌고, 그에 따라 감정의 파고는 점점 높아만 갔다. 태민은 전혀 생각지 못한 새로운 체험이 눈앞에 도래했음을 직감했다. 의분으로 똘똘 뭉친 '정의의 토벌대'가 벌판을 질주하는 장면, 그것은 불과 한 시간 전만 해도 상상하지 못한 일이었다.

동네 입구에 도착하여 전열을 정비했다. 예닐곱 명씩 세 조로 나누어, 공격로를 달리 잡았다. 태민의 조는 애초에 불씨를 제공했던 경숙의 집으로 쳐들어갔다. 태준이 방문을 확 열어젖혔다. 그러나 녀석들은 온데간데없었다. 방바닥을 쓸고 있던 경숙과 문옥이 멀뚱하게 쳐다본다. 말없이 문을 쾅 닫아 버렸다. 설마 그 사이 정보가 새 나간 것은 아니겠지? 자정이 다가오는 시각, 불이 켜져 있는 집을 샅샅이 뒤져 나갔다. 물론 외부로 통하는 길목에 경계조를 배치하고 난 후였다.

"저 쪽에 그 놈들이 모여 있단다."

다른 조에 속해 있던 기중이 정보를 제공해 왔고, 아이들은 즉각 동네의 서쪽으로 내달았다. 대문 근처의 사랑방에서 귀에 익은 목소리가 흘러나왔다. 문을 열어젖히는 순간, 소주잔을 기울이고 있던 '똘만이' 패거리가 희멀건 눈으로 쳐다본다. 녀석들의 손에는 화투장이 들려 있었다. 꿈에도 상상하지 못했을 돌발 사태에 취기가 싹 달아난 듯, 붉어진 눈들이 공포감에 흔들리기 시작했다. 누가 먼저랄 것도 없이 성큼 들어선 토벌대, 펼쳐진 이불 위에 펄로 범벅이 된 스파이크와 장화 자국이 선명하게 찍혔다. 한 녀석이 태민의 얼굴을 알아보고 엷은 미소를 지었다.

"씨벌 놈이 허파에 바람 들었나. 웃기는 왜 웃어?"

턱을 스파이크로 돌려 차는 순간, 녀석이 얼굴을 감싸며 거꾸러진다. 이불 위로 흩어지는 피, 피.

이 발길질을 신호로 몽둥이가 춤을 추고 작대기가 허공을 갈랐다. 고함과 비명이 난무하는 가운데 방안은 순식간에 아수라장으로 변했다. 부엌문을 통해 달아나던 녀석이 마당의 경계조에 의해 붙들렸고, 절구통에 거꾸로 쳐 박혔다. 얼음이 깨지며 고여 있던 물이 밖으로 튀었다. 공포에 질린 대다수의 아이들은 도망갈 엄두조차 내지 못한 채, 벌벌 떨고만 있었다. 동네에 들어오기 전만 해도 신중을 기하자며 아이들을 다독이던 태민이었다. 하지만 어느새 흥분의 선봉에 서고 말았으니. 자신의 몸속 어느 구석에 그러한 야만성이 들어 있었는지 스스로도 경악할 지경. 영구는 허둥대는 똘만이의 머리통을 작대기로 내리쳤다.

"야, 이 새끼야. 느그들허고 같이 있든 놈들... 시방 어디 있냐고?"

"우리는 잘 모른디요. 우리끼리만 요로코 남었는디요. 형씨..."

"이 개새끼는 말끝마다 형씨, 형씨. 야이 새끼야. 내가 어쭈코 해서, 느그 성이냐? 이런 싸가지 읆는 새끼야!"

"아이쿠..."

면상을 거머쥔 채 거꾸러지는 똘만이. '깃털'보다는 '몸통'을 찾아내야 한다는 조바심에 조무래기들과 더 이상 다툴 필요가 없다는 판단이 섰다. 방을 빠져나오는데, 골목을 지키던 경계조 쪽에서 소란이 일었다. 마당 한쪽 귀퉁이에 숨어 있다가 달아나던 두 녀석이 끌려왔다. 그들을 향해 기중의 몸이 날았고, 배통을 채인 한 녀석이 뒤로 발랑 넘어졌다. 다른 녀석의 복부는 주먹으로 강타되었다. 배를 움켜진 채 나뒹구는 그 등을 향해 철중의 오른발이 위에서 아래로 찍어 내린다. 또다시 뒤로 자빠진 녀석의 목을 철중의 장화발이 꾹 눌렀다. 캑캑거리며 손을 내젓는 녀석 앞에서 철중은 눈 하나 깜짝하지 않았다.

"너, 이 놈오 새끼. 좋게 살고 싶으먼 말해. 나머지 놈들, 다 어디 갔냐고?"

"캑! 캑!... 혹시나 거그 있을랑가 모르겄소이."

"어딘디? 새끼야!"

"쩌~쪽 다리 건너 갖고, 첫 집이라우."

그는 턱으로 염신 쪽을 가리켰다. 그곳은 백수면과 강 하나를 사이에 두고 경계를 달리하는 곳, 염산면에 속해 있었다. 마당을 막 나서려는 순간. 바로 근처에서 다급한 목소리가 들려왔다.

"야, 저놈 잡아라!"

핏발선 눈에, 허둥지둥 골목을 빠져나오는 서너 개의 그림자가 들어왔다. 짚가리 옆에 세워져있던 작대기를 집어 들고 뒤를 쫓았다. 달음박질이라면 타의 추종을 불허하는 태준이 한 걸음 앞서 뛰었고, 그 뒤로 용사들이 대열을 이었다. 녀석들은 큰길로 빠져나가 남쪽으로 방향을 틀었다. 동네 한가운데에 자리한 작은 다리를 건너 가파른 언덕길로 오르는가 싶더니, 이내 큰 다리를 건너뛰기 시작했다. 두 면(面)의 구분선이기도 한 그곳을 지나면 그리 멀지 않은 곳에 그들의 동네가 웅크리고 있을 터. 일제시대에 세워졌다고 하는 대교(大橋)위로, '악당'들이 죽을힘을 다해 삼십육계 줄행랑을 놓고 있었다.

달빛을 받아 하얗게 빛나는 강물 위에 활 모양으로 얹혀있는 다리. 그 오르막을 뛰는 동안 태민은 스스로 활극 영화 속의 주인공이 된 듯한 착각에 빠졌다. 목숨을 걸고 탈주하는 도망자와 눈에 쌍심지를 켜고 뒤를 쫓는 추격자들, 그리고 요란한 발자국 소리와 물 위를 빠르게 이동하는 긴 그림자들. 아! 이 드라마틱한 장면이라니.

우리는 선하고 정당하다. 우리는 악의 무리를 응징하기 위해 내닫는 정의의 군사들이다. 누가 감히 우리의 앞길을 가로막을 손가? 오! 이 감격, 이 황홀함이라니. 오르가즘보다 더 진한 감동이 전신(全身)으로 퍼져나갔다. 어떠한 소설이나 영화도 이보다 더 아름답고 극적일 수는 없으리라.

다리를 건너자 길 왼쪽 둑 위에 외로이 서 있는 가옥 한 채가 나타났고, 추격자들의 눈은 그 집으로 빨려 들어가는 두어 개의 그림자를 놓치지 않았다. 무라리 토벌대는 그 집을 삥 둘러쌌다. 울타리도 없이 맨땅 위에 덩그러니 얹혀있는 집이 마치 공중에 붕 떠있는 것처럼 우스꽝스러워 보였다. 슬레이트 지붕을 머리에 이고, 방 한 칸과 부엌 한 칸이 전부. 물론 마루도 없었다.

방문 앞에서 잠시 숨을 고른 다음, 슬그머니 문고리를 당겨 보았다. 안쪽으로 잠겨 있었다. 태민은 냅다 소리를 질렀다. 이에 힘을 보태려는 듯, 옆에 서 있던 기중이 으르렁거렸다. 그러나 무응답. 이번에는 문고리를 힘껏 잡아당겼다. 반대편에서 문고리를 꽉 잡고 있다는 느낌이 손으로 전달되어 왔다. 더 이상 못 참겠다는 듯, 기중이 작대기를 들어 문을 내리쳤다. 위에서 아래로 창호지가 갈라지며 동시에 문살이 부러졌다. 태민의 오른발이 문의 한 중앙을 쳐부수었다. 그러나 아직도 문고리 근처는 요지부동. 급한 때일수록 침착해지는 태준이 안쪽으로 손을 집어넣어 고리를 딴 다음, 문을 활짝 열어젖혔다.

서북쪽 창을 통해 찬란한 달빛이 쏟아진 탓일까. 정면 시야가 가려졌고, 그 때문에 덩그런 방 안에는 아무도 없는 것처럼 보였다. 그럴 리 없다 여기며, 안쪽을 향해 한 발 한 발 다가갔다. 바로 그때, 오른쪽 구석에 장대같이 서 있던 새까만 그림자가 힘없이 무너졌다.

"아이고! 형씨들, 잘못했소. 제발 살려만 주시오!"

뜻밖에도 그는 보스였다. 털썩 무릎을 꿇고 애걸복걸하기 시작하는 적장(敵將) 앞에서, 토벌대는 도리어 어리둥절해야 했다. 기대 이상의 대어(大魚)를 낚았다는 감격보다도 한 인간의 이중성 앞에 어안이 벙벙했던 것이다. 불과 몇 시간 전, 온갖 폼을 다 잡으며 호기롭게 위협할 때와 이렇게도 딴판이라니. 두 손 모아 싹싹 비는 폼이 너무나 비참해 보였다. 아! 우리는 지금 한 인간이 얼마나 비겁해질 수 있는지, 그 현장을 보고 있다!

기중의 손에서 작대기를 빼앗은 태민은 냅다 아랫도리를 후려갈기기 시작했다. 넋 나간 사람처럼 마구 휘둘러 댔다. 이 개자식! 초저녁 우리 앞에서 기고만장하여 공갈 협박할 때는 언제고, 이제 와서 무릎을 꿇어? 너도 보스냐? 너도 인간이냐고? 내 앞에서 성인군자처럼 굴었던 경진이 형도 별 것 아니더라. 천사처럼 보였던 남영순 선생도 그렇고 그렇더라. 일류 고등학교에 부정으로 들어간 놈들도 쌔고 쌨다드라. 이 세상이 왜 너처럼 더럽고 야비한 인간들로 채워져야 하는 거니? 왜 너 같은 놈들이 큰소리치며 살아야 하느냐고?

그것은 천하고 비굴한 인간존재에 대한 환멸, 증오에 다름 아니었다. 그것은 풀리지 않는 태민 자신의 인생에 대한 항거, 분풀이였다. 누군가가 손을 붙잡았다. 있는 힘을 다해 뿌리쳤다. 녀석은 맨땅에 나뒹굴며 두 손을 높이 모아 싹싹 빌었다. 그 하소연이 너무나 애절하여 가히 보는 사람의 동정심을 유발하고도 남음이 있었다. 하지만 녀석의 바로 그 이중성에 치를 떠는 태민으로서는 그 장면이 더욱 가증스러워 보였다. 타작이 멈추어지지 않자

보다 못한 신욱이 작대기를 붙잡았다.

"인자 그만해라. 되얐다!"

대여섯 살이 많은 그의 음성에는 '오야봉'의 위엄이 묻어났다. 서울에 가서 복싱 도장에 다니기도 했다는 그는 우연히 오늘밤 토벌대에 합류했었다. 나이로 보나 주먹으로 보나, 적어도 오늘 밤만큼은 그의 권위에 복종하자는 것이 토벌대의 묵시적 합의사 항이었다.

"너. 이 자식! 오늘, 운 좋은 줄 알아라. 이 형님만 아니었으면 너는 죽었어."

"예. 잘 알았습니다. 고맙습니다."

"근데 너 혼자 뿐이냐? 아까 너 말고, 또 한 놈 들어왔잖아?"

체통과 자존심을 헌신짝처럼 던져 버린 녀석의 턱이 부엌 쪽을 가리킨다. 아뿔싸! 문이 열려 있었구나. 후다닥 소리와 함께 아이들의 고함소리가 고요히 잠들어 있는 강변 마을의 밤하늘을 갈랐다.

"쩌그다! 쩌그. 한 놈 도망친다. 잡어라!"

"아따! 상놈오 새끼, 쥐새끼같이..."

내리막길을 따라 아래쪽 동네로 접어드는 그림자 하나가 달빛에 선명히 비추어졌다. 에라이! 니 놈이 뛰어봤자 벼룩이지, 별 수 있냐? 그러나 막다른 골목으로 들어섰을 때, 그림자는 감쪽같이 사라지고 말았으니.

대여섯 명이서 근방을 포위한 다음, 골목 끝에 위치한 집을 향해 앞으로 나아갔다. 마당과 헛간, 변소를 샅샅이 뒤졌음에도 흔적은 보이지 않았다. 이제 남은 곳은 안방뿐. 서너 명이 신발도 벗지 않은 채, 마루에 올라섰다. 종국이 문고리를 흔들며 소리를 질렀다.

"야! 문 열어. 빨랑 안 열어?"

물론 본 사람도 없고, 증거도 없었다. 하지만 이곳 아니면 갈 데가 없다는 데에 모두의 심증이 일치해 있었다.

"문 빨리 안 열래?"

두 번, 세 번의 독촉에도 무반응. 쥐 죽은 것 같은 침묵에 도리어 이쪽의 숨이 막혔다. 드디어 인내의 한계를 드러낸 작대기가 문살을 갈랐고, 성난 발들이 문짝을 걸어찼다. 대여섯 명의 장정들이 안방에 발을 들여놓았다. 내복 차림의 남자는 새파랗게 얼굴이 질렸고, 아직 새색시 티가 가시지 않은 여자는 가슴팍 부근까지 이불을 끌어올린 채 벌벌 떨고 있었다. 아닌 밤중에 홍두깨라더니, 이 무슨 난리속인가? 아직 잠에서 덜 깬 눈망울은 각목과 작대기, 펄로 범벅이 된 신발들 앞에서 심하게 흔들렸다.

순리를 따지면, 놀란 가슴들을 진정시키고 정중하게 협조를 구해야 마땅할 상황. 하지만 복수심에 이글거리는 원정대의 눈에는 아무 것도 보이지 않았다. 한밤중에 안방을 침범한 것 자체가 벌써 순리를 한참 벗어나 있었으니. 태민의 마음 또한 '순리'와는 정반대로 치닫고 있었다. 비 맞은 새처럼 두려워 떠는 그들을 내려다보며 도리어 어떤 쾌감 같은 것이 느껴졌던 것이다. 아! 잔인한 정복자의 심정이 바로 이런 것일까? 약자 앞에서 한껏 군림하는 이런 통쾌함을 맛보기 위해 사나이들은, 영웅들은 목숨을 거는 걸까? 안방에서 옥신각신하고 있는 사이. 부엌 쪽에서 고함소리가 들려왔다.

"야아! 찾았다."

"이 새끼. 이리 안 나올래?"

종국과 기중이 부엌문을 박차며 뛰쳐나갔고, 태민은 태준의 뒤를 따라 마루를 지나 마당으로 달려 나왔다. 퇴로를 차단하기 위해서였다.

얼마 후. 안방에서 빠져나가 부엌 옆 헛간에 숨어있던 녀석이 뒷덜미가 잡힌 채 끌려 나왔다. 사시나무 떨 듯하는 뒤통수를 몇 대 쥐어박았을 뿐, 더 이상의 폭력은 행사하지 않았다. 실컷 화풀이를 한 끝이어서였을까, 벌써 오르가즘을 경험해버린 다음이라서 그랬을까. 욕정과 많이 닮은 분노, 그 끄트머리에는 관대함이 자리하고 있었다.

혁혁한 전과를 올리고 고향으로 돌아가는 병사처럼, 개선장군처럼 아이들은 보무도 당당히 둑길을 걸었다. 속에 맺힌 응어리를 풀어내고 나니, 배설을 마친 어린아이처럼 짜릿한 쾌감이 온몸으로 번져 나갔다. 세상에 이렇게도 가슴 벅차고 아름다운 밤이 또 있을까. 몸은 날아갈 것만 같고, 사기는 하늘을 찔렀다. 초저녁부터 자정 무렵까지 이어진 지루한 신경전, 그리고 곧 벌어진 야간전투로 인하여 심신이 피곤할 법도 했다. 하지만 전대

미문(前代未聞)의 승리를 거머쥔 마당에, 무라리의 성가(聲價)를 한껏 드높인 쾌거에 몸과 마음은 조금도 지치지 않았다. 오히려 새 힘이 돋는 듯했다. 다시 한 번 전장(戰場)에 나가라 해도 문제없을 것 같았다. 의외의 저력과 단결력에 놀란 쪽은 도리어 원정대 자신들. 우리 몸속에 이런 피가 흐르고 있었다니, 무라리 촌놈들의 영혼 가운데 이런 에너지가 숨어 있었다니. 그래. 어떻든 오늘은 정말 특별한 날이다. 이 세상 살아가는 동안 과연 이런 날이 얼마나 될까.

서촌은 아무 것도 모른 채 곯아 떨어져 있었다. 대문에서 왼쪽으로 고개를 돌려 이씨 부부가 잠들어 있을 가겟방을 한 번 쳐다본 다음, 태민은 고양이 걸음으로 넓은 마당을 통과했다. 달은 벌써 서쪽으로 기울어 있었다. 하지만 새방에는 언제나처럼 이부자리가 깔려 있었다. 자리에 눕는 순간, 행복감이 밀려왔다. 불과 며칠 전. 이곳에서 맥주 세 병으로 자살소동을 일으켰었는데. 그땐 그랬어. 하지만 죽긴 왜 죽어? 이렇게 좋은 세상을 왜 떠나려 했느냐고?

무척이나 기분이 좋았다. 그런데 이상스럽게 잠은 오지 않았다. 너무 행복해서, 가슴이 뛰어서 그러나? 아님 불안해서? 아니야. 그럴 필요 없어. 이제 잠을 자자. 고놈들이 애당초 잘못했잖아? 그러니까 벌을 받은 거고. 우리는 무죄야. 그래도 잠은 오지 않았다. 바로 그때, 벌벌 떨던 부부 생각이 났다. 그 못된 악당들은 그렇다 치고, 과연 그들에게 무슨 죄가 있었단 말인가? 바늘로 심장이 쪼이는 기분. 아니야! 아무래도 우리가 너무한 것 같아.

하지만 이제는 지난 일이야. 후회해도 소용없어. 이제 내가 할 일은 이 불안감을 떨쳐 버리고 한시바삐 잠이 들어야 한다는 것. 이럴 때는 차라리 심장에 철판을 깔자! 정복자의 체질을 닮자! 입시에 실패하고 자학(自虐)했던 것처럼, 그렇게 나를 꾸짖지는 말자. 이제 그런 일에는 진저리가 난다. 나는 너무 마음이 약한 것이 탈이야. 너무 나약한 게 병이라고. 내가 잘못한 게 아니고, 그 사람들이 재수가 없었던 거야. 재수에 옴이 붙어서 그런 거라고. 이 세상에 그런 사람들이 얼마나 많은데? 다만 불운 때문에 죄 없이 죽어간 사람들이 부지기수인 것을 몰라? 전사(戰士)처럼 당당해지자. 지배자의 마음을 닮아 잔인해지자. 아니, 그래야 한다!

'모든 것을 좋은 쪽으로 생각하자. 그냥 참았더라면 오래도록 치욕으로 기억되었을 이 밤에, 승리의 트로피를 안고 잠자리에 눕게 되었으니 얼마나 다행한 일인가? 내일은 또 내일의 해가 뜬다잖아?'

하지만 소망과는 달리, 이튿날 동네는 발칵 뒤집히고 말았다. 망나니들 입장에서 말이 좋아 '응징'이고 '정의'이지, 어디 그것이 가당키나 한 짓인가? 야밤중에 온갖 연장으로 무장하여 집단 패싸움을 벌이다니. 아니, 패싸움이라기보다 집단 폭행이 아닌가 말이다. 그것도 민가를 들쑤시고 다니며, 미처 방어태세도

갖추지 못한 상대방을 습격하여 초죽음을 만들어놓았으니. 일부 어른들 사이에서는 후련하고 대견하다는 반응도 있었지만, 대세는 너무 황당하다는 쪽으로 기울었다. '보스'의 부상정도가 심하여 지서장이 눈에 불을 켜고 잡으러 다닌다는 소문이 들려왔다. 태민은 사태의 심각성과 스스로의 잔인성에 비로소 몸서리를 쳤다.

자신이 직접 손을 봐 준(?) 자들만 줄잡아 서너 명이나 되었다. 그 가운데에서도 보스의 경우, 작대기로 맞은 흔적이 온몸에 파란 멍으로 박혀 걸음조차 제대로 걷지 못할 지경이라니. 아! 도대체 내 안의 어디에 그토록 잔혹한 야수성이 숨어 있었을까?

이씨가 김씨를 두들겨 패던 그 현장에서 온몸을 엄습해 왔던 증오감과 적개심, 절대로 그를 닮아서는 안 된다며 다짐에 다짐을 했건만 어느새 부전자전(父傳子傳)의 폭력성을 드러내고 말았으니. 평소 주변에서는 순하고 착한 아이로만 알고 있었고, 스스로도 그렇게 여기고 있었다. 그런데 이 무슨 뚱딴지같은, 되먹지 못한 행태란 말인가?

고입 낙방에 대한 분풀이이자 (자신을 거부하는) 이 세상에 대한 항거라고 말한다면, 스스로에 대한 변명은 될 수 있을 것이다. 하지만 그것이 폭력을 정당화해 주는 것은 절대 아닐 터. 그 사건은 그런 고상한 말로 포장될 만한 성질의 것이 아니었다. 짐승보다 못한 저급한 야수성의 표현이자 치졸한 복수심의 발로일 뿐, 그것은 어떤 말로도 변명할 수 없는 명백한 범죄행위였던 것이다.

아! 나는 지금 인생의 어느 지점을 통과하고 있는가? 삶의 끝자락에서 과연 나는 이 사건에 대해 뭐라고 고백할 것인가? 심영진 선생님, 자신에 대한 기대를 아직도 버리지 못하는 그가 미워 그 앞에서 저항의 몸짓을 보인 때도 바로 이 무렵이었다. 눈 속을 헤치며 장성 고향집에 머물고 있던 그를 찾았었다. 덥수룩하게 자란 머리칼에 미국 이종사촌 누나가 보내온 긴 바바리코트를 걸친 채, 태민은 초등학교 은사 앞에서 뻐끔뻐끔 담배를 피워댔다. 그리고 물끄러미 바라보기만 하는 그 앞을 말없이 물러 나왔다.

'본래 나는 이런 놈이어요. 이제 더 이상 나 같은 놈을 기대하지 마세요. 나는 끝난 놈이어요. 당신의 시선이 부담스럽단 말이어요.'

그것은 지금까지 자신을 지탱해온 자존감의 포기였다. 그것은 이제껏 그렇게 살아왔다고 자부하는, 성실하고 모범적인 삶에 대한 회한(悔恨)이었다. 맥주 세 병 사건이 자기 자신에 대한 공격이었다면, 백신 사건은 타인에 대한 도발이었다.

그러나 등등한 기세는 온데간데없었다. 소금물에 절인 배추 포기인 양 서촌 아이들은 그렇게 오그라들었고, 이곳저곳으로 뿔뿔이 흩어졌다. 태민 역시 불안을 견디지 못해 일찌감치 광주로 올라왔다. 허나 점점 다가오는 입학식 날이 문제였다. 그러잖아도 후기 고등학교를 탐탁지 않게 여겨오던 터에 백신 사건마저 겹치고 보니, 학교에 가고 싶은 생각이 싹 달아났다. 하지만 그것이 싫다고 하여 거부될 수 있는 일인가?

가장 가슴을 졸인 부분은 역시 지서장 아들. 이를 부득부득 갈며 찾아다니는 그 아비를 생각하면 밥맛이 삼천리나 떨어졌다. 아! 이 일을 어쩌나? 이 사태를 어떻게 해결해야 하나? 어렸을 적 일이 생각났다. 초등학교 4학년 때쯤. 기중과 함께 대통령 고누를 두다가 녀석의 손톱을 찍어버렸던 그 사건 말이다.

홰를 치던 어미 닭과 꿀꿀거리는 돼지, 초가집 지붕 위에 얹혀 있던 호박, 맴맴 거리던 매미소리와 함께 녀석의 검붉게 물들어 가던 손톱이 뇌리에서 지워지지 않았다. 나의 죄가 덮어졌다고 생각했는데, 그게 아니었던가? 그래도 그때에는 하나의 실수였다. 하지만 이번에는 경우가 다르다. 실수가 아닌, 엄연한 죄악이다. 죄에는 반드시 벌이 따르기 마련. 만일 지서장이 교문 앞에서 기다리고 있기라도 한다면, 나는 영락없이 독 안에 든 쥐 신세가 아닌가.

운명의 개학일 아침. 뜬눈으로 밤을 새운 다음, 밥상 앞에 앉았다. 모래알을 씹는 기분. 울고 싶은 심정으로 의관(衣冠)을 정제하였다. 말쑥한 새 옷, 검정색 학생복을 걸치고 하얀 테가 둘러쳐진 모자를 지끈거리는 머리통 위에 얹고, 가늘게 떠는 왼손에 가방을 들게 한 다음, 거울 앞에 섰다. 의젓하고 늠름한 모습. 만약 그 '사건'만 아니었다면, 생애 최고로 상쾌한 아침이 될 판인데.

대문을 나서는 순간. 누군가에게 낚아 채일 것만 같아, 주위가 두리번거려졌다. 만일을 대비하여 하숙집을 옮기긴 했으되, 혹시 아는가? 그 사이에 수소문해놓았는지. 수갑이 채워진 채 멱살이 잡혀 질질 끌려가는 자신의 모습이 눈앞에 어른거렸다. 아! 비록 일류 고등학교는 아니지만, 미래를 꿈꾸며 새 출발을 할 수도 있었던 이 날이 인생에 '오점'을 찍는 날로 자리매김 될 줄이야.

돌이켜 보니 그날 밤의 모든 사건 하나하나가 잘 써진 비극의 시나리오처럼 여겨졌다. 정월 대보름날. 느닷없이 그곳에 갈 생각을 해낸 일부터 운수 사납게 '똘만이' 일당을 만난 일, 아버지 제상에 술을 따르는 대신 동네 아이들을 깨워 온 태준의 빗나간 복수심, 그리고 잠결임에도 제법 먼 거리를 단숨에 달려온 무라리 아이들의 무모한 열정. 이 모든 것들이 서로 얽히고설키면서 결국 오늘의 비극으로 완성되었으니.

'수문에서 아이들과 맞닥뜨리지만 않았더라면, 그냥 돌아가자고 좀 더 설득을 했더라면, 그 일당들이 일찌감치 헤어져 흩어졌더라면, 우리 편 아이들이 그들을 찾아내지 못했더라면, 그들을 만났을 때 가벼이 뺨이나 한 대 때리고 돌려보냈더라면, 나에게 절제할 수 있는 능력이 있었더라면...'

하지만 이제 와 후회해본들, 소용없는 일. 이왕 잡힐 바에야 학교 정문보다는 골목길처럼 으슥한 곳이 낫겠다는 생각이 들었다. 여러 사람들 앞에서 낭패를 당하느니, 맞아 죽을망정 혼자서 당할 수 있다면 그쪽을 택하고 싶었다. 흔들리는 마음을 닮아 두 다리가 휘청거렸다. 스스로를 다잡기 위해, 가방을 쥔 손에

짐짓 힘을 가해 보았다. 그러나 몸에서 기운이 온통 빠져 나가 버린 탓인지, 꽉 잡혀지지 않았다. 내가 허깨비인가? 유령인가? 아니면 꿈을 꾸고 있는가? 확인해 보려 입술을 꽉 깨물었다. 아프다. 아무래도 피가 난 것 같다.

'그래. 나는 분명 살아있고, 내 앞에 주사위는 벌써 던져졌다. 이것은 엄연한 현실이다. 이것이 피할 수 없는 운명이라면, 정면으로 맞서야 한다! 비굴하게 살기보다는 용감하게 죽는 쪽을 선택하자!'

허리를 곧게 펴고, 고개를 빳빳이 쳐들었다. 시선은 정면을 바라보고, 오른팔을 힘차게 저으며 앞으로 나아갔다. 한참을 걸었음에도 앞을 가로막는 것은 없었다. 용사 앞에서는 운명마저 고개를 숙이는 법인가? 빛이 나아가니 어둠이 물러가는 건가? 염라대왕이 보낸 '저승사자'의 모습일랑은 눈에 띄지 않았다. 좁다란 골목길에도, 넓은 거리에도, 그리고 제일 가슴을 졸였던 학교 정문에도. 지서장이나 그와 비슷한 얼굴은 어디에도 없었다. 교실에 들어와 의자에 앉는 순간, 적어도 오늘만큼은 무사하리라는 예감이 들었다.

수업이 끝나자마자 전신 전화국으로 달려갔다. 신청 용지에 전화번호를 적어낸 후, 초조한 심정으로 기다렸다. 김씨의 목소리를 듣지 않고는 도저히 잠이 올 것 같지 않았던 것이다. 이태민 손님, 3번으로 들어가세요! 화들짝 놀래어 직원이 가리키는 부스

쪽으로 달려갔다.

"응. 너냐? 어쭈코 하숙집은 앵기기나 했냐?"

"예. 근데... 그보다 동네는 어떤 가요?"

"응? 첨에는 난리라도 날 것 같데이, 누가 있어야제. 느그 친구들 중에 서울로 간 아그도 있고, 부산으로 가기도 허고, 또 누구는 즈그 외갓집도 가고 그랬는 갑이드라."

"그래요?"

"동네가 절간같이 조용허다. 앞으로 벨 일이야 있겄냐마는, 암튼 몸조심해라. 느그 아부지가 지서장한테 말은 했는 갑이드라마는..."

"정말이요?"

"계를 같이 허는 갑이여어. 그래서 백신 말을 했데이 꺽정도 마라고, 즈그 아들도 쪼까 껄렁껄렁해 갖고 골치가 아프다고. 여그 저그 소문나는 것이 싫은가 어쩐가, 나머지 다른 집들까장 다 따독기릴란다고 앨라 그러드란다. 그런게 이만치나 조용허제, 글 안허면 느그 놈덜 콧물도 읋어. 함바트라면 다 징역 갈 빤 봤단게."

"........."

"좌우간 느그 아부지 앞에서는 딸싹 못헌 갑이여어. 느그 아부지가 승질이 급허고 식구들한테 쪼까 펄펄해서 그러제, 배까테 나가면 인물이란 소리는 듣지야. 너한테도 겉으로 표현을 안 해서 그러제, 을마나 애끼는지 아냐? 너 시험에 떨어졌을 때, 본인

속이 더 상해도 니가 낙심허까 봐서 내색도 못허고. 방학 중에
니가 밤늦게 돌아댕기고 비칠거리고 댕개도, 내비 두고 본 것이
여어. 이참에 들어간 고등학교가 후기 중에서 젤 좋다고 사람들
한테 또 을마나 자랑을 허고 댕기는지, 듣고 있으먼 숨이 다 찰락
헌다고... 누가 와서 숭을 보드라."

"........."

"인자 정신 채리고 공부 부지런히 해야 혀. 아이고! 내 정신
좀 봐라. 전화비 많이 나온게, 싸게 들어 가그라."

반항기

몸이 나른해지며 눈꺼풀이 무겁다. 벌써 춘곤증이 찾아왔나? 헐렁한 팬티를 입고 발에 맞지 않은 신발을 신은 채, 백 미터 경주의 스타트 라인에 서 있는 느낌. 운동화 끈을 질끈 매기도 전에 총소리가 울렸고, 한참이나 우두커니 서 있다가 허둥지둥 달려 나가는 형국이었다. 홧김에, 자학하는 심정으로, 놀이쯤으로 간주하여 치른 시험인지라 입학성적이 형편없을 거라 짐작하고 있던 터에, 우수반에 편입된 것은 의외였다.

그렇다고 하여, 미끼에 낚이고 싶은 생각은 추호도 없었다. 학교생활에 충실하고 열심히 공부하는 일은 스스로를 후기 고등학교 입학생 수준으로 끌어내리는, 일종의 항복을 의미할 것이기에. 몸은 비록 여기에 담고 있으되, 마음만은 일류 고등학교 학생이고 싶었다. 그러나 본시 겁이 많고 담이 약한 탓에 지각이나 결석을 드러내 놓고 할 수는 없었다. 누구와 싸운다거나 문제를 일으키고 싶지도 않았다. 대신 혼자서 태업(怠業)을 벌였다. 모든 일에 소극적으로 임했고, 수업 시간의 대부분은 공상으로 때웠다.

'아! 이제 공부라는 말만 들어도 신물이 난다. 미래라거나 꿈이라거나 하는 단어들에도 넌더리가 쳐진다.'

나는 지금 있어서는 안 될 곳에 와 있다. 나는 지금 만날 가치도 없는 녀석들을 친구로 삼고 있다. 내 인생은 이게 아닌데. 이래서는 안 되는데. 그렇게 한탄하고 불평하며, 두어 달을 보냈다. 시험? 이류 고등학교에서 시험은 무슨. 진지해지지 않도록 스스로를 다잡으며, 장난삼아 본 4월말고사의 성적은 꼴찌에서 두 번째. 아! 내가 드디어 많은 사람들의 입에 오르내리는, 그 유명한 '꼴찌에서 두 번째'도 해 보는구나.

그런데 내 뒤에 또 한 사람이 있다니. 세상에! 그 사실이 놀랍구나. 대체 그 녀석은 어떻게 생겼을까. 궁금증을 풀어주려는 듯, 담임은 둘을 맨 앞자리 중앙에 나란히 앉혔다. 하도 신통하여 짝꿍의 얼굴을 찬찬히 뜯어보았다. 아무래도 어딘가 모자란 것만 같은 표정. 푼수? 모지리?(머저리) 저능아? 그렇다면 그와 나란히 앉아있는 나는 누구고? 혹시 다른 사람의 눈에는 나 역시 그와 똑같은 아이로 비치지 않을까? 그럴지도 모르지. 아니, 분명 그럴 거야. 훗훗. 바보들의 만남, 푼수들의 동행이라니 참 재미있구나.

어떤 이유인지 몰라도 녀석은 태민을 살갑게 대했다. 고독하지 않아서 좋다는 뜻일까, 선량해 보이는 이웃을 만나 반갑다는 뜻일까. 처음에는 거리를 두려 했지만, 어느새 그가 좋아지고 말았다. 순수하고 솔직한 녀석의 성품, 그리고 무엇보다 서로 경쟁하지 않아도 된다는 편안함이 태민의 마음을 풀어놓았다. 서로가 서로를 필요로 하고, 서로에게 위안이 된다는 사실이 둘의 마음을 하나로 묶어 놓았다. 아! 모두가 우리 사이처럼 될 수 있다면. 클래스메이트를 경쟁자가 아닌, 진정한 친구로 여길 수만 있다면. 그런데 이 '평화'에 찬물을 끼얹는 작자가 있었으니, 다름 아닌 담임.

그는 아침 조회 때나 오후 종례 때 둘을 그냥 지나치지 않았다. 마치 일수라도 찍듯이, 볼펜으로 탁탁 머리통을 두드리며 조소를 보냈다. 처음에는 장난으로 받아들였다. 조금 성가시긴 해도, 이류 고등학교 교사로부터 칭찬을 받는 것보다는 이편이 차라리 낫다 여겼다. 그런데 그의 표정이 진지해지면서, 비웃음은 어느새 비난으로 바뀌었다. 바로 그 무렵, 지겹다는 생각이 들었다. 만약 이마저 입시낙방에 대한 대가라면 너무 심하지 않은가? 왜 이 학교 교사까지 나를 조롱하는가? 왜 내가 그런 수모를 당해야만 하는가? 그보다 이러다가 정말 내가 열등생으로 전락하는 건 아닐까? 이류 고등학교에서조차 일류 학생이 되지 못한

다면? 은근히 겁이 났다. 꼭꼭 숨겨두었던 실력을 스스로 점검해 보고 싶은 생각도 들었다. 그래서 오랜만에 맘을 잡고 공부를 했다. 그리고 5월의 중간고사 때에는 반에서 5등의 성적을 받아 뒷좌석으로 물러났다. 물론 다정한 짝꿍 상수는 이별을 대단히 아쉬워했다. 불쌍한 녀석.

"여러분! 이태민이가 이번에 5등을 했어요. 여러분도 태민이 처럼 노력하면 안 될 게 없지요. 선생님이 태민이를 자꾸 때리고 뭐라 한 것은 에... 노력하면 될 아이인데, 게으름을 피우고 있다 생각했기 때문이어요. 그러므로..."

개똥이나, 지랄하고 자빠졌네. 노력은 무슨 노력. 죽어라 노력 해도, 안 되는 건 안 되던데 뭘. 영어 담당 교사는 자기의 교직생 활 10년 만에 처음으로 영어에서 만점이 나왔다며 호들갑을 떨었 다. 그 무렵 지능지수(IQ) 테스트 결과가 나왔는데, 학년 전체에서 가장 높은 138이 나왔다며 역시 담임은 흥분을 감추지 못했다.

'뭐? 내 머리가 좋다고? 웃기고 있네. 결국 이런 식으로 영웅신 화가 만들어지는구먼. 이렇게 하여 전설이 생겨나는구먼.'

태민은 진심으로 믿지 않았다. IQ 테스트 방법에 문제가 있었 든지, 그 답안지를 모아 채점하는 과정에서 오류가 생겼든지, 시스템 자체에 이상이 있었든지. 왜냐하면, 그렇게 머리 좋은 놈이 시험마다 떨어질 수는 없을 것이기에. 다른 무엇보다 분명 한 증거가 입시 결과로 나타났기에.

하지만 맘속 저 깊은 곳으로부터 교만이 싹터 올랐다. 이상하게시리 적어도 아이들 앞에서는 우쭐하고 싶어졌다. 그래서 노트 정리를 하지 않는 습관이 생겼다. 그리고 2학년 수학 시간, 드디어 담당교사인 담임에게 걸려 몽둥이로 얻어맞았다. '이 자식이 개판으로 학교 다닌다!'며, 입에 거품을 물고 두들겨 패는 그 앞에 혼절하여 거꾸러지고 말았다. 무지막지한 '독종'은 태민의 행태를 구실 삼아 학년 전체에 대해 노트 검사를 실시했고, 재수 없이 적발된 아이들은 광분하여 날뛰는 매타작의 희생물이 되었다. 물어볼 것도 없이 그들은 사건의 '원흉'을 원망했을 테고. 아! 조용히 그냥 묻혀 다니려 했는데, 드디어 사고를 치고 말았구나.

하지만 태민은 결코 반성하지 않았다. 도리어 항거했다. 아니, 필기할 필요 없이 머릿속에 그냥 따 담으면 될 거 아니야? 공식을 알고 외우면 끝나는 거 아니냐고? 성가시게 노트에 적고, 그걸 갖고 다니며 들여다볼 필요가 뭐 있냐고? 근데 때리긴 왜 때려? 씨발!

그날부터 수학에 대한 흥미를 완전히 잃고 말았다. 체벌의 역효과. 체벌은 적개심만을 심어줄 뿐, 결코 사람을 변화시키지 못한다. 대신 영어를 포함한 다른 과목들은 열심히 해야 한다는 생각이 들었다. 그런데 대학입시가 중요하다 하면서도 학교에서는 야간학습을 시키지 않았다. 방학 때에도 학교에 잡아두는 일은 별반 없었다. 학원이나 과외 공부라는 말도 등장하지 않았다. 그래서 당연히 방학은 무라리 차지. 그리고 무라리에서의 시간들은 반항과 욕정, 비행(非行)으로 얼룩졌다.

"가시네덜 한테는 말이 필요 읎어야. 찬스가 생겼다 허먼, 무조건 자빨쳐 놓고 봐 버려야 해. 첨에는 어떤 가시네든지 안 된다고 허제, 누가 된다고 허것냐? 아무리 울고불고 허다가도 일단 당허고 나먼, 고분고분해지는 것이 여자들이그든."

태준의 표정은 사뭇 의기양양했다. 어쩌면 새 잡는 일과 더불어 여자아이들을 후리는 데서, 삶의 의미를 찾는 별종이 아닌가 싶었다. 아이들의 최대 관심사는 여자애들을 따먹는 일(?). 또한 가장 듣기 괴로운 말 역시, 누군가로부터 그 일에 대한 '무용담'을 듣는 일이었다.

"근디 가시네들마닥 다 틀려야. 우게가 붙어 있는 년도 있고, 밑에 쪽에 달린 년도 있고. 쫄깃 쫄깃헌 맛도 있고, 밍밍헌 맛도 있고. 어뜬 년은 그 통에도 밑에서 쌕을 쓰는 년이 있고, 어뜬 년은 송장같이 카마이 엎어져 있는 년도 있고. 근디 젤 재수 읎는 년이 누구냐먼... 털이 하나도 읎이..."

무궁무진하고 기기묘묘한 그의 경험담은, 늘 군침을 흘리게 했다. 물론 태민의 경우, 귀로만 듣고 흘려버리는 것은 아니었다. 언젠가 맞게 될 기회에 대비하여, '노하우'를 배우고 축적하려 애를 썼다.

'세상사 모든 일이 노력하기에 달려있거늘, 그 일이라고 하여 예외일 수 있으랴? 그래. 나도 한 건 올려보자. 그래서 항상 우쭐

대는 그의 콧대를 꺾어보자!'

남의 이야기나 듣고 박장대소하는 피동적인 자세가 아니라, 내 스스로 행동의 주체가 되어 적극적으로 실천해 나가야 한다고 하는 각성, 그것이야말로 극적인 사고의 전환이 아닐 수 없었다.

'그래. 청춘의 끓는 피를 이대로 식힐 수는 없어. 바람둥이들이 다 먹어치울 때까지 팔짱끼고 바라만 볼 수는 없다고. 그리고 여자를 정복한다는 의미는 반드시 육체적인 것이어야 한다. 왜냐하면 관념으로 그치는 사랑에는 늘 한계가 있기 때문에.'

중 2 때의 여름방학. 무라리에서 할 수 있는 일이라곤 암소에게 오후 내내 풀을 뜯게 하고, 밤에는 모기떼의 공격에 진저리를 치는 일뿐이었다. 바로 그때 신데렐라처럼 나타난 한 여학생이 있었으니, 이름은 이은경. 친구와 함께 영구네 집에 다니러 온 그녀 앞에서 태민은 이제 막 배우기 시작한 하모니카를 불어주었다. 단발머리에 하얀 얼굴을 가진 그녀는 태민의 떨리는 손을 잡아 주었고, 귓속말을 내뿜으며 살포시 미소까지 보여 주었었다.

방학 내내 함께 있어줄 것으로 믿었던 그녀가 향긋한 체취만을 남긴 채 홀연히 떠난 날부터 태민은 집 앞 탱자나무에 올라 버스가 들어오는 동구 밖을 바라보기 시작했다. 방학이 끝나기 전에 꼭 다시 올게. 오직 그 말 한 마디를 믿으며, 기다리고 또 기다렸다. 시집(詩集) 안표지에 쓴 한 글자 '삶'이 무얼 의미하느냐고 물었을 때, 그녀는 '생활'이라 풀이해 주었었다. 나중에 생각해보니 별 뜻도 없는, 그야말로 밋밋한 해석이었다. 하지만 당시에는 너무나 고상하게 느껴졌고, 그때부터 '삶'이라는 단어는 백 번도 더 낙서되었다. 그리고 '이은경'이란 이름은 천 번도 더 넘게 휘갈겨졌다. 하지만 그녀는 끝내 나타나지 않았다. 편지도, 소식도 없었다.

맞아. 낭만이니 순수니 하는 말들은 그냥 지나가는 거야. 정신적인 사랑이란 강물에 쓰는 글씨처럼, 그냥 흘러가는 거야. 나의 진한 자국을 남겨야 해. 육체의 흔적이 있어야 한다고. 그 무렵부터 태민은 사냥감을 찾기 시작했다. 그러던 어느 겨울밤. 기적처럼 그렇게 기회는 찾아왔다.

칠산의 해풍을 막아주는 언덕빼기 산지떵(서촌동네의 서북 편에 자리한 작은 언덕) 너머의 외딴 집에서, 동네 여자아이들과 어울리게 되었다. 초저녁부터 손뼉 치며 노래 부르기 시작하여 어느새 서너 시간이 지나 있었다.

'아! 이젠 이 짓도 싫다. 손만 아프고, 목만 피곤하다. 무언가 기념비적인 사건이 있어야 할 텐데...'

몸 따로, 마음 따로. 오직 관심은 이 밤에 데리고 나갈 아이를 물색하는 일에만 쏠려 있었다. 누굴 골라야 할까. 물론 찬밥 더운밥 가릴 계제는 아니었다. 하지만 이왕이면 다홍치마라고, 서울 구경을 하고 막 내려온 '점순'이 적격이겠다는 생각이 들었다. 하얗고 깨끗한 피부와 오동통하게 살이 오른 몸집, 수줍어하는 미소가 맘에 들었다. 방안의 열기가 최고조에 달하였을 때, 밖으로 빠져나왔다. 숨을 가다듬은 다음, 방문을 빼꼼히 열었다. 그리고 눈이 마주치기를 기다려, 그녀에게 손짓을 했다.

"왜 그래? 오빠."

"쪄어기. 내가 조까 헐 말이 있어서 그런디..."

과연 어디로 갈 것인가? 그리고 무슨 말부터 꺼내야 할까? 앞장서 걷는 동안, 부지런히 궁리해 보았다. 하지만 머릿속은 하얀 색, 텅 빈 채였다. 오직 정복에 대한 야망으로 가슴은 온통 불바다. 해질 무렵부터 내리기 시작한 눈발은 그쳐 있었다. 은백색으로 뒤덮인 땅, 저 순결한 대지를 내 욕정으로 더럽혀야 하는가? 그러나 그러한 망설임마저, 열일곱 살의 청춘이 내뿜는 거친 숨결에 날려 보내리라 맘먹었다.

소나무 숲 사이를 한참 방황하다가, 겨우 앉을 만한 장소를 찾아냈다. 평평한 맨땅. 정성껏 눈을 쓸어낸 다음, 옆에 앉으라는 손짓을 보냈다. 잠시 머뭇거리던 그녀가 다가와 앉는다.

"오빠, 왜 그래? 우리 들어가서 재미있게 놀자. 응?"

애써 명랑한 척 했지만, 그 음성은 가늘게 떨고 있었다. 세련된 서울 말씨가 더욱 섹시하게 느껴졌다.

"쪄어기... 진작부터 말을 헐라고 했는데, 널... 사랑...해!"

"..........?"

"진짜야."

엉겁결에 튀어나간 말은 스스로 생각해도 황당했다. 밑도 끝도 없이 사랑한다니? 얼굴 본 지 얼마나 됐다고? 일단 여자의 마음을 사로잡는 일이 급선무다 싶은데, 달리 할 말도 없고 하여 내뱉은 말이었다. 하지만 이토록 참담한 느낌일 줄이야. 그 비극 앞에서, 고개를 숙이고 말았다. 여자 역시 어색한 침묵. 아니야. 어쩌면 내가 정말로 이 여자를 사랑하고 있는지도 몰라. 억지로 최면이라도 걸고 싶은데, 그 역시 맘먹은 대로 되지 않았다.

'하기야 사랑이 뭐 별 건가? 보고 싶고, 만지고 싶고, 갖고 싶으면 다 사랑이지. 야, 임마! 그건 사랑이 아니고 욕정이라고 하는 거야. 너는 더러운 욕망을 사랑이라는 말로 포장하고 있어.'

그러나 또 다른 자아의 외침.

'그렇다 한들, 욕망이 왜 더럽다는 거지? 남자가 여자와 육체적으로 결합하는 일이 왜 더러운 거냐고?'

오락가락, 왔다 갔다 하는 두 상념 가운데 끼여 옴짝달싹도 할 수 없었다. 아! 나는 왜 이럴까? 왜 과감하지 못하고 늘 우유부단한 걸까? 안 돼. 어렸을 적부터 그토록 저주했던 소심함이 다시 활개 치도록 내버려둘 수는 없어. 그 나약한 심성 때문에 수없는 패배를 맛보지 않았는가? 그렇다면 이제 변할 때도 되었잖아? 아니, 나는 변해야 한다. 그래서 나는 변했다고 감히 자부한다. 현재의 나는 과거의 내가 아니다. 그래서 오늘밤 이 아이를 데리고 나왔던 거고. 그런데 이 대목에서 왜 망설이는가? 나는 늘 생각이 너무 많은 게 탈이었어. 하지만 지금은 생각할 때가 아니야. 즉각 행동에 옮길 때라고!

가슴이 뜨거워지는 순간, '바로 이때다'라는 생각이 머리를 스쳤다. 그리고 태민은 절망하는 심정으로 입술을 포겠다. 어느 정도의 저항은 예상했었다. 하지만 그녀는 담담하게 받아들였을 뿐만 아니라, 입안으로 혀를 쑥 밀어오기까지 했다. 도리어 섬뜩한 느낌. 그러나 이내 용기백배하여 몸을 쓰러뜨렸다. 눈이 발목 근처까지 쌓여 있었지만, 뜨거운 욕정은 그것을 녹이고도 남았다. 입술을 떼지 않은 채, 왼손으로 스커트를 끌어올렸다.

"움..."

"...가만히 있어!"

포동포동한 허벅지가 손끝에 닿는 순간, 그 황홀함에 온몸이 감전되었다. 한참을 더듬어 올라가자, 부드럽게 파인 골짜기가 만져졌다. 평소 호기심의 대상이었던, 은밀한 곳을 부릅뜬 눈으로 확인하고 싶어 몸을 반쯤 일으켰다. 빨간색 팬티가 눈에 들어왔다. 그때 혼백은 멀찌감치 달아나고 말았다. 이제는 내친걸음. 더 이상 망설일 이유도, 물러설 명분도 없었다.

먹잇감을 앞에 둔 늑대처럼, 피 맛을 본 사자처럼 광분하기 시작했다. 1차 장애물인 팬티를 힘차게 끌어내렸다. 그러나 적신호를 감지한 상대가 한사코 손을 뿌리친다. 젖 먹던 힘까지 써가며, 포획대상을 옭아매고자 하였다. 발버둥치는 두 팔을 왼손을 이용하여 뒤로 꺾은 다음, 오른 손으로는 다음 작업을 이어 나갔다. 그러나 역부족. 보다 강하고 충격적인 조치가 필요하다 판단되었다. 냅다 여자의 뺨을 후려갈겼다. 엄호 격인 욕설이 동시다발적으로 튀어나왔다. 미리 계획하거나 의도하지 않았던 일들이다.

'그러고 보니, 욕과 섹스는 많이 닮아 있구나. 원색적이고 노골

적이라는 점에서, 참았던 분노(욕정)를 분출시킨다는 점에서, 뱉어 버리고 나면 통쾌하다는 점에서, 대개는 폭력성을 담보한다는 점에서, 그리고 더럽다고 말들을 하지만 실상은 가장 많은 진실을 담고 있다는 점에서.'

일격을 가한 후, 반항이 무디어지기를 기다렸다. 그리고 기적처럼 저항이 자지러졌을 때, 몸을 일으켰다. 무릎을 꿇은 채, 팬티를 끌어내렸다. 달빛에 드러난 하얀 허벅지와 까만 국부가 한 폭의 동양화인 양, 절묘한 흑백의 조화를 이루고 있었다. 황홀경에 취해 바라보는 동안, 그녀는 부끄러운 듯 한쪽 다리를 반쯤 세우며 코 먹은 소리를 냈다.

"아이! 추워 어어…"

하는 작태를 보니 벌써 마음의 빗장이 풀린 게로구나. 이제 식은 죽 먹기이겠는걸. 숨을 크게 들이켰다가, 길게 내쉬어 보았다. 이 보 전진을 위한, 일 보 후퇴라고나 할까. 고지를 눈앞에 두고 돌격신호를 기다리는 병사의 심정으로, 숨을 가다듬었다. 두 번 다시 오기 어려울 천재일우(千載一遇)의 순간을 음미하고 싶어 다시 한 번 눈을 가늘게 뜨고, 아름다운 계곡을 들여다보았다.

'아! 나의 생애에 이런 순간이 찾아오다니.'

적병은 이미 전의(戰意)를 상실한 채, 백기를 흔들고 있었다. 벗어진 치마와 팬티를 멀찌감치 던져놓았다. 안전장치까지 해 두었으니, 이제 서둘 까닭이 없겠구나.

회심의 미소를 지으며 서서히 몸을 움직여 나갔다. 누구에게 배운 적도, 실습해 본 적도 없는 그 행위가 제법 능숙하게 진행되었다. 참. 열심히 공부하며 죽어라 노력해도 모르는 일이 있는가 하면, 힘쓰지 않고 애쓰지 않아도 저절로 알아지는 것이 있으니 신통도 하구나.

'거시기'의 공격을 받은 그녀의 몸은 마치 폭탄 맞은 건물처럼, 스르르 무너지기 시작했다. 양팔로 남자의 목을 감싸 안는 교태에 가느다란 신음까지. 감동의 진한 물결이 두 사람 사이에 출렁이기 시작했다. 지난(至難)하게만 여겨지던 일이 무사히 성사된 데 대해 감격, 또 감격. 기쁨과 희열이 몸을 공중으로 한껏 부양시켰다. 적에게 심장부를 앗겨버린 오합지졸이 순순히 무기를 내려놓고, 개선장군을 환영하고 있었다. 서서히 몸을 움직이는 동안, 입에서는 뜨거운 숨소리, 승리의 개가가 뿜어져 나왔다.

'아! 세상은 이렇게 아름답구나. 이렇게 서로 사랑하는 것이 자연의 섭리이거늘, 뚱딴지같이 유신반대 투쟁이라니. 사사오입(四捨五入)이면 어떻고, 삼선개헌(三選改憲)이면 또 어떤가? 굶어 죽지 않고 얼어 죽지 않으면 되지. 총 맞아 죽는 사람, 칼에 찔려 죽는 사람 없으면 되는 거지. 내 땅, 내 집 갖고 행복하게 살아가면 되는 거지. 미워하는 대신, 서로 사랑할 수 있으면 되는 거지. 자유가 밥 먹여 주는가? 민주주의가 삼팔선을 막아 주느냐고? 이념이 육체적 욕망을 채워주는가 말이다!'

그러나 또 한편의 외침.

'아무리 철이 없기로서니, 너는 자유와 민주주의를 위해 싸우는 사람들 입장을 생각도 안 하냐? 개나 돼지처럼 먹여주고 입혀주면 끝나는 거냐고? 그리고 지금 이 짓은 또 무어야? 이마에 피도 안 마른 녀석이 성폭행이라니. 벌레처럼 이따위 짓에나 몰두하다니. 이 천하에 나쁜 놈아!'

혼란한 두뇌, 엉뚱하게 떠오르는 생각들, 끝 간 데 모를 공상, 현재의 나와 과거의 나, 어머니, 입시, 심영진 선생님, 아버지, 하숙집 밥 등. 무아지경을 헤매는 동안에도 온갖 상념들이 머리를 스쳤다. 아! 이 열락의 순간에도 세상사를 기억해야 하는가? 과연 온전한 엑스터시에 들어갈 수는 없는 것인가? 어떻든 오늘 밤의 이 사건이 보다 의미 있는 것이 되기 위해서는 정신적인 흔적이 남아야 할 것 같았다.

'껍데기만 합쳐져서는 안 된다. 육체와 영혼의 완전한 결합을 위해...'

더 이상 아까울 것이 무언가? 이대로 죽는다 한들 두려울 게 무엇인가? 그래서 바로 이 순간, 마지막 남은 한 방울, 최후의 에너지까지 다 쏟아야 한다.

'혹시 아이들이 우릴 찾아 나선 것은 아닐까? 들키면 어쩌지? 하지만 천신만고 끝에 찾아온 이 아름다운 시간을, 사소한 일로 방해받고 싶진 않다. 이 순간, 모든 판단을 중지하자. 도덕이니 윤리니 하는 거추장스러운 것들을 괄호 속에 집어넣자. 사람들이 몰려나와 내 몸뚱이를 내려다보며 웃는다 할지라도, 나는 자연의 섭리로 이루어지는 이 거룩한 행동을 결코 멈출 수 없다.

억지로 두 몸뚱이가 잡아 떼인다 할지라도, 그 전에 사정(射精)까지의 온 과정은 기필코 마무리되어야 한다!'

어떤 영화 속 전쟁의 폐허 한가운데에서, 남녀 주인공은 눈물을 흘리며 이 숭고한 작업을 끝내 마무리했었다. 아! 경진이 형도 그처럼 다급한 심정이었을까? 씨앗을 뿌리려, 이 땅에 흔적을 남기고 싶어 그날 밤 그토록 발버둥을 쳤을까? 그리고 그렇게 홀연히 떠나갔을까?

그는 그 사건이 있은 지 얼마 지나지 않아 세상을 떠났다. 어떤 사람은 병사(病死)라 했고, 어떤 이는 자살이라 했다. 그 어느 쪽이든, 스스로의 죽음을 예견하고 있었음에 틀림없다. 맞아. 그렇고 보면, 삶과 죽음은 한 뼘 차이야. 성(性)은 그 둘과 많이 닮아 있고.

밤 깊은 시각. 인가(人家)에서 멀리 떨어진 곳에, 인적(人跡)이 있을 리는 만무. 그러나 다시 한 번 주위를 둘러본 다음, 칠산 쪽 하늘을 쳐다보았다. 달과 별을 품은 하늘이, 땅위에서의 소나무들과 함께 둘의 모습을 응시하고 있었다. 그들이 살아있지 않다는 사실에, 적어도 고발당할 염려는 없다는 사실에 안도의 숨을 내쉬었다.

'때로는 무심(無心)한 것들이 우리들 삶을 편안하게 해 주는 법이지.'

맑은 하늘에 바람은 세찼고, 여자의 몸은 뜨거웠다. 그 아래에 깔린 눈을 녹여내기라도 하려는 듯, 엉덩이는 한껏 달구어졌다.

삭풍(朔風)이 수컷의 등 위로 환호하며 지나갔지만, 둘의 육체는 결코 식지 않았다. '난 더 이상 거부하지 않아요'라고, 여자의 몸은 말하고 있었다. 숨이 점점 가빠질 무렵, 여자가 슬쩍 엉덩이를 들어 주었다. 그녀의 친절함에 감격했다. 하지만 또한 서툴지 않은 그 몸짓에, 그만 슬퍼지고 말았다.

애당초 '처음'이라는 그녀의 말을 믿지는 않았었다. 하지만 막상 그 일이 확신되는 순간, 마음은 천 길 낭떠러지로 추락하고 있었다. 누군가 그랬었다. 남자는 한 여자의 '첫 번째'이기를 원하고, 여자는 한 남자의 '마지막'이기를 바란다고. 그럼에도 그러한 염원은 늘 배반당하기 마련인 것을. 이제 첫 번째가 아님이 증명되었거니와, 이 여자에게 과연 나는 몇 번째에 해당할까? 이 몸을 스쳐간 뭇 사내들처럼, 머지않아 나라는 존재도 이 암컷의 뇌리에서 사라지지 않을까? 아니, 분명 그럴 거야. 왜냐하면 나 역시 이 여자에게 마지막 남자가 되지는 않을 테고, 또 하나의 여성을 만나는 순간 이 여자는 나에게 과거가 될 테니. 그렇다면 피장파장, 장군 멍군이로구나.

그런데 왜 나는 지극히 육체적인 이 일에서, 정신적인 위안까지 얻고자 하는 걸까? 그건 욕심이 아닐까? 아마 태준 형은 이런 나를 비웃을 것이다. 무수히 스쳐가는 사냥감을 일일이 기억하는 일은, 그때마다 의미를 부여하는 일은 피곤하다고. 불필요한 짓이라고. 그건 사냥꾼의 자질과 거리가 먼 일이라고. 생각의 끝자락에서 피식 웃음이 나왔다.

"왜요? 왜 웃어요?"

"아니. 그냥."

"웃지 말고, 빨리 허란게는. 추와 죽겠구만은..."

"응? 알았어."

역시 형이상학 아래에 형이하학이 있었구나. 우리는 머리를 위로 쳐들고 살면서도, 아래를 받치고 있는 배에 더 집중할 수밖에 없는 거로구나. 애써 씁쓸한 기분을 떨쳐 버리고, 신발을 고쳐 신었다. 백 미터 경주에 나선 주자처럼. 복수라도 하듯, 이를 갈아 부쳤다. 아랫도리에 힘을 가하면 가할수록, 풍만한 육체로 말미암아 몸이 붕 뜨는 기분이 들었다. 한 중앙에 무게중심을 두어, 숫제 사지(四肢)가 땅에서 동동 들리도록 해 보았다. 여자의 입에서 비명이 터져 나왔다.

'그래. 죽어라 죽어! 네가 죽어야 내가 산다.'

그동안 받았던 설움을 토해내듯, 타락해버린 세상에 대해 복수하듯, 뒤죽박죽인 세상을 흔들어버릴 기세로, 아니 늘 패배만 당하는 스스로를 응징하듯 여자의 몸뚱이를 부여잡고 그렇게 몸부림쳤다. 발악을 해댔다.

하지만 섹스란 흔히 말하듯, 그렇게 즐거운 일이 못 되었다. 몸을 움직이는 중에도, 이상하게 슬픔 같은 것이 올라왔다. 그것을 짓누르기라도 하듯, 남자는 마지막 에너지를 쏟아내고 있었다. 일단은 소기의 목적을 달성해야 한다. 끝까지 추격하여 확인 사살을 해야만 한다. 오늘밤 나에게 주어진 지상과제(至上課題)란

이 일을 성공적으로 마무리 하는 데에 있다. 이 순간. 나는 자연의 섭리에 따라 움직이는, 한 마리 벌레에 지나지 않아야 한다. '사랑'이니 '진실'이니 하는 말들은 말장난, 언어의 유희에 불과하다. 그것은 욕정을 채우기 위한 위선이고, 가식일 뿐이다.

달구어진 육신을 순식간에 식혀버리는 바람 탓이었는지, 아니면 기다리고 있을지도 모를 친구 녀석들 생각 때문이었는지, 격렬한 피스톤 운동은 불과 몇 분 만에 끝나고 말았다. 남자의 몸뚱이 아래에 여자의 육체가 축 늘어져 있었다. 둘은 한동안 꼼짝도 하지 않았다. 조금 전 욕설까지 퍼부으며 거칠게 굴었던 자신이 몹시 부끄러웠다. 하지만 덕분에 푹신한 여체 위에 엎드러져 있게 되었으니, 이 얼마나 감개무량할 일인가? 너무나 행복했다. 꿈만 같았다. 이런 상태가 영원히 지속될 수만 있다면, 세상의 그 누구도 부럽지 않을 것 같았다.

달콤한 시간이 흘러갔다. 목을 감았던 팔이 스르르 풀리는 것을 느끼며, 남자는 천천히 몸을 일으켰다. 그리고는 멀리 외딴집에서 흘러나오는 불빛을 바라보았다. 자식들, 잘 놀고 있겠지. 순진하게 시리. 순식간에 어른이 된 기분이 들었다. '실속 없이' 에너지만 낭비하고 있을 아이들이 불쌍하게 여겨졌다. 상대적 우월감이랄까, 어떤 승리감 같은 것이 일시에 밀려왔다.

'드디어 내가 해냈구나. 이제 나도 어엿한 사냥꾼이 되었구나. 바로 이 순간을 위해, 그토록 많은 번민과 갈등, 고통과 기다림의 시간들을 보냈구나. 이 찬란한 시간을 만나기 위해, 그렇게도

먼 길을 돌아왔구나.'

오랜만에 포식(飽食)한 맹수가 먹이의 잔해(殘骸)를 살펴보듯, 남자는 여자를 내려다보았다. 헝클어진 머리칼, 달빛에 빛나는 하얀 허벅지. 두 손으로 얼굴을 감싼 채, 그녀는 미동도 하지 않았다. 뭔가를 갈구하듯 여전히 아가리를 벌리고 있는 여체에 사냥꾼의 눈길이 머무는 순간, 다시 한 번 채워주고 싶다는 생각이 들었다. 몸을 만지려는 찰나, 여자가 서서히 몸을 일으켰다. 저만치 던져진 팬티와 스타킹을 주워 꿰며, 검은 머리칼을 쓰다듬어 뒤로 넘겼다. 핀을 입에 문 채 머리채를 묶던 여자가, 새삼스레 이쪽을 바라본다.

"오빠. 먼저 들어가. 나 부엌으로 해서, 쪼금 있다 들어 가께."

표정은 온화해지고, 목소리 또한 무척이나 다정해져 있었다. '관계' 이전의 다소 긴장된 분위기와는 딴판이었다. 물론 그 변화가 싫지 않았다. 몰래 회심의 미소를 지어 보았다. 지어미를 거느린 지아비의 뿌듯함이 이런 걸까? 적의 진지를 점령한 장군의 심정이 바로 이런 것일까?

물론 내일이면 아무 일도 없었던 것처럼, 모두들 제자리로 돌아가겠지. 하지만 오늘밤만큼은 특별하고 싶다. 영원히 함께 할 수는 없다 할지라도, 이 순간만큼은 세상에서 가장 다정한 연인 사이로 머물고 싶다. 어차피 인생은 찰나인 것을. 어차피 우리의 삶은 한 순간인 것을. 몸이 떨리도록 긴장된, 슬프고도 아름다운 밤은 그렇게 흘러갔다.

끊임없이 스스로를 불사르던 태양이 잠시 몸이라도 식히려는 듯, 광백사 염전 쪽 칠산 바다 속으로 자맥질해 들어간 지 벌써 두어 시간이 지났다. 아이들은 산지떵에 그냥 누워있었다. 서촌의 북쪽을 병풍처럼 아늑하게 감싸고 있는 언덕배기의 서쪽 자락에 위치한 산지떵은 계절마다 그 얼굴이 바뀌었다.

봄에는 바구니를 든 처녀들이 쑥 캐러 나왔다가 총각들과 히히거리는 곳이었고, 여름철에는 더위에 지친 소들이 시원한 칠산 바람을 쐬며 풀을 뜯는 푸른 목장이었으며, 하얀 눈이 소복이 쌓인 겨울에는 동네에서 가장 긴 스키 활주로가 되어 아이들을 즐겁게 해 주었다.

어렸을 적. 태민은 이곳에서 가끔 병정놀이를 했었다. 또래보다 대여섯 살이 많은 '대장' 덕호는 장군 역할을 실감나게 해 보였다. 다른 아이들보다 키도 크고 동작도 날랬지만, 무엇보다 대나무를 베어 만든 검이 두 뼘쯤은 족히 더 길었을 뿐 아니라 끝에 손잡이까지 달려 있었다. 거기에다가 무예를 가르칠 때에 발휘하는 탁월한 리더십 때문에 영웅대접을 받았다. 시범을 보일 적에 그 건장한 몸을 살짝 숙이기도 하고 훌쩍 날아오르기도 하는 동작들이 나오면 아이들은 박수를 치며 찬탄을 금치 못했다. 태민 역시 그가 장차 이순신이나 강감찬과 같은 위대한 장군이 되리라 믿어 의심치 않았었다. 때문에 그가 중학교 진학도 못한 채 쇠꼴을 베러 다닌다는 소식을 들었을 때, 한참 동안이나 고개를 갸웃거려야 했다.

"아그덜아. 우리 참외나 따 먹으로 가끄나?"

훠이 훠이 모기를 쫓던 태준이 또 하나의 기발한 제안을 하고 나선다.

"어디로 갈라고?"

"보미로네 땅콩 집으로 가제, 어디기는 어디여야?"

태민의 경우, 서리하는 데에는 별 취미가 없었다. 하지만 하릴 없이 모기만 뜯기고 있는 판국에 마냥 거절할 기분도 아니었다. 태준이 굳이 '보미로'의 참외밭을 털자는 데에는, 간밤의 태풍에 땅콩집 블록 담이 허물어졌다는 따끈따끈한 정보가 입수된 데다 평소 보미로가 동네사람들로부터 별로 인심을 얻지 못했던 사실이 작용한 것 같았다. 만주인이라서 말이 잘 통하지 않는 데다 무뚝뚝하고 인색했다. 특히 '그 사건' 이후 더더욱 조롱의 대상이 되고 말았으니.

"성! 차말로 그랬으까?"

"차말이제 그러먼. 놀래 갖고 여자 몸이 굳어지면, 세맨트보당 더 단단해진닥 안 허디야?"

"그것도 함부로 못허겄네이."

"세상에 공짜가 어디 있간디. 그런게 거시기를 잘 놀려야 헌다고 안 허디야?"

"그러면 성은 어찌간디? 히히."

킥킥. 천하의 도덕가라도 된 양, 성인군자 흉내를 내어 내뱉는 준엄한 교훈이 평소 그의 모습과 너무나 어울리지 않아 웃음이 나왔다.

"째깐한 새끼가 칵 안! 좌우간 여그서 옷을 벗어야 해."

땅콩집이 저만치 바라보이는 배수로의 둑길 위 한 지점에 이르렀을 때, 태준이 나지막하게 속삭였다. 오랜 세월 동안 불모지나 다름없었던 땅, 물둠벙. 서촌 동네와 땅콩집 사이에 놓여있는 이 벌판은 본래 생겨난 대로 널브러져 있었던 탓에 가물 때에는 높은 지대의 작물이 타 죽고, 홍수가 질 때에는 낮은 곳의 곡식들이 떠내려갔었다. 초등학교 때 학교 가는 길의 양편에 있던 이 땅들을 경지정리하고, 정부의 지원을 받아 전국에서 최초로 관정까지 파도록 앞장선 사람은 바로 이씨였다.

"당신은 뭇헐라 욕 먹어감시로 그런 일을 허요? 내 돈 들여감시로 해도 잘했단 사람은 읎고, 못했단 사람만 있지 않소."

"애팬네가 쓰잘 데기 읎는 소리는. 밭들이 빤뜻빤뜻허게 되고 농로가 뚫린게, 경운기 들어가기도 좋고 쪼끔 있으면 트랙터 들어가기도 좋을 것이고. 막상 말로 쟁기질허기도 좋고, 우 아래가 고른게 가물 때 양수허기도 좋고, 홍수 날 때 물 빼기도 좋고. 비 안 왔을 때, 관정에서 펑펑 쏟아지는 지하수 물 있겄다. 뭇이 성가셔?"

"당신 혼자 생각이제, 어뜬 사람은 자기네들 땅 한 평인가 두 평인가 먹어 들어갔다고 구시렁구시렁 안 헙디요?"

"그것이사 몰라서 허는 소리제에. 관정 자리 땜에 두어 평 농사 못 짓는 것 허고, 밭 전체가 타 죽는 것 허고 뭇이 더 낫겄어?

일 년만 농사 지어보락 해. 그러면 내 말 헐 것인게. 그리고 설사 시방은 모른닥 해도, 내 새끼들 대에는 알아줄 것 아니여? 내가 사심(私心) 먹고 그런 일을 했겄어? 내 땅은 앨라 더 들어갔어."

"그런게 뭇헐라, 내 것 손해 봄시로 그런 일을 허냐고라우?"

"저런 저런, 말허는 뽄대 허고는. 그러면 다른 사람보당 많이 배와 갖고, 나 혼자만 배 불르게 먹고 죽어 버리먼 끝이란 말이여 어, 뭇이여?"

"우리 식구 잘 먹고 잘 살고, 내 속으로 난 내 새끼들 잘 가르치먼 되제, 당신같이 그런다고 누가 상을 준답디요? 비석을 세워준답디요?"

"누가 비석 세워주라고 그러간디? 내가 내 좋을라고 내 돈 들여 뻐쓰 끌어오고, 전기, 전화 끌어오고, 아침저녁으로 군수 만나 차 사주고, 장관 만나서 밥 사줌시로 사정사정 허간디? 애팬네가 무식해 갖고는..."

대학까지 졸업한 이씨와 견줄 바는 아니지만, 김씨라고 하여 아주 배우지 못한 것은 아니었다. 초등학교 때 제법 영리했고, 공부를 이어가고 싶다며 친정아버지를 조르다가 전라북도 이리까지 가서 5년제 중학교에 들어가기도 했던 그녀였다. 그럼에도 '대학'이라는 말의 위세에 눌렸는지, 학벌 말만 나오면 입을 다물었다.

태준의 충직한 졸병들은 반듯하게 난 둑길 위에 납작 엎드려 있었다. 어스름한 달빛에 죽은 듯 누워있는 땅콩집을 바라보며, 태민은 이제 막 상여집에서 빠져나오는 마귀할멈의 얼굴을 떠올렸다. 집도, 달빛도 음산하게만 느껴졌다. 겁쟁이 티를 내지 않으려 무척 애를 썼지만, 막상 옷을 벗으려고 하니 몸이 으스스 떨렸다. 달이 구름 뒤에 숨어 엿보는 것 같고, 바람이 소리쳐 고발할 것 같고, 무수한 별들이 머리 위로 덮칠 것만 같았다.

거름지게를 지고 가며 무수히 흘렸을 농부의 땀과 장마철을 지나면서 훌쩍 커버린 풀 냄새가 코끝으로 전해져 왔다. 악동들의 출현에 놀라 팔짝팔짝 뛰어가는 메뚜기, 그 모습이 귀엽고 앙증맞다. 이 숨 막히는 순간에 어디를 그리 바삐 가느냐? 둥글게 만 손바닥을 작은 몸뚱이 위로 사뿐 덮어 보았다. 발버둥치는 대신 골똘히 생각에 잠겨있는 녀석, 그 장면이 또 너무나 귀여워 곧 방면하고 말았다.

굳이 옷까지 벗고 싶진 않았다. 서리에 가담은 하되, 풍덩 빠지기는 싫었다. 언제든 빠져나올 수 있도록 한 발만 들여놓고 싶었다. 그러나 이쪽 방면에 최고의 권위를 자랑하는 태준의 말인지라, 따르지 않을 수 없었다. 윗도리를 벗고 나니 러닝셔츠도 마저 벗으란다. 하얀 색은 절대금물이라며. 달빛에 반사되는 것을 방지하기 위해 얼굴과 가슴, 팔뚝 그리고 배에까지 잔뜩 모래를 입혔다.

"아랫도리도 벗어."

"...왜?"

"외를 따먼 어디다 담어 올래?"

"...? 알았어."

바지의 양쪽 발목 근처를 질끈 동여매니, 운반하기에 안성맞춤인 포대가 완성되었다. 태준은 팬티마저 훌렁 벗어던지며 따라 하기를 강요했다. 어이! 시원허다. 그러나 그것마저 벗어던질 만한 숫기가 태민에겐 없었다. 대신 모래를 한 움큼 사타구니에 쑤셔 넣고는 한참 동안 문질러 댔다. 모기 물린 자국이 가려워 견딜 수 없었던 것이다.

높은 포복, 낮은 포복을 번갈아가며 앞장서던 태준이 뒤를 돌아보며 태민과 광호를 단속한다.

"아따! 새끼들. 궁데이 조까 더 낮치란 마다."

목표 지점은 아직도 요원한데, 오른쪽 어깨에 걸친 '바지 포대'가 자꾸 거치적거렸다.

"아이고! 내 좆도. 깝깝해서 못 가겄다. 전부 일어 나그라이. 그냥 걸어가는 것이 낫겄다."

그거야말로 심히 바라던바. 망지기 석형을 제외하고 벌거숭이 셋은 빠른 걸음으로 걷기 시작했다. 아! 어떻든 오늘은 참 기분이 좋은 날이다. 항상 망을 보거나 보초만 서다가, 난생 처음으로 공격조에 가담하게 되었으니 말이다.

구름 속에 숨었던 달이 낯을 내밀며, 세상을 대낮처럼 비추었다. 도둑놈들에겐 어두움이 더 좋은 법인데. 태준이 무너져 내린 담 벽에 바짝 다가갔다. 그리고 한참 뒤로 쳐져 살금살금 걸어가는 둘을 향해 손을 내저었다. 멈추라는 신호. 비상사태라도 발생한 걸까, 아니면 선천적으로 타고난 그의 진중함일까.

잠시 숨을 돌리는 사이. 달이 구름 속에 숨어들며 다시 사방이 캄캄해졌다. 아하! 하늘도 우리를 돕는구나. 이때를 기다렸다는 듯, 그는 저벅저벅 담 안으로 들어섰다. 먼발치에서 바라보고 있노라니 조바심이 났다.

'이러다가 무용담이 사라지는 건 아닐까. 내 인생에 새로운 이정표를 세워야 하는 이 순간, 눈앞에서 기회를 놓치는 것은 아닐까? 차라리 주인한테 붙들릴지언정, 가만히 앉아있는 것보다는 낫겠다. 실패하는 것보다 가담하지 않은 일이 더 부끄러울 텐데. 아하! 이래서 비상식적인 범죄가 일어나는 거로구나. 이래서 죄짓는 사람들에게 이력이 붙는 거로구나.'

애초의 출발선에서는 전혀 예상하지 못했던 심리, 이상한 욕구가 끓어올랐다. 신호가 없었음에도, 둘은 앞을 향해 나아갔다. 설령 정지 명령이 떨어질지라도 따르지 않을 요량으로. 대책 없이 무너진 담은 어서 오라고 손짓하는 것처럼 보였다. 깨어있는 사람이 없음을 확인한 다음부터 허리를 펴고 걸었다. 마치 밭주인이라도 된 듯 걸음은 당당했고, 마음 또한 여유로웠다. 어디서 그런 용기가 나왔을까. 명령 불복종의 죄를 짓는 부하들 앞에서 태준은 아무 말도 하지 않았다. 만류하기에는 늦었다고 판단한 때문인지, 아니면 내심 기다리고 있었는지, 그것도 아니라면 혼자만의 공훈으로 돌리고 싶었던 욕망이 들켜버린 데 대해 당황해하고 있었는지.

앞가슴을 풀어헤친 채 잠이 든 미인처럼, 노란 참외는 그야말로 무방비. 아니, 애무의 손길을 애타는 양, 달빛의 조명을 받으며 한껏 교태를 부리고 있었다. 눈이 부시었다. 너무 황홀하여 정신이 아득했다. 이렇듯 아름다운 여인을 내팽개친 저 주인은 도대체 어떻게 생겨먹은 인간일까.

에라이! 멍청한 놈. 애지중지 키워놓고, 이제 와 잠을 퍼 자고 있어? 네 것도 지키지 못하는 주제에, 남의 것은 왜 탐을 내니? 스스로 죄를 짓고 있다거나 미안하다는 생각은 들지 않았다. 도둑놈의 것을 도둑질하는 것은 유죄일까, 무죄일까? 무죄다! 그래서 보미로가 잠들어있을 안채 쪽은 거들떠보지도 않았다. 지금 이 순간, 나에게는 황금빛 미녀를 맞아들이는 일이 급선무다. 바삐 손을 놀리기 시작했다.

어느덧 셋은 가을걷이를 하는 주인처럼, 그렇게 당당해져 있었다. 망을 보던 석형까지 가세했다. 무지막지한 폭력 앞에서, 잔인무도한 군홧발 아래에서 참외들은 무저항으로 일관했다. 순결한 육체가 능욕을 당하는 데 꿈틀거리지도 않았다. 유난히 먹음직스러운 한 육신을 골라 우두둑 한입 베어 물었다. 껍질도 벗기지 않은 통째로. 특유의 향기는 코를 찌르고, 달콤한 진액은 혀끝을 타고 침입해 왔다. 작열하는 태양 아래에서 갈증 나는 손을 뻗어 안으로, 안으로만 담아두었던 물, 땀, 눈물, 피, 피, 피.

"야이! 개새끼들아. 허천병 났냐? 쪼끔 있다 가서 먹제. 여그서

다 어작내 버리냐? 빨리빨리 담으란 마다."

역시 태준은 남의 행복을 두고 보지 못하는 성정(性情) 같다. 한껏 부풀어 오른 바지포대의 허리 부분을, 혁대로 꽁꽁 묶었다. 모두 한 자루씩 들쳐 메고 나오는데, 태준은 두 자루를 업기 위해 낑낑대고 있었다. 그 순간을 포착한 석형이 포대를 내려놓고 양손에 참외를 하나씩 치켜든 채로 우적우적 씹다가 몽땅 내동댕이치고, 또 다른 하나를 집어 든다. 태민네 땅콩밭이 서리를 당했을 때, 김씨는 그랬었다.

"아이고! 새끼들도. 도독질을 허러 왔으면, 즈그덜 따 먹을만치만 가져가면 오죽이나 좋았냐. 그런디 먹도 안 헐람시로 주인도 못 먹게 막 뽊고 댕기는 통에, 속이 더 상헌단 마다. 시상에! 땅에서 나는 곡식을 고로코 절단 내 버리고, 하늘이 무섭도 않으끄나?"

역지사지(易地思之)라 했던가. 누구든지 상대방의 입장에 서 보면, 차마 나쁜 짓은 하지 못할 텐데. 김씨가 비난했던 그 도둑놈이 바로 오늘의 나로구나.

사정권을 벗어난 뒤, 아이들은 개선하는 졸병마냥 걸었다. 애초의 출발지점에 돌아와 풀 섶에 숨겨둔 옷가지를 집어 들었다. 걷는 동안에도 포획물을 꺼내어 손으로 쓱싹 문지른 다음, 껍질째 우적우적 씹어 댔다. 간섭하기 좋아하는 태준이 가만있을 리 없다.

"느그덜, 껍딱이라고 암 디나 내뻐리지 말어라이. 내일 땅콩집 사람들이 쪼르르 요것 따라 쫓아오먼, 다 뽀록 나버린게."

먹다 남은 반 토막을 도랑 속으로 집어던졌다. 수사에 혼선을 주기 위해, 일단 옆 동네로 가는 것이 어떨까 궁리했었다. 하지만 만약 그랬다가 그 동네 사람들에게 붙잡히기라도 하는 날이면 더 일이 꼬인다는 의견에 따라, 결국 산지떵으로 향했다.

악동들은 넉넉히 폼을 잡고 앉아 입술이 부르트도록 열심히 씹어 댔다. 그러나 어린아이 머리통만 한 참외를 두세 개 먹고 나니, 더 이상 들어갈 배가 없었다. 그렇다고 여분을 내일까지 보관할 데도, 어디에 내다팔 수도, 누구에게 선물할 수도 없는 노릇. 달리 방법이 없다고 판단한 듯, 태준이 벌떡 일어선다.

"우리 심심헌디, 팬 싸움이나 허까?"

"...?"

"양쪽으로 갈라 서갖고 눈싸움 허득끼 허는디, 눈 대신에 참외를 갖고 맞치기 허는 거여."

"맞어. 암만해도 더는 안 들어가네. 징허게도 크구마이. 여그서 더 먹다가는, 짜구 나 디지게 생겼네."

두 명씩 갈라선 다음, 상대편을 향해 던지기 시작했다. 그러나 겨우 몇 발짝 앞에서 추락하기를 거듭했다. 이번에는 주먹으로 몸통을 가격하여 여러 개의 파편을 만들었고, 서서히 거리를 좁혀 나갔다. 바로 그때, 눈두덩에 큰 충격이 와 박혔다. 도둑 펀치를 맞은 것처럼, 혼백이 날아갈 지경. 석형의 던진 포탄이 정통으로 얼굴을 명중시킨 것.

"이 개새끼. 아무리 그렇다고 면상을 조준해야?"

녀석의 뒤를 쫓았다. 하지만 한쪽 눈이 감긴 상태인지라, 방향을 가늠하기도 쉽지 않았다. 어림짐작으로 포탄 하나를 발사했다. '픽' 소리를 내며 포탄의 몸은 산산조각이 났고, 전사해 마땅할 녀석은 시퍼렇게 살아 몸을 돌렸다. 질겁하여 도망치다가 붙잡혔고, 포로의 등 안으로 쪼개어진 파편들이 밀어 넣어졌다. 결국 둘은 박장대소를 하며, 그 자리에 주저앉고 말았다. 태준이 숨을 몰아쉬며, 또 단속을 시작한다.

"인자부터 느그덜, 집 소막간에다는 절대 똥 싸지 말어라이."

"어째서?"

"땅콩집 보미로가 낼부터 온 동네를 갈고 댕길턴디, 너 같으먼 어디부터 보겠냐?"

"맞어. 그러면 우리보고 똥도 누지 말으라고?"

"아따! 똥 구먹 맥히면 어쭈고 살겄냐? 다지금 집이서만 누지 말고, 난장판에다 누든지 다른 집 소막간에 가서 보든지 각자 알어서 허란 소리제에."

이튿날. 일의 진행상황이 궁금하기도 하여 정보사령부 격인 큰집으로 달려갔다. 해가 중천에 떴건만, 태준은 쿨쿨 자고 있었다. 그 베짱이 부러웠다. 행주치마에 손을 닦으며, 백모가 부엌 쪽에서 고개를 내민다.

"느그덜이 땅콩집 외, 따먹었냐?"

"...안 했어요."

"그래? 그러면 어째서 보미로가 식전(食前)부터 여그를 왔으끄나?"

가슴이 철렁 내려앉으려는데, 태준이 눈을 비비며 문을 밀친다.

"뭇이라고? 하이칸! 엄니도. 그런 일 있으면, 사람을 깨우던지 허제마는."

"니가 코 곯고 자고 있길래 그랬지야. 그러고 너허고는 상관 읊는 줄 알았고. 그러면 느그덜이 차말로 갔단 말이냐. 시방?"

"아따! 엄니는 안 했닥 허먼 안 헌 줄 알제마는, 고난시 사람 의심허고 그러네이."

"야이 놈아! 안 했으면 그만이제, 어째 에미 보고 눈깔질을 허고 난리냐?"

"맬급시 쌩사람 잡은게 그러제에..."

그러나 아무리 발뺌을 해도 범행의 전모(全貌)는 밝혀지고야 말았다. 고발자도, 검사의 심문도, 변호사의 변론도, 피의자의 자백도, 뚜렷한 증거도 없이 그냥 그렇게 아이들은 범인으로 확정판결을 받았다. 그리고 며칠 후. 범죄자들의 집에서는 배상금으로 보리 한 말씩이 거두어졌고, 그것으로 사건은 종결되었다.

소를 몰고 '새샘거리(산지뗑 넘어 서촌에서 염전으로 향한 신작로변에 위치. 땅 속에서 샘물이 올라온다는 설이 있었음)'로 향했다. 짙푸른 소나무 그늘이 시원한 데다, 둠벙이 바로 옆에 있어서 아이들이 곧잘 모이던 곳. 초등학교 시절. 태민은 가끔 이곳에서 미역을 감곤 했었다. 헤엄을 칠 줄 몰라 얕은 곳에서만 첨벙대던 일, 둠벙가에 지천으로 널려있는 개구리, 아이들의 소리에 놀라 후닥닥 튀어가던 물방개, 논두렁으로 스르르 기어 나와 여자아이들을 혼비백산케 했던 꽃뱀, 수면 위로 미끄러지던 물뱀.

고추 끝자락에 줄줄 흐르는 물을 달고 둠벙 밖으로 걸어 나올 때면, 귀가 멍멍해지곤 했었다. 세상 소리가 궁금하여 모래밭에 드러누웠고, 햇볕에 달구어진 조약돌을 귀에 갖다 대었다. 간혹 너무 뜨거워 귓불을 덴 적도 있었지만, 서서히 물이 빠져나오다가, '폭' 하는 경쾌한 음향과 함께 소리가 틔어질 때의 그 쾌감이란. 바람이 상쾌한 소나무 그늘에 앉아 고누를 두기도 하고, '낫치기'도 했었다. 금을 그어놓고 낫을 던져 상대의 낫을 쓰러뜨릴 경우, 그가 베어온 쇠풀까지 몽땅 빼앗아오는 '낫치기', 그것은 정말 가슴 떨리는 도박이 아닐 수 없었다.

"야! 오늘 저녁, 쩌그 밑에 수박밭에나 한번 가 보끄나?"

벌거숭이 몸을 막 모래밭에 뉘인 아이들, 너무나 평안하고 행복한 가슴에 또다시 태준이 불을 지른다. 당연히 욕망은 꿈틀대기 시작한다.

하지만 염전 동네 지수네 밭이라는 말에 꽉 숨이 막혔다. 그라면 울던 아이도 울음을 그칠 만큼, 악명을 떨치는 인간이 아니던가. 늘 수사 대상이었던 그를 순경들이 붙잡으러 다니는 일은 다반사, 하지만 오히려 그와 부딪히지 않기를 포졸들조차 간절히 원하였다니. 딱히 무슨 무예를 익힌 것도 아니고 몸이 특별하게 단련된 것도 아닌데, 옥죄어오는 포위망을 뚫고 순식간에 종적을 감출 때의 그 신출귀몰함은 보는 사람의 혀를 내두르게 했다. 굳이 평가한다면, 비상한 후각과 날쌘 동작의 소유자라고나 할 정도인데. 여기에 그의 포악한 성격, 거칠고 우악스러운 기질이 모두를 공포로 몰아갔고, 역설적으로 이것이 그의 도주를 용이하게 했을 수도 있었을 것이란 추리가 가능했다.

누구보다 그를 가장 두려워하는 부류는 바로 여자들. 일단 눈에 들어왔다 하면 처녀이건 유부녀이건, 어린 소녀이건 할머니이건 가리지 않았다. 어느 날, 우거진 솔밭 한가운데에서 그는 하교길의 초등학교 5학년짜리 여자아이를 붙잡았다. 겁에 질려 벌벌 떠는 아이를, 그는 솔밭 은밀한 곳으로 끌고 갔다. 새파랗게 질린 아이를 넘어뜨린 다음, 팔뚝만 한 '거시기'를 여린 몸속에 집어넣었다. 아이는 고통 가운데 울부짖었고, 그는 숨을 헐떡거리며 욕정을 채웠다. 그리고 실신한 아이를 내버려둔 채, 떠나갔다.

해 질 녘. 마침 옆을 지나던 사람의 눈에 뜨인 아이는, 등에 업혀 집으로 돌아왔고. 처절하게 찢겨져 나간 몸뚱이 앞에서, 그 어미는 넋을 잃고 말았다. 날이 밝기가 무섭게 지서에 정식 고발장을 접수시켰지만, 어쩐 일인지 그 사건은 유야무야되고 말았다.

그 일이 있고 얼마 되지 않은 어느 날 자정 무렵. 그는 동네의 과부 집으로 쳐들어갔다. 그의 눈은 벌겋게 달아올랐고, 목소리는 한 오라기 양심인 양 가늘게 떨었다. 뻗쳐오는 악마의 손길을 피하다 보니, 과부는 어느새 구석 쪽으로 내몰리고 말았다. 막다른 골목으로 쥐를 몰아간 고양이마냥 그는 발버둥치는 수절 과부의 입을 틀어막은 채, 기어코 욕정을 채웠다. 그 순결한 육신을 우둑우둑 씹어 살과 뼈를 남김없이, 다 제 입에 처넣고 말았던 것이다. 그럼에도 이 사건은 여자 쪽에서 쉬쉬하는 통에 그냥 묻혀버릴 뻔하였다.

그러나 헤집어진 살 가운데에, 부러진 뼈 속에 하나의 생명이 잉태되었다. '잘못된 만남'의 잉여물이 뱃속에서 점점 몸집을 불려왔던 것. 그럼에도 여자는 발만 동동 구를 뿐, 달리 손을 쓰지 못했다. 감히 누구에게 발설할 처지도 못 되었거니와, 의료 시설마저 변변치 않았던 환경 속에서 냉가슴 앓듯 혼자 속을 태웠다. 몇 달 사이에 완연히 걷는 폼이 달라졌고, 마침내 눈치를 챈 주위 사람들의 권유에 의해 그녀는 읍내 병원에서 수술을 받을 수 있었다. 그것으로 사건 종결.

이후. 사방 근처의 여자들은 그의 그림자만 보아도 벌벌 떨었고, 화장한 얼굴이 그에게 보이지 않도록 각별히 조심하였다. 아예 야수(野獸)의 눈에 뜨이지 않는 것이 상책이다 싶어, 해가 떨어지면 문밖출입을 삼갔다. 그러므로 그의 밭을 습격하자는 것은 '잠자는 사자의 코털을 건드리는 일'과 다름이 없었다.

'재수 없이 걸렸다 하면, 뼈도 못 추릴 판인데...'
하고 많은 중에 하필 그 사람 밭을 서리해야 할 필요가 있을까?

부득부득 고집을 피우는 태준의 맘속에 '수박'이 아니라, '그 사람'을 먹고 싶은 욕망이 도사리고 있을지도 모른다는 생각이 들었다. 감히 누구도 꿈꾸지 못할 모험을 감행함으로써 최상의 스릴을 만끽하고, '짐승'의 심장에 칼을 꽂고 싶어 하는지도 모른다!

"그 새끼가 여자들 거시기 따먹으나, 내가 지 수박 따먹으나 피장파장이지야."

회심의 미소. 역시 그랬구나. 불안감이 없는 것은 아니지만, 태민의 마음속에도 악마를 닮은 호기심이 일었다. 물론 돌아가는 판세로 보아, 달리 도망갈 구석도 없었다.

밭 앞에 이르렀을 때, 태준은 망설이는 기색도 없이, 성큼 둑 아래로 내려섰다. 태민과 석형, 기출은 아카시아 나무 그늘에 몸을 숨겼다. 얼마쯤 지났을까. 교교히 흐르는 달빛 저 멀리에서 두런거리는 소리가 나타났다. 셋은 둑 아래쪽에 몸을 바짝 숨겼고, 밭 가운데 엎드린 태준은 죽은 듯 꼼짝도 하지 않았다. 초저녁 펼쳐놓은 그물을 보러 칠산 바다에 나갔던 사람들은 스스로의 대화에 취한 채, 악동들 머리 위를 스쳐 지나갔다.

어느새 장승처럼 우뚝 서 있는 태준을 확인하고, 셋은 누가 먼저랄 것도 없이 밭 가운데로 뛰어들었다. 오강만 한 수박들이 발길에 채였다. 하나를 들어 올리려 하는데 꿈적도 하지 않았다. 한쪽 발로 줄기를 밟은 다음, 힘껏 잡아당겼다. 그리고 누군가에게 복수하듯, 주먹을 들어 냅다 갈겼다. 지독한 통증만 손으로 전달되어 올 뿐, 상대는 꿈적도 하지 않았다.

'이 자식이 주인을 닮았나, 독하긴 왜 이리 독해?'

이번에는 작은 몸통을 골랐다. 널따란 마당을 횃불로 밝히며 '당수' 시범을 보이던 동네 형들을 상상하며, 힘을 모아 내리쳤다. 와사삭 소리와 함께, 그제야 수박은 속내를 내보인다. 한 조각 입에 무는 순간, 파릇파릇한 냄새가 코를 덮쳤다. 단맛은 덜했으나, 수량이 풍부하여 갈증을 달래주는 데에는 제격. 아마 무라리 일대에서 이 맛을 본 사람은 우리뿐이리라. 훔쳐 먹는 사과가 더 맛있다고 했지. 주렁주렁 달린 훈장처럼 두어 통을 가슴에 안은 채, 뚜벅뚜벅 걸어 나왔다.

언덕에 기대어 '서리'의 맛을 음미하는 사이, 또다시 인기척이 들려왔다. 염전 쪽에서 신작로를 따라 다가오는 군상들이 달빛 아래 선연히 드러났다. 엉거주춤하고 있는 사이. 사람들은 어느새 언덕 위, 코앞까지 다가와 있었다. 엉겁결에 납작 엎드렸다. 머리 위로 지나가는 남정네들의 굵은 목소리.

"그나저나 칠산 바닥에도 무장 괴기가 줄어드니, 큰 일이시."

"누가 아니락 헌가? 인자 이 짓 꺼리도 못해 먹을란 갑네야."

아카시아 나무 사이로 다리를 세어 보았다. 하나, 둘, 셋, 넷!.......... 그때 꿈결처럼 '히히' 하며, 뛰쳐나가는 한 녀석이 있었다. 기출. 제지하고 어쩌고 할 겨를도 없이, 녀석은 벌써 저만큼 달아나 있었다. 놀란 쪽은 도리어 바작을 짊어진 남정네들. 태민은 어찌할 바를 몰라 정신이 아득했다.

'에라이! 모르겠다.'

그것은 지극히 짧은 찰나, 전광석화와 같은 순간의 선택이었다. 녀석의 꽁무니를 향해 힘껏 내달리는 스스로의 몸을 발견했고, 머릿속에는 오직 '잡히면 끝장!'이라는 두려움으로 가득 차 있었다. 그러나 아무리 달려도 제자리걸음 하고 있다는 느낌. 두 다리는 허공에 매달린 채, 팔만 앞뒤로 휘젓고 있다는 생각이 들었다. 스쳐가는 소나무들을 일부러 세어보며, '공간적 이동'을 실감하려 애썼다. 돌부리에 걸려 넘어질지도 모른다는 불안감 때문에, 발을 동동 치켜들며 뛰었다. 한참을 달리다 보니, 궁금하여 견딜 수 없는 사항들.

'아직도 그들이 쫓아오고 있는가? 태준과 석형은 어찌되었는가?'

그렇다고 뒤를 돌아볼 계제도 아니었다. 누군가의 손이 뒷덜미를 낚아챌 것 같아, 마냥 앞만 보고 달렸다. 바람에 무슨 소리가 들리는 것도 같았다. 하지만 들은 체 만 체 하고 또 달렸다.

"아따! 거그 조까 있어 보란게."

또렷해진 목소리에 정신을 차리고 돌아보니, 기출. 어느새 그 웬수 같은 녀석마저 추월해 버렸던 것이다. 조금은 계면쩍은 심정으로 뒤돌아서 다가가자, 녀석은 배를 움켜쥔 채 깔깔거렸다.

"자네도 징허네이. 문 탐박질을 고로코 잘 헌단가?"

"개 같은 놈. 너 땜에 함바트라면 몽땅 잡힐 빤 봤지 않냐?"

태민은 부러 과장된 몸짓을 보였다. 스스로의 소심함을 숨기기 위해.

"헤헤헤! 미안허시. 고노모 웃음이 방정이란 말이시."

그때 밭쪽에서 들려오는 발자국 소리. 태준이 수박을 한입 베어 문 채, 유유히 걸어오고 있었다.

"미런 천치 같은 놈들. 문 좋 났다고 탐박질 허냐? 덩쿨 속에 카마이 엎드러 있으면, 누가 알간디?"

역시 영도자(領導者)의 지략과 배포는 '똘만이들'의 그것과는 차원이 달랐다. 그는 셋을 끌고, 다시 밭으로 들어갔다. 성폭행하듯 욕망을 흠뻑 채운 다음. 배를 두드리고 숨을 씩씩거리며 둠벙으로 달려갈 때, 하늘에서 달이 웃고 있었다.

첫사랑

어느새 고3.

청춘은 고통의 무게로 다가왔고, 젊음은 둥지 안에 갇힌 신세가 되었다. '입시'라는 말을 들을 때마다 온몸에 통증이 전달되어 왔다. 벌써 재작년이던가. 7·4 남북공동선언이 발표되고 유신체제가 선포되더니, 김대중 씨가 일본에서 납치되었다가 운 좋게 풀려났다는 소문도 들려왔다. 하지만 그런 일에 마음 쓸 계제가 아니었다.

지난 가을에 옮겨온 하숙집은 광주상고의 북쪽으로 볼록하게 솟아있는 풍향동의 양지바른 언덕배기에 자리하고 있었다. 바로 앞이 공터인 대문채에는 방 하나와 헛간, 재래식 변소가 딸려 있었고, 제법 널따란 정원에는 갖가지 수목들이 가득했다. 빨갛게 익어가는 석류 열매가 보는 이의 입에 침을 괴게 하고, 예닐곱 살짜리 아이의 주먹크기만 한 감이 옛 이야기처럼 주렁주렁 매달려 있었다.

대문에서부터 시멘트 길로 이어진 본채는 지붕이 나지막한 한식 기와집. 건물의 한가운데에 자리 잡은 대청은 그 아래를 파내어 지하실을 만들고, 다시 그 위를 덮어 가용(可用) 공간을 두 배로 늘려놓은 곳. 작달막한 키와 야윈 몸을 가진 주인아저씨는, 도시 사람들에게서 찾아볼 수 있는 세련미와는 아주 거리가 멀었다. 새까맣게 그을린 얼굴, 마디가 굵은 손가락, 어눌한 말씨, 해맑은 웃음은 차라리 순박한 농부 쪽에 가까웠다. 그는 마당과 탱자나무들로 구분되어 있는 동편의 널따란 포도밭에 나가 온종일 땀을 흘렸다.

서편에 딸린 부엌의 기둥 모서리를 삥 돌아가노라면, 북쪽으로 방이 하나 옹색스럽게 붙어 있었다. 지하방과 마찬가지로, 이곳 역시 하숙생을 하나라도 더 받고자 하는 주인아줌마의 탐욕이 빚어낸 코믹한 소품. 세상과 한 걸음 떨어져있는 듯한 그 공간에 몇 달을 기거하는 동안, 태민에게도 드디어 삶의 의욕이 찾아들었다. 동면(冬眠)에서 깨어난 개구리처럼.

'피하지 못할 운명이라면, 정면으로 맞서보자. 다시 한 번 나의 운명에 도전장을 띄우자. 운동화 끈을 질끈 동여매고, 다시 한 번 뛰어보자. 인생은 단거리 경주가 아니고, 마라톤이라 했거늘.'

돌아보면 상처투성이, 패배의 자국들뿐이었다. 그렇다고 주저앉아 있을 수만은 없는 노릇. 새로운 각오 덕분인지, 1학기 중에는 제법 성적이 올라가는 듯했다. 그러나 날씨가 더워질 때쯤 몸도, 마음도 흐느적거리기 시작했다. 핑계 거리를 찾는 데에 같은 처지일 수밖에 없는 고3 하숙생들은 누가 먼저랄 것도 없이, 지하실 방을 즐겨 찾기 시작했다. 듣기만 해도 머리에 쥐가 날 것 같은 입시 이야기는 첫 번째 금기사항. 그저 라디오 음악을 감상하거나, 잡담을 나누거나, 혹은 늦잠이나 낮잠을 즐기는 데에만 몰두했다. 그리고 그러한 일들을 행하기에, 어두컴컴하고 조용한 그 땅 밑의 별세계는 그야말로 안성맞춤이었던 것이다.

7월 초순의 어느 일요일 아침. 밤늦도록 웃고 떠들다가 새벽녘에야 잠이 들었던가 보다. 워낙에 배가 고파 눈을 떴다. 계단을 더듬어 올라오자, 어느새 해는 중천에 떠 있었다.

'이 시간에 밥을 줄라나?'

다짜고짜 상을 차려달랄 만큼 숫기가 있는 것도 아니어서, 눈치도 살필 겸 세수부터 하기로 맘먹었다. 목에 수건을 두르고 마루 끝에 서서 양치질을 하는 동안, 밝은 햇살이 눈을 부시게 했다. 수돗가로 가려 섬돌에 발을 내리딛는 순간, 자석에 끌리듯 고개가 오른쪽으로 돌아갔다. 중간에 손바닥만 한 밭 하나를 넣어두고, 서로 살을 맞대고 있는 서쪽의 이웃집. 그 집 대문채 장독대 위에 어떤 여학생 하나가 시야에 들어왔다.

이웃이나 마찬가지인 그 집에 대해, 그동안 태민은 별반 관심을 기울이지 않았다. 그런데 지금 바로 이 순간, 망치로 얻어맞은 듯 심한 충격을 받고 말았으니. 빨래를 널고 있는 그녀의 얼굴을, 태양은 백설같이 희게 만들었다. 까만 머리칼을 질끈 동여맨 장밋빛 스카프는 애교의 상징처럼 보였고, 짧은 치마 아래로 드러난 하얀 종아리는 열아홉 살 머슴애의 가슴을 무자비하게 후벼팠다.

칫솔을 입에 문 채, 그 자리에 얼어붙고 말았다. 세수하려던 것조차 까맣게 잊었다. 오직 시선은 그녀의 동작 하나하나에 모아졌다. 바지런히 손을 놀려 대야에 담아온 옷가지를 빨랫줄에 걸쳐놓은 다음, 그녀는 내려갈 채비를 차렸다. 나풀거리지 않도록 치마 가장자리를 움켜 쥔 손이 앙증맞기 그지없었다. 조심조심 계단을 내려오는 자태는 한국 여성의 아름다움 그 자체였다. 정신은 몽롱한데, 입안이 얼얼해졌다. 일단 수돗가로 달려가 입안을 대충 헹구고 나서, 또다시 그 자리에 붙박이처럼 서 있었다. 뭘 기대하는지도, 뭘 궁리하는지도 모른 채. 한참 후에야 자신이 그녀를 애타게 기다리고 있었음을 깨달았다. 하지만 그녀는 끝내 나타나지 않았다.

'혹시 내가 허깨비를 본 건 아닐까? 그렇지 않다면야 이 집에 온 지 벌써 일 년이 다 되어가는데, 그녀를 발견하지 못했을 리 없잖아?'

이튿날. 태민은 동양극장과 서방시장을 지나, 하숙집을 향한 언덕배기를 오르고 있었다. 서쪽하늘에서 내리꽂히는 햇살로 말미암아 오후 수업까지 마친 육신은 축 늘어질 만도 했다. 물론 학생모 아래의 이마와 교복 아래를 받치고 있는 등짝에서는 쉼 없이 땀이 흘러내렸다. 하지만 책가방을 쥔 왼손과 땅을 내딛는 두 발에는 힘이 넘쳤다. 집 앞 공터에 이르렀을 무렵. 배드민턴을 치고 있는 그녀의 모습이 기적처럼 눈에 들어왔다. 날씬한 다리와 날렵한 몸놀림, 그리고 무엇보다 장밋빛 스카프가 보면 볼수록 매력 만점. 아! 난 바로 이 장면을 꿈꾸고 있었구나!

해 질 무렵. 태민은 이웃집 대문이 정면으로 바라보이는 맞은편 전봇대 옆에 서 있었다. 이윽고 머리 위의 전등이 주황색 광채를 내뿜기 시작한다. 아! 드디어 여름밤의 화려한 축제가 시작되는구나.

'하지만 나에겐 시간이 없다. 서쪽하늘에 긴 꽁무니를 드리우며 자신의 몸뚱이를 서둘러 숨기는 저 태양처럼, 나에게 주어진 시간은 많지 않다. 오늘은 기어이 결판을 내야 한다. 다가오는 입시 때문에라도 시간을 낭비할 수 없다. 그런데 내가 이렇듯, 조급해하는 까닭은 뭘까? 꼭 해야 할 과제도 아니고, 누군가로부터 강요받은 일도 아닌데. 혹시 이걸 사랑이라고 하나?'

'사랑'이란 단어 앞에 서면, 늘 어색했다. 이씨 부부처럼, 남편과 아내는 으레 그렇게 사는 것이라 여겼다. 자식들 키우고, 살림살이 걱정하고, 이웃들 체면 돌아보고. 굳이 하나를 더 들라면,

오직 육체적 욕망을 충족시키는 일이라고나 할까. 경진이 형과 이지수의 성폭행에서 보는 것처럼. 만주 사람 보미로와 진길중의 염치없는 섹스장면에서 그러했던 것처럼. 맑고 투명한 맘으로 기다리던 이은경, 그녀는 끝내 나타나지 않았었다. 육체가 배제된, 정신적인 사랑이란 존재하지 않았다.

그래서 '사랑'에 빠져 앞뒤 가리지 못하는 인간들을 경멸했었다. 문학과 영화의 주인공들이 그러한 장면을 연출할 때, 꾸며낸 이야기려니 여겼다. 세상에 태어나 할 일도 많은데, 참 한가한 사람들이라 생각했었다. 스스로에 대해서는 '감성보다 이성이 앞서는 편, 하고 싶은 일보다 해야 할 일을 먼저 하는 쪽'이라 진단해놓고 있었다. 아니, 지금까지 어떻게 살아왔건 앞으로는 그러한 쪽으로 나아가야 한다고 맘먹었다. 그런데 지금은? 지금의 나는 어떠한가?

'심영진 선생님이나 부모님이 나의 이런 모습을 보신다면? 젤 열심히 공부해야 할 때에 무슨 뚱딴지같은 짓이냐며 역정을 내시겠지. 누구나 한 번쯤 겪는 일이긴 한데, 시간이 지나면 아무것도 아니라고, 다 잊어진다고. 그에 비해 대학 입시는 네 인생에 너무나 중요한 일이라고. 앞으로 네 삶이 여기에 달렸다고. 그래. 그 분들의 말씀이 옳을지도 몰라. 또 먼 훗날, 지금의 내 또래 아이를 만났을 때, 나 역시 그런 식으로 충고할지도 모르지. 너만 한 때에는 공부나 열심히 하라고. 그것이 남는 장사라고. 하지만 젊음은 길들여지지 않는다. 청춘은 결코 학습될 수 없다!'

이게 아닌데 하면서도, 거부할 수 없는 어떤 힘에 이끌려가고 있는 느낌. 급경사 내리막길을 내닫는 리어카처럼, 스스로를 제어할 수 없으리라는 두려움. 상념에 잠겨 하늘을 쳐다보다가 인기척에 놀라 대문 쪽을 바라보았다. 놀랍게도 그곳에 아름다운 이야기가 시작되고 있었다. 미리 약속이 있었던 것도 아니고, 누군가가 기다리고 있다는 사실조차도 몰랐을 그녀가 눈앞에 등장한 것이다. 분명 그것은 기적이었다. 쪽대문을 빠져나온 그녀가 가게 쪽을 향해 천천히 걸었다.

'왜 저러지? 무얼 사러 가는 걸까? 그렇다면 지금 나는 어떻게 행동해야 하는 거지?'

짧은 순간에 많은 생각들이 스쳤다. 이런 일이 결코 많이 일어나지 않으리라는 예감이 들었다.

'모처럼 찾아온 천재일우(千載一遇)의 기회인데, 놓치면 안 되지. 그렇다면 이대로 기다려야 하나, 아니면 다가가 말을 걸어야 하나? 조금만 더 기다려볼까? 아무래도 자연스럽게 마주치는 쪽이 낫겠지?'

우왕좌왕 갈팡질팡하는 사이, 그녀가 무언가를 한 아름 가슴에 안고 걸어 나왔다. 그리고 어어 하는 사이, 대문 안으로 사라져버린다. 아예 이쪽에는 눈길조차 주지 않은 채. 닭 쫓던 개도 아니고, 이게 무슨 꼴이야? 머릿속이 텅 비어오며 억장이 무너졌다. 왜 나는 늘 이 모양일까? 왜 나는 과감하지 못할까? 입시 때마다 그것 때문에 실패했던 기억이 떠올랐다. 두 번 다시 그런

행운은 오지 않을지도 모른다.

'아! 항상 찬스에 약했던 못난이가 사랑을 고백하는 데에도 그 징크스를 깨지 못하다니. 나는 원래 안 되는 놈인가? 그렇다고 이대로 물러설 수야 없지. 칠산의 세찬 바람을 마시며 자라난 내가, 무라리의 짠물을 들이키며 성장한 내가 이대로 주저앉을 수는 없어!'

하지만 뚜렷한 방법이 떠오르지 않았다. 그녀의 집 안으로 쳐들어갈 수도 없고, 그렇다고 무작정 기다릴 수도 없는 노릇이고. 뭐 마려운 강아지처럼 엉거주춤하는 사이, 또 한 번의 기적이 일어났다. 그녀가 또다시 우아한 자태를 드러낸 것이다.

'혹시 내가 기다리고 있음을 알아챘을까? 그럴 리 없는데? 그거야 어떠하든, 분명 운명의 여신은 나를 향해 미소 짓고 있구나.'

조금 전과는 달리, 그녀는 느긋한 걸음걸이를 연출하고 있었다. 이 순간, 나에게 요구되는 것은 관념이 아니라, 행동이다. 황급히 뒤를 따라 가게 쪽으로 다가갔다. 이건 나 스스로와의 싸움이다! 이 싸움의 상대는 그녀가 아니라, 나 자신이다. 신이 허락한 이 마지막 기회를 붙잡아야 한다.

서쪽 하늘은 까만색으로 변해 있었고, 어둠 속에서 가로등 불빛은 한껏 교태를 부리고 있었다. 그녀가 가게에서 걸어 나오는 순간, 몸이 용수철처럼 튀어나갔다.

"쩌어기...요..."

".........?"

잔잔한 호수의 수면처럼 무심한 눈동자, 그 앞에서 열아홉 살의 청춘은 다음 말을 잊고 말았다. 그녀가 몸을 돌려 두어 걸음을 옮겨놓는 순간, 머리의 명령도 받지 않은 채 손이 앞으로 뻗어나 갔다. 물렁물렁한 감촉이 손으로 전달되어 왔으나 그것이 무엇인지 의식조차 못한 채, 오직 놓치지 않으려는 일념으로 힘껏 부여잡았다.

"아이, 왜 그러세요?"

"...나 하고 말 좀 하게요."

"우선 이 손부터 놓으셔요."

"예?"

"여기... 좀 놓으시라니까요!"

아뿔싸! 거머쥐고 있는 그 부분은 다름 아닌 가슴이었다. 세상에! 내가 무슨 치한(癡漢)도 아니고, 성추행할 의도는 털끝만큼도 없었는데. 첫 대면부터 이런 실수를 저지르다니. 그녀는 망연자실하여 서 있는 얼굴을 들여다보다가 웃음을 터뜨렸다. 그 웃음이 어색한 분위기를 깨트렸다.

"왜 웃으세요?"

"호호호. 우습잖아요?"

"쩌기... 진작부터 한 번 말을 해 보고 싶었는데... 시간이 있으면 잠깐 이야기 좀 할까 해서요."

남쪽, 광주상고 쪽으로 난 내리막길을 앞장서 걸었다. 말없이 따라오는 발자국 소리. 이쯤 되면 실수도 실수 나름이구나. 그것이 인연이 되어 어떻든 만나게 되었으니. 내리막길에서 왼쪽으로 꺾어들었다. 이층집 담 아래. 무슨 말부터 꺼내야 할지 열심히 궁리하며, 하늘을 쳐다보았다.

　엷은 구름 뒤로 달이 숨어들었고, 그때 제법 선선한 바람이 불어왔다. 흥건한 흙냄새가 코를 적셨다. 그래. 흙은 늘 고향과 어머니를 생각나게 하지. 난 본래 여리고 내성적인 데다 여성적이기까지 했는데, 이 도시가 나를 거칠게 만들었어. 거듭되는 패배가 나를 삐딱한 사람으로, 남모를 고통이 나를 공격적인 인간으로 만들었어. 이 도시의 콘크리트가 나를 갑각류(甲殼類) 동물로 바꾸어놓았다고. 하지만 오늘밤은 두꺼운 나의 껍질을 벗어던진 채, 연하고 부드러운 본래의 나로 돌아가고 싶다. 황량한 도시에서 버텨오는 동안 잃어버렸던, 순수한 감정들이 되살아나기 시작했음에야.

　그녀는 쪼그린 채, 치마를 앞으로 모았다. 오랜만에 맞이하는 앙증맞은 '여성스러움' 앞에서, 마구 가슴이 뛰었다. 거칠고 우악스런 사내아이들을 순둥이로 만드는 것이 바로 저 여성스러움 아니던가. 주변의 돌들을 모아 깔고 앉은 다음, 그녀 쪽에도 자리를 마련해주었다.

　"이렇게 앉아 봐."

　".........."

　대답대신, 도리질.

"훨씬 편한데…?"

".........치마에 흙이 묻으면 안돼요."

"그까짓 것, 좀 묻으면 어때서…"

"…"

어느새 반말로 돌아와 있는 자신의 말투가 일보 전진한 것이라 평가하며, 잠시 뜸을 들였다.

"저기요. 나하고 딱 한 달만 연애해요."

"예?"

"한 달만 연애하자고요."

단순무식, 용감무쌍한 발언에 정작 놀란 것은 태민 자신이었다. 일생에 한번 얻을까 말까한 이 좋은 찬스에 왜 '사랑'이라는 고상한 어휘 대신, '연애'라는 천박한(?) 단어가 내 입에서 튀어나왔을까? 이럴 때 놀란 척 하지 않으면 안 되겠다는 듯, 그녀가 돌아보았다. 애써 모른 체했다. 아니, 속으로는 한껏 떨고 있었다.

"왜 하필이면 한 달이예요?"

"그 후로는 공부를 해야 하거든요."

"그런 법이 어딨어요?"

"지금 여기 있지요. 내일부터 마침 오전 수업만 한다고 해서, 이 기간에만 그쪽을 만날까 하고요. 오늘이 7월 7일이니까, 8월 7일 까지만요."

"그렇게 자신이 있어요?"

"나는 한다면, 합니다."

심약함을 떨쳐버리는 가장 좋은 방법은 가능한 한 큰 소리로 말하는 것. 한껏 높인 목청은 상대방뿐 아니라, 스스로에게도 힘이 된다. 그런데 이처럼 '기간을 정할만큼' 용감해질 수 있었던 데에는 김씨의 '교육'도 한 몫 거들었다.

"여자란 요물이여야. 사내자식이 계집한테 홀랑 빠져갖고, 지 헐 일 제대로 못허는 놈은 꼬치를 띠어 버려야 혀."

늘 장남 앞에서 점잖은 언어를 구사하는 김씨였지만, 이상스럽게 여자 말을 할 때에는 스스로를 절제하지 못하는 듯 보였다. 거기에는 사각모를 써 본 무라리 출신 가운데 '부모보다 여자의 말을 더욱 경청한' 사례가 적지 않았다는 사실이 작용하지 않았을까 싶다. 어떤 사람은 부모를 졸라 미리 유산을 타낸 다음 코빼기도 비치지 않았고, 또 어떤 사람은 여자의 꾐(?)에 빠져 미국에 건너간 뒤 소식조차 없다고 했다. 어떻든 그런 인식을 갖고 있는 김씨이거늘, 만일 내가 여학생에게 정신을 팔다가 대학에 떨어지기라도 하는 날이면 어떻게 될까? 그 끔찍한 결과를 충분히 상상할 수 있기 때문에 미리 기간을 정한 것이었고, 따라서 그것은 무엇보다 스스로를 향한 다짐이기도 했다.

대답은 없었다. 가타부타 말도 없이 천천히 몸을 일으키는 그녀를 바라보는 동안, 생각이 분주해졌다. 만남 자체를 거절한다는 의미인가, 아니면 '기간'을 정해 만나자는 말이 맘에 들지 않는다는 뜻일까? 혹은 좀 더 생각할 시간이 필요하다는 의미일까?

'어떻든 다음을 기약해두는 것이 급선무다. 약속을 분명히 하든지, 아니면 뭔가 흔적이라도 남겨야 한다. 키스를 감행해 볼까?'

그녀에게 다가갔다. 머리칼을 향해 뻗던 손을, 그러나 거두고 말았다. 무심한 듯 바라보는 눈동자가 그 손을 심히 부끄럽게 만들었던 것이다.

'맞아. 난 보통 사람들과 달라야 해. 평범해선 안 된다. 지금까지도 울퉁불퉁 살아온 인생인데, 사랑 또한 특이하게 해 봐야지. 흔하고도 흔한, 그런 사랑 말고. 순수한 사랑, 그것을 해 보고 싶다!'

어느 영화의 주인공처럼, 두 손을 호주머니에 넣으며 최대한 건조한 음성을 토해 냈다.

"내일 나와 주겠어? 오늘 만났던 시간에... 이곳으로 말이야."

".........."

역시 침묵. 하지만 이제부터 그녀의 침묵은 긍정이다! 적어도 나에게는. 태민은 자신을 향한 그녀의 눈빛 속에서 '전혀 새로운 삶'이 스스로에게 시작되었음을 감지했다. 동쪽하늘에 긴 꼬리를 그으며, 유성이 어디론가 낙하하고 있었다.

'동네 어른들은 별이 떨어질 때마다, 누군가 한 사람이 세상을 떠난다고 했었지. 사랑이 움터나는 곳의 맞은편에 죽음이 찾아든다는 사실, 그것은 실로 아이러니가 아닌가?'

하지만 죽음이 있기에, 살아있는 것들은 더욱 아름다울 수 있거늘. 오늘밤 나를 둘러싼 이 모든 것들이 아름답게 느껴지는 까닭은... 내 청춘이 살아나고 있기 때문이다. 삶의 마지막 순간을 태우는 저 유성처럼, 나 역시 이 여자를 위해 나의 모든 것을 불살라야 한다.

'하늘의 달과 별, 구름은 오직 이 순간을 위해 스스로의 자리를 지키고 있다. 발에 채는 돌멩이 하나, 담 밑에 피어난 한 송이 꽃도 우리의 만남을 위해 준비된 장식품이고, 우뚝 솟아있는 전봇대와 그 옆구리에 달린 채 졸고 있는 가로등 역시 이제야 소품으로서의 의미를 갖는구나. 스쳐가는 바람은 우리 둘의 앞날을 축복하기 위한 환호성이며, 길손의 발자국 소리에 놀라 짖어대는 저 똥개 역시 이 밤의 연출을 위해 동원된 음향장치이거늘. 그래. 세상은 이렇게도 아름다운 것을, 누가 인생을 슬프다고 했는가? 그 누가 삶을 고통이라 말했는가?'

자신의 존재가 오늘처럼 귀하게 여겨진 적은 없었다. 누군가에게 하나의 의미로 다가갈 수 있다는 사실 자체가 경이로웠다.

'한 송이의 국화꽃을 피우기 위해
봄부터 소쩍새는 그렇게 울었나 보다
한 송이의 국화꽃을 피우기 위해
천둥은 먹구름 속에서 또 그렇게 울었나 보다

그립고 아쉬움에 가슴 조이던
머언 먼 젊음의 뒤안길에서

인제는 돌아와 거울 앞에 선
내 누님같이 생긴 꽃이여

노오란 네 꽃잎이 피려고
간밤엔 무서리가 저리 내리고
내게는 잠도 오지 않았나 보다'

책 속의 활자로만 읽었던 시에 뼈가 생기고, 살이 붙고, 피가
돌았다. 너부러져 있던 언어가 오롯이 살아 꿈틀대고 있었다.
'맞아. 바로 오늘을 위해 난 그토록 먼 길을 돌았구나. 입시에
낙방할 때마다, 열등감과 패배감에 허덕일 때마다, 삶의 의미를
몰라 방황할 때마다 늘 궁금했던 내 존재의 의미가 바로 오늘
이 지점에 있었구나. 더하지도 덜하지도 말고, 꼭 오늘밤만 같기
를. 내 인생이 지금처럼만 이어질 수 있다면. 아! 오늘밤은 그
누구라도 사랑할 수 있을 것 같다. 나의 가혹한 운명마저 용서할
수 있을 것 같다.'

거울 앞에서 머리카락에 묻어있는 밤이슬을 털어낸 다음, 나
무계단을 타고 지하 방으로 내려갔다. 저항하는 젊음에게 던져
진 듯, 트랜지스터라디오가 한쪽 구석에 박혀 있었다. 검정 고무
줄에 칭칭 감긴, 건전지 묶음을 배에 단 채.

태민에게 라디오는 기껏 공부를 방해하는 소음덩이에 불과했
다. 그것을 소유해 본 적도, 관심을 가져본 적도 없었다. 뉴스를

들을 필요도 없었고, 가요나 팝송을 좋아하는 것도 아니었다. 사춘기 아이들의 가슴을 흔들어놓는, 간사하고도 음탕한(?) 목소리의 디제이들을 차라리 경멸하는 편이었다. 그러나 오늘밤은 다가오는 느낌이 달랐다. 한껏 볼륨을 키웠다. 이내 절규하는 목소리.

'모두들 잠들은 고요한 이 밤에
어이해 나 홀로 잠 못 이루나
넘기는 책 속에 수많은 글들이
어이해 한 자도 보이지 않나
그건 너, 그건 너, 바로 너 때문이야'

야! 세상에. 이런 노래가 다 있구나. 건성으로 흘려들었던 그 노랫말은 현재 나의 심정을 그대로 표출하고 있지 않은가? 시인은 어떻게 사람의 마음속을 이렇게도 세심하게 들여다볼 수 있을까? 작사가는 어떻게 이리도 절절히 맘을 표현해낼 수 있을까? 지금까지 라디오의 음악 프로를 열심히 듣는 아이들, 방송국에 편지까지 보내며 극성을 떠는 녀석들을 도저히 이해할 수 없었다. 그럴 시간 있으면 책이라도 한 자 더 보든지, 차라리 낮잠이라도 잘 것이지. 그러나 오늘밤 나는 대중가요의 위대성, 통속적인 것들의 가치를 충분히 깨닫고 있다!

어느새 '밤을 잊은 그대에게'와 '별이 빛나는 밤에'는 가장 기다려지는 프로그램이 되고 말았다. 세상을 향해 반항하는 것 같은 목소리, 그 절규하는 음성을 듣고 있노라면 막혔던 가슴이 뻥 뚫렸다. 사랑의 몸살을 앓고 있다는 사연을 들으면서는 찔끔찔끔 눈물을 흘리기까지 했다.

밤에는 쉬이 잠들지 못했고, 아침에는 식욕이 밑바닥으로 떨어졌다. 책을 읽어도 글자가 눈에 들어오지 않았고, 선생님들의 강의 또한 귀에 들리지 않았다. 짝꿍이 건네는 말조차 알아듣지 못해, 녀석을 황당하게 만들기 일쑤였다. '일류 대학'이니 '대학 입시'니 하는 말들은 먼 나라 이야기. '사랑'이란 단어를 수없이 낙서하는 것으로 수업시간을 때웠다. 지하방에 누워 천장을 올려다보면 그녀의 둥근 얼굴이 그려졌고, 팝송을 듣고 있노라면 그날 밤 아름다운 추억들이 주마등처럼 스쳐 갔다.

아! 내가 변했구나. 많이도 달라졌구나. 예전에는 차림새로 멋 부리는 아이들을 '불량 학생'으로, 빵집에 드나들거나 밤거리를 쏘다니는 아이를 '문제아'로만 간주했었는데. 이제는 사랑하는 사람에게 아름답게 보이려는 그 심정을, 허전한 가슴을 매울 길 없어 한없이 방황하는 그 마음을 충분히 헤아릴 것 같구나. 사랑하는 사람과 함께라는데 빵집이면 어떻고, 밤거리면 어떤가? 낮이면 어떻고, 밤이면 또 어떠한가? 사랑에 빠진 친구를 비난하거나 폄하하는 것은 죄악이다. '오직 살길은 대학 합격뿐'이라며 머리띠를 동여매는, 그런 맹추는 되고 싶지 않다. 누군가를 사랑해보지도 않은 메마른 가슴의, 그런 얼간이는 절대로 되고 싶지 않다!

'왜 태어났느냐고 묻거든 공부하기 위해서라고, 좋은 대학에 가기 위해서라고 대답하지 말라. 왜 태어났느냐고 묻거든, 사랑하기 위해서라고 대답하라. 실패와 좌절을 뚫고 왜 이 자리에 섰느냐고 묻거든, 출세하기 위해서라고, 이름을 빛내기 위해서라고 말하지 말라. 이 자리에 오늘 내가 있는 것은, 오직 사랑을 위해서라고 말하라. 이 순간 무얼 원하느냐고 묻거든, 일등이 되는 것이라고, 칭찬받는 일이라고 대답하지 말라. 내가 간절히 갖기 원하는 것은 사랑하는 사람이라고 대답하라. 이루고 싶은 것이 무어냐고 묻거든, 어린 날의 꿈이라고, 미래라고, 야망이라고, 부와 명예와 권력이라고 말하지 말라. 그것은 오직 사랑이라고 대답하라!'

아! 내 삶의 비극은 거듭되었던 입시 실패가 아니다. 바로 오늘 밤, 그녀와 함께 할 시간, 공간이 없다는 사실이다. 내가 원하고 그녀 또한 싫어하지 않는데, 왜 우리는 함께 할 수 없는가? 무엇이 우리 사이를 가로막고 있는가? 둘 사이에 가로놓인 심연의 본질은 무엇인가? 입시에 쫓기는 시간, 두 몸뚱이를 받아줄 곳이 없는 공간. 제과점은 주변에서 찾아보기 어렵고, 다방은 어른들만 드나드는 곳이로구나. 주점은 청소년 출입금지구역이고, 영화관 갔다가 발각되면 정학 처분을 받는구나. 그래. 이 세상 어디에도 젊음이 차지할 공간은 없다. 팔딱거리는 육체를 뉘일 곳은 아무 데도 없구나!

본래 외모에 대해서는 그다지 신경을 쓰지 않는 편이었다. 모자 차양을 높이고, 나팔바지 차림으로 여학생용 가방을 흔들고 다니는 녀석들을 볼 때마다 속으로 비웃었다. 어릿광대 같은 그들의 행태가 역겹기까지 했다. 하지만 이젠 아니다.

'이왕이면 멋스럽게, 깔끔하게 보이고 싶다는데, 그게 무슨 잘못인가? 성의 없이, 보는 사람 무시하는 듯 아무렇게나 차리고 다니는 아이들이 더 문제지. 나도 이제부터 스스로를 꾸며야 한다. 옷이나 신발에 관심을 갖자. 보기 좋을 정도로 머리칼도 기르고, 할 수만 있으면 얼굴도 좀 가꾸자.'

고지식한 공부벌레보다는 '불량 학생'이 더 인간적일 수 있다. 왜냐하면, 적어도 그들은 친구를 경쟁자로 보진 않으니까. 아무렴. 착하고 성실한 아이보다는 '문제아'가 훨씬 더 순수할 수 있어. 왜냐하면, 그들은 친구를 무시하거나 업신여기진 않으니까. 찌그러진 모자보다는 깃을 세운 모자가, 쪼글쪼글한 바지보다는 잘 다려 입은 나팔바지가 훨씬 더 멋들어지게 보이고.

이제부터 나의 잘못된 선입관, 편견을 쳐부술 필요가 있어. '꼴통들'의 빗나간 행동에 대해 관대해질 필요가 있다고. 왜냐하면, 그들보다 내가 더 틀렸을 수도 있으니까. 술을 마시는 아이의 외로움, 담배를 피우는 녀석의 고독을 너는 짐작할 수 있느냐? 부모의 만류를 뿌리치고 애인과 함께 떠나는 영화 속의 주인공을 너는 이해할 수 있느냐? 그에게 과연 너는 돌을 던질 수 있느냐? 따지고 보면, 그들은 불량아가 아니고, 불효자식도 아니다.

사랑을 위해 왕위까지 버렸다고 하는, 먼 나라 국왕 역시 정신병자가 아니다. 그야말로 사나이 중의 사나이가 아니냔 말이다. 어른들이 그어놓은 선 안에 머물러서는 안 된다. 기성세대가 쳐놓은 울타리 안에 갇혀 있어서는 안 된다. 그래 갖고는 인간의 성장도, 사회의 발전도, 인류의 진보도 없기 때문에.

방바닥에 드러누워 천장을 바라보았다.

'지금의 나는 젊음과 낭만, 사랑과 인생을 논해야 하는데, 날벼락처럼 웬 공부이고 웬 대학 입시인가? 인류의 잘못된 문화, 타락한 인간의 탐욕이 지금 우리를 지옥으로 몰고 있다. 과연 조물주가 시험 준비나 잘하라고, 공부나 열심히 하라고 우리를 만들었을까? 좋은 대학에 합격하여 일류기업에 들어가고, 돈 많이 벌라고 과연 우리를 이 세상에 내보냈을까? 아니지. 아니야. 아! 그래서 이럴 때에는 술 한 잔 마시고, 담배 한 개비라도 피워야 하는데. 그것이 기존질서에 대한 저항일진대. 그럼에도 음주나 흡연은 절대로 안 된다? 하하. 어디 이 세상이 어른들 맘대로 돌아가는가? 수많은 젊음들이 과연 부모님 뜻대로만 살아지는가 말이다. 목 줄기를 타고 내려가는 그 감촉, 공중에서 맴도는 담배 연기가 얼마나 멋있는데... 그건 그렇고. 지금쯤 잠이 들었을까? 숲속 궁전의 침대, 그 화려한 레이스를 닮은 공주님이 말이다. 그 아름다운 분께서 혹시 나와의 오늘밤 일을 회상하고 있을지도 몰라. 그렇다면 지금 내가 흡입하는 공기를 들이마시고 있을 테고...'

상상하는 것으로도 행복했다. 공상하는 것만으로도 황홀했다. 어쩌면 얼굴을 마주하는 것보다 이러는 편이 더 좋을지도 모르지. 왜? 공간, 시간의 제약이 없고, 주변 환경이나 조건에 신경 쓰지 않아도 되니까. 서로에게 집중할 수 있으니까. 또 무엇보다 서로로부터 거절당할 염려가 없으므로.

옆에 있는 사람처럼 존재감을 느끼기 위해, 생생한 얼굴을 그려보기로 맘먹었다. 그러나 다가갈수록 저만치 달아나는 무지개를 닮아, 막상 그리려고 하니 머릿속이 텅 비고 말았다. 아무것도 생각나지 않았다.

'세상에! 그녀의 향기는 코끝에 와 닿고 가녀린 몸은 손에 잡힐 듯한데, 정작 얼굴은 그 윤곽조차 잡히지 않으니. 과연 오늘밤 내가 그녀를 만나기는 한 걸까? 그녀의 몸을 만져보긴 한 걸까?'

갑자기 울적해지고 말았다. 오늘은 봄 날씨처럼, 열아홉 처녀의 가슴처럼 내가 변덕스럽구나. 왜 오늘따라 이리도 감정의 기복이 심한 걸까? 아무래도 오늘밤은 일찍 자는 것이 상책일 것 같다. 그래야만 내일이 빨리 닥쳐올 것이고, 운이 좋으면 꿈속에서 그녀를 만나게 될지도 모르니까. 더 이상 시간을 낭비하지 말자. 그리고 내일은 그녀의 얼굴을 찬찬히 살펴봐야겠다.

어른이 된다는 것

태민은 제과점의 입구 쪽에 시선을 고정시켰다. 간밤에 내린 눈이 미처 다 녹기도 전, 다시 그 위를 눈발이 덮고 있었다. 지금쯤 올 때도 됐는데? 여름부터 갈망해오던 담배를 난생 처음 꺼내 물었다. 누가 뭐래도 이제부터 난 어른이다! 제법 그럴 듯하게 폼도 잡아보았다. '뻐끔 담배'도 긴장을 푸는데 도움이 되나? 그동안 진선과의 데이트 장소가 되어 주었던 이 제과점이 낭보(朗報)를 전달받는 행운의 장소가 될 것인가, 아니면 비보(悲報) 앞에 통곡하는 눈물의 현장이 될 것인가?

그것은 오직 머지않아 나타날 진선, 그녀의 입에 달려 있었다. 중, 고등학교 합격자 발표장을 한 번도 가보지 못한 처지로서,

오늘만큼은 용기를 내고 싶었다. 하지만 결국 대입 발표장을 향해 떠난 사람은 진선, 그녀 혼자뿐이었다. 그때가 벌써 두 시간 전. 그 지긋지긋한 패배를 되풀이할 것인가 아니면 운명의 사슬을 끊고 창공을 향해 비상(飛上)할 것인가? 진선과의 교제가 신이 내린 축복으로 해석될 것인가 아니면 악마가 조장한 저주로 평가될 것인가?

올 여름. 가마미 해수욕장을 다녀 온 일이 있었다. 대학 입시가 얼마 남지 않았지만 '모처럼 가족끼리 다녀오자'는 이씨의 말을 거역할 수 없었다. 무라리 집에서 짐을 꾸리며 김씨가 하는 말.

"경희허고 향순이, 느그덜이 고상해야제, 벨 수 읊는 갑이다. 우리도 오늘 해지기 전에, 올 틴게. 알았지야?"

본래 말이 없는 향순이는 언제나처럼 묵묵부답. 하지만 '범띠'인 왈가닥 경희가 가만있을 리 만무했다.

"하이튼. 우리는 사람도 아니란게."

"저년이 또 무시라고 구시렁댄 디야?"

"어째 밤나 우리만 떨쳐놓고 간 가?"

"야이 년아! 누가 느그덜을 데꼬 가기 싫어서 그러냐? 식구대로 다 가 버리먼, 점빵은 누가 볼 것이냐? 그리고 낮밥 때에 누가 돼야지 밥은 줄 것이며, 달구새끼 모시는 또 누가 주겄냐? 저년이 저러코 속창아리가 읊단게에..."

"어째서 우리가 남어야 허간디? 노순이 년도 있넌디."

"저년, 즈그 언니보고 말허는 것 조까 봐라이. 느그 언니도 지금까정 한 번도 해수욕장 안 가 봤은게, 이참에 데리고 가야제. 어쩌야?"

"우리도 안 가 봤던디?"

"그래도 저년이. 주데이를 칵 찢어 버릴란게. 시방 점빵 볼 사람이 느그덜 말고 누가 또 있냐? 느그 아부지 보고 집에 있으락 허겄냐? 글 안 허먼 아들들 집에 놔두고, 느그 가시네들을 데리고 가리?"

"가시네는 사람 아니간디? 어메도 여잠시로, 항시 여자들만 무시헌단게."

"고로코 억울허먼, 너도 머심애로 생개나제. 그랬냐?"

"누가 내 맘대로 났간디? 어메가 요로코 났음시로?"

"뭇해야? 히히히… 나 차말로, 시석 없어서 말이 안 나오네이."

뿌루퉁해진 둘을 남기고 영광읍에 도착한 가족은 다시 법성행 완행버스를 갈아타고, 험한 산길을 따라 굽이를 돌아야 했다. 번갈아 바다가 나타날 때마다 태민은 진선을 떠올렸다. 언제 단 둘이 이곳에 올 수 있을까. 8월 8일까지만 만나자고 한 약속은 진작에 깨졌다. 그것도 태민이 졸라서. 하지만 자신의 나약한 의지를 탓하지 않았다. 도리어 굽힐 수 있었음이 다행이라 여기는 중. 어느새 그녀는 '운명'이 되어 있었다. 가족끼리의 시끌벅적한 잔치보다 그녀와의 호젓한 여행을 더 원하고 있으니 말이다.

쪽빛 물결 위에 하얀 고기잡이배들이 점점이 떠 있었다. 모처럼 맞이한 가족 나들이, 그것도 해수욕장이었다. 하지만 마음은 온통 광주 쪽에 쏠려 있었다. 해 질 녘에야 돌아온 식구들이 평상에 앉아 저녁을 기다리고 있었다. 화덕에서 보리밥을 퍼내던 김씨가 땀을 훔치며.

"그나저나 점빵문, 낮밥 먹고는 안 열었지야?"

"아침에 쪼까 열어 났었넌디, 사람들도 벨라 안 오데."

"날이 언칸 더와서, 돌아댕길 심도 읎는 생이다. 아따! 근디 해수욕장에는 징허게 사람들도 많드라. 시상에, 그 많은 사람들이 다 누구 뱃속에서 나왔으끄나이."

"씨잘 디 읎는 소리 그만허고, 냉큼 밥이나 갖고 와. 고것 쪼까 보고 많닥 허먼, 차말로 서울 갔다 노먼 정신 못 차릴라고?"

이씨의 경우, 요즘 부쩍 서울 나들이가 늘었다. 공화당 당원 교육을 받았다고도 하고, 어떤 국회의원을 만났다고도 하고, 무슨 나이트클럽에 가서 술을 엄청 많이 마셨다는 소리도 했다.

"그런게 말이요. 나도 새끼덜 많이 난 년이제마는, 아따! 겁도 안 납디다. 어디서 왔는가는 몰라도, 가시네들 살이 꼭 아픈 사람들같이 히커기도 허드라. 그런디 또 뭣헐라 해수욕장까정 와갖고, 역불러 살을 태울락 허는가 몰르겄드라. 우리 따라서 땅콩밭 한나절만 매먼 금방 시컴해질 턴디."

"애팬네도 무식허기는. 그것 허고 이것 허고 같간디?"

보리밥에 찬물을 부었다. 막 퍼낸 뜨거운 밥을 목구멍에 빨리 넘기기에는, 이 방법이 제일이려니. 반찬이라야 급조된 '생김치'

와 고추, 된장뿐. 그나마 집어가는 손이 많다 보니, 생김치는 금방 동이 나고 말았다. 파란 고추를 된장에 찍어 한입 베어 물었다. 순간 매운 냄새가 코를 찌르며, 핑 눈물이 돈다.

"아이고! 느그 큰오빠 빨리 물 갖다 주어라. 잘못 먹으먼 큰일 나는디. 어찌끄나? 괜찮허냐 어찌냐? 내가 골라 줄 턴디."

"머심애가 매운 것도 먹을 줄 알아야제. 아이! 그나저나 테레비 소리 조까 키와 봐라."

이씨의 고함소리에 경희가 슬리퍼를 질질 끌며 가겟방 문 앞으로 달려갔다. 구슬픈 곡조와 함께 뉴스가 흘러나오고 있었다.

"긴급뉴스를 말씀드리겠습니다. 오늘 8·15 광복절 기념식장에서 괴한의 총탄을 맞은 영부인께서 끝내 서거하셨습니다. 국민 여러분과 더불어 슬픔과 애도의 뜻을 표하는 바입니다. 삼가고 육영수 여사의 명복을 빕니다."

"엉? 이거이 문 소리디야?"

민주공화당 영광, 장성, 함평 지구당의 수석 부위원장을 맡고 있는 이씨. 그는 숟가락을 든 채, 얼이 빠진 듯 했다. 언젠가 '당교육'을 받고 돌아온 그는 이렇게 말했었다.

"아따! 중앙정보부 지하실에 간게, 이북에서 어쭈코 허는지 세밀허게 사진으로 다 나오드라. 하나니! 누구한테 말허지 마라마는, 개미새끼 한 마리 돌아 댕기는 것까장 다 비치는디, 차말로 기가 맥히드라."

"···"

"좌우간 우리나라는 박 대통령 같은 분이 읎으면 안 되아야. 어떤 사람들은 독재헌다고 무시락 허제마는, 이 사람 말 들어주고, 저 사람 말 들어주고 허면 은제 경제개발 헐 것이며, 또 어쭈코 고속도로를 놓겄냐? 우리가 시방 새마을운동이라도 해서 요로코 밥줄이나 먹게 되았제, 글 안허면 진작 다 굶어 죽었다. 말인게 그러제, 여그 무라리도 그전 같으면 보릿고개 한 번 냄길라면 참 심들었다."

"．．．．．．．．．"

"요맘때쯤, 이 보리밥이 다 뭇이디야? 죽도 못 먹는 사람이 수두룩해 갖고, 얼굴이 누렇게 떠 갖고 댕긴 사람 많았다. 부황기 났다고 안 그러디야? 또 그 양반 읎었으면 전쟁이 나든지 난리가 나든지, 진작 절단 나 버렸을 것이다. 키는 짤닥막 해도, 군인같이 야물게 안 생겼디야? 그런게 김일성이도 함부로 못 넘어오는 것이여어. 또 지금까정 업적이 을마나 많냐? 촌에서 보릿고개도 몰아냈제, 사채도 정리했제, 또 부정부패가 을마나 읎어졌냐? 그런 줄도 모르고, 야당 놈들은 끄떡허면 독재를 허네, 장기집권을 허네 난린디, 그 양반 아니면 누가 허겄냐?"

"．．．．．．．．．"

"그러고 묘헌 것이, 한 번 반대헌 것들은 끝까지 반대만 헌다이. 그런게 한 번 야당을 헌 사람은 평생 야당배키 안 헌단다. 느그덜은 하니나! 그런 뽄을 받으면 안 된다 그 말이여어. 알았냐? 그러고 그것들이 국민들 앞에서만 야당 허제, 밤만 되먼 여당질 허니라고 실은 바쁘다 거. 느그덜은 정치를 잘 모를 것이다 마는, 말을 안 들으면 돈 양씬 맥애 버리는디, 즈그덜이 안 넘어 가고 바운 디야? 그래 갖고도 정 안 들으면, 중앙정보부에 끌고 가 버러. 거그 지하실이 어뜬 딘 지나 아냐?"

"…"

"이북만 아니라, 이남에서 움직이는 것까장 다 보고 있단게. 특히 야당 국회의원들은 일거수일투족 다 사진으로 찍어버러. 호텔에서 누구를 만났는지, 어뜬 여자허고 커피 마시는지... 내가 시방 문 말 허고 있디야? 좌우간! 걸어 들어갔다가 뿍뿍 기어서 나오는 디라 그 말이여어. 입만 살아갖고 나불대든 것들이 거그 서 하룻밤만 자고 나면, 대번에 말이 틀려진다 거. 막상 말로 대가리에다 총 들이대고 죽인닥 헌디, 즈그덜이 문 벨 수 있디 야? 군인들이 뭇 있냐? 말 안 들으면, 그 자리서 '빵' 쏘아 버러. 그런게 정치는 아무나 함부로 허는 것이 아니여어."

"………"

박 대통령에 대한 그의 존경심은, 거의 신앙에 가까웠다.

"느그덜은 한 번도 안 봤지야? 나는 직접 봤넌디, 키는 짝달막 해도 징허게 야물딱지게 생겼그든. 낯바닥은 쪼까 시컴헌 듯 헌 디, 따글따글허게 생긴 것이 비보통이여. 보통 사람들 허고는 생긴 것부텅 틀린단게. 그런게 아무나 대통령 헌디야? 동네 이장 도 지 맘대로 못 되는 것인디, 벌써 대통령부터는 하늘이 내야 허는 것이여어."

그런데 오늘. 그의 부인, 대통령 영부인이 사망했다고 하니, 그로서는 청천벽력이 아닐 수 없었으리라. 태민 역시 충격으로 한동안 입이 다물어지지 않았다. 어느새 김씨는 울먹거리기 시작했다.

"시상에! 이것이 문 일이끄나이. 그 양반은 참 한복이 잘 어울리고 허드라마는. 야당 허는 사람들도 그 양반한테는 문 욕을 안 했을 턴디..."

"그것을 시방 말이라고 해? 국모(國母)란 말도 안 들어 봤간디? 좌우간 조용히 조까 해 보란게. 아이! 소리 조까 키와 보란게 뭇허냐? 박 대통령이 어쭈코 되았는가 알아야 쓸 것 아니냐?"

태민 역시 비로소 그 일에 생각이 닿았다. 맞아. 우리나라 안보를 위해서는 영부인보다 박 대통령의 신변이 더욱 중요하다. 그의 서거는 곧바로 북한의 침공으로 이어질 것이기에.

"공산주의자 문세광의 흉탄에 영부인께서 서거하셨습니다. 그러나 대통령 각하께서는 무사하십니다. 대통령 각하께서는..."

순간. 마당에서는 환호성과 함께 박수가 터졌다. 화면은 반복해서 사건 당시 행사장의 모습을 비춰주고 있었다. 관중석 가운데서 갑자기 일어서 총을 쏘는 범인, 여기저기서 튀어나오는 경호원들, 황급히 연단 아래로 몸을 숨기는 박 대통령, 반듯하게 앉아 있다가 스르르 옆으로 쓰러지는 육영수 여사, 곧 상체를 일으켜 상대방을 쏘아보는 대통령, 그리고 영부인이 들려나간 뒤에도 끝까지 경축사를 다 읽어내려가는 그의 모습 등.

"커! 허. 저것 조까 봐라 저. 보통사람 같으면, 총소리에 놀래갖고 도망치니라 정신이 읎을 턴디, 역시 영웅은 영웅이여. 저 눈 봐라. 내가 무시락 허디야? 장군 출신이라 뭣이 틀려도 틀리단게."

이씨의 경우. 육영수 여사가 서거했다는 사실보다도 구사일생으로 박 대통령이 살아남았고, 또 그 와중에서도 영웅적인 행동을 보여주었다는 점에 더 의미를 두는 것 같았다. 반면, 김씨의 경우.

"이 일을 어찌끄나이. 고로코 이쁘고 곱든 양반을 어째서 고놈들이 그랬으끄나? 어째 대통령을 안 쏘고 육여사를 쏘았으끄나?"

"애팬네가 문 말을 해도 꼭. 그러면 대통령이 총이라도 맞었으면 쓰겄어? 글 안해도 그 새끼가 대통령 먼첨 쏘았구만은..."

"시상에! 여자를 뭇 헐라고 쏘끄나? 고놈들이 간첩들이지야 이?"

"..........."

대답 대신, 여기저기서 훌쩍거리는 소리. 이 대목에서는 이씨 역시 목이 메는 듯, 한동안 입을 다물었다. 잠시 후. 그가 다시 목청을 높였다.

"그 통에도 살아난 것 보면, 아직 우리나라 운이 괜찮은 갑이다. 만약에 대통령이 죽었다고 해 봐라. 김일성이가 카마이 있겄냐?"

사실 태민 또래의 전후(戰後) 베이비붐 세대에 있어서 '박정희'란 이름은 '대통령'의 또 다른 이름에 지나지 않았다. 대통령 하면 박정희, 박정희 하면 대통령이었다. 대통령 선거에서 박정희 후보가 당선되는 것은 당연했고, 그 이외의 다른 사람이 그 자리에 오른다는 것은 상상조차 할 수 없었다. 어렸을 적 보았던 대통령 선거 포스터. 워낙 많은 사람들이 출마하는 통에 후보의 이름과 얼굴, 구호를 훑어보는 데에도 한참 시간이 걸렸다.

그런데 며칠 지나지 않아 이 포스터들이 훼손되기 시작했다. 아예 통째로 찢겨나간 경우도 있고, 두 눈이 움푹 패거나 코가 떨어져나간 사진, 입이 찢겨져 있는 포스터도 있었다. 험상궂은 수염이 그려지거나, 입에 담을 수 없는 욕설이 쓰여 있기도 했다. 그런데 유독 깨끗하게 남아있는 포스터가 딱 한 장 있었으니, 그것은 바로 박정희 후보의 것이었다. 코흘리개들조차 그의 얼굴에는 손을 대지 않았다. 태민은 그가 반드시 대통령이 되리라 믿었고, 또 그러기를 간절히 바랬었다. 그런데 오늘 이런 사건이 생겼으니.

8·15 광복절의 총격사건에도 불구하고, 아니 그 사건으로 말미암아 가족들의 애국심과 대통령에 대한 충성심은 한층 더 고양되는 듯 했다. '우리도 한번 잘 살아보세!'라는 노랫말이 염원이 되고, '하면 된다!'라는 구호가 모두의 신념으로 굳어졌다.

그 충격의 여름방학이 지나고 선선한 가을바람이 불어올 때, 진선과의 만남은 계절만큼이나 무르익어 있었다. 다만 큰방 아주머니의 집요한 방해공작과 진선의 큰방 어른들이 보내는 눈치 때문에 거처를 옮겼을 뿐이다. 태민의 하숙집은 학교 앞의 우산동 언덕배기에 자리해 있었고, 진선은 사흘이 멀다 꽃을 사 들고 이곳을 찾았었다. 몸집이 뚱뚱한 주인아주머니는 이전 하숙집 여자처럼 '학생 부모님을 생각하여 열심히 공부하라'거나 진선의 큰방 사람들처럼 '모름지기 여자는 조신해야 한다'는 등의 잔소리를 하지 않았다.

대학가에서는 종종 데모가 일었고, 동아일보의 광고가 중단되는 사태도 있었다. 하지만 고3 수험생, 특히 진선과의 사랑에 푹 빠진 태민에게는 먼 나라 이야기였다. 넉넉한 표정으로 둘 사이를 지지해주는 하숙집 아주머니, '동아일보에 성금을 보내야 한다!'고 열을 올리다가도 둘을 볼 때마다 '결혼하여 애기 많이 낳으라!'는 덕담(?)을 빼먹지 않는 옆방의 키 작은 아저씨, 승진 시험을 앞두고 눈코 뜰 새 없는 육군 대위, 그들이 고마울 뿐이었다. 다만 '나도 옛날에 연애를 해 보았는데, 헤어진 그 여자가 낳은 아이(다른 남자에게서)가 그렇게 예쁠 수가 없더라'는 옆방 아저씨의 말을 어디까지 믿어야 할지 알 수가 없긴 했지만.

예비고사에 합격했다는 소식을 들은 마당에 본고사가 발등의 불로 등장했고, 만약 이 일에 실패하는 날이면 온통 진선에게 비난의 화살이 날아갈 판. 마침 친구 녀석의 권고도 있고 하여, 전일학원 55일 코스에 들어갔다. 고등학교 3년 전체 과정을 55일 만에 마스터해 준다니, 지지부진한 학교 수업을 보충하기에는 안성맞춤일 터. 그리하여 만일 오늘 합격 소식을 듣는다면, 그 친구의 공로 역시 작지 않으리라 여기는 중이었다.

난로에서는 톱밥 타는 소리가 요란하고, 얼굴은 화끈거렸다. 담뱃불을 끈 다음, 벌떡 일어섰다. 이리저리 걸어 보았다. 눈을 크게 뜨고 이 모양을 바라보던 여자아이가 주방으로 쪼르르 들어가 버린다. 손님이라곤 딱 한 사람, 달리 할 일도 없을 터.

'오전 열 시에 발표가 있다고 했으니, 지금쯤 결과가 나왔을 텐데. 제대로 찾아가긴 했을까? 혹시 내 명단을 찾지 못한 것은 아닐까?'

천국에로의 초대장이냐 아니면 지옥에로의 소환장이냐? 모든 신들을 동원해서라도 기어이 합격의 소식을 전해 듣고 싶었다. 진선! 그녀가 기쁜 소식을 전해 주는 천사이기를 간절히 빌고. 또 빌었다.

'기실 나 못지않게 긴장하고 있는 쪽은 그녀 쪽일지도 모른다. 낙방하는 데 일조(一助)했다는 욕을 먹는 일이 죽기보다 싫을 터인즉. 서로에게 집중하느라 바빴던 시간들을 벼락치기 공부로 메울 수 있었기를. 그래. 이번에는 그녀를 위해서라도 반드시!'

우유 한 잔을 마신 후, 엽차만 벌써 석 잔째. 난로 위에 얹어진 주전자의 물을 스스로 따라 마셨다. 단골손님인지라 싫은 내색조차 할 수 없는 여주인의 입장을 생각하여 셀프서비스 중. 아니야. 일생일대 중요한 순간에 이까짓 사소한 일에 신경을 쓰면 안 돼.

자신의 소심함이 늘 불편했었다. 입학시험을 치르던 날. 고사장의 환경 때문에 스트레스를 받는다거나 다른 아이들의 시선 때문에 정신 집중이 되지 않는다거나 하는 성벽(性癖)도 생각해 보면 참 속 상할 일이었다. 이씨 역시 그러한 태민을 두고 여러 차례 혀를 찼겠지만, 아무리 노력해도 안 되는 건 어쩔 수 없었다. 창밖에서는 여전히 눈발이 날리고 있었다.

'만일 내가 대학생이 된다면, 머리를 기르고 멋진 양복을 하나 맞출 거다. 그리고 극장이나 다방에도 실컷 가 보고...'

아니 이놈아! 그건 합격한 다음에 생각해도 늦지 않아. 미리부터 김칫국 마시기는. 연거푸 물을 마셔 댔다. 아마 내 눈은 충혈되었을 테고, 얼굴은 벌겋게 달아올라 있을 것이다. 그야 아무래도 상관없지만.

멍하니 창밖을 바라보던 눈길 앞에 긴 머리 소녀가 하나 나타났다. 유리문을 밀치고 들어오는 그녀의 표정을 살피느라 눈도 깜박이지 않았다. 그녀는 웃지 않았다.

'아! 오늘도...'

가슴이 철렁 내려앉았다. 그러면 그렇지. 내 복에 무슨. 애당초 기대를 하지 말았어야 하는데. 항상 그 못난 미련이 문제라니까. 그러나 지푸라기라도 잡는 심정으로 그 입술을 바라보았다. 찰나가 영원처럼 느껴지는 순간, 그녀가 싱긋 웃었다. 저 웃음이 의미하는 것은? 합격? 설마. 그렇다면 낙방에 대한 위로?

"축하해!"

잡다한 생각들을 단번에 몰아내버린, 그 한마디. 차라리 그것은 허탈감이었다. 썰물처럼 온몸으로부터 힘이 쑥 빠져나갔다.

그리고 밀물처럼 밀려오는 삶의 희열. 그건 정녕 충격적인 기쁨이었다. 아! 이런 일이 나에게도 일어나다니. 어떻게 내 인생에 있어 합격소식을 듣는 날이 올 수 있단 말인가? 어떻게 내 삶에 있어 승리의 찬가가 울려 퍼질 수 있단 말인가? 정녕 이것이 꿈은 아니겠지? 진정 오보(誤報)는 아니겠지?

어떻게 계산을 했는지, 제과점 여주인이 웃었는지 찡그렸는지 기억에도 없었다. 몸이 공중으로 붕 뜨는 것 같아 가만히 앉아 있을 수 없었다. 문을 나서자 함박눈이 환호하고 있었다.

"야호!"

자신도 모르게 탄성이 흘러나왔다. 몸은 스스로 공중을 향해 솟아올랐다. 아! 합격자의 심정이 이런 거로구나. 승리의 기쁨이 이런 거로구나.

"그러다 넘어져요. 그렇게 좋아요?"

"좋지. 그럼 진선이는 안 좋아?"

"전 진작에, 그렇게 될 줄 알고 있었는데요."

환히 웃는 얼굴, 그러나 눈가에는 이슬이 맺혀 있었다. 그걸 보는 순간, 그녀의 심사가 비로소 헤아려졌다. 처음 만난 저녁부터 황당하게도 가슴을 쥐어뜯겼고, 도깨비처럼 나타난 남학생을 따라 무작정 골목길을 걸었고, 이슬을 맞으며 쪼그려 앉아 밤을 지새웠고, 그리고 어느 날 밤 고이 간직해오던 순정을 바쳤다.

그래. 마음의 짐이 컸겠지. 눈에 불을 켜고 달려들어도 시원찮을 고3 학생이 여학생 만나느라 정신이 없다며 주변에서 걱정을 할 때, 어찌 그 속이 편했겠는가. 오늘 낙방이라도 했더라면 그 우려가 비난으로 바뀌었을 터인즉, 그 심정이 오죽했으랴.

하지만 이젠 안심해. 내가 이겼어. 우리가 승리했다고. 저주받은 인생인 줄 알았는데, 그게 아니었어. 모두가 적(敵)인 줄 알았는데, 그게 아니었다고. 이제부터 부모형제와 친구들, 선생님, 이웃과 고향, 이 나라 이 민족, 이 세계를 가슴에 품고, 모든 사람을 용서하고 사랑하며, 그렇게 살아가고 싶다.

김진선, 넌 내 인생에 있어서, 첫 승전보를 전해준 사람이야. 행운의 여신을 내 쪽으로 끌어당긴 사람이라고. 이 세상에서 나보다 더 나를 사랑하는 사람이 있다는, 그 믿음이 커다란 위안이 되었다고. 그것이 입시의 중압감을 극복할 수 있었다고. 진선아, 널 사랑해.